Nina Celentano / Rachel Ferguson
Auf Zornes Flügeln

Nina Celentano / Rachel Ferguson

Auf Zornes Flügeln

Thriller

PIPER

Mehr über unsere Autoren und Bücher:
www.piper.de

Wenn Ihnen dieser Thriller gefallen hat, schreiben Sie uns unter Nennung des Titels »Auf Zornes Flügeln« an empfehlungen@piper.de, und wir empfehlen Ihnen gerne vergleichbare Bücher.

ISBN 978-3-492-50337-2

Litho: Lorenz & Zeller, Inning am Ammersee
Redaktion: Franz Leipold
Covergestaltung: Favoritbüro, München
Covermotiv: Bilder unter Lizenzierung von Shutterstock.com genutzt
Printed in Germany

Prolog

»Wir sind doch Freundinnen, und Freunde müssen zusammenhalten. Du hast doch genauso Hunger.«

Mein Magen brennt fürchterlich. Natürlich habe ich Hunger. Ich weiß nicht mehr wie es ist, ohne dieses quälende Gefühl im Magen – und ohne Schmerzen. Zaghaft nicke ich.

»Na dann komm, wir müssen zum Keller.«

Sofort verspüre ich diesen Druck im Bauch. »Der Keller?«, frage ich. Wie oft wurde ich in diese Dunkelheit gezogen? Dunkel, wie ein Tier ohne Seele. Ich blicke auf meinen Unterarm. Die Narben sind noch frisch. Ich spüre die Schläge, werde sie nie vergessen.

»Du weißt, es ist egal, ob sie uns erwischen. Sie werden uns bestrafen, immer wieder. Aber wenn wir das Risiko nicht eingehen, werden wir verhungern. Also komm jetzt!«

Ich zögere, ziehe meine Hand aus ihrer. Bleibe stehen, will nicht hinunter. Doch ich darf sie nicht alleine lassen. Sie ist alles, was ich habe an diesem schrecklichen Ort. Sie geht voran, bis zum Ende des Flures, spitzt ums Eck. »Komm, die Luft ist rein. Wir müssen jetzt schnell sein.«

Sofort läuft sie voran. Ich will ihr hinterhergehen, als ich Schritte höre. Wir müssen schnell sein. *Immer wieder hallen ihre Worte in meinem Kopf. Aber ich weiß, sie sind schneller. Ich kenne diese Geräusche. Ein Schrei hallt durch die Dunkelheit. Was soll ich jetzt tun?*

»Hilf mir! Hilf mir!!«

Ihre Rufe werden leiser. Und dann ein dumpfer Schlag.

Wir sind doch Freundinnen. Sie ist die Einzige von allen Kindern, die immer zu mir hält. Doch ich habe sie im Stich gelassen, spüre jeden Schmerz, den sie jetzt durchleben wird. Denn das Tier hat sie verschlungen, hinabgezogen. Hinunter in die Dunkelheit.

Kapitel 1

Die Eiswürfel in ihrem Glas schmolzen schneller, als es Kate lieb war. Unter anderen Umständen hätte sie an einem heißen Tag wie diesem eine weniger stickige Bar gewählt. Doch genau wie letztes Jahr am 8. Oktober saß sie auch diesmal in Mikey's Bar und rührte gedankenverloren in ihrem Drink.

»Hi Kate, dich hab ich ja schon lang nicht mehr gesehen. Wie geht's dir?«

Jim, der Barkeeper, der zu Mikey's gehörte wie der selbst gebrannte Schnaps unter der Theke, erkannte Kate, obwohl sie ein ganzes Jahr nicht mehr hier gewesen war. Es war merkwürdig, aber die vertraute Art und Weise, in der Jim mit ihr sprach – fast so, als sei sie ein Stammgast –, gab Kate ein Gefühl von Sicherheit und Geborgenheit.

»Hey, ja, geht schon. Das Übliche eben. Es ist viel zu warm für Oktober, aber ich will nicht klagen. Machst du mir bitte gleich noch einen zweiten?«

Vor allem mochte sie an Jim, dass er keine unnötigen Fragen stellte. Er servierte ihr das Glas und überließ sie dann sich selbst.

Jim war ein Überbleibsel aus ihrem früheren Leben. Aus der Zeit, als sie noch ein Leben hatte. Als Tom noch da war. Der Gedanke an ihn versetzte Kate einen Stich. Er sollte eigentlich neben ihr sitzen. Zwei Jahre waren mittlerweile vergangen, doch es ging ihr im zweiten Jahr ohne ihn nicht besser als im ersten. Der gleiche Schmerz. Dieselbe Schuld, die sie plagte und an ihren Gedanken nagte wie ein Marder an einem Motorkabel. Es verfolgte sie. Immer wieder holten die gleichen Bilder sie ein. Sie ließen Kate erstarren, doch sie zwang sich, sie vor ihrem geistigen Auge Revue passieren zu lassen. Zu sehen, wofür sie verantwortlich war. Noch heute spürte sie das Blut, warm und klebrig, wie es zwischen ihren Fingern rann. Sein Blut. Das Blut ihres Partners. Er war viel mehr als ihr Partner im Dienst gewesen. Sie waren nicht nur ein Team, sondern auch ein Liebespaar, zwar geheim, aber sie waren es. An Abenden wie diesen malten sie sich ihre Zukunft aus. Sprachen über gemeinsame Schritte, die sie gehen wollten. Wie würden sie es ihrem Chef beibringen, dass sie eine Beziehung führten? Sollte sich einer von ihnen versetzen lassen? All diese Gedanken und unbeantworteten Fragen ließen sie seither nicht los, kamen immer wieder, quälten sie. Doch eines war Kate schmerzlich bewusst: Tom würde nicht zu ihr zurückkehren. Sie hatte ihn verloren. Sie war nicht nur gezwungen gewesen, mit anzusehen, wie er starb – nein, sie hatte ihn selbst in den Tod geschickt, dessen war sie sich sicher.

Salzige Tränen mischten sich mit dem scharfen Geschmack des Alkohols, der Trost spenden sollte. Er tat es nicht. Die Wärme, die das Getränk in ihrem Bauch ausströmte, war so falsch und verlogen wie die Hoffnung auf Frieden in ihrem Herzen. Es gab nur einen Weg für sie, Ruhe zu finden: Sie musste seinen Tod rächen. Wiedergutmachen, was wiedergutzumachen war. Sie wusste nur nicht wie. Noch nicht.

Kate spürte ihr Smartphone in der Tasche vibrieren, versuchte es aber zu ignorieren. Mit zwei Zügen leerte sie ihr Glas, trank die bernsteinfarbene Flüssigkeit, als wäre es

Quellwasser, und wischte sich mit dem Handrücken die Träne fort, die ihr über die Wange lief. Wie auch im letzten Jahr legte sie Jim zwanzig Dollar unter eines der Gläser und stand auf. Sie ging geradewegs zur Tür. Die Bar würde sie ein weiteres Jahr nicht betreten. Ein weiteres Jahr ohne Tom. Kate drehte sich nicht um, bis sie in ihrem Pick-up saß. Erst jetzt sog sie tief Sauerstoff in ihre Lungen, schloss ihre Augen und hielt die Luft gefangen. Sie atmete aus und verriegelte mit diesem Atemzug die Tür zu ihrer Vergangenheit.

Eine Nachricht von John, ihrem Boss, riss sie kurz aus ihren Gedanken: »Hey, ich geh später zur Wache. Ich glaub, es gibt wieder einige ungelöste Fälle. Die Jungs aus dem Süden der Stadt sind anscheinend hinter 'ner heißen Spur her. Gehst du mit? Oder brauchst du die Kohle nicht?«

Heute Abend hatte Kate keine Lust auf einen neuen Auftrag. Sie hätte eine Ablenkung zwar gut gebrauchen können, aber sie wusste, dass sie keinen guten Job machen würde. Ja, sie wollte ihren Kopf freikriegen, und im Moment war John genau der Richtige, um ihr ein paar flüchtige Glücksmoment zu schenken und sie heute ins süße Vergessen abtauchen zu lassen. Sie schickte John eine Nachricht und fuhr mit quietschenden Reifen vom Parkplatz der Bar. Im Rückspiegel erblickte sie nichts als Staub.

Als sie zu Hause ankam, sah sie schon den blauen Dodge Viper vor ihrem Haus stehen. John hatte offensichtlich ihren Wink in der gesendeten Nachricht richtig verstanden hatte. Sie mochte John. Sie ergänzten sich. Zumindest rein körperlich. Er war der erste Mann nach Toms Tod, zu dem sich Kate hingezogen fühlte. Von Anfang an war jedoch klar, dass es dabei bleiben und nicht mehr werden würde. Dies war John nur recht. Er hatte kein Interesse an einer festen

Beziehung. Sie sprachen nie darüber, weshalb dies so war, und Kate fragte nicht.

An seinem Wagen angekommen, klopfte sie an das verdunkelte Autofenster. John ließ die Scheibe nach unten, machte jedoch keine Anstalten, auszusteigen. Augenblicklich zweifelte Kate an ihrem Vorhaben, jetzt, da sie vor ihm stand.

»John, ich weiß nicht, ob das so eine gute Idee ist. Ich habe zu viel getrunken und … na ja, vielleicht doch besser wann anders.«

Auch wenn dies nicht der vollen Wahrheit entsprach, war ihr Stolz zu groß, um sich so offensichtlich einem Mann – und dann gerade John – an den Hals zu schmeißen. Es war kein guter Tag für ein Katz-und-Maus-Spiel.

»Schon klar, ich freu mich auch, dich zu sehen.«

Kate spürte, dass er gereizt war, und konnte das sogar ein wenig verstehen. Immerhin hatte sie ihn quer durch die Stadt fahren lassen, um ihn dann wieder heimzuschicken. Sie wollte ihm schon den Rücken zukehren und ihn allein zurücklassen, sah aber stattdessen zu Boden. John war kein Mann, der einer Frau hinterherlief, doch er spürte Kates Zerrissenheit.

»Alles in Ordnung bei dir?«

»Ja, mach dir keinen Stress, ich bin okay«, log Kate.

John bemerkte, dass mit Kate etwas nicht stimmte, aber über Probleme zu sprechen gehörte nicht zu seinen Qualitäten. Trotz ihrer rein körperlichen Beziehung von Zeit zu Zeit war Kate mittlerweile zu einer guten Freundin für ihn geworden. Sie war anders. Nicht wie all diese verrückten Weiber, die er sonst vögelte.

Er räusperte sich und glaubte selbst nicht, was er sich sagen hörte. »Dann reden wir einfach nur und trinken ein Bier? Na, wie sieht's aus?«

Kate konnte sich ein Lächeln nicht verkneifen und dachte kurz über sein Angebot nach. »Nein, wir müssen nicht reden. Lass uns gemeinsam das Footballspiel ansehen.«

Er nickte zustimmend und wirkte auch ein wenig erleichtert. »Wie die Lady wünscht.«

Und als er ausstieg und seine muskulösen Arme um ihre Schultern legte, war sie doch froh, dass er da war.

Kapitel 2

Es ist schrecklich dunkel. Meine Beine fühlen sich so schwer an. Ich muss weiter. Immer weiter. Nicht stehen bleiben. Atme, Kate. Atme gleichmäßig. Es ist keiner da, der mir Mut macht. Die Stimme, die ich höre, sie ist nur in meinem Kopf. Es ist meine eigene. Ich will ihr folgen, doch es ist so anstrengend. Jeder Atemzug fühlt sich an, als würde ich brennendes Feuer direkt in meine Lunge saugen. Ich kann nicht mehr, ich muss stehen bleiben. Ich brauche Luft. Wo bin ich? Warum bin ich wieder hier? Warum bin ich nicht vorangekommen? Ich zittere. Es ist fast unmöglich, meine Hand, die den Schweiß von der Stirn wischen will, still zu halten. Sie zittert im Takt meiner Beine. Ruhig bleiben. Ich muss ruhig bleiben. Ich muss mich konzentrieren. Meine Sinne schärfen. Ich weiß, ich kann es noch schaffen. Nur nicht die Nerven verlieren.

Ich muss im Kreis gelaufen sein, denn ich stehe wieder in der gleichen Gasse. Aber das ist doch unmöglich! Ruhig, Kate. Ruhig. Der Geruch von Abwasser und Urin brennt so penetrant in meiner Nase, dass ich sie unwillkürlich mit dem Ärmel meines nassgeschwitzten Sweatshirts zuhalte. Der Wind zerrt an meiner Kleidung und lässt meinen Körper sofort erstarren. Mein Haar wirbelt wild vor meinem Gesicht herum, ich kann kaum noch etwas erkennen.

Die Straßenlaternen flackern, und nur hin und wieder erhellen sie schwach einen kleinen Teil des Weges. Da! Da ist es wieder. Diesmal ist es nicht die Stimme in meinem Kopf, die ich höre. Ein entsetzlicher Schrei lässt mich erstarren. Bitte nicht. Nicht schon wieder! Ich brülle gegen den Wind, der es mir unmöglich macht festzustellen, aus welcher Richtung die Schreie kommen. Schreie, die vom Tod erzählen. Aber ich muss es wissen. Panisch drehe ich mich um die eigene Achse. Ich darf nicht durchdrehen. Tränen strömen mir ungewollt über die Wangen. Panik kriecht in mir hoch, ich will sie abschütteln. Ich habe noch eine Chance. Ich drehe mich im Kreis, versuche zu analysieren, wohin der Ruf mich führt. Und ich gehe los. Ich laufe und laufe, aber es ist die falsche Richtung. Der Wind wird stärker. Er rauscht in meinen Ohren. Ich kann kaum sehen. Es hämmert gegen die Innenseite meiner Schläfe. Ich schmecke etwas Metallisches. Spüre, wie etwas an meiner Stirn herunterläuft. Ich fasse an meinen Kopf und halte mir die Hand dicht vor meine Augen. Ich blute.

Wieder dieses furchtbare, entsetzliche Kreischen. Schreie, die meinen Namen rufen, um Hilfe flehen. Dort hinten muss es sein. Sie scheinen aus dem Haus am Ende der Gasse zu kommen. Doch meine Beine gehorchen mir nicht mehr. Ich höre Angst aus jedem neuen Schrei. Ich weiß, woher die Schreie kommen, aber ich kann nicht helfen, nichts tun. Ich weiß, wer es ist, der nach Hilfe schreit. Er ruft nach mir.

Ein letzter schriller Ton zerreißt das Toben des Windes. Dann ist die Nacht totenstill.

Schweißgebadet erwachte Kate aus ihrem Albtraum. Es war derselbe, der sie ständig heimsuchte. Nur dass es sich dabei um keinen gewöhnlichen Traum handelte. Es war der Moment, in dem ein Teil von ihr gestorben war und der sie im Geist immer wieder aufs Neue sterben ließ. Wenn sie aus diesem Traum erwachte, fühlte sie nichts als Leere und den unstillbaren Wunsch, sie wäre an seiner Stelle gewesen. Warum hatte der Mörder nicht sie ausgewählt? Warum musste Tom sterben?

Die Anzeige des Weckers stand auf 4.30 Uhr. Zu früh zum Arbeiten und zu spät, um wieder ins Bett zu gehen. Die Angst davor, erneut in die Hölle ihrer Gedanken abzudriften, war viel zu groß.

Sie ging in die Küche, um sich einen Kaffee zu machen, und zog ihre Strickjacke enger um die Brust. Kate fröstelte. Die hohen Räume mit ihren Stuckdecken und imposanten Erkern waren schön anzusehen, aber sie kühlten viel zu schnell aus. Der Gedanke verursachte ein bitteres Lächeln. Offenbar war sie hier genau richtig. Denn genau so fühlte sie sich: kalt. Äußerlich stand sie in der Blüte ihres Lebens. Tom hatte ihr immer erzählt, dass man in ihren grünen Augen versinken konnte, ohne jedoch dahinter blicken zu können. Laut John war sie ein wahr gewordener Männertraum. Lange Beine, rote lange Locken und trotz ihrer sportlichen Statur mit genug weiblichen Rundungen gesegnet, um mehr zu wollen. Sie selbst konnte mit alldem nichts anfangen. Ihr war durchaus bewusst, dass sie auf Männer eine gewisse Wirkung hatte, aber das war ihr immer egal gewesen. Sie benutzte kein Make-up, und ihre Kleidung war meist funktionell. Sie fühlte sich nicht schön. Weder äußerlich noch innerlich. Wenn sie ihre Seele nach außen gekehrt hätte, wäre eine Greisin zum Vorschein gekommen, deren zweitgrößter Wunsch es war, endlich erlöst zu werden. Endlich zu sterben.

Damals sollte hier ihre gemeinsame Zukunft beginnen, Toms und ihre. Er war die Liebe ihres Lebens, ihr Seelenverwandter, ihr bester Freund und Fels in der Brandung. Jetzt war diese Wohnung eine seelenlose Hülle, in der sie lediglich existierte und jeden Tag betete, dass das Schicksal ihrem Leben einen neuen Sinn geben möge. Zu oft schon war sie unter Tränen eingeschlafen und unter Tränen wieder aufgewacht. Es würde sicher ein kalter trostloser Herbst in Washington, D.C. werden, der einem bis in die Glieder fuhr. Es war ihr egal. Für sie würde es ohne Tom nie wieder einen Frühling geben. Kate blickte über die Dächer der wolkenverhangenen Stadt und schloss das Fenster.

Mit dem Kaffee in der Hand ging sie in ihr Arbeitszimmer. Vorsichtig öffnete sie die schwere Tür. Dies war der einzige Ort, an dem sie sich nützlich fühlte. An dem ihre Gedanken nicht so schnell abschweiften. Hier konzentrierte sie sich auf das, was sie am besten konnte: Verbrecher dingfest zu machen und den Abschaum der Gesellschaft von den Straßen zu holen. Die Schweine zu finden, die sonst keiner aufspüren konnte. Sie hatte den Ruf, einer der besten zu sein. Es wurde ihr eine großartige Karriere prophezeit. Nur einmal war es ihr nicht gelungen, den einen zu kriegen, mit dem sie eine ganz persönliche Rechnung offen hatte. Diese Besessenheit hatte dazu geführt, dass sie ihren Job beim FBI hinschmiss. Der Fall war ihr entzogen worden, da sie nicht mehr in der Lage war, objektiv zu ermitteln. Kate war zu stark involviert und galt selbst als Opfer.

Es gab nur ein Ziel für sie: dieses Schwein aufzuspüren und zu bestrafen, und dann – so hoffte sie zumindest – würde sie endlich ihren Frieden finden. Sie würde ihm alles nehmen, so wie er ihr alles genommen hatte. Doch heute, hier, war sie noch nicht so weit. Ihre Suche fand ausschließlich in ihrem Kopf statt und auf der Wand, vor der sie stand.

Ihr Leben war ohne Sinn. Es gab nur sie und den Plan. Den Plan, den Mann zu jagen, der so viele Menschen auf dem Gewissen hatte. Er war fort, untergetaucht, doch Kate war sich sicher, dass er irgendwann einen Fehler machen würde. Diese Bestie würde niemals aufhören zu töten. Es war ihre Natur.

Das Telefon auf ihrem Schreibtisch zerriss die Stille, sodass Kate vor Schreck die Tasse auf den Steinboden fallen ließ. In diesem Moment ahnte sie noch nicht, dass der Anruf alles verändern sollte.

»Kate? Er … er ist verschwunden.«

Die Frau am anderen Ende der Leitung flüsterte, aber ihre Verzweiflung bohrte sich durch Kates Herz wie ein Dolch. Ein Gefühl, an das sie sich nur allzu gut erinnern konnte. Kate wusste sofort, mit wem sie sprach.

»Linda. Wer ist verschwunden?«

»Connor. Er ist gestern nicht nach Hause gekommen. Er wollte mich doch dieses Wochenende besuchen. Sein Handy ist aus, ich kann ihn nicht erreichen, und seine Kommilitonen wissen auch nicht, wo er steckt.«

»Aber warum rufst du mich an? Ich bin nicht mehr beim FBI, ich habe mit dem Fall nichts mehr zu tun.« Kate klang ablehnender, als sie es beabsichtigt hatte.

»Du bist die Einzige, die mir helfen kann. Ich steh das nicht noch mal durch«, weinte Linda ins Telefon.

»Linda, bitte beruhig dich.«

Kate wurde selbst von einer Unruhe übermannt, die sie fast vergessen hatte. Sie konnte nicht ausmachen, was genau es war. War es ihre Angst vor der Vergangenheit, die sie in Versuchung führte, einfach aufzulegen und so zu tun, als hätte es diese letzten Minuten nicht gegeben? Auf der anderen Seite meldete sich jedoch ihr Ermittlerinstinkt, der sofort aufgeflammt war und ihr Herz zum Pochen brachte. Sie blickte sich im Zimmer um, betrachtete die unzähligen Fotos, Fallakten und Zeitungsausschnitte, die sie über die

Wände verteilt hatte. Es stimmte, dass sie nicht länger beim FBI und auch nicht mehr mit dem Fall betraut war, aber sie hatte nie aufgehört, nach diesem Bastard zu suchen. Zumindest nicht an der Wand, vor der sie stand. Insgeheim wusste Kate, dass sie vor Ort hätte bleiben sollen, wenn sie Toms Mörder aufspüren wollte. Stattdessen war sie davongerannt. Trotzdem fühlte sie sich gut dabei. Kate brauchte diesen Abstand und die Zeit, um zu trauern.

»Hast du die Polizei informiert?«

»Du weißt doch, dass mir damals auch keiner geholfen hat. Ich brauche dich. Außer dir glaubt mir doch keiner. Connor ist in Schwierigkeiten, ich spüre das. Eine Mutter spürt so was. Bitte Kate, kannst du herkommen? Ich engagiere dich als private Ermittlerin. Ich habe noch etwas Geld aus Jacks Lebensversicherung übrig. Es gehört alles dir. Bitte hilf mir!«

Kate atmete tief durch. Der Hörer zitterte in ihrer Hand. Es fiel ihr schwer, ruhig und regelmäßig zu atmen. Kalter Schweiß trat auf ihre Stirn, rann herunter, und ihr Gehirn setzte aus. Es fühlte sich so an, als würde jemand ihren Brustkorb zerquetschen. Kate versuchte, sich zu beruhigen, doch die Erinnerungen holten sie mit voller Macht ein …

Vor zwei Jahren hatten sich Kates und Lindas Wege das erste Mal gekreuzt. Ihr Mann war nach einer Gewerkschaftsversammlung nicht nach Hause gekommen. Zuerst nahm niemand Lindas Vermisstenanzeige wirklich ernst. Nach einem erwachsenen Mann wurde nicht sofort gesucht. Und der zuständige Officer hatte erst einmal versucht, Linda zu erzählen, dass ihr Mann wohl mit einer anderen Frau durchgebrannt sei.

Linda hielt daran fest, dass etwas nicht in Ordnung war.

Sie und Jack waren zum Zeitpunkt seines Verschwindens beinahe 23 Jahre verheiratet. Sie hatten einen Sohn, Connor, der mittlerweile das College besuchte. Auf das kleine Haus, das sie in einem Vorort von Detroit gekauft hatten, waren sie stolz. Linda arbeitete als Sekretärin bei einer kleinen Steuerkanzlei in Detroit, Jack war Vorarbeiter bei Hammersmith & Sons, einer großen Stahlfabrik am Rande Detroits. Sie führten ein glückliches Leben.

Eine Woche nach Jacks Verschwinden wurde seine Leiche in der Nähe des Lake St. Clair gefunden. Es war die gleiche Art, auf die der Mörder schon all die anderen Opfer misshandelt hatte. All die vielen Stiche, die sofort immer wieder fein säuberlich, wenn auch nicht professionell verarztet worden waren. Die Gesichter der Toten waren bis zur Unkenntlichkeit entstellt, doch am Ende wurde jedem Opfer mit einem einzigen Schnitt die Kehle durchtrennt. Der Mörder tat das mit solch einer Wucht, dass die Köpfe grotesk zur Seite hingen.

Das war der Moment, als man Kate und das FBI dazu holte. Kate Monroe und ihr Partner Tom Bennett waren bereits seit drei Monaten hinter dem Killer her, der über die Bundesgrenzen hinaus brutale Morde verübte. Es gab kein erkennbares Muster, nach dem er seine Opfer auswählte. Unter ihnen befanden sich Männer und Frauen jeden Alters. Es schien, als würde sich der Täter seine Beute wahllos aussuchen. Doch Kates Intuition verriet ihr, dass es hier eine Verbindung geben musste. Keiner der Toten wies Spuren von sexuellem Missbrauch auf. Die Opfer wurden über einen längeren Zeitraum gefoltert. Hierbei ging der Mörder äußerst präzise vor. Immer benutzte er ein Messer. Nie eine andere Waffe. Doch irgendetwas ließ ihn nach langer Zeit der Quälerei wütend werden. Die Schnitte, die am Ende der schrecklichen Leidenszeit kreuz und quer über die Gesichter gezogen wurden, waren jetzt willkürlich und hatten nichts mehr gemein mit den akkurat durchgeführten Verletzungen, die die Opfer anfangs davontrugen.

Seitdem war so viel Zeit vergangen, doch die Erinnerung daran war noch so präsent, als wäre es gestern gewesen. Kate konnte sich nicht erklären, weshalb Linda gerade sie anrief. Der Mörder befand sich immer noch auf freiem Fuß. Alle Hinweise, denen sie nachgegangen waren, hatten am Ende doch zu nichts geführt. Seit seinem letzten Opfer vor zwei Jahren war der Killer untergetaucht. Es war der Moment, als Kate sich ebenfalls aus dem Leben absetzte. Sie hatte ihren Job beim FBI hingeschmissen, jeden Kontakt zu Menschen aus ihrem früheren Leben abgebrochen und lebte seitdem in einer viel zu großen Wohnung zwischen gefühlt hundert Umzugskartons, die alle darauf warteten, dass Kate das Leben auspackte und wieder in ihr Herz ließ. Das letzte Opfer war ihr Partner gewesen. Tom.

Kates Hände zitterten, als sie den Hörer an ihr Ohr hielt und Linda sprechen hörte. Die Stimme auf der anderen Seite der Leitung holte sie in die Realität zurück.

Kates Stimme klang gepresst, und sie krächzte mit Mühe ins Telefon. »Ich weiß nicht, ich kann nicht, vielleicht … Es tut mir leid.«

Eine Panikattacke überfiel sie. Kate legte den Hörer auf und stürmte ins Badezimmer. Sie kramte in ihrem Schrank und nahm drei Tabletten statt der einen, die sie von ihrer Therapeutin Beth verschrieben bekommen hatte. Schnell setzte die erwünschte Wirkung ein. Sie saß auf dem kalten Boden ihres Badezimmers und weinte. Da war kein Schmerz mehr, denn der hatte mit jeder Pille ein bisschen stärker nachgelassen. Die Gefühle, die sie übermannt hatten, ließen nach. Die schrecklichen Erinnerungen blieben still, doch sie waren nicht fort. Ihre Seele war von Trauer besetzt, und ihre Tränen waren der Beweis.

Als er die Augen öffnet, sieht er nichts als Dunkelheit. Dunkelheit, die niemals endet. Sie ist so schwarz, dass er nicht einmal seine eigene Hand vor Augen erkennen kann. Mit seinen großen Händen, die einst mit Leidenschaft Footballs geworfen hatten, fühlt er die Wand, die dicht vor ihm ist. Immer noch dasselbe Loch, die gleiche Grube, wie so lange schon. Wie lange eigentlich? Connor kann sich diese Frage nicht beantworten, denn er hat jegliches Zeitgefühl verloren. Er vermisst das Tageslicht, erträgt das Leuchten der Halogenlampe nicht, das regelmäßig seine Qualen ankündigt. Der modrige Geruch bohrt sich in seine Nase. Er spürt die Feuchtigkeit an seinen schmerzenden Händen.

Früher war er der Held der Schule gewesen. Der Quarterback. Er war jemand. Er wurde angehimmelt von den hübschesten Mädchen, beneidet von den meisten Typen auf dem Campus. Connor, der Anführer. All das erscheint ihm nur noch wie ein Traum. Seine Realität sieht jetzt anders aus. Wie ein alter Mann kann er jeden seiner Knochen spüren. Seine Knie und sein Rücken schmerzen bei jeder Bewegung. Die drei Mahlzeiten, die er täglich bekommt und die nur aus Brot und Wasser bestehen, halten ihn zwar am Leben, aber er kann unter seinem verdreckten T-Shirt bereits seine Rippen fühlen. Die Kälte im Raum bringt seinen Körper ständig zum Zittern, weil die vor Dreck stehende dünne Wolldecke, die man ihm gegeben hat, ihm nur bis zur Schulter reicht.

An manchen Tagen packt ihn die Wut darüber, dass er an diesem dreckigen, trostlosen Ort festsitzt und nicht einmal weiß, warum. Das ist das Zermürbendste daran. Vor einigen Jah-

ren hatte er seinen Vater auf brutale Art und Weise verloren. Er war grausam ermordet worden, man hatte ihn mit herausgeschnittener Zunge und zahlreichen Schnittwunden am Körper gefunden. Er war verblutet, allein, ohne irgendjemanden, der seine Hand halten konnte. Ob er Angst gehabt hatte? Connors Hände und Knie zittern nicht nur vor Kälte. Tief einatmen und ausatmen. Er schließt die Augen und zählt innerlich von hundert rückwärts. Er merkt, wie sich sein Puls langsam beruhigt; wie sein Zittern nachlässt.

Eigentlich war er auf dem Weg zu seiner Mom gewesen, um ihr zu erzählen, dass er das College abbrechen wollte, um ein Jahr nach Australien zu gehen. Er brauchte Abstand zu all den Menschen und Orten, die ihn immer wieder schmerzlich an den Verlust seines Vaters erinnerten. Er musste sein bekanntes Umfeld verlassen, um endlich wieder frei zu sein, um ein neues Leben zu beginnen. Er musste dafür aber auch seine Mom verlassen, und diese Entscheidung war die schwerste, die er jemals treffen musste. Doch jetzt ist er hier, und Australien ist in weite Ferne gerückt. Das Einzige, was er sich jetzt noch wünscht, ist, dieses kranke Spiel zu überleben.

Die Lichter an der Decke gehen wieder an. Connor ist geblendet, sodass er überhaupt nichts sehen kann und sich sogar die stinkende Decke vor die Augen hält. Das Licht brennt in seinen Augen wie Nadeln, die über seine Hornhaut kratzen. Kurz nachdem er mitbekommen hat, wie sich die Tür öffnet, kann er die Schritte hören; Sekunden später fühlte er einen Stich an seinem Arm. Er will sich wehren, er befiehlt seinen Beinen aufzustehen, seinen Armen, um sich zu schlagen, seinem Kopf, die Kontrolle zurückzubekommen; er befiehlt und befiehlt, aber nichts gehorcht ihm.

Doch dann entspannt sich sein Körper, und er taucht ab in die süße Welt des Vergessens. Bis der Schmerz zurückkommt, heftiger, als er ihn je zuvor gespürt hat. Sein Bauch brennt. Er will ihn mit seiner Hand schützen. Doch er kann den Arm nicht rühren. Der Schmerz kommt erbarmungslos wieder und wieder. Er schreit, so laut er kann. Der Schmerz übermannt ihn, bis er das Bewusstsein verliert. Das Letzte, was er hört, ist diese Stimme, die ihm verspricht, dass alles gut werden würde. Er würde wieder frei sein. Doch er weiß, er wird hier sterben, denn genau jetzt ist das sein einziger Gedanke. Er will sterben.

Kapitel 3

»Gehen wir was essen?«

Johns Augen wanderten über Kates Körper, während er versuchte, seine Frage möglichst beiläufig klingen zu lassen. Sie hatten einen anstrengenden, aber erfolgreichen Tag hinter sich, und obwohl Kate noch immer an Linda denken musste, hatte der gemeinsame Auftrag sie auf andere Gedanken gebracht. Der Auftrag kam ihr gerade recht. Allein in ihrer Wohnung zu sitzen würde zu endlosen Grübeleien führen, die sie keinen Schritt nach vorne brachten. Doch wohin ein Abendessen, nach einem erfolgreichen Auftrag mit John führen würde, das war ihr klar.

Sie redete wenig und genoss es, ihm einfach zuzuhören. Er war zwar nicht der redegewandteste Kerl, der ihr bis jetzt untergekommen war, aber sie fühlte sich wohl in seiner Nähe. Im Moment stellte er eine ihrer wenigen Konstanten dar. Davon abgesehen, war er ein Mann, der durchaus seine Reize hatte. Sein Job als Kopfgeldjäger hatte ihm die eine oder andere Narbe eingebracht; viele davon waren sichtbar, andere nicht. Kate hatte bereits jede davon unter ihren Lippen gespürt. Sein Körper war ihre Droge des Vergessens. Nicht, dass sie ihn liebte. Neben der körperlichen Anziehung, die sie verband, waren es Respekt und Freundschaft, die sie zu ihm hinzogen. Als sich ihre Blicke über den Tisch hinweg trafen, war es, als verstummte alles um sie herum. Auf einmal waren sie im Restaurant allein auf dieser Welt. Er ergriff ihre Hand und streichelte ihren Handrücken. Eine Gänsehaut durchfuhr ihren gesamten Körper, was ihm nicht verborgen blieb. Siegessicher breitete sich sein schiefes und dennoch sexy Lächeln auf seinem Gesicht aus. Er stand von seinem Platz gegenüber auf und zog einen Stuhl direkt neben ihren, nur um ihre Hand erneut in seine zu nehmen, als wäre die Berührung nie unterbrochen worden. Langsam beugte er sich zu ihr hinüber und küsste ihr Handgelenk, ihre Wange, ihren Hals. Selbst wenn sie gewollte hätte, sie hätte keine Chance gehabt, sich ihm zu entziehen. Ihr Körper war ihm verfallen, wenn auch nur für den Augenblick. Um sie herum schien sich niemand für sie zu interessieren. Gerade als sie bereit war, sich mitten im Diner auf ihn zu stürzen, stand er auf und verschwand. Ihr Körper vibrierte in freudiger Erwartung. John war kein Mann, der etwas begann, ohne es zu beenden.

Er kam mit den Jacken zurück und führte sie zum Wagen. Eine Hand ruhte dabei auf ihrem Hintern, aber sie ließ ihn gewähren. Es war ihr egal, was die anderen dachten, denn es fühlte sich gut an. Das Bier hatte ihre Spannung gelöst, ihre Gedanken und Sorgen für einen kurzen Moment ausgeschaltet. Jetzt gab es nur noch sie und John und das süße Vergessen.

Die Autofahrt in ihr Apartment wurde zur Herausforderung. Sie konnten ihre Hände nicht voneinander lassen, und die Erregung, die Kate deutlich durch seine Hose spürte, ließ ihren Unterleib zusammenzucken. Im Flur vor ihrer Wohnung hielt sie es nicht länger aus und küsste John leidenschaftlich. Fordernd biss sie auf seine Unterlippe, grub ihre Finger in seine Haare. Forsch und aggressiv, aber genau so war es immer, wenn sie zusammen waren. In der Wohnung riss er ihr die Bluse mitsamt dem BH vom Körper, sodass er ihren vollen Busen mit seinen hungrigen Küssen bedecken konnte. Sein Bart kratzte auf ihrer Haut, aber es fühlte sich gut an, lebendig. Er drückte sie gegen die Wand neben dem Kamin, zog ihr die Hose und den Slip mit flinken Händen gekonnt herunter, hob ihren Hintern ein wenig an und drang lustvoll in sie ein. Kate überließ ihm die Kontrolle, und John nahm sie auf eine Art, die Kate nur bei ihm zulassen konnte.

Schwer atmend lag Kate in Johns muskulösen und von Tätowierungen überzogenen Armen und rauchte eine Zigarette. Er war eingeschlafen, was ihr genug Zeit gab, ihren Gedanken nachzuhängen. In einem anderen Leben und zu einer anderen Zeit wäre John vielleicht der Mann für sie gewesen, aber jetzt konnte sie ihm nicht mehr von sich geben, obwohl sie fühlte, dass sich ihre Beziehung im Laufe der Zeit verändert hatte. Beim letzten Mal war er erstmals über Nacht geblieben, und Kate hatte es geschehen lassen, obwohl dies eine der Grenzen war, die John gleich zu Beginn selbst gesteckt hatte, nur um sie dann zu überschreiten.

Heute Nacht wollte sie ihn nicht bei sich haben.

»John, du musst jetzt gehen.«

Sie wartete, bis er ihr ein Zeichen gab, dass er wach war, und verschwand dann im Bad, ohne sich zu verabschieden. Sie schloss die Badezimmertür und legte ihr Ohr daran. Sie konnte nicht genau ausmachen, was John brummelte, aber es war nicht allzu schwer zu erraten. Erst als die Haustür laut ins Schloss fiel, atmete sie tief durch und stellte sich unter die Dusche, die einen tropischen Sommerregen nachahmen sollte. Sie fühlte sich entkräftet, und die Flucht, die John ihr geschenkt hatte, war wie weggeblasen.

Im Schneidersitz ließ sie das Wasser über ihren Körper

laufen und wünschte, sie hätte Superkräfte, um in die Vergangenheit zu reisen. Wäre sie doch nie an das verdammte Telefon gegangen. Warum gerade an diesem Tag? An Toms Todestag. Kate versuchte, sich an Lindas Worte zu erinnern, aber die Medikamente, die sie nach dem Telefonat eingenommen hatte, ließen die Zeit davor im Nebel verschwimmen. Sie erinnerte sich nur daran, dass Linda sie gebeten hatte, ihr zu helfen. Offenbar hatte es Connor, ihr Sohn, doch aufs College geschafft und war dieses Wochenende nicht wie geplant nach Hause gekommen. Connor. Sie würde nie die Angst in seinen Augen vergessen, als sie ihm sagte, sein Daddy würde nicht wieder nach Hause zurückkehren. Bei dieser Erinnerung konnte sie nicht mehr an sich halten. Sie schluchzte laut und verzweifelt alle Gefühle aus sich heraus und schlug gegen die Wand ihrer Dusche, so fest sie konnte. Denn neben der Angst und der Trauer war da noch ein Gefühl, das ihr noch viel mehr Sorge bereitete: Es war Wut. Grenzenlose Wut. Und da war Hass. Es war, als ob all diese Gefühle, die gegeneinander um die Dominanz in ihrem Herzen kämpften, die Oberhand gewinnen wollten. Das war es, woran sie langsam zerbrach.

Ohne sich ein Handtuch umzubinden, betrachtete sie sich im großen Spiegel ihres Schlafzimmers. Es war der Ort, an dem sie sich nur zum Umziehen aufhielt. Das Bett, das Tom und sie sich vor zwei Jahren ausgesucht hatten, um sich darin zu lieben, Kinder zu zeugen oder einfach nur zusammen zu sein, hatte nie seinen Zweck erfüllt. Statt darin zu schlafen, hatte sie sich ein übergroßes Sofa bestellt, auf dem sie und von Zeit zu Zeit Männer wie John Platz fanden.

Gedankenverloren kniff sie sich selbst in die Wangen und sprach laut zu ihrem Spiegelbild. »Verdammt, Kate! Was soll der Mist? Verlier dich nicht. Du musst stark sein. Du weißt, du wirst das Schwein finden, also komm zu dir.« Sie wiederholte die Worte wie ein Mantra, immer und immer wieder. Sie durfte es nicht zulassen. Sie durfte nicht zurückfallen.

Bevor sie die Wohnung verließ, um sich unten bei Sissy's Diner ein Frühstück zu holen, haderte sie mit sich. Mit zitternden Händen wählte sie eine Nummer.

»Praxis Dr. Shaw, was kann ich für Sie tun?«

»Hallo Sherry, hier ist Kate Monroe. Ist Beth gerade zu sprechen?«

»Hallo Mrs. Monroe, tut mir leid, Dr. Shaw ist im Moment noch in einer Sitzung. Kann ich ihr etwas ausrichten oder soll sie Sie zurückrufen?«

»Könnten Sie ihr bitte ausrichten, dass ich sie sprechen muss? Es ist wirklich wichtig.«

Beth hatte viel zu tun hatte. Seit sie ihre Praxis in die Upper Eastside verlegt hatte, strömten die Reichen und Schönen in ihre Räume und redeten über ihre vielen Probleme. Kate mochte die neue Praxis nicht. Sie war von irgendeinem angesagten Innenarchitekten durchgestylt worden. Das Mobiliar wirkte kalt und unpersönlich. Kate fiel es schwer, in dieser Atmosphäre mit all den blasierten Patienten und den unbequemen Möbeln über ihr Seelenleben zu sprechen. Kurz nach Toms Tod hatte Kate mit den Therapiesitzungen bei Beth angefangen. Sie waren sich vor einigen Jahren bei einem Fall begegnet, in dem Beth das Täterprofil erstellt hatte. Die beiden Frauen fanden sich sofort sympathisch, und nachdem Beth damals das mit Tom erfahren hatte, war sie es, die Kate besucht und ihr ihre Hilfe angeboten hatte. Beth war einer der wenigen Menschen, die Kate zu dieser Zeit an sich herangelassen hatte. Seitdem hatte sich zwischen den beiden so etwas wie eine Freundschaft entwickelt, für die Kate sehr dankbar war.

»Es ist momentan leider sehr viel los, aber ich werde es Dr. Shaw ausrichten. Ich habe gerade gesehen, dass Ihr letzter Termin schon recht lang her ist, Mrs. Monroe. Möchten Sie gleich einen neuen ausmachen?«

Kate benötigte Beths Hilfe, um ihren kaputten Kopf wieder zusammenzusetzen. Deshalb vereinbarte sie einen Termin, dankte Sherry und beendete das Gespräch. Sie ahnte, dass Beths Rückruf erst spät erfolgen würde, und beschloss, zu John ins Büro zu fahren. Arbeit war jetzt genau das, was sie brauchte.

»Hey, du siehst schon viel besser aus. In letzter Zeit hast du mir wirklich Kopfzerbrechen bereitet.«

Kate winkte ab, fühlte sich aber tatsächlich etwas besser. Auch wenn sie entgegen ihrer Behauptung seit Nächten keinen erholsamen Schlaf mehr gefunden hatte.

»John – oder soll ich dich Dad nennen? –, ich habe dir doch gesagt, dass alles in Ordnung ist. Können wir das Thema also bitte lassen und uns um den Job kümmern? Oder möchtest du weiterhin meine Nanny spielen?«

»Ja, ja, schon gut. Ich hab's verstanden. Komm aber nicht an, wenn du was brauchst. Ihr Weiber seid doch alle gleich …«

Kate hob ihre Hand, um ihn zum Schweigen aufzufordern. »Verschon mich mit deinen Alle-Weiber-sind-gleich-Geschichten! Sag schon, was hast du?«

Während John den Inhalt seines Rucksacks auf dem Tisch ausbreitete, nahm Kate einen großen Schluck Eistee. Ein paar kleinkriminelle Schwachköpfe von der Straße zu holen würde ihr guttun. Die Arbeit mit John brachte sie jedes Mal ein Stück zurück zu sich selbst. Ihre eigentliche Mission war in weiter Ferne, dennoch spürte sie, sie ging in die richtige Richtung.

John räusperte sich. »Hm, also. Hier hätten wir ein Paar, Mitte dreißig, beide stark drogensüchtig. In ihrer Obhut leben zwei Kinder unten in Anacostia. Übles Viertel. Sie werden des Diebstahls bezichtigt. Eine Kamera hat sie gefilmt. Anscheinend ahnen sie, dass sie gesucht werden. Außer den zurückgelassenen und verwahrlosten Kindern hat man nichts in der Wohnung gefunden. Offenbar sind sie untergetaucht.«

Beim Gedanken an die Kinder, die in eine Welt hineingeboren worden waren, in der sie nur verlieren konnten, verspürte Kate Wut und Mitgefühl. Sie schüttelte den Kopf.

»Wenn ich wüsste, dass die Kinder nicht zu diesen Leuten zurückmüssten, dann würde es sich besser anfühlen, diese Versager zu schnappen. Aber du weißt ja, wie das oft so läuft: Die werden von ihren Dealern freigekauft, damit sie weiter ihren Scheiß verticken können, und keine Woche später sind die armen Kinder wieder bei diesen kaputten Menschen. In letzter Zeit laufen die Einrichtungen über, und keiner will Kinder adoptieren, die älter als drei Jahre sind. Nicht mal in Pflege will sie jemand nehmen.«

John beobachtete Kate argwöhnisch. »Du bist mir ein Rätsel. Seit wann interessierst du dich so für Kinder aus üblen Verhältnissen?«

»Ich hab einfach schon zu viel gesehen. Diese Welt ist zu kaputt für Kinder.«

»Süße, da hast du recht. Aber so leid mir das tut, so ist nun mal die Welt, in der wir leben. Da kann man nichts machen.«

Für den Bruchteil einer Sekunde ärgerte sich Kate. Wie oft hatte sie John schon gesagt, er solle sie nicht Süße – oder schlimmer noch Schätzchen – nennen. Sie entschied sich aber, den Atem zu sparen und stattdessen wichtige Sachen zu besprechen.

»Jep. Das ist genau der Grund, warum wir den Abschaum von der Straße holen. Wir sind diejenigen, die aufräumen.«

»Du siehst richtig heiß aus. Auf eine dreckige Art!«

Wieder einmal fragte sich Kate, warum sie ausgerechnet jemanden wie John an sich heranließ. Er strahlte all das aus, was sie an Männern verabscheute. Aber vielleicht war es gerade das? Es war nicht so, dass er nicht freundlich oder nett sein konnte. Ganz im Gegenteil. Er hatte das Herz am rechten Fleck, wenn es darauf ankam. Während sie in dieser kurzen Zeit darüber nachdachte, wurde ihr bewusst, dass es im Grunde diese Mischung war, die ihre Art von Beziehung möglich machte – obwohl er überhaupt nicht ihrem Beuteschema für etwas Ernstes entsprach. Ihre Beziehung blieb oberflächlich, und doch mochten sie einander sehr. John war optisch der Typ Mann, nach dem sich die alte Kate, die jetzige und mit Sicherheit auch die zukünftige umdrehen würden. Sie liebte sein langes, dichtes schwarzes Haar, in das sie ihre Finger vergrub, wenn er ihr nah war. Er war die perfekte Ablenkung. Umso angenehmer, dass für beide klar war, dass sich absolut nichts weiter zwischen ihnen entwickeln würde. Er mochte bodenständige Frauen, die gern zu Hause blieben und für ihre Männer kochten. Trotzdem sollten sie nicht nur das Mütterchen am Herd, sondern gleichzeitig verwegen sein. Kate zog ihn immer wieder auf, wenn er ihr zu erklären versuchte, wonach er genau suchte. Der Gedanke ließ sie nicht los, dass John einen ähnlichen Verlust hinter sich hatte wie sie. Zum Glück hielten sich beide an dieses weitere unausgesprochene Gesetz zwischen ihnen: kein Wort über die Vergangenheit! Diese Tür wurde nicht geöffnet.

»Gib mir lieber den Elektroschocker und erzähl keine Geschichten.«

»Bist du sicher, dass du da rein willst? Wir wissen nicht, was uns erwartet. Vielleicht sind die beiden gar nicht in diesem Motelzimmer. Oder sie sind bewaffnet.«

»Ich bin mir ziemlich sicher, dass sie da drin sind. Immerhin weiß die Kleine von vorhin, dass wir ihr den Hals umdrehen, wenn sie uns belogen hat.«

John ließ ein kehliges Lachen ertönen. »Ja, du hast der Kleinen echt Angst eingejagt. Ich persönlich würde dich auch nicht verarschen wollen.«

»Na, siehst du. Warte du hinten und sorg dafür, dass keiner der beiden aus dem Gebäude entkommt. Wenn ich in acht Minuten nicht mit ihnen da bin, kommst du rein und unterstützt mich.«

Ihr Job als Kopfgeldjägerin war hart und brutal; oft schon hatte Kate Situationen erlebt, die ihr die ein oder andere schlaflose Nacht beschert hatten. Verdreckte Wohnungen, verwahrloste Kinder, denen es an jeder erdenklichen Form der Fürsorge gefehlt hatte, Verfolgungsjagden, bei denen sie oft ihr eigenes Leben oder das von anderen gefährdet hatten. Es war wie eine Wild-West-Version ihres alten Lebens. John und sein Team wurden immer denn gerufen, wenn Angeklagte nicht zu den Gerichtsterminen erschienen und die Gläubiger Gefahr liefen, auf ihrer gestellten Kaution sitzen zu bleiben. In acht Bundesstaaten war der Job des Kopfgeldjägers bereits verboten worden, andere Staaten hatten Restriktionen oder Schulungen angeordnet, und wieder andere ließen jeden auf die Abtrünnigen los, der sich dazu berufen fühlte, das Gesetz in die eigenen Hände zu nehmen. Gott sei Dank vertraten John und sie ähnliche Ansichten, was ihr Handeln betraf, und der Staat stand hinter ihr. Mit dem Haftbefehl in der Tasche konnte sie so ihr schlechtes Gewissen beruhigen, wenn ihr Job sie wieder einmal an den Rand der Legalität brachte.

Selbstsicher sah Kate in den Spiegel und überprüfte ihr Ebenbild, das ihr fremd erschien. Sie spitzte die Lippen und fuhr mit dem kirschroten Kosmetikstift noch mal darüber. Sorgfältig zog sie die Netzstrumpfhose zurecht und fuhr sich durch ihre rote Mähne, in der vor einer Stunde noch große Wickler gehangen hatten. Etwas wackelig stieg sie aus ihrem dunklen Van. Sie musste sich kurz an das Tragen der High Heels gewöhnen, hatte aber schnell ihr Gleichgewicht gefunden und fokussierte ihren Blick auf das Haus, in das sie gleich hineingehen würde. Menschen, die trotz der Uhrzeit an diesem Abend noch auf der Anlage spazierten, nahmen kaum Notiz von ihr. In ihrer Aufmachung passte sie hierher, dafür hatte sie gesorgt. Auch der Motelangestellte ließ sich nicht stören und glotzte mit großen Kopfhörern in seine Flimmerkiste. Die Gitterstäbe, die am Fenster angebracht waren, sollten ihn schützen und erinnerten wieder an die Gegend, in der sie sich befanden.

Kate schaffte es sofort, in ihre Rolle zu schlüpfen. Sie war in ihrem Element, und nichts auf der Welt fiel ihr leichter. Aus dem Augenwinkel sah sie John unauffällig um das Haus herumlaufen. Ein Blick in die Umgebung gab ihr die Sicherheit, dass er bisher nicht entdeckt worden war. Sie klopfte dreimal kurz an die Tür mit der Nummer acht, genauso wie Susan, die Prostituierte, es ihr gesagt hatte. Einen Moment später öffnete wurde ihr geöffnet.

»Wer bist du? Und was willst du?«

»Ich bin Pam. Susi schickt mich. Ich hab euer Zeug.«

Kate fasste in ihre Tasche, um ihm den Stoff zu zeigen, den er so dringend brauchte. Er ließ es nicht zu, sondern umklammerte stattdessen ihren rechten Oberarm und zerrte sie grob ins Zimmer hinein. Er blickte noch einmal kurz an ihr vorbei und schloss dann mit einem

Knall die Tür. Unsanft schubste er sie in Richtung des Tisches.

»Setz dich und gib mir die Scheißtasche.«

Sie übergab sie ihm, wie er es wünschte, ehe sie mit einem raschen Blick die Lage im Zimmer analysierte. Okay. Die beiden Gesuchten waren allein. Die Frau lag in gekrümmter Haltung auf dem Bett. Sie döste. Das Zimmer war heruntergekommen. Es stank modrig, und überall war Staub, der sie in der Nase kitzelte. Der Mann zitterte, während er ihre große Tasche durchsuchte.

»Erst die Kohle«, sagte Kate und richtete sich zur vollen Größe auf.

Sie sah ihm direkt in die Augen. Sie waren kalt, und er wirkte wütend. Kate atmete still und rührte sich nicht einen Zentimeter. Ihr Verhalten irritierte ihn, schien ihn noch wütender zu machen. Er schrie sie an, kam auf sie zu und hob seine rechte Hand, die sich zur Faust ballte. Während sie ihn mit ihren Augen fixierte, holte sie ihren Taser hervor, den sie an der Strumpfhose befestigt hatte, und versetzte ihm einen Schlag. Er schrie laut auf und stolperte nach hinten. Kate ließ nicht locker und näherte sich ihm, immer noch den Schocker auf ihn gerichtet. Er fiel längs neben das Bett. Die Frau wachte aus ihrem Dämmerzustand auf und sah Kate erschrocken an. Ihre Augen waren blutunterlaufen. Und dann hörte Kate sie nur noch schreien. Ein Blick in ihre Augen, und sie wusste, diese Frau stellte keine Bedrohung dar. Der Mann aber versuchte, die Lampe aus der Wand zu ziehen, um Kate damit zu attackieren. Sie wartete nicht, bis er sie treffen würde, sondern setzte sich auf ihn und schlug immer wieder auf ihn ein. So hart sie konnte. Das Schreien der Frau war wie die Musikbegleitung in einem Film, während eine spannende Szene lief, und ließ sie weitermachen.

Sie bestrafte ihn dafür, das Leben so vieler Menschen und vor allem das seiner eigenen Kinder zerstört zu haben. Die Fotos dieser Kinder erschienen immer wieder vor ihrem geistigen Auge. Verwahrlost und verängstigt. Unschuldig, aber zu einem Leben wie diesem hier bestimmt. Seinetwegen. Wegen dieses Abschaums, der vor ihr lag. Und sie schlug und schlug immer weiter.

»Kate! Kate!!! Verdammt! Hör sofort auf! Kate, hörst du mich?«

Die Schreie waren verstummt, und plötzlich vernahm Kate, wie jemand ihren Namen rief.

»Kate, hör auf!«

Ein Ruck löste sie aus der Trance, in der sie sich befand. Wo war sie? Sie konnte sich nicht erinnern. Diese Augen. John zwang sie, ihn anzusehen.

»Kate. Was zur Hölle soll der Mist? Bist du von allen guten Geistern verlassen? Verdammte Scheiße.«

Kate sah ihn erschrocken an. Wovon sprach er? Dann blickte sie um sich. Das Mädchen saß zitternd auf dem Bett und wimmerte. Leise sagte sie immer wieder einen Namen. »Aaron, Aaron, Aaron …«

Kate folgte ihrem Blick und erschrak bei dem, was sie sah. Blut sickerte unter dem Mann, der offenbar Aaron hieß, in den Teppich und bildete eine Lache. Sein Gesicht war rot und angeschwollen. Die Augenlider quollen über den Augäpfeln und schimmerten blau. Er regte sich nicht. Kates Herz schlug schneller. Erschrocken blickte sie auf ihre Hände. Ihre Knöchel waren blutig, und sie war sich nicht sicher, ob es sich um ihr eigenes oder um das des Mannes vor ihr handelte. Insbesondere die rechte Hand schmerzte bei dem Versuch, die Faust zu öffnen. Das weiße, fast durchsichtige Stretchkleid, das sie für diesen Job angezogen hatte und das sich kaum von ihrer hellen Haut abhob, war rot gesprenkelt. Kate schüttelte leicht den Kopf. Sie konnte nicht glauben, was sie sah, und brachte kein Wort heraus.

»Du gehst zum Auto und wartest dort auf mich. Hast du verstanden? Ich bring diesen Schlamassel hier in Ordnung.«

Kate erkannte John an seiner Stimme. Er klang wütend und schockiert. Immer noch realisierte sie nicht, dass seine Worte ihr galten. Wie ferngesteuert lief sie zu ihrem SUV und setzte sich mit versteinerter Miene auf den Beifahrersitz. Ihr Blick war auf ihre Hände gerichtet, die sie auf dem Armaturenbrett ruhen ließ. Sie konnte ihn nicht abwenden. Einige Zeit später stieg John zu ihr ins Auto.

»Ich habe meinen Bruder gerufen, er bringt die beiden zur Polizeiwache. Höchstwahrscheinlich muss der Kerl, den du so zugerichtet hast, erst mal ins Krankenhaus.«

Kate wandte den Blick von ihren Händen ab und sah John an. »Das Arschloch hat es verdient!«, verteidigte sie sich. Und doch war ihr klar, dass sie die Kontrolle verloren hatte.

John konnte nicht antworten, sondern schüttelte nur den Kopf und fuhr langsam los. So hatte er sie noch nie erlebt.

Mit zitternden und schmerzenden Fingern suchte Kate nach Verbandsmaterial, um ihre Hand zu verarzten. Noch immer hörte sie die Schreie der jungen Frau auf dem Bett. Sie empfand kein Mitleid. Trotzdem machte die Sache ihr Sorgen. Warum nur hatte sie sich nicht unter Kontrolle? Was war in letzter Zeit nur los mit ihr? Auf keinen Fall wollte sie ihren Job verlieren. Sie brauchte das Geld, wenn sie weiterhin in dieser Wohnung leben wollte. Niemals hätte sie es übers Herz gebracht, die vertraute Umgebung zu verlassen. Egal, wie tief der Schmerz saß. Sie war hier. In einem Teil der

Zukunft, die es für sie nicht mehr gab, wenngleich sie immer ein Teil von ihr bleiben würde.

Kate band die Mullbinde fest um ihre Wunde. Der Druck sorgte dafür, dass der Schmerz langsam nachließ. Sie versuchte, sich mit dem Fernsehprogramm abzulenken, aber ihre Gedanken drifteten wie so oft davon. Linda. Sie spürte wieder den Schmerz in ihrer Stimme. Es tat ihr leid, dass sie den Hörer so abrupt aufgelegt hatte. Sie konnte ahnen, wie sie sich fühlen musste. Für Linda war sie die letzte Chance. Auch wenn sie es vielleicht nicht wirklich war – Linda klammerte sich an diese Hoffnung. Kate wusste, sie durfte ihre Ängste und ihre innere Wut nicht an Linda auslassen. Sie entschloss sich, ihr eine Nachricht zu senden:

»Es tut mir leid. Ich wollte nicht unhöflich sein. Im Moment wüsste ich nicht, wie ich dir helfen könnte. Bitte geh dringend zur Polizei, falls Connor noch nicht wieder bei dir ist.«

Sie las die Nachricht noch einmal durch und schickte sie dann ab. Es dauerte nicht mal eine Minute, und ihr Smartphone leuchtete auf. Es war Linda.

»Ich weiß nicht, warum du es nicht versuchen willst, aber ich bitte dich inständig, noch einmal darüber nachzudenken. Er ist doch mein kleiner Junge. Bitte, Kate.«

Kates Finger schwirrten über dem Tastenfeld des Smartphones, doch was sollte sie darauf antworten. Das Telefon war ihre Rettung. Sie warf das Handy in die Sofaecke und eilte zum Telefonapparat. Als sie auf dem Display sah, dass es ihre Eltern waren, wurde ihr warm ums Herz. Sie waren ihr Trost und ihre Hoffnung, bei ihnen fühlte sie sich sicher und geborgen. Umso größer war ihre Angst, wenn es um die beiden ging. Es machte sie wahnsinnig, wenn sie zwei Tage hintereinander nichts von ihnen hörte. Sie besaßen weder ein Handy noch Internet. Sie wollten sich der technischen Entwicklung nicht ausliefern, der sie die Schuld daran gaben, dass so viele Familien zerbrachen. Ihr Vater zählte dann immer auf, wie viele junge Menschen er an diesem Tag gesehen hatte, die nebeneinandersaßen, aber nicht miteinander sprachen. Er war sich sicher, dass er draußen viel weniger Kinder beim Spielen sah, seitdem die Technik ihren Siegeszug angetreten hatte. Früher hätten die Kinder viel mehr gelacht und wären herumgetobt, heute wirkten sie nur noch fremdgesteuert und emotionslos. Kate fand seine Einstellung übertrieben, aber wenn sie sich so umsah, steckte doch ein Fünkchen Wahrheit in seiner Aussage. Während sie das Telefon an ihr Ohr führte, blickte sie aus dem Fenster in den Park. Der Spielplatz war leer.

»Hey Mom, wie geht es dir?«

»Kate, woher weißt du nur immer, dass ich es bin? Es könnte doch auch dein Vater sein.«

Kate schmunzelte. »Nein, Mom, Dad ist derjenige, der im Hintergrund laut mitdiskutiert, aber angerufen hat er noch nie. Das machst immer du.«

»Das stimmt, da hast du recht. Aber er liebt dich genauso wie ich. Das weißt du hoffentlich? Er telefoniert nur nicht so gern.«

»Klar weiß ich das. Und das mit dem Telefonieren habe ich mit Sicherheit von ihm. Meine Leidenschaft ist es nämlich auch nicht. Außer natürlich, wenn ich mit euch beiden spreche.«

Claire, Kates Mutter, lachte leise ins Telefon. Sie druckste ein wenig herum und suchte offenbar nach den richtigen Worten.

»Jetzt sag schon, was los ist, Mom.«

»Also, du weißt ja, bald ist Thanksgiving, und die letzten beiden Jahre warst du nicht hier. Und das verstehen wir, wirklich. Aber wir würden uns einfach so sehr freuen, wenn du das Fest dieses Jahr mal wieder mit uns verbringen würdest.« Sie machte eine kurze Sprechpause, bevor sie leise hinzufügte. »Wir vermissen dich.«

Die Worte ihrer Mutter trafen sie direkt ins Herz. Kate suchte in Gedanken nach einer Antwort. Ihre Eltern in irgendeiner Form zu verletzen war für sie absolut undenkbar. Sie waren immer für sie da gewesen. Selbst in der schweren Zeit in der Klinik, als alles so furchtbar war. In der Zeit, als Kate sich selbst nicht mehr erkannte. Sie wäre ohne ihre Hilfe nicht gesund geworden. Aber war sie wirklich gesund? Die Erinnerung an die letzten Tage ließen sie ernsthaft daran zweifeln. Sie fühlte sich verloren. Ihr Alltag, den sie so mühevoll strukturierte, war durcheinandergeraten. Sie wusste nicht mehr, wohin mit sich selbst. Und jetzt war sie kurz davor, ihren Job zu verlieren. Mit dem Hörer in der Hand lief sie in die Küche.

»Warte einen Augenblick. Ich muss schnell was nachschauen.«

Sie legte den Hörer auf die Arbeitsplatte und stieg auf einen Stuhl, um an das obere Regal ihrer modernen, offenen Küche zu gelangen. Ganz weit hinten holte sie eine Box hervor, öffnete den Deckel und zählte das Geld darin. Schnell überschlug sie ihre monatlichen Fixkosten und rechnete.

»Mom, bist du noch dran?«

»Ja, ich bin noch dran. Ist alles in Ordnung?«

Die ewige Sorge ihrer Mutter versetzte Kate einen Stich. Sie ertrug es nicht, dass sie sich ständig um sie sorgten. Doch nach alldem, was geschehen war, war das nur allzu natürlich.

»Ich werde Thanksgiving da sein und mir ein paar

Wochen Urlaub nehmen. Ich bleibe also so lang, bis ihr mich rausschmeißt.«

»Was? Ist das dein Ernst?«

Im Hintergrund hörte sie plötzlich ihren Vater rufen, der fragte, was denn los sei.

»Alles gut, stell dir vor, Kate kommt Thanksgiving und nimmt sich sogar Urlaub.«

»Oh, das ist ja wunderbar. Dann werde ich gleich mal einen Vogel für uns vorbestellen«, antwortete ihr Vater.

Und genau so sollte es sein, dachte sie sich. Meine Eltern haben es verdient, glücklich zu sein, nicht mehr und nicht weniger. Kate entspannte sich und wurde ruhiger, während sie noch eine Weile mit ihrer Mutter telefonierte. Sie war sich sicher, der Besuch bei den beiden würde auch ihr guttun. Sie würde Kraft tanken, sich erholen und gestärkt zurückkommen.

Oder zu Linda fahren und ihr helfen, Connor zu finden, flüsterte eine leise Stimme in ihrem Inneren.

Kapitel 4

Kate hatte das Gefühl, dass John ihre Urlaubszeit gerade recht kam. Er schien erleichtert, ein wenig Abstand gewinnen zu können. Sie hatten nicht mehr über das geredet, was in dem Motel passiert war. Was hätte sie auch sagen sollen? Sie konnte es selbst nicht erklären. Sie hatte völlig die Kontrolle verloren, war zu einem Menschen geworden, den sie selbst verachtete.

Kate packte ihre Reisetasche, blickte sich noch einmal in der Wohnung um und machte sich auf den Weg zum Flughafen. Im Flugzeug zu sitzen bedeutete für sie immer den totalen Kontrollverlust, deshalb hasste sie das Fliegen. Die Kontrolle abzugeben war das Einzige, was sie krampfhaft zu vermeiden versuchte. Die letzten zwei Jahre ihres Lebens führten ihr aber beinahe täglich schmerzhaft ihr Scheitern vor Augen.

Der Flughafen in Washington, D.C. war riesig, bildete fast schon eine Stadt für sich. Gefühlt Hunderttausende Menschen drängten aneinander vorbei. Es wurde wild durcheinandergeredet. Überall klingelten Handys, Durchsagen erfüllten die unzähligen Gänge und Ebenen. Es kostete Kate fast vierzig Minuten, bis sie den richtigen Flugsteig gefunden hatte. Sie hatte einen Platz am Fenster, denn das vermittelte ihr – entgegen jeder Vernunft – immer das Gefühl, als könnte sie noch ein Stück Kontrolle bewahren.

Auch wenn ihr durchaus bewusst war, dass das völliger Blödsinn war.

Der Flug nach Columbus dauerte weniger als eine Stunde; dennoch kam es Kate wie eine Ewigkeit vor. Die Zeit ließ sie in Gedanken versinken. Gedanken, die sie nicht in ihrem Kopf haben wollte: Erinnerungen an ihre unbeschwerte Vergangenheit, als ihr Leben noch nahezu perfekt gewesen war – sie erschienen zum Greifen nah und waren doch weit weg. Schließlich schüttelte sie alle lästigen Gedanken von sich ab und versuchte, ein wenig zu entspannen, indem sie an ihre Eltern dachte, auf die sie sich von Herzen freute. Zwei Jahre waren einfach zu lang, aber sie war vorher nicht dazu in der Lage gewesen, ihnen unter die Augen zu treten. Nicht in der Verfassung, in der sie sich befand.

In der Ankunftshalle fing Kate langsam an, sich zu beruhigen. Ihre Hände fühlten sich eiskalt an, und sie war fürchterlich aufgeregt. Ihre Eltern zu sehen bedeutete auch, sie konnte ihre schützende Fassade fallen lassen.

»Kate! Wir sind hier drüben.«

Kates Mutter Claire hatte Tränen in den Augen. Kate rannte in ihre ausgestreckten Arme. Sie mussten beide vor Freude weinen. Auf der Fahrt nach Hause sprachen sie kaum ein Wort. Kate und ihre Mutter hielten sich an den Händen und genossen die Anwesenheit des anderen.

Es tat so gut, wieder zu Hause zu sein. Der vertraute Geruch, die Liebe und Geborgenheit, all das umfing sie, sobald sie durch die Tür getreten war. Das Haus trug eindeutig die Handschrift ihrer Mutter. Ihr Dad Ben hatte sich in solche Dinge nie eingemischt. Er war glücklich, wenn Claire es war. Es war kalt um diese Jahreszeit, und ihr Dad begann damit, das Feuer im Kamin zu entfachen. Das Haus war erfüllt vom Geruch nach Bratäpfeln, Süßkartoffeln und

Truthahn. Im Wohnzimmer hingen unzählige Bilder von Kate an der Wand: als Kind, als Teenager, als glückliche Frau an Toms Seite. Sogar ihr Highschool-Abschluss war dokumentiert worden. Kate musste sich das Lachen verkneifen, wenn sie an den Abschlussball dachte. Bobby Thomas war ihre Begleitung gewesen. Er war dermaßen aufgeregt, dass er auf der Fahrt zur Party beinahe in einen Verkehrsunfall verwickelt worden wäre. Er hatte Wochen gebraucht, bis er sich traute, sie zu fragen. Es war ein Desaster. Billiger Alkohol, schreckliche Kleider, Zahnspangen und grauenhafte Frisuren – eben etwas, das man erlebt haben musste.

Ihre Mom kam aus der Küche. Sie hatte zwei Gläser ihres berühmt-berüchtigten Thanksgiving-Punschs dabei. Zusammen kuschelten sie sich auf das Sofa und begannen, in Erinnerungen zu schwelgen. Ben saß ihnen gegenüber in seinem Lieblingssessel. Kate wollte ihm vor einigen Jahren einen neuen Sessel zum Geburtstag schenken, aber er wollte seinen alten durchgesessenen Ohrensessel unbedingt behalten. Er war der Meinung, dass eine Sitzgelegenheit nicht in der Lage sein sollte, mit ihm zu kommunizieren. Ein Sessel war ein Sessel und sollte nicht mehr sein als das. Kate liebte ihren Vater für all seine Eigenheiten. Er war ihr Fels in der Brandung, und sie konnte sich keinen besseren Vater vorstellen als ihn.

Ihre Mutter hatte Fotoalben aus dem Schrank geholt.

»Weißt du noch, wie wir in diesem Sommer an den Eriesee gefahren sind? Es war unser erster Campingausflug.«

»Natürlich erinnere ich mich. Ich war fünfzehn. Wie könnte ich diesen Urlaub vergessen? Wir wurden beinahe von einem Bären angefallen, weil wir unser Zelt in einem Naturschutzreservat aufgeschlagen hatten. Der Ranger war stocksauer und hat uns mitten in der Nacht verjagt.«

Sie mussten so herzlich lachen, dass sich sogar ihr Vater ein kleines Grinsen nicht verkneifen konnte. Von da an fanden ihre Urlaube nur noch in der Zivilisation statt, wie Claire das nannte.

»Da hat dir Dad das Schwimmen beigebracht.«

»Wie alt war ich da? Ich war wohl ein Spätzünder.«

Claire rang sich ein Lächeln ab und begann, etwas unruhig auf dem Sofa hin und her zu rutschen. »Ich denke, dass du ungefähr sieben oder acht Jahre alt warst. Wir fanden es wichtiger, dir zuerst andere Dinge beizubringen, die für dich hier in Columbus besser geeignet waren. Dafür gab es auch Sachen, die du schon früher als andere Kinder konntest. Dein Ermittlerinstinkt war für dich gerade zur Osterzeit immer von Vorteil. Während andere Kinder noch Tage später nach den versteckten Eiern suchten, hast du schon nach einer halben Stunde mit allen Errungenschaften bei uns auf der Veranda gestanden.«

Kate lächelte. Ostern war tatsächlich immer eines ihrer liebsten Feste gewesen, und den Frühling liebte sie sowieso am meisten. Alles blühte und erwachte zu neuem Leben, die Vögel zwitscherten, und ihr Spürsinn bekam neue Nahrung. Ihre Eltern begannen bereits kurz vor Ostern mit den Vorbereitungen, um Kate möglichst lang zu beschäftigen. Ihr Vater hätte sich einmal beinahe ein Bein gebrochen, als er versuchte, Eier auf einem Baum zu verstecken. Gott sei Dank war er in Claires frisch angelegtes Gemüsebeet gefallen, und der Salat federte seinen Sturz ab. Claire wollte zunächst schimpfen, aber der Anblick ihres Mannes im Kopfsalat war einfach zu lustig. Claire und Ben lachten, bis sie Tränen in den Augen hatten. Natürlich mussten sie das Geheimnis damals für sich behalten, sonst wäre ja aufgeflogen, dass es den Osterhasen gar nicht gab.

Sie schwelgten weiter in Erinnerungen, blätterten die Fotoalben durch, und Kate fand sogar ein Hochzeitsfoto ihrer Eltern. Dieses Bild strahlte so viel Zuneigung aus. Schon immer hatte Kate in ihnen ein Paar gesehen, das die perfekte Liebe und Harmonie verkörperte. Nicht einmal hatte sie die beiden ernsthaft streiten hören. Sie verstanden sich meist ohne Worte, und wenn es doch einmal Spannungen gab, sprach ihre Mutter so lange nicht mit ihrem Vater, bis der sich bei ihr entschuldigte. Völlig egal, ob er schuld war oder nicht. Typisch ihre Eltern eben. Sie hatten vor fünfunddreißig Jahren geheiratet und waren immer noch glücklich. Warum war ihr dieses Glück nicht vergönnt? Kurz verlor sie sich in diesem Moment. Ihre Kindheit kam ihr in den Sinn, und sie musste unweigerlich an die Kinder dieser gottverdammten Junkies denken. Kein junger Mensch sollte so aufwachsen müssen. Jeder hatte es verdient, solch ein Zuhause zu haben, wie sie es gehabt hatte.

»Mom, gibt es eigentlich keine Bilder von mir als Baby?«

Tom und Kate hatten sich Kinder gewünscht. Unbedingt. Er hatte Kate immer damit geneckt, wie sie wohl als Baby ausgesehen hatte. Seiner Meinung nach musste sie sicher einem kleinen Troll ähnlich gesehen haben: ein zierliches Wesen mit einer feuerroten Zottelmähne.

»Und von wem habe ich eigentlich meine roten Haare? Gib's zu, Dad ist gar nicht mein Vater, und du hattest ein Verhältnis mit dem Postboten.«

Sie grinste ihre Eltern an und dachte, sie hätte etwas äußerst Amüsantes gesagt. Auf einmal starrte sie in zwei Gesichter, die den Witz anscheinend nicht verstanden hatten. Ihr Dad stand hastig auf und eilte in die Küche, um nach dem Truthahn zu sehen, und ihre Mutter erhob sich vom Sofa und verschwand ebenfalls in der Küche.

Etwas verloren blieb Kate allein im Wohnzimmer zurück. Schließlich folgte sie ihren Eltern, um sich zu entschuldigen, und fand ihre Mutter weinend in den Armen ihres Vaters. Beide lehnten am Kühlschrank und waren kreidebleich. Als sie Kate sahen, entstand eine drückende Stille.

»Mom, Dad, was ist denn? Es tut mir leid. Das sollte ein Scherz sein. Bitte entschuldigt meinen dummen Witz. Ich habe nicht nachgedacht.«

Kate war verzweifelt; sie verstand überhaupt nicht, warum ihre Eltern so reagierten.

»Kate, setzen wir uns, bitte.«

Claire hatte Tränen in den Augen, und ihre Hände zitterten.

»Mom, was ist denn los? Stimmt etwas nicht?«

Panik erfasste Kate, als sie sich mit ihren Eltern in der Küche setzte. Als Kind hatte sie diesen Platz im Haus geliebt. Sie hatte oft an der Küchentheke gesessen und ihrer Mutter dabei zugeschaut, wie sie für sie kochte oder backte.

»Liebling, kannst du dich an irgendetwas aus deiner frühen Kindheit erinnern?«

Kate atmete hörbar ein und aus und bereute, dass sie keine Tabletten mitgenommen hatte. Es war wie eine Art Intuition, die sie fühlen ließ, dass etwas Schlimmes geschehen würde. Es war nicht einzuordnen, aber ihre Alarmglocken schrillten.

»Natürlich erinnere ich mich an meine Kindheit. Was ist denn los?«

»Schatz, bitte versuch, dich an deine frühe Kindheit zu erinnern. An irgendetwas aus dieser Zeit. Als du drei oder vier Jahre alt warst.«

Kate bekam keinen klaren Gedanken in ihren Kopf.

»Es gibt einen Grund, warum unsere Fotoalben erst

beginnen, als du fünf Jahre alt warst. Es gibt eine Erklärung dafür, dass niemand sonst in der Familie rote Haare hat. Es gibt etwas, das wir dir schon vor vielen Jahren erzählen wollten, aber wir haben nie den geeigneten Moment oder die richtigen Worte gefunden. Als wir geheiratet haben, waren wir so glücklich, wie man es nur sein konnte. Wir haben jung geheiratet und träumten von einer großen Familie mit vielen Kindern. Die Jahre vergingen, und nichts passierte. Der liebe Gott hatte andere Pläne und schenkte uns kein Kind. Zu der damaligen Zeit war die Forschung noch am Anfang, und künstliche Befruchtung steckte in den Kinderschuhen oder galt als Hexenwerk. Ich drohte daran zu zerbrechen. Dein Vater und ich standen kurz vor dem Ende unserer Ehe. Wir stritten uns nur noch, ich weinte von früh bis spät. Wir lebten getrennte Leben. Eines Tages hörte ich bei meiner Therapeutin von einer anderen Patientin, dass es in Columbus ein Waisenhaus gebe, wo man verzweifelt auf der Suche nach Familien für die Kinder sei. Das Problem der Kinder in diesem Haus war, dass sie aus schlimmen Verhältnissen stammten und zu alt waren, um vermittelt zu werden. Niemand wollte diesen Kindern eine Chance geben.«

Kate spürte, wie der Boden unter ihren Füßen bebte. Die Stimme ihrer Mutter klang auf einmal dumpf, wie durch Watte hindurch. Sie versuchte, sich in sich selbst zu verkriechen, nur um nicht hören zu müssen, was gleich unausweichlich ans Tageslicht kommen würde.

»Schatz, wir hätten es dir schon früher sagen sollen, und du musst wissen, dass du immer unser Kind warst und sein wirst.« Kates Mutter atmete tief ein und machte eine lange Pause. »Du warst eins der Kinder aus Heaven Sent.«

In diesem Moment verlor Kate jegliche Kontrolle. Der

Boden schien sich zu öffnen, um sie zu verschlucken. Dann verlor sie das Bewusstsein.

Kate vernahm ihre Stimmen, ihre Rufe, doch ihre Augen gehorchten ihr nicht und ließen sich einfach nicht öffnen. Ihr Kopf fühlte sich an, als wäre er in einen Schraubstock eingespannt. Ihr linker Arm schmerzte höllisch, und in ihrem Mund schmeckte es metallisch. Sie war zu Hause. Dort, wo sie jetzt überhaupt nicht mehr sein wollte. Es war der Schutz der Dunkelheit, die sie einhüllte und nach der sie sich sehnte, als sie vom Stuhl gekippt war. Wo waren ihre Tabletten? Sie musste dieses verdammte Zittern loswerden. Ihre Augen ließen sich immer noch nicht öffnen. Doch eines spürte Kate ganz klar, als sie in sich hineinhorchte: Sie würde das alles hier überstehen! Allerdings musste sie zuerst herausfinden, wer sie war. Sie musste die Wahrheit über ihre Herkunft erfahren. So vieles in ihrem Leben war eine Lüge. Irgendwo in ihrem Kopf mussten die Antworten auf die unzähligen Fragen sein, die sie quälten. Allmählich spürte Kate, wie sie die Kontrolle über ihren Körper und ihre Augen wiedererlangte. Über sie gebeugt standen ihre Eltern. Sie waren kalkweiß, der Schock war ihnen ins Gesicht geschrieben.

»Schatz, bitte sag etwas! Geht's dir gut? Sollen wir den Notarzt rufen?«

Ihre Mom sah aus, als stünde sie kurz vor einem Herzinfarkt; sie wirkte um Jahre gealtert. Und die Haare ihres Vaters schimmerten noch grauer, als sie es ohnehin schon waren.

Kate setzte sich auf. Sie versuchte, gegen den Schwindel und die damit verbundene Übelkeit anzukämpfen. Krampfhaft überlegte sie, wann sie das letzte Mal etwas gegessen hatte. Der Punsch, der Flug, diese Offenbarung – kurz gesagt, ihr ganzes beschissenes Leben war einfach zu viel für sie geworden. Es war nicht das Leben, das sie wollte. Es war das einer Fremden. Einer Fremden, zu der sie keinen Zugang finden konnte.

Mit letzter Kraft zog sie sich auf einen der Hocker an der Küchentheke. Ihre Mutter brachte ihr ein Glas Wasser und stellte es vor ihr auf den Tisch.

»Ich bin nicht eure Tochter.« Kates Stimme brach, und sie hatte große Mühe, sich zu konzentrieren. Sie atmete tief durch, bevor sie weitersprechen konnte. »Ihr habt mich adoptiert. Warum sagt ihr mir das erst jetzt?«

Kate spürte Wut in sich aufkeimen. Wut auf ihre Eltern, die eigentlich nicht ihre Eltern waren. Wut auf Tom, der sie einfach allein gelassen hatte. Wut auf John, weil er John war. Und Wut auf sich selbst, weil sie mit alldem nicht fertigwurde.

»Das Heaven Sent hatte damals sehr strikte Regeln für Adoptiveltern. Wir mussten einen Vertrag unterschreiben, in dem wir versicherten, die Adoption geheim zu halten. Wir wussten nicht, ob das stimmte, aber die Angst davor, dich wieder verlieren zu können, hätte uns alles unterschreiben lassen. In dem Moment, als du meine Hand ergriffen hast, warst du meine Tochter, und ich habe geschworen, dich zu beschützen, auch vor dem Leben, das du vor uns ertragen musstest. Für uns hat es nie einen Unterschied gemacht, dass wir nicht das gleiche Blut haben.«

Kates Vater war noch nie ein Mann der großen Worte gewesen, daher rührte es Kate nun zu Tränen, dass er so einfühlsam sprach.

»Aber warum kann ich mich denn an nichts aus dieser Zeit erinnern?«

»Wir wissen es nicht, mein Schatz. Du hast niemals über

deine Zeit im Waisenhaus gesprochen, und wir haben dich nie danach gefragt. Du warst fünf, als wir dich adoptiert haben.«

»Wer waren denn meine leiblichen Eltern? Warum war ich in einem Waisenhaus?«

Kates Gedanken überschlugen sich. Sie trank das Glas Wasser aus, um einen klaren Kopf zu bekommen. Ihre Mutter und ihr Vater hatten ihr gegenüber Platz genommen. Ben holte den Whiskey aus dem Schrank und schenkte drei Gläser ein.

»Man hat uns nur erzählt, dass du in jungen Jahren bereits sehr viel mitmachen musstest«, fuhr Kates Mutter fort. »Die Heimleitung, eine gewisse Mrs. Kinley, hat uns damals gesagt, dass dein Vater verschwunden und deine Mutter im Gefängnis sei. Wir haben keine weiteren Fragen gestellt. Als wir dich das erste Mal sahen, wussten wir, dass wir dir ein Zuhause schenken wollten. Du hattest dieses Feuer und diesen Starrsinn in den Augen. Dein Vater konnte nicht aufhören, über deine Augen zu sprechen. Er sagte die ganze Zeit, dass ihn das kleine Mädchen an mich erinnere. Für ihn war es Liebe auf den ersten Blick. Ich habe die Angst und die Leere in deinen hinreißenden Augen gesehen und konnte hinter deine Fassade blicken. Dein starrer Gang, dein nach oben gerecktes Kinn. Du hast schon so erwachsen gewirkt. Viel zu erwachsen. Wir konnten nur erahnen, was du in deinem Leben bereits mitgemacht haben musstest.«

Langsam beruhigten sich Kates Gedanken, und das Zittern legte sich. Der Whiskey brannte in ihrer Kehle und auf der aufgeplatzten Lippe. Es fühlte sich wunderbar an. Der Alkohol betäubte ihre Sinne und half ihr, das hier durchzustehen.

»Bitte entschuldigt mich. Ich würde mich gerne einen Moment hinlegen.«

Kate verließ die Küche und ging nach oben in ihr altes Zimmer. Sie schloss die Tür hinter sich und ließ sich auf das Bett fallen. Der süße Duft von Blumen und Früchten erfüllte den Raum. Ihre Mutter hatte schon immer ein Faible für blumige Waschmittel gehabt. Kate ließ ihren Blick durch ihr Zimmer schweifen. Ihr Kopf fühlte sich immer noch an, als würde er jeden Moment explodieren. Sie massierte mit den Fingern ihre Schläfen, so wie es ihre Therapeutin ihr gezeigt hatte. Oh, wie sehr sehnte sie sich jetzt nach einer Therapiesitzung. Beth war die Einzige, die jedes schockierende Detail ihrer schwarzen Seele kannte. Sie war diejenige, bei der es Kate egal war, was sie über sie dachte. Das hatte ihr in den letzten zwei Jahren zumindest ein bisschen geholfen, um an Toms Tod nicht völlig zu zerbrechen. Sie legte die Füße aufs Bett, schloss die Augen und schlief augenblicklich ein.

Als Kate ihre Augen wieder öffnete, war es draußen stockdunkel. Sie lag zugedeckt im Bett; auf ihrem Nachttisch lag ein Erdnussbuttersandwich, daneben stand ein Glas Milch. Das hatte ihre Mom ihr immer gemacht, wenn sie krank oder schlecht drauf gewesen war.

Kate setzte sich in ihrem Bett auf. Der Schmerz in ihrem Kopf war nicht mehr so stark, und auch ihr Arm tat weniger weh. Trotzdem würde es einige hübsche blaue Flecken geben. Sie aß ihr Sandwich und trank ihre Milch, dann ging sie ins Bad, um eine heiße Dusche zu nehmen. Danach fühlte sie sich wie neugeboren. Sie zog sich einen Jogginganzug an und machte sich auf den Weg nach unten, um mit ihren Eltern zu sprechen.

Und das tat sie ausgiebig. Sie sprachen die ganze Nacht, sie weinten, sie schwiegen, aber am Ende war alles gesagt, was gesagt werden musste. Für Kate stand fest, dass Claire und Ben ihre Eltern waren. Nichts konnte dies ändern. Dennoch musste sie mehr über ihre Herkunft wissen. Es würde ihr helfen, die fehlenden Antworten zu finden.

Am nächsten Morgen googelte sie zuerst nach dem Waisenhaus. Sie fand einige Zeitungsartikel darüber, dass man das Haus vor acht Jahren geschlossen hatte, nachdem erhebliche Missstände aufgedeckt worden waren. Angeblich wurden die Kinder in dieser Anstalt einem militärischen Drill unterzogen, der seinesgleichen suchte. Kate betrachtete die Bilder von Heaven Sent. Es war ein vierstöckiges graues Haus mit einer großen schwarzen Eingangstür. Der Vorgarten wirkte sauber und aufgeräumt, jedoch wenig einladend. Es stand nicht ein einziges Spielgerät oder sonst irgendetwas herum, das darauf hindeutete, dass hier Kinder lebten. Die Bilder waren ziemlich unscharf, und Kate hatte Mühe, überhaupt Details zu erkennen. Auch im Internet erfuhr sie nicht viel mehr. Sie beschloss, ihre Mutter nach weiteren Einzelheiten zu fragen. Vielleicht konnte sie ja etwas Licht ins Dunkel bringen.

In der Küche erwartete Claire sie mit heißem, dampfendem Kaffee und frischen Pancakes. Kate frühstückte äußerst selten. Es war für sie reine Zeitverschwendung. Eine riesengroße Tasse schwarzer Kaffee reichte am Morgen für sie vollkommen, um in den Tag zu starten. Wenn sie aber zu Hause bei ihren Eltern war, dann brach sie mit all ihren Gewohnheiten und war wieder ein Kind, das von seiner Mutter verwöhnt werden wollte.

»Mom, hast du zufällig noch die Adresse des Kinderheims? Ich will mich dort mal umsehen. Wenn ich Glück habe, hilft es mir, mich zu erinnern.«

Ihre Mutter schaute sie aus traurigen, verquollenen Augen an, war aber gewillt, Kate bei ihrer Suche zu unterstützen.

»Soweit ich weiß, ist das Heim vor ein paar Jahren abgerissen worden. Da wirst du kaum noch Antworten finden. Aber ich habe etwas anderes für dich.« Sie verschwand im Wohnzimmer und kehrte mit einer zerknickten Visitenkarte in die Küche zurück. »Vor etwa zehn Jahren war ein Reporter bei uns. Zuerst wollte ich ihn nicht ins Haus lassen, denn ich hatte zu große Angst davor, die Geschichte wieder aufzurollen. Aber dann entschieden wir uns doch, ihn anzuhören. Sein Name war Harry Rutherford. Er war danach noch viele Male bei uns und ist all die Jahre mit uns in Kontakt geblieben, um sich nach dir zu erkundigen.«

»Etwa dein Schulfreund Harry? Hattet ihr mir das nicht erzählt, als ich damals ans Telefon gegangen bin? Noch mehr Lügen!« Kate brauchte einen Moment, um sich zu beruhigen und gegen den Drang anzukämpfen, fluchtartig das Haus zu verlassen. »Wieso hat er sich nach mir erkundigt?«

»Das muss er dir selbst erzählen. Ich möchte nichts Falsches sagen und ebenso wenig möchte ich dir bei deiner Suche im Weg stehen.«

Sie reichte Kate die Karte und senkte den Blick. Es schien, als wäre sie dabei, unter der Last ihres schlechten Gewissens zu zerbrechen.

Kate erreichte Rutherford gleich beim ersten Versuch.

»Wie schön, Ihre Stimme zu hören. Ihre Mutter hat mir erzählt, dass sie einen schweren Verlust erlitten haben. Vermutlich haben Sie viele Fragen an mich, doch zuerst möchte ich Ihnen sagen, wer ich bin, denn das dürfte im Augenblick das Dringlichste sein.«

Das Sprechen fiel Rutherford schwer. Ein zischendes Atemgeräusch und ein unterschwelliges Pfeifen begleiteten seine Sätze. Er legte eine kurze Sprechpause ein. Kate überlegte. Kate wartete nervös auf weitere Erklärungen.

»Ich habe viele Jahre als freier Journalist gearbeitet. Mein

Spezialgebiet war der investigative Journalismus. Es war meine Aufgabe, Geschichten zu finden, die eigentlich vertuscht werden sollten.«

Wieder atmete er schwer ein. Seine Stimme wurde von Satz zu Satz leiser, sodass es Kate schwerfiel, ihn zu verstehen.

»Um das zu begreifen, muss ich Ihnen sagen, dass ich bereits in jungen Jahren einer Sekte zum Opfer gefallen bin; dort hat man mich mit einer weltfremden und vollkommen antiquierten Philosophie derart in den Bann gezogen, dass ich mein altes Leben, ja sogar mein Studium hingeschmissen habe. Hinter jeder guten Geschichte steckt auch immer eine Frau. Und diejenige, die mir zum Verhängnis wurde, hieß Maria Kinley.«

Kate wusste immer noch nicht, in welche Richtung dieses Gespräch ging, aber sie konnte spüren, wie sich ihr Puls beschleunigte. Nach einer kurzen Pause fuhr er fort.

»Maria und ihr Bruder waren der Kopf der sogenannten Heaven Church. Wie viele Jungs in meinem Alter war ich auf der Suche nach dem Sinn des Lebens, trank zu viel, hatte zu viel Sex mit zu vielen Frauen und ansonsten kein Ziel vor Augen. Ich studierte damals Psychologie, weil meine Eltern das von mir erwartet hatten, nicht, weil es mich interessiert hätte. Dann tauchte Maria auf und zeigte mir eine Welt, die so perfekt schien. Eine Familie, in der man sein konnte, wer man wollte – solange man sich an die Regeln hielt. Das merkte ich allerdings erst recht spät. Die Church war die perfekte Tarnung; sie bildete das Dach, das all das Kranke und Böse nach außen verschleiern sollte. Neben der Christian Identity, die sich als rechtsradikale Gruppierung von der Church abgespalten hatte, gab es noch verschiedene Institutionen, die der Welt zeigen sollten, welch anständige Menschen sie waren. Gute Christen. Stützen der Gesellschaft. Mitglieder in den Gemeinden. Sie hatten sich wie ein giftiger Keim in den Köpfen vieler hundert Menschen eingepflanzt. Auch in meinem. Wir hatten unsere Finger überall, in der Politik, in der Wirtschaft, im Rechtssystem. Anscheinend konnte uns niemand etwas anhaben. Doch eines Tages konnte ich einen Blick hinter die Kulissen des Heaven Sent werfen, und das hat mir geholfen, das zu sehen, was wir waren: eine Gruppe von geldgierigen Monstern, weit entfernt davon, gute Christen zu sein. Das, was Maria und ihre Jünger den Kindern dort antaten, war etwas, vor dem ich meine Augen nicht länger verschließen konnte. Leider war es zu spät, um Sie oder die anderen Kinder retten zu können. Es tut mir so leid.«

Er atmete schwer, und Kate konnte fühlen, dass er die Tränen unterdrücken musste. Sie konnte nicht sprechen, wollte auch nicht hören, was er sagte, und doch sog sie jedes seiner Worte auf wie ein riesiger Schwamm.

»Seit diesem Tag habe ich alles Erdenkliche unternommen, um die Heaven Church und all ihre diabolischen Arme zu zerschlagen. Nun wissen Sie, warum ich mit Ihren Eltern in Kontakt geblieben bin. Ich habe jedes Kind im Auge behalten, von dem ich eine Akte gefunden habe. Ich musste mich einfach vergewissern, dass das Leben dieser Kinder jetzt in Ordnung war. Das war das Mindeste, was ich für Sie und die anderen tun konnte. Es hat Jahre gedauert, bis ich es geschafft hatte, das Waisenhaus schließen zu lassen, aber nun liegt es endlich in Trümmern und wird niemals wieder einer Kinderseele Leid zufügen.«

Kates analytisches Gedächtnis fügte blitzschnell alle Fakten, die sie gerade gehört hatte, zu einem Puzzle zusammen. Es war für sie so, als ob das, was Rutherford erzählt hatte, sie persönlich überhaupt nicht betreffen würde. Wie so oft wandelte Kate Dinge, die sie emotional berührten, einfach in einen Fall um, den es zu klären galt. Beth hatte sie bereits in einer der ersten Sitzungen auf dieses Verhalten aufmerksam gemacht. Doch bis heute wollte sie Beths Rat, sich den eigenen Gefühlen zu stellen, nicht annehmen. Sie hätte es einfach nicht verkraftet. Noch nicht.

»Wissen Sie, was aus Maria und ihrem Bruder geworden ist? Hat man sie denn zur Rechenschaft gezogen?«

»Nein, leider nicht in dem Umfang, der gerechtfertigt gewesen wäre. Damals hatten sie einfach noch zu viele Freunde in entscheidenden Positionen, sodass beide nur eine Bewährungsstrafe bekommen haben und anschließend untergetaucht sind.«

Kate lehnte sich in ihrem Sessel zurück und versuchte, die Informationen zu verarbeiten.

»Kann ich Sie treffen?«

Sie musste dem Mann einfach in die Augen schauen, der einen Teil ihrer Vergangenheit kannte, von dem sie selbst nichts mehr wusste.

»Ich habe gehofft, dass Sie das fragen. Leider bin ich gesundheitlich nicht mehr in der besten Verfassung, deswegen wäre es sinnvoll, wenn wir uns bereits in den kommenden Tagen treffen könnten. Ich schicke Ihnen die Adresse des Pflegeheims, in dem ich lebe. Es ist zwar nicht das Hilton, aber für meine letzten Atemzüge reicht es aus.«

Er lachte und bekam einen starken Hustenanfall. Rutherford klang krank, alt und verbraucht. Kate empfand Sympathie, Hass und Ekel gleichermaßen. Er war Teil dieser grausamen Maschinerie gewesen, die den Kindern so etwas angetan hatte – die ihr so etwas angetan hatte. Und doch war er auch derjenige, der dieses Martyrium beendete.

Am Montag war Kate die Erste, die an der Tür des Rathauses wartete. Die Dame am Infoschalter wies ihr den Weg zu den Archiven. Dort angekommen, half ihr eine sehr nette Mitarbeiterin, die gesuchten Dokumente zu finden. Kate war auf der Suche nach Namen, Zeitungsausschnitten, Hintergründen. Ihr Herz raste, als sie einen Zeitungsbericht anlässlich der Eröffnung des Waisenhauses fand. Auf dem Foto war wieder dieses Haus zu sehen, allerdings waren im Vorgarten diesmal Ballons aufgehängt, und es rannten Kinder umher. Die damalige Leitung des Heims hatte eine gewisse Mrs. Kinley inne: die Maria Kinley, von der Rutherford gesprochen hatte. In dem Zeitungsinterview beschrieb Mrs. Kinley ihre Methoden, um Kinder aus gewalttätigen Familien in die Gesellschaft zu integrieren. Sie sprach ganz offen darüber, dass in ihrem Haus die Kinder unterkamen, die – wie sie es nannte – »nicht vermittelbar« und »traumatisiert« waren. Sie hatte eine ganz neue Methode entwickelt, diesen Kindern einen geregelten Alltag zu vermitteln und ihnen beizubringen, sich in der Gesellschaft zu bewegen. Ihrer Ansicht nach mussten diese Kinder mit der nötigen Strenge erzogen werden, um zu verhindern, dass sie später selbst zu Kriminellen wurden.

Kate holte tief Luft. Sie hatte fast vergessen zu atmen, als sie den Artikel las. Sie konnte die Augen nicht vom Foto der Frau nehmen, die sie einen Teil ihrer Kindheit »erzogen« hatte. Kate hatte immer noch nicht das Gefühl, dass sich in ihrem Gehirn irgendein Knoten lösen würde. Das Einzige, was sie mit Sicherheit sagen konnte, war, dass ihr diese Frau Angst einjagte. Ihr war plötzlich kalt, und ihre Knie zitterten.

Der nächste Bericht handelte von den Missständen im Haus. Der Reporter war Harry Rutherford vom »Columbus Dispatch«. Es war ein sehr kleiner Artikel, in dem er rigoros die Schließung des Heims forderte. Laut seinen Recherchen wurden Kinder, die nicht nach den Regeln spielten, mehrere Tage oder Wochen im dunklen Keller eingesperrt und mit nichts als Wasser und Brot versorgt. Sie durften in dieser ganzen Zeit nicht sprechen und mussten von morgens bis abends in der Bibel lesen; nur dafür wurde ein wenig Licht gemacht. Wenn sie wieder aus dem Keller herausgelassen wurden, waren sie meist so verstört, dass sie niemals wieder gegen eine Regel des Heims verstießen.

Kate atmete schwer. Ihre Hände fühlten sich eiskalt an, ihr Rücken war nassgeschwitzt. Ihr wurde klar, dass das die Erklärung dafür sein konnte, warum sie ihr Leben starren Regeln unterworfen hatte und ihr die Dunkelheit panische Angst einjagte. Zu Hause in Washington ließ sie in jedem Zimmer eine kleine Lampe brennen. Tag und Nacht. Tom hatte sie damit immer aufgezogen. Er konnte das nicht verstehen, denn er fand, dass sie zu den stärksten Persönlichkeiten gehörte, die ihm je begegnet waren. Und trotzdem: Sie war es nicht.

Kate suchte im Internet nach Informationen über Maria Kinley. Es schien, als sei sie nach dem Prozess vom Erdboden verschluckt, da es absolut keine Hinweise auf ihren jetzigen Aufenthaltsort gab. Vielleicht war es doch besser, die Vergangenheit ruhen zu lassen und im Hier und Jetzt zu bleiben? Kates Leben war ja auch ohne ihre Kindheit, die sie nie gehabt hatte – zumindest nicht in ihrer Erinnerung –, aufregend genug.

Der Anruf von Linda kam ihr wieder in den Sinn. Ihr Kopf schrie förmlich, das Gespräch zu vergessen, aber ihr Bauch und ihr Herz befahlen ihr, eine Entscheidung zu treffen, von der es kein Zurück geben würde. Sie musste Linda aufsuchen und ihr helfen. Gleichzeitig wurde der Drang, mehr über ihr früheres Leben herauszufinden, beinahe übermächtig. Kate, die die Dinge gerne selbst in die Hand nahm, musste sich eingestehen, dass sie Hilfe benötigte, um mehr Details in Erfahrung zu bringen. Möglicherweise hatte John jemanden an der Hand, der das für sie erledigen konnte.

Kapitel 5

Die Fahrt war anstrengender, als sie es für möglich gehalten hatte. Stundenlang ruckelte der Bus in Richtung Detroit. Zwei Kinder, die quengelnd neben ihrer unaufhörlich telefonierenden Mutter saßen, raubten Kate beinahe den letzten Nerv und machten es ihr unmöglich, sich während der Fahrt auszuruhen. Der spätsommerliche Herbst und der beginnende Winter rangen miteinander, doch gerade an diesem Tag schien der Winter doch noch auf sich warten zu lassen. Am Busbahnhof versuchte Kate, sich möglichst unauffällig eine Strähne wegzuwischen, die an ihrer Stirn klebte.

Detroit. Diese Stadt, so trostlos sie auch auf Kate wirkte, war gespickt mit Erinnerungen und früher ein Ort gewesen, an dem sie gern war. Sie liebte die Menschen und hatte hier einen ausgezeichneten Job gehabt. Aber das Wichtigste war für sie, dass sie hier Tom kennengelernt hatte. In Detroit hatten sie sich zum ersten Mal geliebt. Sich zum ersten Mal gestritten. Ihr erstes und ihr letztes Date gehabt. Heute empfand sie nichts als Hass und Groll gegenüber der Stadt, die ihren Geliebten verschluckt hatte. Detroit war der Ort, an dem Tom gestorben war. Der Ort, der ihr alles genommen hatte. Seitdem war Kate nicht mehr dieselbe. Hoffnung, Optimismus, Liebe – alles nur Worte, die ihr fremd geworden waren. Nicht mehr als eine Aneinanderreihung von Buchstaben ohne Sinn.

Kate versuchte, sich zu sortieren, klare Gedanken zu fassen. Es war spät geworden, und um eine Bleibe hatte sie sich nicht gekümmert. An diesem Tag würde sie sicher nichts mehr erreichen, das war ihr klar. Ein Motel in der Nähe müsste genügen, um in Ruhe darüber nachzudenken, wo sie stand. Und vor allem: wo sie hinwollte. Es war nicht mehr zu leugnen, dass sie mitten in den Ermittlungen in ihrem ganz persönlichen Fall steckte. Es blieb ihr keine andere Wahl. Alles brach über ihr zusammen. Vor ihren Füßen lagen all die Spuren, denen sie folgen musste. In Gedanken an die kommenden Schritte versunken, lief Kate quer durch die Greyhound Bus Station, um nach einem Taxistand zu suchen.

»Lady, wohin darf ich Sie bringen?«

»Nach Greektown, bitte. Entschuldigen Sie, ich hatte einen langen Tag. Nehmen Sie es mir nicht übel, wenn ich mich nicht unterhalten möchte.«

Kate beschloss, dem Fahrer mit dieser Ansage gleich den Wind aus den Segeln zu nehmen. Seine Miene verfinsterte sich, und sein Lächeln verschwand.

»Kein Problem. Aber eines sollten Sie mir trotzdem noch verraten: Wohin genau möchten Sie denn?«

»Ich weiß nicht. Bringen Sie mich einfach in irgendein Motel.«

»In Ordnung«, antwortete er, fuhr zügig los und grummelte irgendetwas vor sich hin, ließ sie aber in Ruhe in ihren Gedanken verweilen.

Greektown. Sie mochte diesen Stadtteil. Früher waren Tom und sie oft hier gewesen. Das europäische Flair zog viele Menschen in die Straßencafés, die nirgends in dieser Stadt so zahlreich waren wie hier. In den vielen Restaurants gab es für jeden Geschmack kulinarische Köstlichkeiten.

Und Greektown bot einen weiteren Vorteil: Kate würde hier anonym bleiben. Einzig die Meyers, ein befreundetes Pärchen, lebten noch in diesem Stadtteil, doch die beiden befanden sich zurzeit auf einer Weltreise. Kate konnte sich also diesbezüglich entspannen. Seit Tom sie verlassen hatte, mied sie den Kontakt zu ihren alten Freunden. Der mitleidige Ausdruck in ihren Augen machte sie wütend. Es war Kate bewusst, dass sich dahinter nichts Schlechtes verbarg. Dennoch kamen sie aus einer anderen Welt. Was wussten sie schon? Es blieb bei Geburtstagsgrüßen, und ab und zu meldete sich Ashley Meyer bei ihr, um sich nach ihrem Befinden zu erkundigen. Auch wenn sich Kate und Tom ein völlig anderes Leben vorgestellt hatten, fühlte sie den Neid in sich aufkeimen. Ashley und ihr Mann hatten einander. Doch sie hatte nichts.

Die Fahrt dauerte nicht allzu lang, und Kate genoss die frische Luft, die ihr um die Nase blies, nachdem sie das klimatisierte Taxi verlassen hatte. Das Hotel, an dem sie der Fahrer abgesetzt hatte, wirkte alles andere als heimelig, doch fürs Erste musste es reichen. Sie hatte nicht vor, allzu lang zu bleiben, und für den Moment war es in Ordnung. Nach der fünfstündigen Busfahrt auf den unbequemen Sitzen fühlte sie sich wie gerädert.

Wo bin ich? Woher kenne ich diese Gasse? Ich laufe und laufe und kämpfe erneut gegen den Wind, der mir mit voller Wucht ins Gesicht bläst. Staub und Dreck dringen in meine Augen, sodass ich vor lauter Tränen nichts mehr sehen kann. Meine Beine schmerzen vor Anstrengung. Ich trage keine Schuhe. Wo sind meine Schuhe? Glasscherben schneiden sich in meine Fußsohlen. Das Klopfen meines Herzens übertönt fast meinen Atem.

Ich bleibe stehen, um Sauerstoff in meine Lungen zu lassen. Ich blicke mich in der Gasse um und merke plötzlich, dass ich mich gar nicht mehr am gleichen Ort befinde. Das schmiedeeiserne Tor, vor dem ich stehe, erinnert mich an Illustrationen aus einem Buch, vor dem ich schon als Kind Angst hatte. Es ist riesig und sorgt dafür, dass ich mich winzig und unbedeutend fühle. Es ist kalt, und kleine glitzernde Kristalle aus Eis fallen langsam vom Himmel und lassen mich frieren.

Hinter dem Tor taucht ein altes Haus mit einer Haustür auf, die wie ein riesengroßes Maul aussieht. Es ist, als wolle der Besitzer mit dieser Tür eine letzte Warnung aussprechen. Alles in mir will weg, aber da ist er wieder, mein Instinkt, der immerzu nach Antworten verlangt. Der nicht ruht und drängt, bis er sie hat. Koste es, was es wolle.

Plötzlich öffnet sich das Tor mit einem markerschütternden Quietschen. Mein Kopf schreit mich an, dass ich zurück muss, doch meine Beine gehen weiter, hinein in den Garten. Das Gras ist schwarz und verwelkt, als hätte es eine sengende Sonne verbrannt. Doch es ist Winter. Die Sträucher sind kahl, und die riesige Eiche ragt bedrohlich in den sternenlosen Nachthimmel. Eine tiefe Schwärze hüllt alles ein. Der sichelförmige, silbrig glänzende Mond bietet kaum Licht. Ich laufe weiter auf das Haus zu. Ich steige die Treppe zur Haustür hinauf. Es ist still. Ich spüre den Wind, wie er sanft über meine Haut streicht, aber ich höre ihn nicht. Ich höre gar nichts.

Plötzlich zerreißt ein ohrenbetäubender Schrei die Stille. Eine Kinderstimme schreit nach Hilfe. Ich reiße an der Tür, will hinein, will dieses Kind retten. Ich will alle Kinder retten. Auf einmal sind es viele Schreie. Sie werden so laut, dass ich meine Ohren zuhalte. Die Schreie, sie schmerzen. Die Angst und die Verzweiflung zerreißen mir das Herz. Ich trete gegen die Tür, schlage meine Fäuste gegen das undurchdringliche

Holz dieses Schlunds. Ich höre die Kinder. Ich höre Tom. Auf einmal ertönt ein schreckliches schallendes Gelächter. Ich schreie, ich weine, ich schaffe es nicht. Ich habe versagt. Erneut.

Ich falle auf die Knie und schließe die Augen. Ich halte meine blutigen Hände vor meine Ohren. Ich will diese Schreie aus dem Kopf bekommen.

Plötzlich ist es still. Ich öffne meine Augen und bin in dem alten Lagerhaus mit den zerbrochenen Scheiben. Ich sehe Tom. Er ist an einen Stuhl gefesselt. Sein Hemd hängt in Fetzen von seinem Körper. Sein Kopf liegt unnatürlich auf seiner linken Schulter. Ich gehe näher, der metallische Gestank von Blut dringt in meine Nase. Tom ist übersät mit Schnitten. Das Blut unter dem Stuhl hat bereits eine große Lache gebildet. Unterhalb seines Kinns zieht sich eine dicke rote Linie. Es ist, als gäbe es kaum noch etwas, das seinen Kopf auf seinen Schultern halten kann. Ich will ihn stützen, will nicht zulassen, dass der Kopf sich vom Körper löst, zu dem er gehört. Doch ich kann nicht. Kann ihn nicht berühren. Mir wird übel; trotzdem zwinge ich mich, näher auf ihn zuzugehen. Ich muss einen letzten Blick auf Toms Gesicht werfen. Die Augen weit aufgerissen, sie starren mich an, ein einziger Vorwurf. Doch nicht sie sind es, die mir den Boden unter den Füßen wegziehen. Es ist sein Mund. Er lächelt mich an.

Noch immer zitternd, stand Kate vor dem Waschbecken. Das eiskalte Wasser hatte ihren Verstand langsam beruhigt. Sie verspürte Angst. Der Traum war heftiger gewesen als alle, die sie davor gehabt hatte. Und noch etwas war neu: die vielen Einzelheiten, die aus ihrer Kindheit stammten, wie sie vermutete. Sie wusste nicht, ob sie diese Dinge vielleicht schon immer geträumt hatte, ihr dies aber erst jetzt bewusst wurde.

Das kleine Badezimmer strotzte vor Schmutz, wie sie angeekelt feststellte, als sie langsam wieder zu sich kam. Sie beeilte sich, den Wasserhahn zuzudrehen. Hier konnte sie nicht bleiben. Ein Schritt nach dem anderen, mahnte sie sich und beschloss, Harry noch mal anzurufen. Er war der Einzige, der ihr mehr über ihre Vergangenheit erzählen konnte.

Er ließ ihr keine Zeit, darüber nachzudenken, was sie sagen würde, sondern ging gleich nach dem zweiten Freizeichen ans Telefon.

»Kate, wie schön, dass wir uns so schnell wieder sprechen. Ich hatte schon Angst, dass ich Sie mit meiner Geschichte verstört hätte.«

Seine Stimme hörte sich rau und undeutlich an. Er hustete unentwegt, und Kate bereute schon, ihn angerufen zu haben. Anscheinend war er tatsächlich nicht in der besten Verfassung.

»Wissen Sie vielleicht, wo sich Maria Kinley aufhält?«

»Nein, wie ich bereits sagte, weiß ich leider nicht, wo Maria ist. Nach dem Presserummel sind viele Mitglieder der Heaven Church von der Bildfläche verschwunden. Vermutlich lebt sie irgendwo unter einem anderen Namen. Es würde mich nicht wundern, wenn sie in einen anderen Bundesstaat gezogen wäre. Ich bin allerdings sicher, dass sie in der Nähe ihres Bruders Lionel geblieben ist. Die beiden waren damals auf eine befremdliche Art unzertrennlich. Beinahe schon abhängig voneinander. Aber kommen Sie zu der Adresse, die ich ihnen geschickt habe. Ich habe etwas für Sie. Vielleicht hilft Ihnen das dabei, die Dinge aufzuarbeiten.«

Kate war enttäuscht. Sie hatte sich so viel mehr von diesem Gespräch erhofft. Trotzdem war sie neugierig, was Rutherford für sie hatte. Es war ein Funke Hoffnung, wenn auch nur ein kleiner. Kate suchte die Nachricht, die er ihr geschickt hatte, und stellte erfreut fest, dass Rutherford ebenfalls in Washington, D.C. wohnte. Daher verabredete sie sich mit ihm für kommende Woche, da sie vorhatte, bis dahin wieder zu Hause zu sein.

Harry hatte ihr etwas versprochen, das ihr helfen sollte, die Dinge in ihrem Kopf zu sortieren. Die nächsten Tage würden wieder viel zu langsam vergehen, dessen war sie sich sicher. Doch bis zu ihrem Treffen, das hoffentlich ein paar Fragen beantworten würde, musste sie sich auf ihre Aufgabe in Detroit konzentrieren. Linda war der Grund, weswegen sie hier war, und das durfte sie nicht aus den Augen verlieren.

»Bitte sag mir, dass du mir helfen wirst!«

Kate hörte die Verzweiflung in Lindas Stimme. Sie brauchte gar nicht erst zu fragen, ob Connor wieder zu Hause war. Er war es nicht. Sie versuchte, ihr Wissen zu verdrängen, dass Personen, die über so lange Zeit verschwunden waren, meist nicht mehr auftauchten. Es sei denn, es war ihre eigene Entscheidung, zu gehen, ohne kriminellen Hintergrund. Doch daran glaubte Kate nicht, auch wenn sie es Linda von Herzen gewünscht hätte.

»Linda, hat das Police Department etwas in Erfahrung gebracht?«

»Nein, rein gar nichts. Ich weiß einfach nicht, was ich tun soll. Alle sagen, er ist vielleicht freiwillig weggegangen. Aber das kann nicht sein. In seinem Zimmer, hier und auch auf dem Campus, ist alles noch so, wie es immer war, er hat nichts mitgenommen. Kate, was soll ich bloß tun?«

Lindas Stimme klang gedrückt und monoton. Sie erinnerte Kate daran, wie sie selbst sich kurz nach Toms Tod angehört hatte. Kate atmete schwer und schloss ihre Augen.

Sie hätte Linda so gern eine Lösung präsentiert. Irgendetwas, das sie hoffen ließ. Aber sie konnte es nicht.

»Ich möchte ehrlich sein: Ich weiß es nicht. Aber ich würde gern vorbeikommen und mit dir über alles sprechen.«

»Heißt das, du nimmst den Fall an?«

Da war sie, die Hoffnung, die sich Kate gewünscht hatte. Doch so wollte sie es nicht. Sie wollte nicht, dass Linda alle Hoffnung in sie legte. Diese Verantwortung konnte sie nicht übernehmen. Sie war noch zu stark mit sich selbst beschäftigt.

»Ich weiß es noch nicht«, antwortete sie vorsichtig und versprach Linda, am Nachmittag bei ihr vorbeizuschauen.

Kate sah sich in ihrer schäbigen Unterkunft um und beschloss, sich vorerst eine andere Bleibe zu suchen. Sie hatte nicht viel Hoffnung, aber dann kam ihr eine Idee. In der Adressliste ihres E-Mail-Accounts suchte sie die Daten von Ashley Meyer heraus. Vielleicht hätten sie und ihr Mann nichts dagegen, wenn sie kurze Zeit ihre Wohnung benützen würde. Sie müsste keine Angst haben, Löcher in den Bauch gefragt zu bekommen, denn die beiden waren auf Weltreise. Kate beschloss, es einfach zu versuchen:

Hallo Ashley,
na, wie geht es euch Ausreißern denn so? Wo seid ihr gerade? Ich bin in Detroit und wollte fragen, ob ich ein paar Nächte in eurer Wohnung übernachten könnte. Natürlich nicht umsonst, ich bezahle selbstverständlich für die Unterkunft.
Ich freue mich, von euch zu hören, und wünsche euch noch eine schöne Zeit.
Herzliche Grüße
Kate

Sie überflog die E-Mail noch einmal und schickte sie dann ab. Mehr als ein Nein konnte sie nicht bekommen, und wenn sie komische Fragen stellten, würde sie einfach nicht reagieren. Sie packte ihre kleine Reisetasche. Selbst wenn sie nicht bei den Meyers übernachten könnte, würde sie woanders hingehen. Soviel stand fest.

Kaum hatte sie alles zusammengeräumt, da blinkte schon eine Nachricht von Ashley in der Voranzeige auf ihrem Display:

> Hi Kate,
> das ist ja eine Überraschung. Ich hoffe, dir geht's gut? Wir haben uns ja so lange schon nicht mehr gehört oder gesehen. Ja, wir sind noch eine Weile unterwegs, und es ist einfach traumhaft. Wir können jedem nur empfehlen, auch einmal eine Weltreise zu machen.
> Klar kannst du ein paar Tage in unserer Wohnung bleiben. Gar kein Problem. Aber nur, wenn du versprichst, dass wir uns ganz bald treffen, sobald wir zurück sind, ja?
> Liebe Grüße
> Ashley
> PS: Der Schlüssel ist bei der Nachbarin, Mrs. McKenzie. Ich sag ihr Bescheid, dass du kommst. Fühl dich wie zu Hause.

Kate war dankbar für Ashleys offene und unkomplizierte Art. Vor allem war sie erleichtert, dass sie nicht weiter nachgefragt hatte, weshalb sie in Detroit war. Schnell nahm sie ihre Tasche, bezahlte die Übernachtung und ging zu Fuß zur Wohnung der Meyers.

Dort angekommen, atmete Kate erst einmal erleichtert aus. Hier, im vierten Stock, hatte sie eine gute Aussicht auf den Detroit River. Je nach Wetterlage wirkte er freundlich und glitzerte aufmunternd in der Sonne oder machte den Eindruck, tief, dunkel und bedrohlich zu sein. Kate war froh, dass dieser Tag von Sonnenschein begleitet war. Sie öffnete die bodentiefen Fenster, sog die frische Luft tief in ihre Lungen und beobachtete einen Moment lang einen großen Dampfer, der sich mühsam auf den Weg ans kanadische Ufer machte. Es fühlte sich fast wie Urlaub an. Kate entschied, ihre Eltern anzurufen und dann ein wenig spazieren zu gehen, um das wundervolle Wetter auszukosten. Sie brauchte einen klaren Kopf für ihr Treffen mit Linda.

Das Gespräch mit ihren Eltern lief erstaunlich gut. Auch wenn die bekannte Gelassenheit noch nicht zu spüren war, war sie bereit, ihnen aus ganzem Herzen zu vergeben. Sie spürte, dass der einzige Grund, warum sie ihr nichts erzählt hatten, der war, sie zu schützen. Trotz allem hämmerten die Worte, die ihre Mutter gesprochen hatte, noch in ihrem Kopf: *die Leere in deinen hinreißenden Augen.* Was hatte sie damit gemeint? Kate wagte nicht, darüber nachzudenken, was ihr wirklich passiert war. Doch ihr blieb keine Wahl. Um ihre Geschichte zu verstehen – um sich selbst zu verstehen –, musste sie alles wissen. Sie beschloss, mit ihrer Therapeutin darüber zu sprechen. Vielleicht kannte Beth einen Weg, um an ihre versteckten Erinnerungen heranzukommen. Sie hatte davon gehört, dass es möglich war, mittels Hypnose die Vergangenheit hervorzuholen und vor allem zu verarbeiten. Sie schrieb diesen Gedanken in das kleine schwarze Notizbuch, das sie immer bei sich trug. Es gab Phasen, in denen sie an ihrem Verstand zweifelte. An solchen Tagen konnte sie sich einfach nichts merken, nahm ihre Umwelt nur selektiv wahr. Für diese Gelegenheiten trug sie das kleine Büchlein ständig bei sich. Immer wieder las sie darin und versuchte, sich zu erinnern, was die einzelnen Stichpunkte zu bedeuten hatten. Das meiste konnte sie sich wieder zusammenreimen, aber manches wollte ihr einfach nicht mehr in den Sinn kommen.

Kate war verzweifelt. Wie gern hätte sie hinter die eine oder andere Frage ein Aha oder einen Haken gesetzt. Doch stattdessen kamen immer neue Ungereimtheiten hinzu. Sie wollte nur noch ihren Kopf freikriegen.

Kate blieben noch einige Stunden bis zu ihrem Treffen mit Linda. Sie verdrängte den Gedanken daran, was sie erwarten würde. Vor allem hatte sie Angst davor, dass sie mit Lindas Schmerz nicht umgehen könnte. Dass sie ihr die Hoffnung nicht geben könnte, die sie doch so dringend brauchte, um weiterhin daran zu glauben, dass Connor zu ihr zurückkehren würde.

John hatte ihr noch immer nicht geantwortet. Sie hatte ihn um Hilfe gebeten. Sie hatte lange gebraucht, um sich dazu durchzuringen, ihm zu schreiben, denn ihre letzte gemeinsame Nacht hatte einen fahlen Beigeschmack bei ihnen beiden hinterlassen. Er war im Begriff, mehr von ihr zu fordern, als sie zu geben bereit war. Um auf andere Gedanken zu kommen, kramte sie ihre Laufkleidung aus der Tasche. Laufen half immer, wenn sie sich ablenken wollte. Ihre Stimmung besserte sich bei der Hoffnung auf einen endorphingeladenen Körper, der ihre Sinne schärfen würde.

Einige Minuten später stand sie am Ufer des Detroit River und lief Richtung Windmill Point Lighthouse. Sie fixierte mit ihren Augen den Leuchtturm, der nur langsam größer wurde. Sie hatte auf einmal das Gefühl, nicht voranzukommen. Egal, wie schnell sie lief, sie kam ihrem Ziel nicht näher. Panik überkam sie, ohne dass sie verstand, weshalb. Sie rannte und rannte und wurde dabei immer schneller. Der Wind fegte durch ihr Haar, das sie nicht wie gewohnt zum Laufen zusammengebunden hatte. Sie spürte ihr Herz, das hart gegen ihre Brust klopfte, und ein kleiner Teil in ihr genoss das. Sie spürte sich, es machte sie lebendig. Doch auf der anderen Seite war es beängstigend. Eine Mischung aus Angst, Verfolgungswahn und Zeitdruck stieg in ihr hoch. Alles zusammen. Und dann spürte sie ihre Beine, die sie trugen. Sie schmerzten. Sie war nicht mehr in Form. Nicht seit jener Nacht, als sie gelaufen war, so schnell sie konnte, um ihn zu finden, ihn zu retten. Der Schmerz ergriff langsam von ihrem ganzen Körper Besitz, und sie blieb stehen.

Heftig keuchend, kniete sie sich hin und merkte erst jetzt, dass ihr Tränen übers Gesicht rannen. Mit zitternden Beinen lief sie etwas langsamer weiter, sobald es ihre Atmung zuließ. Kate ärgerte sich. Wie war es möglich, dass bei allem – und wenn es nur ein Lauf am Nachmittag war – immer etwas Schlechtes herauskam? Wieso funktionierte nichts in ihrem Leben normal? Was hatte sie nur getan? Wann hatte alles angefangen, ihr durch die Finger zu gleiten?

Abrupt blieb sie stehen. Sie merkte nicht, dass sie bereits im Alfred Brush Ford Park angekommen war. Die Menschen um sie herum blickten sie an, als hätten sie einen Geist gesehen. Sie stand im Park vor dieser alten blauen Bank und sank in sich zusammen. Es war ihre Bank. Die Bank, auf der Tom und sie so oft gesessen hatten. Langsam nahm sie Platz und ließ ihren Tränen freien Lauf. Es war so seltsam. Es fühlte sich an, als würde sie ihn spüren, seine Nähe, seinen Arm um ihre Schulter. Im selben Moment fühlte sie, wie hinter ihr etwas auf sie zukam. Es war nicht menschlich und auch kein Tier. Es war Kälte, und das an diesem außergewöhnlich warmen Tag. Es war so, als erwartete sie, dass sich jeden Moment eine Hand auf ihre Schulter legen würde. Gänsehaut zog sich über ihren Rücken. Sie nahm ihren ganzen Mut zusammen und drehte sich um. Da war nichts. Analytisch blickte sie durch den Park, doch außer Müttern, die ihre Kinderwagen schoben, Joggern und einfach nur einigen älteren Spaziergängern war nichts zu sehen. Überhaupt nichts Auffälliges. Kate strich zart über die Bank. Über den Platz, auf dem Tom einst gesessen hatte. Sie stand auf und ging. Sie musste hier dringend weg.

Kate ging durch den Park und die Straßen der Stadt zurück. Sie hatte den Eindruck, dass der Trubel der Menschen um sie herum sie beruhigen würde. Sie fragte sich ernsthaft, wie lange sie das alles noch durchhalten konnte. Ihre Nerven waren zum Zerreißen gespannt. Sie sehnte sich nach der Frau zurück, die sie einst war. Belastbar, stark und unabhängig. Sich einzugestehen, sich zu schonen, das würde bedeuten, sie wäre noch nicht so weit. Und das war etwas, das Kate nicht akzeptieren konnte. Sie war bereit, musste es sein.

Immer wieder fühlte sie sich verfolgt. So wie es am Anfang gewesen war. Nachdem ihr bewusst geworden war, dass Tom nie mehr zu ihr zurückkommen würde. In den Träumen blieb dieses Gefühl seither immer, aber den Weg in ihre Realität hatte es bisher nicht gefunden. Bis heute. Dabei konnte sie sich sehr gut erinnern. Auf keinen Fall wollte sie dahin zurück, wo sie vor zwei Jahren gestanden war. Am Rande des Wahnsinns. Doch auf der anderen Seite wurde ihr Ermittlerinstinkt geweckt. Sie konnte unmöglich nach Washington zurück und so tun, als sei nichts gewesen. Als hätte sie nicht erfahren, dass sie eins der Kinder aus Heaven Sent war, wie ihre Mutter gesagt hatte.

Noch während sie durch Detroits Straßen lief, schrieb sie in ihr Notizbuch: Rutherford über weitere Kinder in Heaven Sent befragen. Sicher kannte er noch andere, die mit ihr damals in diesem Kinderheim gewesen waren. Vielleicht wusste jemand mehr und konnte sich erinnern. Womöglich würde sie auch Maria finden, die scheinbar wie vom Erdboden verschluckt war. Kates Gedanken überschlugen sich, und ihr Kopf war alles andere als frei.

Nach ihrem Lauf, der ihr nicht wirklich geholfen hatte, fuhr sie zu ihrem Treffen mit Linda. Je weiter sie auf der Interstate 75 vorankam und Detroit hinter sich ließ, umso besser ging es ihr. Vielleicht war ein Besuch in Detroit wirklich noch zu früh gewesen.

Die angezeigten vierzig Minuten vergingen schnell, und sie wurde langsamer, nachdem sie in Lindas Straße abgebogen war. Als wäre es gestern gewesen, erinnerte sie sich an ihren ersten Besuch hier, damals, als Lindas Mann verschwunden war. Wie konnte das Schicksal so widerwärtig sein? Kate ahnte, dass dies alles kein Zufall war. Auch wenn sie in der Sache keinen Sinn sah. Sie versuchte, ihre eigene Unruhe über diesen Besuch beiseitezuschieben. Jetzt ging es um Linda und Connor, nicht um sie.

Kaum hatte sie das Anwesen betreten, kam Linda auch schon in großen Schritten auf sie zu.

»Oh, Kate! Du glaubst gar nicht, wie froh ich bin, dich zu sehen!«

Linda umarmte sie überschwänglich, was Kate unangenehm war, denn Nähe ließ sie nur bei wenigen Menschen zu.

»Hallo Linda. Wollen wir reingehen?«

Kate konnte aus dem Augenwinkel die Nachbarin auf der gegenüberliegenden Straßenseite sehen, wie sie hinter ihrem Vorhang zu ihnen herüberblickte. Vielleicht sollte sie sie später befragen, schaltete sich sofort wieder ihr Ermittlungssinn ein. Endlich ließ Linda von Kate ab.

»Ja, natürlich. Ich habe uns einen Kaffee aufgesetzt.«

Den duftenden Kaffee in der Hand, konnte Kate ihren Blick nicht von Linda abwenden. Sie sah in rot geränderte Augen, die von tiefen Schatten umgeben waren. Ihr dünnes Haar hing glanzlos auf ihre Schultern herab. Während sie an ihrem Kaffee nippte, zitterten ihre Hände. Sie sah blass und elend aus und mindestens zwanzig Pfund leichter als noch vor zwei Jahren.

»Linda, es tut mir so leid.«

Das tat es Kate tatsächlich von ganzem Herzen. Und es tat ihr ebenfalls leid, dass ihr nichts Besseres einfiel, als Linda zu sagen, dass es ihr leidtat. Dass sie sonst nicht viel für sie tun konnte. Kate rang nach Worten. Irgendetwas.

»Wer ist mit dem Fall betraut?«

Kate hielt ihr Notizbuch in der Hand, wobei es dieses Mal einzig und allein dazu bestimmt war, ihr die Unsicherheit zu nehmen. Vor einiger Zeit noch waren Befragungen wie diese ein Klacks für sie gewesen.

»Agent Dearing. Er gibt sich wirklich Mühe, aber ich habe das Gefühl, dass es ihm an Erfahrung fehlt. Vielleicht bin ich auch nur zu verzweifelt.«

»Scott Dearing?« Kates Stimme klang überrascht, und ein leichtes Lächeln überzog ihr Gesicht.

»Ja. Kennst du ihn?«

»Ja, ist schon ein bisschen her. Scott sollte damals nach Toms Tod als neuer Partner an meiner Seite stehen.«

Er hatte es in den paar Wochen der Zusammenarbeit nicht einfach mit mir, dachte sie für sich weiter.

»Das ist doch gut, oder? Vielleicht sagt er dir ja etwas zum Ermittlungsstand, oder du könntest mit ihm im Team arbeiten …«

»Linda, warum wurde denn das FBI hinzugezogen?«, unterbrach Kate sie, verwundert darüber, dass der Fall von der örtlichen Polizei an das FBI übergeben worden war.

»Na ja, das FBI ist nicht direkt zuständig, aber ich habe mich an sie gewandt, um Hilfe zu bekommen. Der Agent, mit dem ich hin und wieder sprechen kann, ist wie gesagt Mr. Dearing.«

Daher wehte also der Wind. Das FBI ermittelte vermutlich noch gar nicht in dem Fall.

»Linda, ich sagte dir doch schon, das FBI weiß nicht einmal, dass ich hier bin. Offiziell bin ich rein aus Freundschaft hier. Nur ein harmloser Besuch.«

»Bitte, Kate, du musst mir einfach helfen. Ich weiß nicht, warum, aber ich glaube, dass nur du es schaffen kannst. Warte, ich hol seine Karte. Bitte überleg's dir noch mal und ruf Agent Dearing an.«

Kate hatte keine Möglichkeit, ihr zu widersprechen; Sie ahnte, weshalb Linda dachte, nur sie könne ihr helfen. Keiner war jemals dem Mörder ihres Mannes so nah gewesen wie sie. Keiner kannte den Fall ihres Mannes so gut wie sie. Linda war überzeugt, dass der Fall mit Connors verschwinden zusammenhing. Auch wenn sich das FBI nicht ohne Weiteres ihrer Meinung anschloss und einen Trittbrettfahrer für genauso möglich hielt wie das freiwillige Verschwinden des Jungen. Doch Kate war sich auch ohne einen Hinweis oder gar einen Beweis sicher, dass Linda recht hatte.

Linda hielt ihr die Visitenkarte von Scott entgegen. »Hier ist sie.« Kate nahm sie, ohne ein Versprechen zu geben. »Er ist alles, was ich noch habe. Connor ist alles, wofür ich noch lebe.« Linda nahm wieder Platz. »Weißt du, wie lange es gedauert hat, bis wir ihn bekommen haben? Dieser Kampf! Aber ich werde wieder kämpfen, das verspreche ich.«

Kate verstand nicht. »Bekommen haben? Was meinst du damit?«

»Na, vom Waisenhaus. Oder … hab ich dir das nicht erzählt? Connor ist nicht unser leiblicher Sohn. Wir haben ihn adoptiert.«

Auf einmal lief es Kate eiskalt den Rücken herunter. Es schien, als würde dieses Thema sie verfolgen. Sie wurde das Gefühl nicht los, dass diese Parallele ein Zufall zu viel war.

»Linda, aus welchem Waisenhaus habt ihr Connor adoptiert?«

»Aus dem Heaven Sent in Columbus.«

Kapitel 6

»Wir haben jahrelang versucht, ein Baby zu bekommen. Ich habe damals als Krankenschwester im Nationwide Children's Hospital in Columbus gearbeitet. Ich hatte Nachtschicht, als ein dreijähriger Junge mit schweren Unterkühlungen und einem gebrochenen Arm eingeliefert wurde. Sein Name war Connor. Er hatte die traurigsten Augen, die ich je bei einem Kind gesehen habe. Angeblich war er ausgerissen und hatte sich den Arm gebrochen, als er dabei von einem Baum gefallen war. Ich wusste sofort, dass die Geschichte gelogen war. Damals hat eine gewisse Mrs. Kinley den kleinen Connor begleitet. Er konnte seine eigene Version nicht erzählen. Ich habe an diesem Abend erfahren, dass er aus dem Kinderheim Heaven Sent stammte. Mrs. Kinley war die Leiterin. Sie hat mir von Anfang an einen Schauer über den Rücken gejagt. Sie hatte Augen wie Eis. Jegliche Emotion fehlte darin. Die Polizei wurde nicht hinzugezogen, schließlich war das Kinderheim eine Institution, die vom Jugendamt unterstützt wurde. Und ein Versagen des Staates hätte niemand eingestanden, vor allem nicht der Gouverneur, der sich damals mitten im Wahlkampf befand. Ich habe mich um Connor gekümmert und Doppelschichten gearbeitet, weil ich es nicht über das Herz brachte, ihn allein zu lassen. Die ersten Tage hat er kein einziges Wort gesprochen. Nach einer Woche hat er dann plötzlich meine Hand genommen und sie ganz fest gedrückt. In dem Moment versprach ich, dass dieses Kind niemals wieder nach Heaven Sent zurückkehren würde. Es brauchte eine Familie, ein Zuhause, eine Mutter und einen Vater. Noch am selben Abend haben Jack und ich den Adoptionsantrag eingereicht. Ich habe unseren Chefarzt bekniet, dass er Connor noch bis zum Ende des Monats auf Kosten der Klinik behält, weil ich gehofft hatte, dass die Adoption schnell vorankommt. Zu unserem Glück hatte das Heaven Sent viel zu viele Kinder, so dauerte die Adoption lediglich zwei Wochen. Als wir Connor mit nach Hause nahmen, haben wir uns geschworen, dass es diesem Kind nie wieder an Liebe und Geborgenheit fehlen sollte. Einige Monate später sind wir dann hierher gezogen, um Abstand zu gewinnen. Wir wollten ein neues Leben als Familie.«

Kate merkte erst jetzt, dass sie kaum geatmet und Lindas Geschichte total angespannt verfolgt hatte. Ihre Fingernägel hatten sich tief in ihre Handfläche gedrückt, und langsam spürte sie den Schmerz in ihrer Hand. Eine Frage ließ sie nicht los.

»Warum hast du den Vorfall denn nicht gemeldet? Warum hast du zugelassen, dass all den anderen Kindern im Heaven Sent etwas genauso Furchtbares wie Connor angetan wurde?«

Kate merkte, wie Wut in ihr aufstieg. Sie fühlte Hass und Schmerz und verstand einfach nicht, was Linda davon abgehalten hatte, die Zustände zu melden.

»Ich wollte es melden. Ich habe mich an die Dame vom Jugendamt gewandt, aber die schien es nicht sonderlich zu interessieren. Im Gegenteil, sie meinte, es wäre sehr unklug, das laufende Adoptionsverfahren durch Untersuchungen zu behindern. Schließlich hätte ich ja auch keine handfesten Beweise, und Mrs. Kinleys Angabe, dass sich Connor bei seinem Ausreißversuch verletzt und unterkühlt hätte, sei ja plausibel. Nur mir würde das anscheinend nicht einleuchten.«

Kate konnte es kaum glauben. »Weißt du noch, wie die Dame vom Jugendamt hieß?«

»Mmh, Corinne Little, glaube ich. Soviel ich weiß, ist sie aber schon vor einigen Jahren gestorben. Glaub mir, das Schicksal dieser Kinder hat mich bis in meine Träume verfolgt. Ich konnte erst wieder ruhig schlafen, als ich von diesem Reporter gehört habe, der die Missstände in Heaven Sent aufgedeckt und veröffentlicht hat.«

Linda konnte Kate nicht in die Augen schauen. Sie knetete ihre Finger und wippte nervös mit dem Fuß. Kate versuchte, ihre Gedanken zu sortieren, einen klaren Kopf zu behalten.

»Linda, ich muss dir diese Frage jetzt stellen: Hätte Connor irgendeinen Grund gehabt, von zu Hause wegzulaufen?«

Linda schaute Kate fassungslos und enttäuscht an. »Du glaubst mir also auch nicht? Nach allem, was du über mich weißt?« Tränen liefen über ihre Wangen und tropften auf den Wohnzimmerteppich.

»Ich werde dir helfen herauszufinden, wo sich dein Sohn befindet und was ihm zugestoßen ist. Ich kann aber keine Wunder versprechen. Linda, ich will ehrlich sein: Wenn jemand schon so lange verschwunden ist wie dein Sohn, stehen die Chancen normalerweise nicht mehr allzu gut. Was sagt denn das FBI zu Connors Verschwinden?«

»Ach, weißt du, ich habe das Gefühl, dass mich dort niemand ernst nimmt. Agent Dearing hat zwar versprochen, sich den Fall anzuschauen und sich mit der örtlichen Polizei in Verbindung zu setzen, aber bis heute habe ich leider noch nichts von ihm gehört. Ich weiß genau, dass sie erst dann vor meiner Tür auftauchen werden, wenn es zu spät ist. Wenn … mein Connor … nicht mehr … am Leben ist.«

Die letzten Worte gingen in Lindas Schluchzen unter, und Kate war klar, dass sie vermutlich recht hatte. Das FBI war viel zu beschäftigt, als dass es sich um jeden vermeintlichen Vermisstenfall kümmern konnte. Sie wusste aber auch, dass Scott jemand war, der zu seinem Wort stand. Linda fasste sich wieder.

»Sie versuchen immer noch, den Mord an meinem Mann und den anderen aufzuklären. Connors Verschwinden hat Agent Dearing wohl hellhörig werden lassen.«

»Ich versuche gleich, Scott zu kontaktieren. Wenn du nichts dagegen hast, würde ich mich gerne mal in Connors Studentenwohnung umsehen. In Ordnung?«, fragte Kate.

Linda fiel ihr um den Hals und drückte sie, als hinge ihr Leben davon ab. Kate verabschiedete sich von Linda und versprach, sich bei ihr zu melden, sobald sie etwas Neues in Erfahrung gebracht hätte. Sie hatte eine Ahnung, was Connor passiert war, aber das konnte sie Linda unmöglich sagen. Sie würde alles tun, was in ihrer Macht stand, um Connors Verschwinden aufzuklären. Ob sie ihn retten konnte, da war sie sich jedoch nicht so sicher. Sie hoffte es.

Als sie Scott Dearings Nummer wählte, war es bereits später Abend, und sie vermutete, dass sie auf der Mailbox landen würde. Nach einigen Sekunden meldete er sich jedoch persönlich am Telefon.

»Hallo?«

Nach Kates Austritt aus dem FBI war auch der Kontakt zwischen ihnen abgebrochen, obwohl sie immer gut miteinander ausgekommen waren. Bis zu jener Nacht, die alles verändert hatte.

»Hi Scott. Ich bin's, Kate.«

Es entstand eine kurze peinliche Stille. Scott räusperte sich, ehe er etwas sagte.

»Kate. Was für eine schöne Überraschung. Wie lang ist es her, seitdem wir uns zuletzt gesehen haben?« Scott hatte diese Art zu reden, die einem das Gefühl gab, dass man sich schon ewig kennen würde.

»Viel zu lang«, sagte Kate. »Scott, ich will nicht um den heißen Brei herumreden. Ich bin in Detroit, weil mich Linda Burdon um Hilfe gebeten hat.«

Am anderen Ende konnte sie hören, wie Scott tief einatmete.

»Ich will mich nicht in eure Ermittlungen einmischen und habe Linda gesagt, dass sie bei euch in guten Händen ist. Es ist nur … ich habe so ein Bauchgefühl und will einfach helfen. Bitte, Scott.« Kate flehte ihn beinahe an. Ihr Bedürfnis, Linda zu helfen, war so stark, dass sie bereit war, ihre kalte steinerne Fassade fallen zu lassen.

»Okay. Kannst du in einer Stunde im McNealy's sein?«

Kates Herz machte vor Freude einen Sprung. »Ja. Ich werde dort sein. Scott? Ich danke dir.«

Kate hatte das starke Verlangen nach einer Zigarette und einem großen Scotch. Denn eines wurde ihr bewusst: Wenn sie sich mit Scott traf, dann gab es für sie kein Zurück mehr.

Kate zögerte, als sie vor der Tür des McNealy's stand. In dem Schuppen waren Tom und sie früher oft nach einem harten Tag gewesen. Das Essen schmeckte rustikal, das Bier war kalt und die Musik laut. Es war perfekt. Vorsichtig blickte sie durch das leicht verschmierte Fenster und entdeckte Scott auf einer der hinteren Bänke. Er hatte ein Bier in der Hand und wirkte nachdenklich. Scott war ein unglaublich attraktiver Mann und ließ keine Gelegenheit aus, die

Frauenwelt zu erobern. Einige Zeit nach Toms Tod hatte sie darüber nachgedacht, sich mit Scott eine wenig Zerstreuung in ihr Bett zu holen, aber sie wollte einfach keine Affäre mit einem Ex-Kollegen anfangen; das schlechte Gewissen wäre damals auch immer mit dabei gewesen. Scott war geschieden. Es war eine schmutzige Scheidung, und entgegen der allgemeinen Vermutung hatte Scott seine Frau nicht betrogen. Nur mit der Arbeit. Es handelte sich um einen Fall, in dem er einen Serienkiller jagte, den sogenannten Columbus Stamper, der letztendlich seine Ehe zerstörte. Er hatte seine Frau geliebt, und doch es war zu spät für sie beide gewesen. Sie hatte aufgehört, ihn zu lieben, und war mit ihrem Chef durchgebrannt. Seitdem hatte niemand mehr Scott dauerhaft mit einer Frau an seiner Seite gesehen.

Kate atmete einmal tief durch und betrat das Lokal. Als Scott sie sah, erhob er sich sofort und kam mit ausgebreiteten Armen auf sie zu. Er roch so gut, dass Kate sich zur Professionalität ermahnen musste. Sie setzte sich ihm gegenüber, dann schwiegen sie sich erst einmal eine gefühlte Ewigkeit an. Scott hatte schwarze Haare, die immer perfekt frisiert waren. Die blauen Augen, mit denen er sie ansah, hatten die Fähigkeit, einem den Verstand zu rauben. Er war groß, und es war ihm anzusehen, dass er immer noch viel Sport trieb. Kate, Tom und Scott waren damals oft zusammen beim Laufen gewesen.

»Hast du schon was gegessen? Du siehst blass aus.«

Kate hatte seit heute Morgen überhaupt nicht ans Essen gedacht. Jetzt meldete sich tatsächlich ihr Magen. Sie bestellten sich jeweils einen Cheeseburger und ein großes Bier. Während sie auf das Essen warteten, erzählte Kate Scott, was sie von Linda erfahren hatte, und fragte ihn nach den Fortschritten bei den Ermittlungen.

Er wusste, dass er sie nicht miteinbeziehen durfte, aber im Augenblick versuchte er lediglich, einer alten Freundin einen Gefallen zu tun. Die Frau, die ihm gegenübersaß, war nicht mehr dieselbe, die noch vor zwei Jahren an seiner Seite gearbeitet hatte. Ihre Haut sah noch blasser als früher aus, und ihre Augen schienen ihren Glanz verloren zu haben. Sie wirkte verschlossen und verloren, und doch konnte er eine Stärke und Entschlossenheit an ihr ausmachen, die ihn schon bei ihrem ersten Aufeinandertreffen gefesselt hatte. Obwohl sie vom Schicksal gezeichnet war, konnte er seine Augen nicht von ihr nehmen. Kate Monroe war jemand, der ihm in all der Zeit nie aus dem Kopf gegangen war. Seine Loyalität gegenüber Tom hatte ihn damals davon abgehalten, sich ihr zu nähern, und auch wenn er es manchmal bereute, war er doch froh über seine Entscheidung, denn Tom und Kate waren einfach füreinander bestimmt gewesen.

Da er sich immer noch nicht sicher war, ob Connors Verschwinden überhaupt ein Fall für das FBI war, konnte er auch ein paar Details mit ihr teilen, ohne sich rechtfertigen zu müssen. Ihrer Integrität war er sich jedenfalls absolut sicher.

»Kate, du weißt, dass ich dir keinen Einblick in die Akten gewähren kann. Du bist eine ganz normale Bürgerin, seit du dich vom FBI verabschiedet hast. Genau genommen, gibt es auch noch gar keine offiziellen Ermittlungen, weil wir immer noch nicht sicher wissen, ob Connor freiwillig verschwunden ist. Es gibt aber sehr viele Hinweise, die dagegen sprechen. Und die Sache mit seinem Vater hängt auch noch im Raum. Ich treffe mich morgen mit dem Polizeichef und bespreche, wie wir weiter vorgehen sollen.«

Kate spürte, dass Scott nicht wirklich mit der Sprache rausrücken wollte und nach wie vor unschlüssig war, ob er ihr vertrauen konnte und sie einweihen sollte.

»Ich weiß, dass ich ohne Erklärung weggegangen bin. Ich hatte meine Gründe dafür. Jetzt will ich aber jemandem helfen, der völlig verzweifelt ist. Mein Instinkt sagt mir, dass etwas nicht stimmt. Connor war zuverlässig, er hat sich seit dem Tod seines Vaters immer um seine Mutter gekümmert.«

Scott warf seine Zweifel über Bord und entschied sich, ihr einen Vorschlag zu unterbreiten. »Also gut, aber wenn es zu Ermittlungen kommt und die Sache ein Fall für uns wird, dann musst du mit mir zusammenarbeiten. Ich muss dich als offizielle Beraterin des FBI einsetzen. Sonst sind hinterher, wenn es zu einem Gerichtsverfahren kommt, alle Ergebnisse für die Tonne. Wäre das für dich denkbar? Ansonsten kann ich dir dazu nichts sagen.« Scott lehnte sich in seinen Stuhl zurück und beobachtete Kate mit wachen Augen. Er war erleichtert, als sie zustimmend nickte.

»Geht in Ordnung. Danke für deinen Vertrauensvorschuss. Ich weiß das sehr zu schätzen.«

Scott winkte ab und nahm einen großen Schluck Bier, ehe er mit gedämpfter Stimme begann seine Meinung zu diesem Fall preiszugeben. »Ich weiß nicht, warum, aber auch ich werde das Gefühl nicht los, dass hier etwas nicht stimmt. Vieles spricht dafür, dass Connor nicht freiwillig verschwunden ist, aber es sind lediglich Indizien, auf die sich unser Verdacht stützt. Connor ist Quarterback und hätte letzte Woche ein entscheidendes Spiel gehabt, bei dem auch Talentscouts anwesend waren. In seinem Zimmer haben wir seine Brieftasche und seinen Ausweis gefunden. Der Kleiderschrank war unberührt. Das Interessante aber ist …«, Scott rückte etwas näher und wurde noch leiser, »… dass wir eine Nachricht auf seinem Laptop gefunden haben. Er hat am Abend vor seinem Verschwinden eine E-Mail bekommen. Ein anonymer Absender hat ihm geschrieben, dass er sich mit ihm im Baker District treffen solle, wenn er erfahren möchte, wer der Mörder seines Vaters ist. Leider konnten wir die E-Mail nur bis zu einem kleinen Internetcafé zurückverfolgen. Der Laden hat zwar die vorgeschriebene Kameraüberwachung, aber zur fraglichen Zeit war die Kamera wegen Wartungsarbeiten abgeschaltet. Es ist, als hätte unser vermeintlicher Täter das gewusst. Ich glaube, dass wir es mit dem gleichen Kerl zu tun haben, der Jack und die anderen auf dem Gewissen hat, aber ich kann es nicht beweisen. Ich will hier nichts falsch machen. Ich will diesen Scheißkerl drankriegen, aber ich muss mich an die Regeln halten.«

Seit ihrer Zeit als Kopfgeldjägerin waren ihr Regeln nicht mehr so wichtig. Einzig und allein das Ergebnis zählte. Auf dem Weg dahin war ihr jedes Mittel recht.

»In Ordnung, ich habe verstanden. Ich werde nach deinen Regeln spielen.«

»Okay, dann sei morgen um zwölf Uhr zur Einsatzbesprechung im Polizeirevier. Wir haben dort vorübergehend unsere Zentrale eingerichtet. Bis dahin habe ich hoffentlich schon neue Informationen vom Captain erhalten, die uns weiterhelfen.«

Kate verabschiedete sich und versprach, am nächsten Tag pünktlich zur Einsatzbesprechung zu erscheinen. Sie hatte das Gefühl, dass Scott ihre Hand ein wenig länger hielt als nötig. Aufgeregt und erschöpft nahm sie ein Taxi zu ihrer Wohnung. Sie brauchte eine große Portion Schlaf. Sich den Prozessen und Gepflogenheiten des FBI anzupassen, gefiel ihr nicht, aber ihr war auch klar, wie wichtig es war, dass sie dieses Schwein endlich schnappten – und womöglich sogar Connor retten konnten. Daher durfte ihr Ego jetzt keine Alleingänge machen. Diesmal ging es nicht um sie. Es ging um Tom, Jack, Connor, die Kinder, es ging um alle, die sie nicht hatte retten können.

Bevor sie zur Wohnung fuhr, trieb sie etwas instinktiv an einen anderen Ort. Sie wies den Taxifahrer an, kurz auf sie zu warten, und stieg aus. Vor ihr stand das Lagerhaus mit den zerbrochenen Scheiben. Etwas in ihr hatte sie gezwungen, diesen Ort zu besuchen. Den Ort, an dem man ihr das Herz aus der Brust gerissen hatte, an dem Tom grausam ermordet worden war.

Mit klopfendem Herzen betrat sie das kahle Gebäude. Es war so kalt, dass ihr Atem gefror. Ihre Ohren schrillten. Sie wurde den Eindruck einfach nicht los, dass sie verfolgt wurde. Kate schüttelte den Gedanken ab, nachdem sie sich umgesehen hatte. In Gedanken hörte sie Beths mahnende Worte, dass sie ihr Vorhaben, wieder an dem Fall zu arbeiten, nicht guthieß. Beth war es, die ihr vor langer Zeit zu einem Neuanfang geraten hatte, die ihr empfohlen hatte, alle Brücken hinter sich abzureißen, um wieder leben zu können. Eine Zeit lang war das für Kate auch das Richtige gewesen. Jetzt aber spürte sie, dass sie die Vergangenheit nie ganz hinter sich gelassen hatte. Sie hatte sie einfach irgendwo in ihrem Kopf weggesperrt und war nun im Begriff, die Tür wieder zu öffnen. Und obwohl sie der damit verbundene Schmerz zu zerreißen schien, war dies der einzig mögliche Weg für sie, irgendwann Frieden zu finden.

Sie ging weiter durch die Halle. Der Putz bröckelte von den Wänden, überall lag Abfall herum. In der Ecke konnte sie zwei Matratzen erkennen. Vermutlich hatten es sich Junkies hier in dieser Behausung gemütlich gemacht oder Obdachlose Zuflucht vor der Kälte der Nacht gesucht.

Gerade schien aber niemand anwesend zu sein, deshalb streifte Kate weiter durch die Halle.

Mittlerweile war es so dunkel geworden, dass sie ihre Taschenlampe einsetzen musste. Der wolkenverhangene Mond leuchtete gerade einmal hell genug, dass sie Umrisse erkennen konnte. Hoffentlich wartete der Taxifahrer so lange, bis sie zurückkam. Hinter ihr raschelte etwas. Sie leuchtete mit der Lampe in diese Richtung und sah zwei Ratten, die sich um irgendetwas stritten. Eine hatte blutige Bissspuren am Rücken. Sie schien den Kampf zu verlieren. Kate hatte ein ungutes Gefühl, ging aber weiter. Dort hinten hatte man Tom gefunden. Der Stuhl war verschwunden. Kate brauchte ihn nicht. Sie würde diese Stelle ohnehin niemals vergessen, selbst wenn sie es gewollt hätte.

Kate machte sich auf die Suche nach einer Lichtquelle. Nach mehreren erfolglosen Versuchen, einen funktionierenden Schalter zu finden, stieß sie doch noch auf den richtigen. Mit einem lauten metallischen Geräusch erwachten einige der Neonröhren über ihr zum Leben. Die meisten Lampen waren defekt, sodass der Raum immer noch ziemlich dunkel war, aber es reichte aus, um das meiste zu erkennen. Einer Eingebung folgend, kletterte sie auf ein altes Baugerüst an der gegenüberliegenden Wand. Das Gebäude schrie eher nach einem Abriss als nach einer Sanierung. Das Gerüst sah wackeliger aus, als es war. Kate fühlte sich bei ihrem Aufstieg halbwegs sicher. Oben angekommen, betrachtete sie den Tatort aus einer völlig neuen Perspektive an. Es schien keinen Unterschied zu machen. Alles sah genauso wie vom Boden aus.

Sie wollte gerade wieder hinunterklettern, als ihr Blick an einer verblichenen Silhouette am Boden hängen blieb. Kate stockte der Atem, ihre Knie zitterten. Jemand hatte in unmittelbarer Nähe zum Tatort zwei riesengroße Engelsflügel auf den Boden gesprüht. Durch den Dreck und den Abfall waren sie ihr nicht aufgefallen. Sie hatte den richtigen Riecher gehabt und spürte, dass sie dem Schwein so nah war wie noch nie. Es waren nicht einfach nur Flügel – es handelte sich um das Wappen von Heaven Sent.

Kapitel 7

Kate saß teilnahmslos in der Besprechungsrunde des FBI. Sie war völlig in Gedanken versunken. Wie konnte sie damals das eindeutige Zeichen übersehen? Wie konnten alle anderen es übersehen? Ihre Überlegungen drehten sich rund um das Heaven Sent. Sie musste dringend mehr darüber erfahren. Trotzdem hinderte sie irgendetwas daran, Scott vom gestrigen Fund zu berichten. Sie war ebenso ein Kind dieses Heimes, und offenbar musste es ja irgendetwas mit dieser Einrichtung zu tun haben. Die Sache wurde immer persönlicher, und Scott war zu weit weg, um ihn an diesem Ermittlungsstand teilhaben zu lassen. Vor allem wollte sie ihn nicht an die Kate lassen, die sie selbst nicht kannte. Hinter ihren Schläfen pochte es, denn egal in welche Richtung sie dachte, nichts schien einen Sinn zu ergeben. Kates Gehirn arbeitete auf Hochtouren. Gab es jemanden, der es auf sie abgesehen hatte? Jemand, der sie hasste? Einer der Spinner, den sie eingelocht hatte? Sie nahm sich vor, im Flugzeug nach Mördern zu forschen, die wieder auf freiem Fuß waren. Derjenige musste mindestens schon über zwei Jahre entlassen sein. Oder war sie doch völlig auf dem Holzweg?

»Hey Kate!«, holte Scotts Stimme sie aus ihren Gedanken. Sie mochte ihn und sie war sich sicher, dass sie ihm vertrauen konnte. Während sie ihn so ansah, überlegte sie einen Moment, ihn doch einzuweihen. Vielleicht hörte sich die Sache nicht mehr ganz so verrückt an, wenn sie einmal ausgesprochen wäre. »Entschuldige, Scott. Hast du einen Moment für mich?«, drängte sich ein Agent dazwischen, und Kate ließ die Idee, Scott alles zu erzählen, vorerst wieder fallen. Scott hob die Hand und forderte den Agenten damit auf, noch einen Augenblick zu warten. Sachte zog er Kate an der Schulter und schob sie zur Seite. »Alles okay. Wolltest du mir gerade was sagen?«, fragte er mit gerunzelter Stirn.

»Nein, schon gut. War nichts Besonderes. Wir telefonieren später, ja? Ich muss ohnehin los«, beschwichtigte Kate, war sich aber nicht sicher, ob Scott ihr dies abkaufte. Nicht ohne Grund war er einer der besten Ermittler, die das FBI zurzeit hatte.

Scott nickte. »Okay, ich hatte gehofft, dass wir beim Essen reden könnten!«

»Wann anders«, antwortete sie und war froh über das drängende Räuspern des Agenten, der offensichtlich etwas Wichtiges mit Scott zu besprechen hatte.

Erleichtert machte sie sich auf den Weg nach draußen. Nachdem sie eine E-Mail gelesen hatte, indem ihr ein Termin bei ihrer Therapeutin bestätigt wurde, bestieg sie das nächste Taxi. Doch bevor sie das Handy in die Tasche packte, schrieb sie Scott noch eine Nachricht:

> Entschuldige, dass ich nicht mehr Zeit habe. Heute Abend fliegt meine Maschine nach Washington D.C. Ich werde in vier Tagen wieder da sein. Ich muss zu Hause ein paar Sachen regeln …

Scotts Antwort erfolgte unmittelbar:

> Okay, alles klar. Leider hat die Besprechung mit dem Captain nichts Neues ergeben. Unsere Spezialisten suchen noch nach

brauchbaren Videoaufnahmen rund um den Baker District. Sobald wir etwas Neues haben, melde ich mich. Ich erwarte das aber auch von dir. Übrigens war es schön, dich wiederzusehen. Scott

Kate gestand sich ein, dass auch sie es genoss, in Scotts Nähe zu sein. Trotz der letzten zwei Jahre fühlte sie, dass er immer noch der Freund war, auf den sie sich verlassen konnte. Sie verschob den Gedanken, steckte das Handy in die Tasche und beschloss, sich nicht in Gefühlsduseleien zu verlieren.

Im Flugzeug machte sie sich an die Recherche nach entlassenen Häftlingen, Mördern und anderem Abschaum. Die Suche blieb erfolglos. Keines der Ergebnisse passte in ihr Profil. Die von der richtig schlimmen Sorte standen zudem unter ständiger Beobachtung, waren bereits inhaftiert oder sogar schon hingerichtet worden. Kate lehnte sich in ihrem Sitz zurück und versuchte, sich zu entspannen. Sie hoffte, in den nächsten vier Tagen ein paar Dinge in Erfahrung zu bringen. Und sie durfte ihren Termin bei Beth nicht vergessen. Der innere Seelenstress nagte an ihr, und sie wollte auf keinen Fall, dass sich ihre Panikattacken wieder häuften.

Gleich morgen Vormittag hatte sie das Gespräch mit Rutherford im Sunrise Senior Living Pflegeheim.

Der Gedanke, allein in ihrer Wohnung zu sein, ließ sie unruhig werden. Sie entschied sich, John eine Nachricht zu schicken:

Ich bin in der Stadt. Wollen wir uns heute treffen? Ich könnte bei dir vorbeikommen …

An den blauen Häkchen der Kurznachrichtenanzeige konnte Kate sehen, dass er ihre Nachricht gelesen hatte. »Dann eben nicht«, murmelte sie und war dennoch wütend, dass er sie dermaßen abstrafte und nicht einmal antwortete.

Zu Hause waren die erwarteten Dämonen nicht so präsent, wie sie es befürchtet hatte. Ganz im Gegenteil. Schon als Kate die Tür zu ihrer Wohnung öffnete, fühlte sie eine Vertrautheit, die sie die vergangenen Ereignisse in ihrem Leben für einen flüchtigen Moment vergessen ließ. Kate schenkte sich ein großes Glas Scotch ein und ließ sich auf ihre Couch fallen. Die letzten Tage forderten ihren Tribut. Bereits nach den ersten paar Minuten, in der die Sitcom lief, die Kate eingeschaltet hatte, fiel sie ein einen traumlosen Schlaf.

»Hey Sweetie, schön, dich zu sehen«, trällerte Sophia, die Kellnerin des Sissy's, als Kate den Diner betrat. Sie musste sofort lächeln, denn sie mochte den freundlichen, unverbindlichen Umgangston. »Wo hast du dich rumgetrieben? Kaffee?«, wollte Sophia wissen und hielt die Kanne nach oben.

Kate nickte. »Eine große Tasse, bitte.« Sie war früh dran, der Diner hatte erst seit zwanzig Minuten geöffnet. Daher hatte Sophia etwas Zeit; sie schenkte sich ebenfalls eine Tasse ein und setzte sich neben Kate an die Bar.

»Und? Neuer Freund, oder weshalb lässt du dich überhaupt nicht mehr blicken?«

»Kein Freund. Ich war über Thanksgiving drüben in Columbus bei meinen Eltern zu Besuch.«

Sophia zog die Augenbrauen hoch und sah Kate skeptisch an. »Okay, was läuft bei deiner Familie bitte falsch? Solltest du in dieser Zeit nicht mindestens sechs Pfund zugelegt haben? Wenn man dich ansieht, könnte man meinen, du hast eine Abmagerungskur hinter dich gebracht.«

Sophia schüttelte leicht den Kopf, während sie aufstand.

»Ich bringe dir was zu essen«, erklärte sie und war schon fast hinter der Bar.

»Oh, Sophia, das ist wirklich nett von dir, aber ich hab gar keine Zeit. Ich muss gleich zu einem wichtigen Termin.«

»Pffff. Ich sag dir eines. Bei dem Wind, der da draußen tobt, kommst du Fliegengewicht nicht mal zum Auto. Also, bleib sitzen!«

»Na gut, aber bitte nur ein paar Waffeln«, gab Kate nach, während sie auf die Uhr schielte und erleichtert darüber war, dass ihr wirklich noch ein wenig Zeit blieb. Sie hatte sich schon lange nicht mehr so gut gefühlt wie heute. Die Nacht war zwar kurz, aber sie hatte dennoch wunderbar tief und fest geschlafen. Als Sophia einige Minuten später mit einem Berg an Waffeln vor ihr stand, zauberte der Anblick ein Lächeln in ihr Gesicht. »Siehst du noch irgendjemanden außer mir hier sitzen?«

»Leider sehe ich nur noch dich halbe Portion hier sitzen, also iss«, konterte Sophia und goss noch einmal heißen Kaffee nach, dessen Aroma Kate sofort in die Nase stieg. Grinsend drehte sich Sophia um.

»Du weißt, ich esse die jetzt, um dir einen Gefallen zu tun!«

»Nicht mir Liebes, dir«, hörte sie Sophia noch antworten, bevor sie wieder in der Küche verschwand. Und schon nach den ersten Bissen wurde Kate bewusst, wie leer sie sich fühlte. Sie aß ihr Frühstück und genoss die freundlichen Blicke, die Sophia ihr immer wieder zuwarf. Sie brauchte ein Leben mit normalen Menschen. Kein Leben voller Alkohol, Tränen, Einsamkeit und Verrückten. Sie beschloss, sich wieder mehr um die Menschen zu kümmern, die ihr wichtig waren, und wählte die Nummer ihrer Freundin Beth, doch sie landete auf Beths Mailbox. Sie hinterließ keine Nachricht, denn ihr war nicht klar, was sie ihr sagen sollte. Auf gar keinen Fall sollte sich Beth ihretwegen Sorgen machen. Und vielleicht war es auch gut, dass sie Beth nicht erreichte. Sie hatte einen Job zu erledigen. Einen, der ihre volle Aufmerksamkeit erforderte.

Der kalte Wind peitschte ihr um die Ohren. Wie bestellt, fuhr ein Taxi in ihre Richtung.

Kate hob die Hand und winkte. »Bitte ins Sunrise Senior Living Pflegeheim!«, rief sie dem Taxifahrer zu, während der Wind sie förmlich in das Auto drückte.

Als sie vor der Tür der Einrichtung stand, um Harry Rutherford zu treffen, kramte sie aus ihrer Tasche zwei Tabletten hervor. Wieder spürte sie den bekannten Schmerz, der gegen ihre Schläfe pochte und immer wieder zurückkehrte.

Während sie über dem Wasserspender im Foyer des Sunrise Senior Living Pflegeheims hing und einen tiefen Schluck nahm, sah sie aus dem Augenwinkel eine hektisch wirkende Krankenschwester an ihr vorbei gehen. Kate besann sich. »Entschuldigen Sie bitte. Wo finde ich Mr. Rutherford?«, rief Kate ihr nach und beeilte sich, sie einzuholen.

Abrupt blieb die Krankenschwester stehen und sah sie stirnrunzelnd an. »Mr. Rutherford? Sind sie eine Verwandte?«

Kate schüttelte den Kopf. »Nein, wir hatten für heute einen Termin vereinbart.«

»Das wird dann wohl nichts, zumindest hier nicht. Er liegt im Madison Hospital.«

»Im Krankenhaus? Was ist denn passiert?«

»Ich denke nicht, dass ich Ihnen solche Informationen geben kann. Wie war gleich noch einmal Ihr Name?«

»Ich bin Kate Monroe. Vom FBI«, reagierte Kate blitzschnell und zog ihren Beraterausweis des FBI, den Scott ihr gegeben hatte, aus der Tasche. Sie wusste, im Normalfall würde die Schwester keinen Unterschied merken.

»Er hatte einen Hirninfarkt und liegt auf Intensivstation«, erklärte sie endlich und gab Kate den Ausweis zurück.

»Dann lebt er noch.«

»Wenn man das so nennen will. Er wurde ins künstliche Koma versetzt. Und na ja, sein Allgemeinzustand ist äußerst kritisch, das war schon vor dem Infarkt so.«

»Er ist lungenkrank, nicht wahr?«

»Mr. Rutherford war in unserer Hospizstation untergebracht. Lungenkrebs im Endstadium. Mr. Rutherfords Zustand hatte sich in den letzten Tagen rapide verschlechtert. Um ehrlich zu sein, wäre es ein Wunder, wenn er die Sache überlebt.« Die Schwester blickte Kate mit großem Bedauern an, als hätte sie der Verlust persönlich sehr getroffen. Innerlich fluchte Kate. Die einzige Spur war dabei, sich in Luft aufzulösen. Sie hatte all ihre Hoffnung in das Treffen gelegt. Auf einmal kam ihr eine Idee.

»Schwester Riley, wäre es möglich, das Zimmer von Mr. Rutherford zu sehen?«

Sie konnte verfolgen, wie ihre Bitte bei der Frau, die ihr gegenüberstand, einen inneren Konflikt auslöste. Schwester Riley schien sich nicht sicher, wie sie auf diese Bitte reagieren sollte.

»Haben sie denn einen Durchsuchungsbefehl?«, fragte sie unsicher.

»Hören sie, ich bin hier, weil Mr. Rutherford mir etwas Wichtiges sagen wollte, was uns helfen könnte, einen Mörder zu überführen. Wollen sie uns da im Weg stehen, nur weil ich das Papier nicht vorlegen kann, das sie sehen möchten? Ich kann ihnen den Durchsuchungsbefehl besorgen, aber was machen Sie, wenn während dieser wertvollen Stunden wieder ein Unschuldiger stirbt? Ich möchte mit dieser Schuld nicht leben müssen …«

Schwester Rileys Augen weiteten sich, ihr Mund öffnete sich leicht. Kate hatte ins Schwarze getroffen. Die Schwester ging voller Entschlossenheit voran und deutete Kate mit der Hand an, ihr durch den langen Gang zu folgen.

Harrys Zimmer lag im zweiten Stock, in dem es beängstigend still war. Es schien, als wären alle Bewohner dieser Etage dem Tod näher als dem Leben. Überall roch es nach starken Desinfektionsmitteln, Urin und Verwesung. Kate kannte den Geruch aus der Pathologie. Diesen süßlichen, abscheulichen Gestank bekam man nie wieder aus seiner Nase.

»War schon jemand da, um ein paar Dinge ins Krankenhaus zu bringen?«

»Nein, es ist alles noch, wie es war. Sein Neffe wird erst heute Abend hier sein können.«

»Danke, Schwester. Ich komme jetzt alleine zurecht.«

Die Neugier war Schwester Riley ins Gesicht geschrieben, ihre Enttäuschung spürbar; dann drehte sie sich um und lief den Gang zurück.

Kate schaute sich im Zimmer um. Die Wand über dem Pflegebett sah ähnlich wie die in ihrem Arbeitszimmer aus. Scheinbar hatte ihn das Heaven Sent nie richtig losgelassen. All diese Kinder. Sie konnte ihn gut verstehen. Wie hypnotisiert war es ihr unmöglich, ihre Augen abzuwenden, bis die Rufanlage der Station piepste und sie aus diesem Zustand holte. Das Zimmer war spartanisch eingerichtet. Außer dem Bett befanden sich lediglich ein Schrank und ein Schreibtisch im Raum. Sie durchsuchte zuerst den Schreibtisch. Doch bis auf einige Kreuzworträtsel und ein paar Zeitungen konnte sie nichts finden. Im Schrank sah es ähnlich aus. Sie legte sich unter das Bett und stellte die Nasszelle auf den Kopf. Auf dem Bettrand sitzend, blätterte sie seinen Kalender durch. Ihr Besuch für den heutigen Tag war komischerweise nicht vermerkt, obwohl er alles sonst fein säuberlich hineingeschrieben hatte. Sie blätterte zurück. Zwei Tage nach ihrem Telefongespräch stand eine Notiz: Brief wegschicken. Sonst fand sie auch im Notizbuch nichts Aufregendes. Unverrichteter Dinge verließ Kate das Pflegeheim wieder. Sie war enttäuscht. Sie hatte wirklich gehofft, auf etwas zu stoßen. Wahrscheinlich aber war Mr. Rutherford bereits so schwer krank, dass er nicht mehr in der Lage gewesen war, ihr etwas zu hinterlassen. Vielleicht hatte er das Treffen mit ihr auch schlichtweg vergessen. So richtig überzeugt war Kate dennoch nicht. Der Harry, mit dem sie gesprochen hatte, klang vor ein paar Tagen überhaupt nicht verwirrt oder zerstreut. Als sie vor die Tür des Heims trat, saugte sie erst einmal begierig die frische Luft in ihre Lungen und versuchte, den über allem liegenden Mief aus ihrer Nase zu bekommen.

Am liebsten wäre Kate jetzt sofort nach Detroit geflogen, um Scott bei den Ermittlungen zu unterstützen, aber sie musste vorher ihren Termin bei Beth wahrnehmen; ansonsten würde sie ihr die Tabletten nicht verschreiben, ohne die sie im Moment immer noch nicht leben konnte. Es war also unmöglich, diese Sitzung abzusagen. Außerdem hatte es lange genug gedauert, bis Beth Zeit für sie hatte. Kate schlenderte noch eine Weile durch die Straßen der Upper Eastside, den Stadtteil, in dem die Praxis lag. Sie zog ihren dicken Schal enger um den Hals und knöpfte noch den letzten offenen Knopf ihrer Jacke zu. In diesem Viertel fühlte sie sich wohl, wobei die Vielzahl von Bars und Restaurants erst am Abend den Charme des Stadtteils offenbarte. Doch auch die kleinen Geschäfte ließen jedes Frauenherz höherschlagen. Obwohl sie es genießen wollte und sich nichts mehr wünschte, als eine normale Frau zu sein, ließ das Pochen in ihrem Kopf nicht nach. Sie war nicht gewöhnlich. Ihr Leben war es nicht. Sie verfolgte einen Psychopathen, Connor war immer noch nicht aufgetaucht, und sie hatte weiterhin das Gefühl, selbst verfolgt zu werden. Sie beschloss, obwohl sie noch eine halbe Stunde Zeit hatte, in die Praxis zu gehen.

Am Empfang saß eine neue Mitarbeiterin. Auf einem Schild, das an ihrer Bluse hing, las sie den Namen Lindsey Hunter.

»Hallo, mein Name ist Kate Monroe. Ich habe einen Termin bei Dr. Shaw.«

»Dr. Shaw ist noch in einer Sitzung. Sie können im Wartebereich Platz nehmen!«, antwortete Lindsey, sah aber nicht von ihrem Handy hoch, auf dem sie grinsend tippte.

Kate hoffte, dass Sherry bei ihrem nächsten Termin wieder am Empfang sitzen würde. Denn auch wenn sie sich mit Beth sehr gut verstand, sie fast so etwas wie Freundinnen geworden waren, so war es trotzdem eine Praxis. Schlimmer, ein Ort der Offenbarung ihrer tiefsten Emotionen und Gefühle. Etwas, das Kate nach wie vor schwerfiel. Nervös nahm sie auf einem der Sessel im Wartebereich Platz. Normalerweise saß Kate hier nie lange genug, um sich mit der Umgebung vertraut zu machen, aber Beths Sitzung schien länger zu dauern. Kate nahm sich eine der Zeitschriften vom Stapel und blätterte lustlos in der Welt der Schönen und Reichen. Gerade als Kate sich in einen Artikel vertieft hatte, öffnete sich die Tür zu Beths Sprechzimmer.

Kate wartete nicht, bis Beth sie hineinbat, sondern schlüpfte hinter ihr ins Sprechzimmer. Wie viele Stunden hatte sie hier verbracht? Es war der Ort ihrer Genesung, ihrer Heilung vor zwei Jahren. Sie war Beth so dankbar und hoffte, dass sie ihr diesmal wieder helfen würde.

»Schön, dich zu sehen, Kate.«

Kate stand auf und sah in Beths warme braune Augen. Sie fühlte sich sofort sicher und verstanden, obwohl die Therapie noch gar nicht begonnen hatte.

»Bitte setz dich«, forderte Beth sie auf, und Kate nahm auf dem großen Sessel Platz, auf dem sie schon so viele Stunden verbracht hatte. Er verschluckte sie sofort, aber es war angenehm und kam beinahe einer Umarmung gleich. Die Frauen sahen sich eine Weile an, ohne zu sprechen.

»Wie geht es dir?«, brach Beth das Schweigen.

Kate fiel in sich zusammen. Endlich konnten die Tränen, die sie so lange für sich behalten hatte, ihren Lauf nehmen. Hier war sie nur Kate. Eine Frau Mitte dreißig, die es nicht einfach hatte. Beth setzte sich neben sie und nahm sie fest in den Arm. Sofort stellte sich ein vertrautes Gefühl ein. Es fühlte sich an, als wäre sie zu Hause. Das Empfinden der Heimatlosigkeit hatte sich eingestellt, als ihre Eltern ihr von der Adoption erzählt hatten. Es war töricht, aber sie konnte dieses Gefühl einfach nicht unterdrücken. Und genau hier fing sie an. »Es ging mir gut bis zu diesem Thanksgiving, an dem ich meine Eltern besucht habe …«

Beth hörte ihr geduldig zu und ließ ihr Zeit, wieder im Hier und jetzt anzukommen.

»Willst du denn wirklich wissen, was in diesem Heaven Sent passiert ist? Ich bin mir nicht sicher, ob das eine gute Idee ist. Ging es dir nicht vor diesen Ermittlungen sehr viel besser?«, wollte Beth schließlich wissen.

»Ja, aber ich muss die Wahrheit herausfinden! Vielleicht führt es mich zu dem Mistkerl, der Tom umgebracht hat.«

Elisabeth schlug ihre langen Beine übereinander. Kate bewunderte sie ein wenig. Sie war nicht viel älter als sie selbst, aber sie hatte ganz offensichtlich ihr Leben voll im Griff. Auf alles hatte sie eine passende Antwort. Ihre Argumente waren immer einleuchtend und klug.

»Kate, ich verstehe dich, wirklich. Ich weiß nur nicht, ob ich das als deine Ärztin befürworten kann. Du bist noch nicht vollständig genesen.«

Kate sagte nichts dazu und beobachtete Beth, die offenbar nachdachte.

»Ich mache dir einen Vorschlag. Ich möchte, dass du ab sofort wieder regelmäßig in meine Sprechstunde kommst. Ich werde dich hypnotisieren und versuchen, in deinem Unterbewusstsein Antworten auf die Fragen zu finden, die du brauchst. Wenn ich der Meinung bin, dass du mental gefestigt bist, werde ich dir alles berichten, was ich herausgefunden habe. Ist das in Ordnung? Anders kann ich es momentan nicht verantworten.«

»Ehrlich gesagt, habe ich auch schon darüber nachgedacht. Müsste man für diese Art der Therapie nicht irgendwie vorab offen sein? Ich meine …«

»Du glaubst nicht, dass es funktioniert?«, unterbrach Beth sie.

Kate nickte. »Ist es dann überhaupt möglich?«

Beth legte den Kopf schief. »Kannst du dein Gefühl dazu beschreiben? Weshalb glaubst du, du könntest dich nicht öffnen?«

Kate dachte einen Moment über Beths Frage nach. »Ich denke, es ist die Angst, loszulassen, die Kontrolle abzugeben.«

Beth antwortete nicht, hörte aber geduldig zu. Sie spürte die Zerrissenheit Kates.

»Auf der anderen Seite … was soll schon passieren? Ich vertraue dir.«

»Das kannst du auch. Du bist hier sicher, und ich werde nicht zulassen, dass dir etwas geschieht. Du musst nichts überstürzen. Wenn du möchtest, denkst du in Ruhe darüber nach, und heute sprechen wir einfach nur.«

»Nein, ich will es versuchen«, beschloss Kate vehement.

»Gut, dann leg dich dort drüben hin. Mach es dir bequem.«

Kate ging zu der Liege, auf die Beth deutete, legte sich hin und schloss ihre Augen.

»Ich zähle jetzt von zehn rückwärts. Wenn ich bei eins angekommen bin, laufen wir beide gemeinsam zurück durch die Zeit.«

Kate hörte ihr ganz genau zu.

»Zehn, neun, acht …«

Bis sie wegdriftete.

Kate konnte sich nach der Therapie an nichts erinnern, doch sie fühlte eine tiefe Traurigkeit, die sie erfüllte. Als sie aufwachte, liefen Tränen über ihre Wangen, und sie war nass geschwitzt. Ihre Muskeln schmerzten. Sie musste sehr angespannt gewesen sein.

»Konntest du etwas herausfinden?«

»Die heutige Sitzung war dafür gedacht, deinen Geist dazu zu bringen, sich zu öffnen. In der nächsten Sitzung bekommen wir hoffentlich schon ein paar Antworten. Ich bevorzuge hier, kleine Schritte zu gehen, vor allem, weil du dich nicht an deine Kindheit erinnern kannst«, erklärte Beth und sah sie nachdenklich an.

Kate wollte wirklich wissen, was die Hypnose zum Vorschein gebracht hatte. Doch sie vertraute ihrer Freundin, also würde sie sicher bald mehr erfahren. »Dann heißt es also geduldig sein«, schloss Kate, und Beth musste lächeln. »Ich weiß, das ist nicht deine Stärke, aber in deinem besonderen Fall sollten wir es tatsächlich langsam angehen lassen. Wann wollen wir uns zu einer weiteren Sitzung sehen?«

»Am besten ich rufe an. Nächste Woche bin ich in Detroit, danach weiß ich besser, wie es zeitlich passt.«

Beth sah sie kritisch an. »Du willst wieder nach Detroit?«

»Ja, es muss sein. Wenn ich nicht nach Detroit gehe, dann werde ich es bereuen«, erklärte Kate, ohne Beths besorgten Gesichtsausdruck zu übersehen. »Ich pass auf mich auf, versprochen.«

»Ich mache mir einfach Sorgen. Bitte sei vorsichtig. Ich möchte nicht, dass dich diese ganze Geschichte kaputt macht. Du weißt, dass ich immer für dich da bin. Manches kann ich reparieren, aber irgendwann bin selbst ich mit meiner Kunst am Ende.«

Beth sah ihr direkt in die Augen. Kate hielt ihrem Blick stand. Nichts konnte sie von ihrem Vorhaben abbringen. Auch nicht Beth.

»Das mache ich. Ich pass auf«, versprach sie und eilte Richtung Tür. »Und wegen des Termins rufe ich einfach bei deiner äußerst sympathischen Vorzimmerdame an.«

Beth rollte die Augen. »Ich weiß, ich weiß … Sherry ist leider länger krank, und Lindsey ist schon die Beste, die mir die Zeitarbeitsfirma anbieten konnte.«

»Das kriegst du sicher hin mit ihr.«

»Bestimmt.« Beth ging auf Kate zu und umarmte sie zum Abschied. »Vergiss bitte nicht, dir deine Medikamente aus der Apotheke zu holen, bevor du fährst. Es ist gut möglich, dass die Hypnose etwas in dir ausgelöst hat. Eventuell könnte es mit dem Träumen und Schlafen Probleme geben. Da hilft dein klassisches Beruhigungsmittel nicht mehr.«

Kate war sich sicher, dass es mit dem Schlafen nicht schlimmer kommen konnte, als es gerade war. Dennoch holte sie sich an der nächsten Ecke vorsichtshalber das Medikament. Die Apothekerin sah sie kritisch an.

»Bitte maximal eine Tablette vor dem Einschlafen, ja?«

Kate packte die Dose mit dem Medikament kommentarlos in ihre Tasche und holte gleich ihr Handy heraus. Eine Nachricht von John:

Komm um acht zu mir.

Rasch schickte sie ihm eine Bestätigung:

Okay.

Zuallererst wollte sie nach Hause fahren. Wahrscheinlich würde sie den restlichen Tag brauchen, um sich einigermaßen ansehnlich herzurichten. Sie fühlte sich noch immer müde und aufgewühlt von der Therapiestunde. Außerdem ließ sie die Sache mit Harry Rutherford nicht los. Dank ihm war sie doch einigen Antworten sehr nah gekommen. Sobald sie daheim war, blätterte sie noch einmal in seinem Kalender, den sie sich vorsichtshalber in die Tasche gesteckt hatte. »Brief verschicken«, murmelte sie leise vor sich hin. Die zwei Worte klangen belanglos, doch sie stachen ihr immer wieder ins Auge. Ihr Blick schweifte gedankenverloren durch ihr Wohnzimmer und blieb an dem Haufen Zeitungen und Rechnungen an ihrer Haustür hängen. Der Postbote war so nett und steckte alles durch einen Schlitz in der Tür. Da blieb ihre Post oft wochenlang liegen. Aber vielleicht …, dachte sie sich. Sie kniete vor dem Stapel Post und wühlte darin – und tatsächlich: Unter einigen Werbeprospekten lag ein Umschlag ohne Absender. Sie öffnete ihn schnell und ohne jegliche Sorgfalt. Sofort fiel ein kleiner Schlüssel direkt in ihren Schoß. Sie sah ihn mit krauser Stirn von allen Seiten an. Vorsichtig nahm sie den Brief in die Hand:

Liebe Mrs. Monroe,
irgendetwas läuft komisch. Einen Tag nach Ihrem Anruf rief eine Dame bei mir an. Sie wollte wissen, ob Sie bei mir waren und wonach Sie fragten. Ich habe ihr nichts verraten, aber ihre Stimme hatte etwas Bedrohliches, beinahe Böses an sich. Vielleicht bilde ich mir das alles auch nur ein. Doch um sicherzugehen, habe ich Ihnen den Schlüssel geschickt. Ich halte diese Frau für gefährlich. Der Schlüssel passt in das Schließfach Nummer 38 am Dupont Circle Busbahnhof. Der Inhalt dürfte Sie interessieren.
Bleibt mir nur noch die Bitte zu äußern, Sie mögen auf sich achtgeben.
Mit besten Grüßen
Harry Rutherford

Am liebsten wäre Kate direkt losgefahren, da fiel ihr das Date mit John ein. Sie rief ihn kurzerhand an.

»Was gibt's?«

»Können wir uns vorher schon am Dupont Circle Busbahnhof bei der Information treffen? Ich muss zuerst was erledigen. Vielleicht kannst du mir ja dabei helfen.«

»Geht klar. Wann soll ich dort sein?«

»Wir treffen uns in einer halben Stunde.«

Kapitel 8

Als Kate die Haupthalle des Dupont Circle Busbahnhofs betrat, konnte sie ihre Aufregung kaum verbergen. Sie erblickte John, der lässig an der Wand lehnte und mit seinem Handy spielte.

Kurz überlegte sie, ob sie John einweihen und ihn mit zu dem Schließfach nehmen sollte, entschied sich aber dagegen. Sie steuerte nach links in den hinteren Teil der Halle. Je näher sie dem Bereich mit den Schließfächern kam, desto nervöser wurde sie. Sie fühlte bereits zum hundertsten Mal in ihrer Jackentasche, ob der Schlüssel noch da war. Es herrschte ein unglaublicher Lärm in der Halle, aber sie konnte dennoch ihr Herz klopfen hören. Das Blut rauschte in ihren Ohren, und sie schwitzte.

Nachdem sie das besagte Schließfach gefunden hatte, stand sie mit leicht zitternden Händen davor. Würde der Inhalt sie einen oder sogar mehrere Schritte näher an die Wahrheit bringen? Sie musste wissen, was in dem Fach lag, ganz gleich, was es in ihr auslösen würde.

Vorsichtig steckte sie den Schlüssel in das Schloss und drehte ihn mit zittrigen Fingern. Die Tür des kleinen Fachs sprang mit einem Klick auf. Sie hatte den Atem angehalten, in dem Schließfach lag ein kleines Buch. Es war eines dieser klassischen Notizbücher, die man in jedem Schreibwarenladen kaufen konnte, schwarz mit einer braunen Bindung. Kate nahm das Buch heraus. Sie hatte das Gefühl, die Büchse der Pandora zu öffnen, die sich nie wieder schließen lassen würde. Und wieder wurde sie das Gefühl nicht los, dass man sie verfolgte. Es war, als würden sich Blicke in ihren Rücken bohren. Sobald sie sich jedoch umdrehte, konnte sie nichts Ungewöhnliches entdecken. Natürlich rannten immer noch Hunderte von Menschen ziellos durch die Hallen, aber niemand schien sich auch nur im Geringsten für sie zu interessieren. Schnell packte sie das Buch in ihre Tasche. Sie musste hier raus, um es in Ruhe lesen zu können.

»Hey, hast du mich vergessen?«

Erschrocken fuhr Kate zusammen, als sie John entdeckte. Sie war so in Gedanken vertieft gewesen, dass sie ihn tatsächlich vergessen hatte.

»Sorry John, ich war so in Gedanken versunken, dass ich dich nicht gesehen habe. Ich muss aus dieser Halle raus. Die vielen Menschen machen mich aggressiv.«

Stirnrunzelnd sah John sie an. Er glaubte ihr kein Wort. Umso dankbarer war Kate um seine Diskretion, dies nicht auszusprechen. »Hast du Hunger?«

Kate hatte Hunger, aber noch mehr war ihr nach etwas anderem zumute. Sie brauchte John, um einen klaren Kopf zu bekommen. »Lass uns zu dir fahren. Ich habe keinen besonderen Hunger.«

Während der Fahrt sprachen sie kein einziges Wort miteinander. Der Vorfall mit dem Junkiepaar stand immer noch zwischen ihnen. Sie hatten nicht mehr darüber gesprochen. Außerdem war Small Talk einfach nicht ihr Ding. Sie beide verband etwas anderes.

Johns Wohnung war die typische Single-Bude. Im Wohnzimmer stand eine alte angeranzte Ledercouch. Ein niedriger

Couchtisch aus Glas und ein überdimensionaler Fernseher waren alles, was man in seinem Wohnzimmer an Mobiliar fand. In der offenen Küche gab es fast nie etwas zu essen.

»Bier?«, erkundigte sich Kate, während sie das Tiefkühlfach öffnete und zwei Flaschen aus dem Biervorrat herauszog. Davon hatte er immer reichlich.

»Später«, raunte John und nahm ihr die Flaschen aus der Hand. Kate hielt die Luft an, denn Johns Blick ließ erkennen, dass ihn nach etwas anderem dürstete. John schloss die Lücke zwischen ihnen und küsste Kate zart auf ihr Schlüsselbein. Voll Sehnsucht schloss sie die Augen, legte ihren Kopf in den Nacken und ließ es geschehen, ließ ihn mit seinen großen Händen das Shirt über ihren Kopf ziehen. Kate bekam augenblicklich Gänsehaut am ganzen Körper. Er strich mit seinen Händen über ihre Brüste, umkreiste mit seiner Zunge ihre Brustwarzen, bis sie hart wurden. Kate stöhnte auf; sie war ihm hilflos ausgeliefert. So hart sie im Leben mit ihm umging, so weich wurde sie, wenn seine Hände ihre Haut berührten. Sie entzog sich ihm, drehte sich um und drückte ihren Hintern an seinen Körper. John wickelte ihr Haar um seine Hand und zog ihren Kopf zu sich. Als sein Mund ihre Lippen erreichte, drehte er sie wieder zu sich, hob sie hoch und taumelte mit ihr Richtung Schlafzimmer. Er legte sie auf das Bett, öffnete Kates Jeans und fuhr mit seinen Fingern an ihrem Körper entlang. Kate bäumte sich auf, suchte seinen Körper, stöhnte gegen seinen Mund, während ihre Hände sich in seinem dichten, langen Haar vergruben. Sie sehnte sich nicht nach Liebe; sie wollte Sex, harten, hemmungslosen Sex, der sie vergessen ließ. Sie öffnete seine Hose und streifte sein T-Shirt über seinen Kopf. Dann fielen sie übereinander her wie zwei ausgehungerte Tiger. John war ein leidenschaftlicher, kompromissloser Liebhaber, der sich nahm, was er wollte. Kate gefiel das. Sie konnte die Kontrolle abgeben. Er lag auf ihr, und es fühlte sich so gut an. Sie trieben sich gegenseitig zum Höhepunkt, schnell, leidenschaftlich und wild. Ein vertrautes Spiel.

Mit klopfendem Herzen lagen sie nebeneinander in den zerwühlten Laken und starrten die Decke an.

»Was ist los mit dir, Kate?«, brach John das Schweigen zwischen ihnen.

»Was meinst du?«. Kate bereute die Gegenfrage, noch bevor sie sie ausgesprochen hatte. Sie wollte nicht mit ihm darüber sprechen.

»Du bist nicht bei mir. Du bist doch in Gedanken ganz woanders. Willst du darüber reden?«

»Ich will nicht darüber reden. Ehrlich gesagt, muss ich jetzt gehen.«

Kate stand auf, zog sich an und verließ wortlos Johns Wohnung.

Als Kate endlich zu Hause ankam, gönnte sie sich erst einmal eine heiße Dusche. Es war genau das, was sie gebraucht hatte. Sie konnte Johns Berührungen immer noch spüren. Nachdem sie ausgiebig geduscht hatte, sortierte sie ihre Gedanken, schenkte sich ein großes Glas Rotwein ein und setzte sich mit dem Notizbuch auf ihr Sofa. Sie hatte Feuer im Kamin gemacht, und im Radio liefen Jazzklassiker.

Kate hielt die Luft an, als sie das kleine Notizbuch öffnete. Auf den Seiten standen Namen und Zahlen. Es mussten Hunderte sein. Kate verstand nicht, was die Zahlen zu bedeuten hatten. Es konnten Geburtstage sein oder etwas anderes. Sie konnte sie einfach nicht zuordnen.

»Verdammt!«, fluchte Sie, während sie aufstand, um ihr Handy aus der Tasche zu holen, die immer noch achtlos neben der Garderobe lag. Es gefiel ihr nicht, dass sie keine andere Möglichkeit hatte, als Scott zu kontaktieren und ihn einzuweihen. Er war der Einzige, dem sie es zutraute, ihr helfen zu können; außerdem konnte er die Spezialisten des FBI zurate ziehen.

Nervös tippte sie mit ihrem Finger auf der Arbeitsplatte herum, während sie darauf wartete, dass Scott ans Handy ging. Schließlich meldete sich die Mailbox. Kate räusperte sich: »Ich bin es, Kate. Ich glaube, ich habe da etwas, das uns weiterhelfen könnte. Ruf mich bitte zurück. Es ist wichtig.« Kate hoffte, sie hatte dringlich genug geklungen. »Ruf mich an«, tippte sie deshalb in ihr Handy und schickte diese zusätzliche Nachricht an Scott. Sie hasste es, wenn sie auf die Hilfe anderer angewiesen war. Sie beschloss, die Liste der Namen durch ihre Datenbank laufen zu lassen. Sie hatte Johns Zugangsdaten und konnte überprüfen, ob einer der Namen aus dem Buch auch in ihrer Datei zu finden war.

Etwas schneller als nötig lief Kate in ihr Arbeitszimmer, fuhr ihren PC hoch und setzte sich an ihren Schreibtisch. Sie öffnete die Suchmaschine ihrer Datenbank und gab die ersten zwanzig Namen ein. Keiner brachte einen Treffer. Sie probierte noch einige der anderen, jedoch erfolglos. Immer wieder sah sie auf ihr Telefon. Noch immer keine Nachricht von Scott.

Nach drei Stunden brummte ihr Schädel, und ihr Körper schrie nach Schlaf.

Wo kommen diese Stimmen her? Wo bin ich? Ich drehe mich um die eigene Achse. Ist das eine Tür? Wer kommt da? Ich höre Schritte, sie kommen näher.

Was sagst du? Wer flüstert mir ins Ohr? Ich verstehe dich nicht. Warum ist das Licht aus? Wo bist du? Ich sehe dich nicht.

Warum zeigst du dein Gesicht nicht? Bitte, du machst mir Angst! Oh Gott, oh Gott! Wer schreit da? Bitte tu mir nichts. Ich habe dich nicht verraten. Tu mir nichts. Nein, ich will nicht sterben. Nein, bitte!!

Kate saß senkrecht im Bett. Sie war schweißgebadet, und ihr Herz klopfte so stark, dass sie kaum Luft holen konnte. Im Dunkeln tastete sie nach ihrem Nachttisch und den Tabletten, die Beth ihr verschrieben hatte. Sie nahm gleich zwei auf einmal, den Rat der Apothekerin außer Acht lassend. Sie spürte, wie die Panik langsam ihren Körper verließ. Endlich setzte Entspannung ein, und sie verbrachte den Rest der Nacht in einem tiefen traumlosen Schlaf. Das Klingeln ihres Telefons ließ sie aufschrecken. Wie lange hatte sie geschlafen? Draußen war es taghell. Ein Blick auf die Uhr verriet ihr, dass es bereits nach drei Uhr am Nachmittag war. Sie hatte beinahe zwölf Stunden geschlafen, aber sie fühlte sich kaputter als am Abend zuvor. Sie suchte nach ihrem Handy. Es war auf den Boden neben ihr Bett gefallen. Als sie auf das Display blickte, sah sie eine Nachricht von John und vier Anrufe von Scott.

Es klingelte wieder, aber es war nicht ihr Handy. Jemand stand vor ihrer Haustür. Sie versuchte aufzustehen, musste sich allerdings noch mal aufs Bett setzen. In ihrem Kopf drehte sich alles. Sie dachte an die Anweisung der Apothekerin. Wie viele von diesen Dingern hatte sie genommen? Sie konnte sich nicht mehr erinnern. Der Mensch, der vor ihrer Haustür stand, wollte sich nicht abwimmeln lassen. Der wiederkehrende penetrante Ton ihrer Klingelanlage war der Beweis. Mühsam stand sie auf und strauchelte in Richtung Eingang. Im Monitor der Gegensprechanlage konnte sie Scott erkennen, der wild auf die Tür einhämmerte. Sie drückte auf den Summer und legte sich auf ihr Sofa. Scott kam ins Zimmer gestürmt, als wäre der Teufel persönlich hinter ihm her.

»Kate, verdammt noch mal, was ist denn hier los? Bist du auf Droge? Ich habe dich schon zigmal angerufen und jetzt stehe ich seit einer halben Stunde vor deiner gottverdammten Tür. Ich habe sogar dein verfluchtes Handy orten lassen. Ich hab wirklich gedacht, dir sei etwas zugestoßen!« Scott hatte einen roten Kopf und sah Kate erwartungsvoll an.

»Tut mir leid. Ich hatte eine harte Nacht und hab wohl mit dem Rotwein etwas übertrieben.«

Scott sah die leere Flasche auf dem Couchtisch. Er legte seinen Mantel über das Sofa und machte sich auf den Weg in die Küche. Er bewegte sich, als wäre es ganz natürlich, dass er jetzt hier in ihrem Heiligtum war. Sie hörte ihn, wie er die Schranktür öffnete und mit Tassen hantierte. Ihr Kopf dröhnte; sie hatte große Mühe, ihre Augen offen zu halten.

Scott kam mit zwei Tassen Kaffee und einem Glas Wasser aus der Küche. Er hatte ein Aspirin dabei.

»Hier, nimm die Tablette. Das müsste dir gegen deinen Kater helfen. Kaffee mit Milch und Zucker.«

Kurz überlegte Kate, wann sie Scott gesagt hatte, dass sie ihren Kaffee mit Zucker mochte.

Fünfzehn Minuten später fühlte sie sich schon etwas besser. »Danke. Ich glaube, das Aspirin hilft langsam.«

Scott nickte, und in seinen Augen las Kate, dass er auf Antworten wartete. Stöhnend stand sie auf. »Ich bin gleich wieder da, dann erkläre ich dir alles.«

Im Badezimmer wusch sie ihr Gesicht mit kaltem Wasser und sah sich prüfend im Spiegel an. Ihre helle Haut wirkte fahl, und dunkle Ringe zierten ihre Augen. War sie bereit, Scott zu erzählen, dass sie glaubte, jemand wäre hinter ihr her? Von der Verbindung zu Connor und ihrer Zeit im Heaven Sent? Sie beschloss, ihm erst mal nur von Harry Rutherford und dem Buch zu erzählen.

»... und deshalb habe ich das Gefühl, dass wir dem Mörder so nah sind wie noch nie.«

Scott blätterte aufmerksam in dem Buch.

»Kannst du die Namen durch die FBI-Datenbank jagen?«, bohrte Kate nach. Sie konnte an seinem Gesichtsausdruck nicht ablesen, was ihm durch den Kopf ging.

»Zieh dir was an, wir müssen los!«, antwortete er und steckte das Buch in seine Tasche.

»Was tust du eigentlich hier?« Kate stellte die Frage in die Stille. Seit über zehn Minuten saßen sie jetzt schon im Auto. Scott sah sie nicht an, doch an seinen Händen, die so fest das Lenkrad umgriffen, dass seine Knöchel weiß hervortraten, sah Kate, wie wütend er war.

»Eigentlich bin ich hier, um mit dem Leiter meiner Abteilung die weitere Vorgehensweise zu besprechen.« Endlich wandte er sich Kate auf dem Beifahrersitz zu, er war immer noch wütend. »Weißt du eigentlich, was ich mir für Sorgen gemacht habe? Erst deine seltsame Nachricht auf meiner Mailbox und dann bist du nicht zu erreichen.«

Kate schluckte hart. »Das war nicht meine Absicht. Dennoch habe ich mit keiner Silbe erwähnt, dass ich in Gefahr bin, also ...«

»Verdammt Kate, du sagtest, es sei äußerst wichtig, und deine Stimme klang panisch. Und dann, nachdem ich dein Telefon habe orten lassen, liegst du halb betrunken auf dem Sofa? Was zur Hölle ist nur los mit dir?«

Kate fuhr sich nervös durchs Haar. Wohl verstand sie,

dass Scott um sie besorgt war, dennoch fühlte sie sich in die Ecke gedrängt.

»Du hast was? Mein Handy orten lassen? Was bitte ist mit dir los? Ich kann mir gut selber helfen, konnte ich schon immer. Du musst mich weder beschützen, noch wünsche ich, dass du mein Handy orten lässt.«

Scott atmete tief ein. »Okay, schon gut. Vielleicht haben wir beide etwas überzogen reagiert«, wiegelte er im versöhnlichen Ton ab. »Aber bei dieser Sache mit dem Buch … ich weiß nicht. Ich werde es heute in der Einsatzbesprechung vorbringen.«

Kate rollte mit den Augen. »Geht das nicht unbürokratischer?«

Ein Blick in Scotts Augen, und sie wusste die Antwort. »Schon gut, die Regeln. Ich verstehe.«

»In einer halben Stunde treffen wir uns wieder hier. Unser Flug geht um neun.«

Kate nickte. Innerlich war sie wütend, denn sie wäre gerne mit zu der Besprechung gegangen. Sie sagte aber nichts, denn sie wollte keinen weiteren Ärger mit Scott, nachdem der erste verflogen war.

Müde ließ sie sich einen Kaffee aus der Maschine im Eingangsbereich heraus und setzte sich auf eine Bank am Rande der Halle. Der Traum der letzten Nacht lag ihr noch in den Knochen, dennoch versuchte sie, die Bilder in ihr Gedächtnis zu rufen. Vielleicht würde sie in ihnen irgendetwas finden. Einen Hinweis auf ihre Kindheit. Es musste etwas zu bedeuten haben, denn noch nie hatte sich einer ihrer Träume so real angefühlt.

»Was ist der Plan?«, wollte Kate wissen, als sie endlich im Flugzeug saßen.

»Du hast die Erlaubnis, Linda noch einmal zu besuchen

und zu befragen. Ich selbst werde das Team vor Ort unterstützen.«

»Du wirst nicht zu Linda mitfahren?«

Scott schüttelte den Kopf, während er sich anschnallte, wie von der Flugbegleiterin gefordert. »Nein. Ich muss zu einem anderen Termin.«

»In Connors Sache?«

»Bitte Kate. Du weißt, wie es läuft.«

»Versteh schon. Du kannst es mir nicht sagen«, erwiderte Kate. »Was ist mit dem Buch? Könnt ihr es durch euer Suchprogramm laufen lassen?«

»Tut mir leid. Das hat keine Priorität.«

»Keine …«, setzte Kate an, beschloss aber dann, sich den Atem zu sparen. Sie würde eine Lösung finden, doch zuerst musste sie sich auf die Befragung konzentrieren. Kate war trotz allem ein wenig erleichtert, Linda alleine besuchen zu können. Entspannt lehnte sie sich in ihren Sitz zurück.

Die Maschine landete pünktlich in Detroit. Nachdem sich Scotts und Kates Wege getrennt hatten, machte sie sich sofort auf den Weg zu Linda. Es war spät, aber sie hatte Linda noch vor ihrem Abflug über ihr Kommen informiert.

Linda erwartete sie bereits in der Einfahrt und fiel ihr um den Hals. »Hey Linda, gibt es Neuigkeiten?«, informierte sich Kate, obwohl sie die Antwort schon kannte.

»Nein, nichts. Ich glaube … ich …«, schluchzte Linda, und Kate nahm sie in die Arme.

»Du darfst die Hoffnung nicht aufgeben.«

Ein schwacher Trost, und Kate wusste es. Im Haus versuchte sie, sich nicht anmerken zu lassen, wie sehr sie über Lindas Aussehen erschrocken war. Sie kam ihr vor wie ein Schatten ihrer selbst. Seit dem letzten Besuch war ihre Freundin noch dünner geworden, als sie ohnehin schon war.

Sie starb jeden Tag ein bisschen mehr. Ihre Augen waren so voller Trauer, dass man sich darin zu verlieren drohte.

Linda bot ihr diesmal keinen Kaffee an. Sie redete eigentlich überhaupt nicht.

»Linda, weißt du etwas über einen Keller in Heaven Sent? Hat Connor jemals davon erzählt?«

Linda schien nicht bei ihr zu sein. Sie wirkte abwesend. Es war, als würde sie mehr zu sich selbst sprechen als zu Kate. »Am Anfang, als Connor bei uns war, hatte er jede Nacht Albträume. Er schrie oft im Schlaf. Einmal hat er ein Glas Wasser umgestoßen. Er ist sofort auf die Knie gefallen und hat seinen Kopf auf den Boden gelegt. Er flehte uns an, ihn nicht in den Keller zu sperren, und versprach uns, dass das nie wieder passieren würde. Das wiederholte sich noch einige Male in den nächsten Monaten, bis er anfing, uns zu vertrauen. Die wenigen Jahre im Kinderheim hatten ihn dauerhaft geschädigt.« Linda stockte. »Ich habe es ihm versprochen, Kate. Ich habe versprochen, dass ihm nie wieder etwas passieren würde. Oh Gott, oh Gott … ich kann …«

Kate ging zu Linda hinüber, setzte sich auf die Couch, nahm sie in den Arm und wiegte sie. Und dann geschah etwas, unerwartet und heftig: Plötzlich rauschten Bilder an ihrem inneren Auge vorbei. Sie sah einen Schlafsaal, lange Gänge, spürte Kälte, hörte Schreie. Sie sah Kinder, zwei Mädchen, die zusammen an einem der Tische saßen und kicherten. Es schien, als wüsste sie, wer diese Mädchen waren. Sie gingen so vertraut miteinander um. Auch wenn Kate wusste, wo sie war, spielte ihre Psyche ihr einen Streich und brachte sie ungefragt an einen anderen Ort. Vielleicht war das eine Nachwehe der Hypnose? Oder es war etwas, das Linda erzählt hatte, dass sich eine Tür in ihrem Kopf geöffnet hatte. So schnell die Bilder auftauchten, verblassten sie auch wieder. Und mit einem Mal saß sie wieder auf der Couch neben Linda, die sich jetzt schnäuzte.

»Linda, hast du Connor jemals gefragt, warum er solche Angst vor Kellern hatte?«

»Er konnte lange Jahre nicht darüber reden, und danach waren die Erinnerungen weggesperrt. Wir haben nie wieder darüber gesprochen. Es gibt wahrscheinlich nur eine Person, die dir mehr dazu sagen kann. Er war viele Jahre bei ihr in Therapie. Sie war es, die ihm geholfen hat zu vergessen.«

»Kannst du mir den Namen der Therapeutin geben? Ich muss mit ihr sprechen.«

»Ihr Name war Lauren. Sie ist vor einem halben Jahr spurlos verschwunden. Im Jahr zuvor war ihr Mann bei einem Brand ums Leben gekommen. Man hatte angenommen, dass sie irgendwo neu anfangen wollte, weil es hier für sie zu schmerzhaft gewesen wäre. Wir haben nie wieder etwas von ihr gehört.«

Das Sprechen fiel Linda deutlich schwerer. Sie nahm sich ein Glas Wasser und schüttete mit zitternden Händen drei Pillen in ihre linke Hand. Kate konnte nicht lesen, was auf der orangefarbenen Pillendose stand, doch sie vermutete Beruhigungsmittel. Linda nahm alle drei Pillen auf einmal und spülte sie mit einem großen Schluck Wasser hinunter. Mit dem Handrücken wischte sie sich über den Mund, atmetet tief durch und erzählte dann weiter. »Connor hatte der Verlust schwer getroffen. Er wollte keine andere Ärztin. Er war der Meinung, dass er keine Hilfe mehr brauchen würde. Aber was, wenn er sich getäuscht hat? Was ist, wenn sich Connor selbst etwas angetan hat? Was, wenn ihn diese Albträume wieder heimgesucht haben? Warum kommt mein Kind nicht mehr zu mir zurück?«

Schluchzend hob Linda die Hand, verließ das Zimmer und ging nach oben.

Kate hatte genug für einen Abend. Sie musste sich überlegen, was sie als Nächstes tun sollte. Sie verließ das Haus und schloss die Tür. Sie konnte Linda am besten helfen, indem sie herausfand, was Connor zugestoßen war. Mittlerweile war sie sich ziemlich sicher, dass Connor nicht mehr am Leben war. Sie wurde das Gefühl nicht los, dass all diese Morde mit Heaven Sent zu tun hatten, und irgendwie verstärkte sich ihr Eindruck, dass diese zwei Mädchen aus ihrer Vision, wie sie es nannte, etwas damit zu tun hatten.

Kapitel 9

Auf dem Weg in das Apartment ihrer Freunde ging Kate in Gedanken nochmals alles durch. Sie versuchte, sich all die Notizen aus ihrem Büro in Erinnerung zu rufen, die sie im Laufe der letzten Jahre gesammelt hatte. Irgendetwas musste sie übersehen haben! Es war, als wäre der entscheidende Hinweis genau vor ihrer Nase, doch sie sah ihn einfach nicht. Das Gefühl von Verantwortung setzte Kate unter Druck. Sie hatte Linda ein Versprechen gegeben, schon wieder. Ihr erstes hatte sie nicht halten können. Sie hatte es nicht geschafft, den Mörder von Jack zu überführen, aber vielleicht konnte sie Connors Peiniger zur Strecke bringen. Sie war schließlich mal eine verdammt gute Ermittlerin gewesen. Als Jahrgangsbeste in Quantico mit Auszeichnung hatte man sie damals beim FBI gleich einer Spezialeinheit zur Erfassung von Serientätern zugeteilt. Schon als Kind wusste sie, dass sie eines Tages eine bedeutende Polizistin werden würde, die alle schlimmen Menschen hinter Schloss und Riegel bringen wollte. Wie naiv man als Kind doch war!

Plötzlich ließ sie ein hupendes Fahrzeug hinter ihr aus ihrem Tagtraum hochschrecken. Sie hatte überhaupt nicht gemerkt, dass sie immer noch an der grünen Ampel stand und den ganzen Verkehr aufhielt. Als sie den Wagen in Bewegung setzte, war ihr klar, was ihr nächster Schritt sein würde. Sie hatte gestern Abend noch kurz mit Beth telefoniert, weil sie ihren Rat brauchte und ihr von ihren Träumen erzählen wollte. Auch wenn Beth ihr davon abriet, ihre Vergangenheit herauszufordern; hatte sie das Gefühl, dass die Hypnose irgendetwas in ihr geöffnet hatte. Wie eine Schatzkiste, deren Inhalt sie nach und nach erforschen musste – nur dass Kate diesen Schatz nicht wollte. Jetzt, wo ihr Kopf anfing, sich zu erinnern, beschloss sie, noch einmal auf das ehemalige Gelände des Heaven Sent zu fahren. Es konnte nicht schaden, und vielleicht kam doch noch die eine oder andere Erinnerung in ihr hoch, die ihnen weiterhelfen und sie womöglich sogar zu Connor führen konnte. Sollte das nicht funktionieren, würde sie auf jeden Fall zurück nach Washington fliegen, um mit Beth eine weitere Hypnosesitzung durchzuführen. Außerdem musste sie unbedingt diese Heimleitung finden, und dabei konnte ihr niemand besser helfen als John. Er war der Beste in seinem Job und er stellte keine nervigen Fragen, die sie ihm nicht beantworten wollte. Sehr zum Ärger des Typen, der hinter ihr fuhr, legte sie beinahe eine Vollbremsung hin, um die Abfahrt auf den Freeway Richtung Columbus noch zu kriegen. Sie hob zwar entschuldigend die Hand, aber sehr verständnisvoll wirkte der Kerl nicht gerade.

Kate hatte noch ein paar Stunden Autofahrt vor sich, doch sie fühlte sich euphorisch und aufgedreht. Ihr altes Ego schien wieder Besitz von ihr zu ergreifen. Und allmählich floss dieses Adrenalin wieder durch ihre Adern, wie immer, wenn sie eine heiße Spur untersuchte. Sie hinterließ Scott eine kurze Nachricht auf seiner Mailbox, damit er sich keine Sorgen machte; sie sei auf etwas gestoßen und wollte erst sichergehen, dass es von Bedeutung war, bevor sie es dem Team präsentierte. Sie versprach, sich zu melden, sobald sie etwas in Erfahrung gebracht hatte, und legte auf. Sie hoffte, dass Scott keine weiteren Fragen stellen würde.

Kate drehte das Radio lauter und fing an, die gespielten Countrysongs lauthals mitzusingen. Es tat so gut, wieder ihr altes Ego zu spüren. Tom wäre stolz auf sie. In dem Moment, als Kate an Tom dachte, fürchtete sie, dass die Trauer sie wieder übermannen würde, aber diesmal war es wilde Entschlossenheit, welche die Kontrolle übernahm. Sie wusste, dass all diese sinnlosen Morde zusammenhingen, und sie würde es beweisen.

Kurz vor Mitternacht kam Kate bei ihren Eltern an. Sie hatte fast eine Stunde in einem riesigen Stau gestanden, weil zwei Typen *Fast and Furious* spielen mussten. Einer der beiden hatte dabei sein Leben in der Mittelleitplanke beendet. Für Kate war es unvorstellbar, wie man so leichtsinnig mit seinem Leben umgehen konnte.

»Liebes, schön dass du da bist. Wir haben uns Sorgen gemacht.«

»Sorgen? Weshalb?«, fragte Kate mit gerunzelter Stirn.

»Der Unfall auf deiner Strecke.«

»Ja, schlimme Sache. Ich bin daran vorbeigefahren.«

»Aber jetzt komm erst einmal rein. Ich habe deine Lieblingsbrownies in den Ofen geschoben, gleich nachdem du angerufen hattest«, erzählte Claire voller Freude.

»Das ist lieb, Mom, aber wegen einer Nacht brauchst du dir doch nicht so viel Arbeit zu machen.« Ein Argument, dass für ihre Mutter keines war.

»Du weißt, deine Mutter liebt es zu backen. Besonders für dich«, mischte sich jetzt auch ihr Vater ein.

»Gut, gut. Ich gebe mich geschlagen. Es riecht schon fantastisch.«

Tatsächlich ließ der Duft der Brownies Kate das Wasser im Mund zusammenlaufen. Sie spürte, wie wichtig es ihrer Mutter war, sie bei sich zu haben, obgleich es sich nur um wenige Stunden handelte. Deshalb beschloss sie, für diese kurze Zeit den Fall und ihre Vergangenheit beiseitezuschieben, und ein Blick in die strahlenden Gesichter ihrer Eltern machte ihr dies leicht. Es war schön, wieder zu Hause zu sein, und diesmal fühlte es sich auch wieder an wie daheim. Irgendwann überkam Kate eine enorme Müdigkeit, und da sie morgen fit sein wollte, ging sie bald zu Bett. Als sie kurz vor dem Einschlafen war, klingelte ihr Handy. Es war Scott. Sie war schon auf eine Predigt eingestellt, aber stattdessen sagte er nur: »Wir haben eine Leiche!«

Kate erstarrte. »Connor?« Sie wagte kaum zu atmen.

»Nein, es ist eine Frauenleiche. Wir konnten sie als eine gewisse Lauren Scott identifizieren. Mehr wissen wir aktuell noch nicht. Die Spurensicherung ist noch bei der Arbeit und hat hier alle Hände voll zu tun.«

»Dr. Scott war Connors Therapeutin. Sie ist vor einigen Jahren spurlos verschwunden«, flüsterte Kate ins Telefon. Einen Moment herrschte Schweigen.

»Ja. Kanntest du sie?« Scott klang irritiert, und Kate schüttelte den Kopf, auch wenn er es nicht sehen konnte. »Nein, aber Linda hat mir heute von ihr erzählt. Gibt es eine Spur?«

»Die Leiche scheint hier auch schon ein bisschen länger zu liegen. Der Pathologe vermutet, dass ihr Tod bereits vor drei Monaten eingetreten ist. Sie hat zahlreiche Schnittwunden am ganzen Körper. Der Todesstoß erfolgte aber durch das Durchtrennen der Halsschlagader. Sie wurde regelrecht enthauptet. Der Kopf hing nur noch an der Wirbelsäule.«

Kate konnte sich den Anblick der Leiche gut vorstellen. Sofort tauchten die Bilder von Tom wieder vor ihrem geistigen Auge auf. Sie atmete tief durch. »Wo habt ihr die Leiche denn gefunden?«

»Ein Obdachloser hat sie in Downtown in einem alten Abrissgebäude entdeckt. Sie lag im Keller. Es ist kein schöner Anblick. Ich habe ja schon viel gesehen, aber das ist abscheulich. Das Interessante an ihrem Ablageort ist, dass die Leiche nur mit einem weißen Baumwollnachthemd bekleidet war. Sie lag auf dem Boden, als wäre sie an ein Kreuz gefesselt, und um ihren Körper waren riesige Flügel auf den Boden gesprüht. Die Parallele zu Tom hat unseren Verdacht bestätigt. Wir ermitteln jetzt definitiv gegen einen unbekannten Serientäter.«

Kate hörte seine letzten Worte nur noch durch einen Schleier. Die Flügel – es musste der gleiche Kerl sein. »Kate? Bist du noch dran?«

»Ja … ich bin dran.«

»Es ist noch etwas gefunden worden.« Scott räusperte sich und machte eine Pause, bevor er weitersprach. »Neben der Leiche wurde deine Visitenkarte gefunden. Es ist eine deiner alten FBI-Karten. Ich denke, dass das kein Zufall ist. Der Täter hat dich auf dem Schirm. Wir müssen uns sofort treffen. Wo bist du?«

Kate überlegte einen Moment, bevor sie antwortete. »Ich bin in Columbus bei meinen Eltern. Morgen möchte ich mich auf dem Gelände vom Heaven Sent umschauen, ob ich dort etwas in Erfahrung bringen kann. Entweder treffen wir uns dann in Detroit oder in Washington. Mir ist es egal. Ich muss dir etwas erzählen, aber das will ich nicht am Telefon.«

»Soweit ich weiß, wurde das Gebäude komplett entkernt. Außer den Grundmauern ist vom Heaven Sent nichts mehr übrig. Was soll man da noch finden?«

Kate wollte ihm den eigentlichen Grund, das Grundstück in Augenschein zu nehmen, nicht sagen. Sie wollte versuchen, eigene Erinnerungen in ihrem Unterbewusstsein zu triggern.

»Wahrscheinlich hast du recht. Ich will einfach nichts unversucht lassen.«

»Gut. Dann telefonieren wir morgen noch mal, aber wenn du etwas vor mir verheimlichst, das diesen Fall gefährden oder weiterbringen könnte, dann will ich das sofort wissen. Ich weiß, du kannst auf dich aufpassen, aber der Mörder, er ist gefährlich.«

»Es hat mit mir zu tun, etwas Persönliches. Ich erzähl dir alles«, versprach Kate und war froh, dass Scott nicht weiter bohrte.

Obwohl Kate jetzt eigentlich viel zu aufgeregt war, um zu schlafen, fielen ihr schon nach kurzer Zeit die Augen zu.

»Hilf mir!«

Nein, nicht schon wieder. Ich will hier weg. Ich will nicht in diesem Keller sein. Aber sie ruft mich. Ich muss ihr helfen. Sie ist doch meine Freundin. Ich will nicht, dass sie weint. Bitte, weine nicht. Oh nein, sie kommen. Sie schließen die Tür auf, wie soll ich ihr nur helfen?

»Hilfe! Bitte nicht!«

Sie haben angefangen. Oh Gott, bitte hilf uns doch einer! Sie dürfen mich nicht erwischen. Wie soll ich ihr nur helfen?

Sie haben mich gehört. Jetzt sind sie hinter mir her. Nein, nein, bitte. Tut mir nichts.

»Du warst ein unartiges kleines Balg. Du weißt, was passiert, wenn du dich nicht an meine Regeln hältst. Steh auf!«

Warum hassen sie uns? Was haben wir getan? Ich muss weg. Warum kann ich meine Beine nicht bewegen? Mir ist kalt. Meine Zähne dürfen nicht so laut klappern; ich weiß, sie hassen das. Nein, bitte nicht den Stuhl. Es ist zu spät. Wer bist du, warum kann ich dich nicht erkennen? Warum tust du uns das an. Lass sie in Ruhe, hörst du? Warum sagst du nichts? Denkst du, ich habe Angst vor Wasser? Lass sie in Ruhe. Es ist so kalt, ich kann nicht atmen.

»Das sollte dir eine Lehre sein, meine Anweisungen nicht zu befolgen. Morgen früh komme ich wieder. Bis dahin kannst du über deinen Ungehorsam nachdenken.«

Endlich, die böse Hexe ist weg, und sie hat aufgehört zu weinen. Wir sind frei. Für eine Nacht.

Als Kate am nächsten Morgen aus dem Bett aufstehen wollte, zitterten ihre Knie immer noch. Das Schlimme war: Sie wusste jetzt, dass es kein Traum gewesen war. Ihr war klar geworden, dass ihr Unterbewusstsein immer mehr von etwas freigab, das sie eigentlich nicht sehen wollte. Bis hierhin waren alle Bilder dermaßen verstörend, dass sie allmählich nachvollziehen konnte, warum ihr Verstand alle Erinnerungen weggeschlossen hatte.

Am Frühstückstisch mit einer großen Tasse voll heißem schwarzem Kaffee vor sich wurde ihr Herzschlag langsam ruhiger. Kate erzählte ihren Eltern nichts von dem Traum und auch nicht, dass sie jetzt Heaven Sent aufsuchen wollte. Sie verabschiedete sich, versprach, beim nächsten Mal länger zu bleiben, und fuhr los in Richtung Vergangenheit.

Je näher sie diesem grauenhaften Ort kam, desto unwohler fühlte sie sich. Ihr Enthusiasmus von gestern schien verschwunden zu sein. Dafür strömte die doppelte Menge Adrenalin durch ihre Adern. Sie wusste, dass nur eine geringe Chance bestand, etwas in ihrem Unterbewusstsein zu wecken. Immerhin war von dem Haus nicht mehr viel übrig. Aber vielleicht konnten die Umgebung und die alten Bäume, die ringsherum standen, irgendetwas bewirken, das Erinnerungen wecken würde. Sie musste es zumindest versuchen.

Als sie Scott anrief, landete sie wieder einmal auf der Mailbox. Sie hatte beschlossen, Scott in ein paar Dinge einzuweihen, um weiterhin Zugang zu den FBI-internen Akten zu erhalten. Sie sprach ihm auf die Mailbox, dass sie sich morgen lieber in Washington mit ihm treffen wollte, falls er bis dahin schon wieder zurück war.

Kate bog in die Straße mit der großen Baustelle und parkte ihren Wagen vor dem Gelände von Heaven Sent. Von dem alten Gebäude, diesem einst so furchteinflößenden Haus, das sie auf den Bildern im Internet gesehen hatte, war nur noch wenig zu erkennen. Lediglich ein paar hölzerne Latten und eine Sperrholzplatte mit Vorhängeschloss versuchten, Unbefugten den Zutritt zu erschweren.

Kate betrat das Gelände. Wie mochte es in ihrer Kindheit wohl ausgesehen haben? Den großen Baum erkannte sie von den Fotos aus dem Zeitungsartikel, den sie in den Archiven gefunden hatte. Er stand immer noch. Sie stieg die Stufen zur Eingangstür hinauf und rüttelte an dem Schloss. Es saß bombenfest, deswegen beschloss Kate, es an einem der vernagelten Fenster zu versuchen. Sie hämmerte mehrmals vergeblich, bis sie auf der Rückseite schließlich eines fand, bei dem bereits zwei Bretter lose waren. Als sie sich dagegenstemmte, gaben die Bretter unter ihrem Gewicht nach, und sie fiel mit einem lauten Gepolter in das Haus. Überall in den Räumen standen Baulampen, außerdem lagen Kabel und Werkzeug herum. Obwohl etwas Tageslicht in den Raum fiel, musste sie eine der Leuchten einschalten, um genug sehen zu können. Es hatte nichts mit dem Heaven Sent von damals zu tun, und trotzdem hatte sie irgendetwas hierhergeführt. Sie ging durch die Räume und fand sich in einem Teil wieder, der vermutlich als Eingangsbereich geplant war. Von hier führte eine Treppe nach oben.

Sie ging in den hinteren Teil des Hauses und fand zu ihrer Rechten eine Tür, die unterhalb der Treppe angebracht war. Ihre Hand zitterte unmerklich, als Kate sie öffnete. Es war tatsächlich der Zugang zu einem Keller.

Was, wenn es derselbe Keller ist?, schoss es ihr durch den Kopf.

Kate schluckte schwer. Sie zögerte lange, bevor sie die steile Treppe hinabstieg. Bei jedem Schritt schlug ihr Herz ein bisschen schneller. Es war stockdunkel. Hier unten gab es keine Fenster, es war kein Lichteinfall zu entdecken. Sie tastete mit der Hand nach der Taschenlampe in der Jacke. Ihr Strahl erhellte einen schmutzigen, etwa zehn Meter langen Gang, von dem aus vier Türen abgingen. Sie spürte, dass sie hier schon gewesen war, und sie erkannte den Geruch. Die Enge war beklemmend. Kate hatte Mühe, eine Panikattacke zu unterdrücken. Sie nahm sich die einzelnen Kellerräume nacheinander vor. Hinter den ersten zwei Türen fand sie nur Zementsäcke, Gerümpel und allerlei Zeug, das man hier wohl zwischengelagert hatte. Alles schien zur Baustelle zu gehören. Nichts davon deutete auf das Kinderheim hin. Sie ging weiter zu den hinteren Räumen. Ein ungutes Gefühl beschlich sie. Sie zog ihre Waffe, entsicherte sie und hielt sie schussbereit auf die letzte Tür gerichtet. Sie konnte nicht sagen, warum ihr Instinkt ihre Alarmglocken schrillen ließ, aber etwas stimmte nicht. An der letzten Tür war ein Vorhängeschloss angebracht, ähnlich dem an der provisorischen Eingangstür oben. Nach allem, was sie hier unten gesehen hatte, verstand sie nicht, was man hier wegschließen sollte. Beim Näherkommen bemerkte sie, dass die Tür sogar mit zwei Schlössern gesichert war. Als Kopfgeldjägerin hatte sie gelernt, Schlösser zu knacken. Sie zog das kleine Etui mit dem Werkzeug aus ihrer Tasche. Es handelte sich nicht um Hochsicherheitsschlösser, und es gelang ihr, beide nach wenigen Minuten zu öffnen. Sie atmete tief durch, bevor sie die Tür ganz vorsichtig aufstieß.

Kate betrat den Raum. Es war der einzige, der ein Fenster hatte. Kein richtiges Fenster, eher einen verschmutzten Lichtschacht, durch den aber immerhin ein wenig Tageslicht fiel. Kate erstarrte sofort; es war hell genug, um das zu sehen, was sie nicht sehen wollte.

An der gegenüberliegenden Wand hing ein lebloser Körper. Überall an der Kleidung klebte Blut. Der Kopf hing grotesk auf der Brust, und die Arme waren wie bei einer Kreuzigung an die Wand genagelt. Der Leichnam wurde durch eine Art Holzkreuz gestützt. Hinter ihm waren zwei riesengroße weiße Flügel, die durchtrennt waren, an die Wand gemalt und mit Blut beschmiert.

Kate erbrach sich. Sie hatte schon so lange keine Leiche mehr gesehen, dass sie die Brutalität dieses Verbrechens mit aller Gewalt traf. Alles an ihr wollte hinaus aus dem Raum und nach oben rennen. Ihr fehlte die Luft zum Atmen. Sie lief zum Lichtschacht und rüttelte an ihm. Endlich ließ sich das kleine Fenster öffnen, und Kate saugte die frische Luft in ihre Lunge. Ihre Gedanken überschlugen sich. »Atme, atme«, befahl sie sich selbst. Während sich ihr Atem langsam normalisierte, griff sie mit zitternden Fingern zu ihrem Handy und wählte Scotts Nummer. Ihren Körper dicht an die kühle Wand gedrückt, hielt sie ihren Blick auf die weißen Wölkchen, die unschuldig am Himmel vorbeizogen. Sie wagte es nicht, die Leiche anzusehen. Scott nahm den Anruf schon nach dem zweiten Klingeln entgegen. »Kate, was gibt's?«

»Du musst sofort hierherkommen«, flüsterte Kate ins Telefon.

»Wovon sprichst du? Wo bist du? Alles in Ordnung?« Scott merkte schon an Kates Stimme, dass irgendetwas passiert sein musste.

Kate atmete tief durch und versuchte, ihre Gedanken zu ordnen. »Du musst sofort nach Columbus kommen. Ich schicke dir die genaue Adresse auf dein Handy.«

»Das geht nicht. Ich bin noch in Detroit. Wir werten immer noch die Spuren aus, die wir am Tatort gefunden haben. Wir haben auch einen Hinweis erhalten. Ein Mann hat sich gemeldet und behauptet, Connor vor einer Woche gesehen zu haben. Ein Kollege ist ...«

»Connor ist tot«, unterbrach ihn Kate, während Tränen über ihre Wangen rollten. Ihr Blick wanderte langsam zum einst glücklichen Studenten, der sein Leben noch vor sich haben sollte.

»Verdammt, wovon sprichst du? Ich will sofort wissen, was los ist!«, brüllte Scott aufgebracht in den Hörer.

»Ich habe ihn gerade gefunden. Ich weiß nicht, wie lange er schon hier ist. Ihr müsst sofort ein Team hierherschicken. Hier wimmelt es bestimmt bald vor Menschen. Der Tatort befindet sich auf einer Baustelle.«

»Was zum Teufel machst du dort? Welche Baustelle?«

»Das Grundstück des Heaven Sent«, antwortete Kate.

Plötzlich konnte Kate Lindas Stimme im Hintergrund hören. »Haben Sie meinen Jungen gefunden? Wo ist er? Ich will ihn sehen!«, schrie sie hysterisch, und Kate zerriss es das Herz. »Linda?«, fragte Kate ins Telefon.

»Bleib kurz dran!«

Kate presste die Lippen aufeinander, sah noch einmal zu Connor und verließ dann fluchtartig den Keller, das Telefon ans Ohr gepresst. Sie musste hier raus. Im Hintergrund hörte sie Scott mit Linda sprechen, dann folgte ein Stimmengewirr, und sie verstand kein einziges Wort mehr. Endlich zurück an der frischen Luft, setzte Kate sich auf den Boden. Ihre Knie waren weich. So hätte es Linda nicht erfahren dürfen. Ihre heiseren Schreie und ihr Weinen, das sie durch das Telefon hörte, wurden immer leiser. Sie vermutete, dass man sie ins Haus gebracht hatte.

»Verdammt«, hörte sie Scott endlich sprechen. Er atmete tief durch. »Wie konnte das passieren«, fragte Kate und schaffte es nicht, ihren vorwurfsvollen Ton zu verbergen.

»Ich will sofort wissen, wie du zu Connors Leiche kommst. Und erzähle mir jetzt nicht, du erklärst es mir wann anders!«

»Bitte, ich kann dir das am Telefon nicht alles erzählen. Die Adresse habe ich dir schon geschickt. Ich versuch, den Tatort abzusperren, bis ihr …«

Plötzlich knallte ein Schuss im Hintergrund. Kate spürte, dass etwas Schreckliches bei Scott passiert sein musste.

»Scott, was ist bei euch los? Was war das?«

Kate bekam keine Antwort. Im ersten Moment dachte sie, dass auf Scott geschossen worden war. Doch dann vernahm sie aus weiter Ferne seine Stimme:

»So eine Scheiße. Verdammt noch mal. Wie konntet ihr sie alleine lassen?«

Kate musste nichts mehr hören. Sie steckte das Handy weg und vergrub ihr Gesicht in ihren Händen. Sie wusste, was der Schuss bedeutete. Es war nicht Scott, auf den geschossen worden war. Es war Linda, die in ihrer Verzweiflung ihrem Leben ein Ende gesetzt hatte.

Kate zitterte am ganzen Körper. Doch sie hatte keine Angst, etwas anderes nahm von ihr Besitz: unendlicher Hass.

»Ich kriege dich, du Bastard«, schrie Kate voller Wut. Und sie schrie und schrie, bis sie heißer war. Ab diesem Moment gab es kein Zurück mehr. Sie würde erst aufgeben, wenn sie diesem Albtraum ein Ende gesetzt hatte, auch wenn es sie ihr eigenes Leben kosten sollte.

Kapitel 10

Als ich ein kleines Mädchen war, träumte ich von einer großen Familie. Ich wollte mindestens fünf Kinder haben. Wie ich ausgerechnet auf diese Zahl gekommen bin, ist mir heute unklar. Ich war immer schon eine Träumerin gewesen, die die Welt mit ihren eigenen Augen gesehen hatte.

Ich hatte eine schöne Kindheit gehabt. Alles war so friedlich gewesen. Wann hatte diese Welt nur angefangen, sich in diesen gefräßigen seelenlosen Ort zu verwandeln? Wenn ich aus dem Fenster schaue, sehe ich nur noch Schwarz und Weiß. In meiner Welt gibt es keine Farbe mehr, kein Licht. Nur Düsternis und Dunkelheit.

Als ich meinen Mann das erste Mal gesehen hatte, war mir klar, dass er mein Prinz sein würde. Er hatte die strahlendsten blauen Augen, die mir je begegnet waren. Er war groß und sah verdammt gut aus. Er hätte jedes Mädchen im Ort haben können, aber er wählte mich. Ich hätte nicht glücklicher sein können. Er trug mich auf Händen und gab mir das Leben, das ich mir immer erträumt hatte.

Unsere Hochzeit war einfach und schlicht, aber sie war so voller Liebe und Freude. Wir hatten nicht viel Geld, und mein Vater hatte sogar seine heiß geliebte Münzsammlung verkauft, um mir mein Brautkleid kaufen zu können. Das Leben hatte es gut mit mir gemeint.

Ich fand eine Anstellung als Krankenschwester, die mich voll und ganz erfüllte. Ich liebte die Kinder, und obwohl ihr Schicksal mir beinahe das Herz brach, war es genau dieser Beruf, den ich ausüben wollte, und ich war gut darin. Etwas anderes kam für mich nie infrage.

Ich hatte beinahe alles, was ich wollte, und dennoch blieb mir eine Sache verwehrt. Ich konnte meinem Mann einfach keine Kinder schenken. Was war ich nur für eine Frau? Eine halbe Frau. Der Kummer hatte mich beinahe zerrissen, und trotzdem war mein Mann immer für mich da. Er hatte mich nicht verlassen, sich keiner anderen Frau zugewandt. Er liebte mich bedingungslos, und ich konnte ihm das nicht geben, was er sich am sehnlichsten wünschte.

Und dann eines Tages geschah das Wunder. Da lag er in diesem riesigen Bett und verschwand beinahe unter dem Berg von Decken, in die er eingewickelt war. Sein Arm steckte in einem dicken Gips. Er schlief. Er wirkte so hilflos und allein, dass ich bei ihm sein musste.

Die erste Nacht konnte ich nicht lange an seinem Bett sitzen, aber von da an versuchte ich, so viel Zeit bei ihm zu verbringen, wie ich konnte. Ich hatte mit Sarah sogar die Nachtschicht getauscht, weil ich so bei ihm sein konnte, wenn er schlief, und seine Hand halten konnte, wenn er schlecht träumte. Ich liebte ihn. Sie sagten mir, er sei ein Ausreißer, den keiner wollte. Von den eigenen Eltern verstoßen und vergessen, abgeladen in einem Heim, von dem ich noch nie etwas gehört hatte: Heaven Sent. Ich lernte die Leitung kennen und wusste, dass ich ihn retten musste. Ich wollte ihm das Zuhause geben, das er brauchte, das er verdiente. Er sollte alle meine Liebe bekommen. Mein Mann brauchte seine Zeit, um sich an den Gedanken zu gewöhnen, ein fremdes Kind zu adoptieren, aber als er Connor zum ersten Mal sah, waren auch seine Zweifel verschwunden. Wir waren so eine glückliche Familie, und ich habe Gott jeden Tag aufs Neue gedankt. Connor war das Puzzleteil, das uns gefehlt hatte; er erfüllte unser Haus mit so viel Leben, dass die Stille jetzt nicht zu ertragen ist.

Es beginnt wieder zu regnen, und ich kann ihre Stimmen im Haus hören. Überall sind Menschen, und alles, was ich will, ist, dass sie aufhören zu reden. Ich kann einfach nicht mehr. Ich habe alles verloren.

Hatte ich etwa zu viel gewollt, mein Glück nicht verdient? Warum war die Welt so grausam zu mir? War mir all das Glück am Ende doch nicht vergönnt? Warum hat das Schicksal nicht mich geholt und meine Männer verschont?

Kate ist mir eine große Stütze gewesen, aber auch sie kann mich nicht retten. Sie hat genauso versagt wie alle anderen, genauso wie ich.

Es wird Zeit, dass wir wieder eine Familie sind. Meine Zeit ist gekommen, denn ich habe keine Kraft mehr für diese Welt, für dieses Leben. Es ist niemand mehr da, mit dem ich es teilen kann.

Der Revolver fühlt sich kalt an. Der blank polierte Stahl reflektiert das Licht der Lampe, die über mir hängt. Connor hat die Waffe geliebt. Dieses fürchterliche Ungetüm aus Metall, das er auf dem Flohmarkt gefunden hat. Sein Zimmer spiegelt alles wider, was ihn ausmachte. Meine Hände zittern ein wenig, aber es ist nicht die Angst, aus diesem Leben zu scheiden. Es ist die Vorfreude darauf, wieder mit ihnen vereint zu sein. Meine Finger liegen fest um den Griff der Pistole, ich habe den Hahn gespannt. Es sind genug Patronen in der Trommel für den Fall, dass ich es nicht richtig mache.

Bevor ich den Abzug drücke, breitet sich das erste Mal seit einer Ewigkeit eine innere Ruhe in mir aus, die mich durchströmt wie ein warmer Fluss.

Ich schließe meine Augen und beende meinen Albtraum.

»Aber der Herr, dein Gott, wollte Bileam nicht hören und wandelte dir den Fluch in Segen um, weil dich der Herr, dein Gott, lieb hatte.«

Pastor Simmens räusperte sich. Es war ihm anzusehen, dass selbst er, der so vielen Angehörigen bereits durch seine Predigt und seine Ansprache Trost gespendet hatte, keine rechten Worte finden wollte. Es war, als ob er schwieg, um seinen Gedanken Raum zu lassen und angemessene Worte zu finden. Aus Respekt und Anteilnahme versuchte Kate, ruhig zu bleiben und ihren Blick nicht allzu offensichtlich über die Trauernden wandern zu lassen. Die Statistik besagte, dass eine hohe Anzahl von Psychopathen an den Beerdigungen ihrer Opfer teilnahm. Es gab ihnen eine gewisse Befriedigung, die Trauer in den Augen der Angehörigen zu sehen. Kate versuchte, in den Gesichtern zu lesen. Sie wollte herausfinden, ob die Menschen um sie herum echte Trauer zeigten.

Während sie sich auf ihre Aufgabe konzentrierte, sprach der Pastor weiter.

»Wir sind hier zusammengekommen, um von Connor und seiner Mutter Linda Burdon Abschied zu nehmen. In unsere Trauer lasset uns führen von Gottes Wort, niedergeschrieben in der Heiligen Schrift im 5. Buch Mose im 23. Kapitel: Der Herr, dein Gott, wandelte dir den Fluch in Segen um; weil der Herr, dein Gott, dich lieb hatte.«

Wieder wartete Pastor Simmens einen Moment, ehe er weitersprach.

»Liebe Angehörige, liebe Trauergemeinde! Der Tod scheint ein Fluch. All die Tage, Wochen und Monate, in denen er den Menschen die Hoffnung gab, nicht wahr zu sein, sondern weit weg von allem, das wir lieben. Er verändert die Menschen, deren Augen leuchteten und deren Wangen einmal gerötet waren im Angesicht des Lebens.«

Kate beobachtete, wie die Augen einiger Angehöriger sich mit Tränen füllten. Manche ließen ihrem Kummer freien Lauf, andere wirkten beinahe unbeteiligt.

»Die Bibel redet nichts schön, wenn sie vom Tod erzählt. Der Tod ist der Sünde Sold, sagt sie. Der Tod ist wie ein Fluch, den unsere Welt auf sich gezogen hat, weil sie sich von Gott losgesagt hat. Doch auch in dieser dunklen und finsteren Stunde lasset uns daran glauben, dass der Herr vermag, Fluch in Segen zu kehren. Er tat es schon. Und wir, als seine Kinder, dürfen die Wahrheit für uns annehmen. Der Tod Jesu Christi, der für uns am Kreuz starb, bedeutet Segen und vollkommene Liebe. Und so dient uns und der ganzen Welt der Tod. Am Kreuz wurde er bereits besiegt.«

Das Kreuz. Sofort schossen Kate die schrecklichen Bilder von Connor durch den Kopf. Ein junger Mensch, dessen ganzes Leben noch vor ihm lag. Gequält und zerstückelt, hängend an einem Kreuz. Kate spürte, wie die Worte des Pastors sie trösteten. Sie gaben ihr Mut und Kraft, die Dinge in Ordnung zu bringen. Alles zum Guten zu wenden. Connor und Linda sollten die letzten Opfer in dieser Serie bleiben. Sie würde sich ins Zeug legen müssen. Dabei war ihr vollkommen klar, dass die nächste Trauerrede möglicherweise ihr selbst gelten konnte. Es war ihr egal. Selbst wenn sie sterben sollte, eines war sicher: Das Monster würde sie mitnehmen.

»Wir alle werden sterben. Früher oder später. Doch lasst uns dankbar sein und uns einander helfend die Hand reichen, im Glauben an Jesus Christus. Nun lasset uns Connor und Linda verabschieden. Und auch wenn wir fühlen, dass manches ungesagt bleibt, überlassen wir das alles Gott. Wir bitten ihn, uns mit seinem Segen zu stärken. Denn wir wissen, er hat uns lieb.«

Kate dachte über die Worte nach, die Pastor Simmens zum Ende seiner Predigt gesagt hatte. Sie rührten sie. Was wäre es gewesen, dass Kate den beiden hätte sagen wollen? Es ging nie um Worte. Es war ihre Aufgabe, das Monster zu finden, das diese Familie richtete und in den Tod schickte. Sie würde sich rächen. Der Mörder wollte sie oder alle, die irgendwie mit dem Heaven Sent zu tun hatten, so genau konnte sie es nicht sagen, aber bald, so viel stand fest. Sie wollte sofort anfangen und verließ den Friedhof, noch bevor der Pastor das Amen sprach.

Sie musste zurück in ihr Büro und nochmals alle Fälle ihrer Vergangenheit durchforsten, um mögliche Parallelen zu finden. Der Selbstmord von Linda hatte disziplinarische Maßnahmen nach sich gezogen, und Scott war ungewollt in eine interne Ermittlung gezogen worden. Sie hatten bisher keine Gelegenheit gehabt, miteinander zu sprechen. An Connors Fundort nicht, und danach war Scott sofort nach Washington berufen worden. Kate war klar, dass das Gespräch noch im Raum stand.

Sie nickte zur einige Meter entfernten Grabstelle, an dem die Trauergäste Blumen in das Grab warfen und sich weinend in den Armen lagen. Der Wind, der heute die letzten Blätter von den Bäumen fegte, blies ihr gnadenlos kalt ins Gesicht.

»Du kannst nichts für ihren Tod. Du nicht und auch kein anderer.« Das versuchte sich Kate immer wieder einzureden, doch irgendwie fühlte es sich falsch an. Sie fühlte sich verantwortlich. Sie hatte Linda und Connor im Stich gelassen, weil sie sich in ihrem eigenen Selbstmitleid gesuhlt hatte. Damit war jetzt ein für alle Mal Schluss.

Kate eilte so schnell wie möglich nach Hause, fast schon besessen von der Idee, den Killer zu finden. Sie zog die dunklen Vorhänge ihres Arbeitszimmers zurück und ließ Licht den verstaubten Raum durchfluten. Sie musste Ordnung schaffen. Die letzten zwei Jahre hatte sich so viel in ihrem Arbeitszimmer angesammelt, dass es das reinste Chaos war. Sie hob jeden noch so kleinen Zeitungsartikel auf, der einen Zusammenhang mit Toms Tod herstellen konnte, ohne jemals auf irgendeine Spur zu kommen. Trotz all der Tiefschläge der vergangenen Wochen fühlte sie sich aufgeräumt und so klar wie lange nicht mehr. Ihre Sinne waren geschärft wie einst, seit Tagen kam sie ganz ohne Medikamente zurecht. Ein Blick in den Spiegel zeigte, dass ihre blasse Haut nicht mehr kränklich aussah. Ihr rotes Haar gewann an Glanz. Sie hatte sich nicht nur innerlich verändert. Kate schüttelte leicht den Kopf bei dem Gedanken, was ihre Veränderung hervorgerufen hatte. Es war eine Mischung aus Ehrgeiz und unerbittlichem Drang, den »Schlächter«, wie er von den Medien genannt wurde, zu finden. Sie war weit im Rückstand. Der Killer hatte bereits so viel Schaden angerichtet, so viele Leben genommen und zerstört. Doch er würde einen Fehler machen. Und genau dann musste sie zur Stelle sein, um ihn zu vernichten. Kate ließ den Blick über all die Post-its und Zeitungsartikel wandern, die fein säuberlich und chronologisch geordnet an der Wand hingen, während sie wartete, dass John endlich ans Telefon ging.

»Ich dachte schon, der Erdboden hätte dich verschluckt.«

»Witzig, John, aber jetzt mal im Ernst. Wann hast du Zeit? Ich brauche deine Hilfe. Oder viel mehr deine Kontakte.«

»Willst du mir vielleicht sagen, um was es geht?«

Kate zögerte einen Moment. Sie versuchte, John nicht zu sehr in diese Geschichte hineinzuziehen. Es war gefährlich.

Und ja, John war ein großartiger Kopfgeldjäger, aber ein Serienkiller wäre für ihn doch eine Nummer zu groß.

»Sobald es möglich ist, erzähle ich dir alles. Wirst du mir jetzt helfen?«

John grummelte etwas ins Telefon. Kate war nicht sicher, ob sie richtig hörte, aber im Moment interessierte es sie auch wenig. Geduldig wartete sie auf eine Antwort.

»Was brauchst du?«

»Deinen erfahrensten Detektiv! Ach ja, und überleg mal, ob dir Leute einfallen, die Codes entschlüsseln können.«

»Codes? Bist du unter die Pfadfinder gegangen?«

Kate hörte an Johns Stimme, dass er sie nicht ernst nahm. Sie entschied, dass diese Reaktion besser war als Sorge.

»Wirst du es tun?«

»Klar mach ich das. Aber du schuldest mir was!«

»Ist gut, ist gut! Können wir uns morgen Abend in der Bar treffen?«

»Jupp, kein Problem.«

»Schön, dich zu sehen. Du siehst großartig aus.«

Kate konnte schon immer schlecht mit Lob umgehen, und sofort begannen ihre Wangen, sich zu röten.

»Danke, Beth. Mir geht es mittlerweile schon viel besser.«

»Bitte, setz dich doch!«, wies Beth ihr eine Sitzgelegenheit zu, und Kate versank beinahe in dem großen ledernen Sessel.

»Was ist passiert? Kannst du erklären, warum du dich im Moment so gut fühlst?«

Beth knipste die Mine ihres Kugelschreibers durch seine Hülle. Die Sitzung hatte begonnen. Kate atmete tief durch und erzählte Beth von ihrem Erlebnis auf dem ehemaligen Gelände von Heaven Sent. Sie erzählte ihr von Connor, den sie so grotesk am Kreuz hängend gefunden hatte, und auch von Lindas Selbstmord.

»Das alles hört sich grausam an. Aber scheinbar sind durch die Geschehnisse und deine Hypnose Erinnerungen wach geworden.«

Kate zögerte eine Weile, bevor sie weitersprach. »Deshalb dachte ich, wir könnten eine weitere Hypnosesitzung halten.«

Beth runzelte die Stirn und sah Kate kritisch an.

»Versteh mich nicht falsch. Dass es dir jetzt so gut geht, ist großartig. Trotzdem hast du sicher nicht alles verarbeitet, was in der letzten Hypnose zum Vorschein gekommen ist.«

Kate war klar, dass Beth mehr wusste als sie selbst und dass sie ihr nicht schaden wollte, weshalb Beth sie im Dunkeln ließ. Sie musste dringend mehr erfahren.

»Du hast gerade selbst gesagt, dass du den Eindruck hast, mir geht es viel besser. Also, findest du nicht, du könntest mir erzählen, was ich in der letzten Hypnosesitzung erlebt habe?«

Kate konnte beobachten, wie Beth sich wand, und gleichzeitig spürte sie, dass sie ganz nah dran war, ein paar Antworten zu bekommen.

»Also gut!«, seufzte Beth und öffnete Kates Akte, die vor ihr lag. »Die meiste Zeit der Sitzung hast du eine böse Hexe erwähnt, und du hast immerzu den Namen Lisa geschrien. Du sagtest: ›Keine Angst, Lisa. Sie kriegt dich nicht, ich passe auf dich auf.‹«

Kapitel 11

Kate hatte keine Ahnung, wer diese Lisa sein könnte. Eine Lisa ohne Nachnamen würde sie allein niemals finden. Sie brauchte Johns Hilfe. Er hatte versprochen, sie im Laufe des Tages anzurufen, um den Kontakt mit seinem »Freund«, wie er ihn nannte, herzustellen.

In der Nähe ihrer Wohnung lag der kleine Diner. Sie beschloss, eine Kleinigkeit zu essen. Dort war um diese Uhrzeit nicht viel los.

»Hallo Brad, schön, dich zu sehen.«

Brad war der Besitzer und zugleich Barmann und Koch hier im Sissy's.

»Ist Sophia heute gar nicht da?«, fragte Kate.

»Sie müsste eigentlich gleich hier sein. Ihre Schicht beginnt in ein paar Minuten. Wie geht's dir, Kate? Ich habe dich schon eine gefühlte Ewigkeit nicht mehr bei uns gesehen!«

Kate liebte diesen riesigen Teddybären.

»Ich hatte ein paar harte Wochen, aber jetzt geht es mir ganz gut. Ich habe nur einen Bärenhunger und ich brauche deinen berühmten Kaffee!«

»Du bekommst alles, was du möchtest.«

Kate nahm ihre Tasse Kaffee entgegen und wollte sich gerade an einen der hinteren Tische setzen, als sie eine vertraute Stimme neben sich hörte.

»Sweetie, du bist wieder zu Hause. Ich freue mich, dich zu sehen.«

Sophia fiel Kate um den Hals und küsste sie auf die Wangen. Kate war damit nie warm geworden, aber bei Sophia ließ sie es zu. Es war ihre Art, man musste sie einfach gernhaben. Dieser Diner lebte davon, dass sie und Brad für ihre Gäste ein Zuhause auf Zeit schufen.

»Brad, ich bin gleich da. Ich brauche noch fünf Minuten«, schrie Sophia quer durch den Diner. Sie wusste, dass Brad ihr nie etwas abschlagen würde. Insgeheim merkte jeder, außer Sophia selbst, dass Brad bis über beide Ohren in sie verliebt war. Seit knapp zwei Jahren arbeiteten sie jetzt zusammen. Damals war sie im Diner aufgetaucht. Sie war neu in der Stadt und auf der Suche nach einem Job gewesen. Sie hatte eine schmerzvolle Scheidung hinter sich. Obwohl Sophias Ex-Mann zu beschäftigt damit war, vor der Polizei wegzulaufen, um nicht ins Gefängnis zu wandern, schaffte er es immer noch, sie durch ständige Anrufe oder obszöne Briefe zu terrorisieren. Er war sehr gewalttätig gewesen, und es hatte eine gefühlte Ewigkeit und viel gutes Zureden von Kate benötigt, bis sich Sophia endlich emotional von ihm lösen konnte. Nicht selten war Kate in der Vergangenheit bei ihr zu Hause aufgetaucht, um ihre Tränen zu trocknen. Außerdem hatte es Kate auch ein bisschen geholfen, sich von ihrem eigenen Leid abzulenken.

Sie unterhielt sich ein wenig mit Sophia, trank ihren Kaffee und war dankbar für die kleine Ablenkung. Sophia wollte ihr gerade von einem erneuten Anruf ihres Ex-Mannes erzählen, als Kates Telefon in ihrer Tasche vibrierte. Es war John. Kate verabschiedete sich mit einer entschuldigenden Umarmung von Sophia. Diese winkte ab und deutete auf die mit Geschirr beladenen Tische. Ihre Schicht begann ohnehin. Kate war alleine mit ihrem Telefonat.

»Was hast du für mich?«

»Kate, kannst du in einer Stunde im Büro sein? Und bring deine Liste mit!«

John klang professionell wie immer.

»Ich werde dort sein. Ich mach mich gleich auf den Weg. John, kann ich deinem Freund vertrauen, dass er alles für sich behält, was er herausfindet?«

Kate konnte hören, wie John tief einatmete. Sie wusste, dass sie ihm auf die Nerven ging. Doch ebenso war klar, dass sie auf seine Hilfe zählen konnte, ganz gleich, um welchen Gefallen sie ihn bitten würde.

»Sei in einer Stunde da!«, antwortete John und legte auf, ohne auf ihre Frage einzugehen.

Kate zahlte ihren Kaffee, verabschiedete sich bei den beiden und fuhr in Richtung Büro. John brauchte sie im Job; daher konnte sie nicht ewig Urlaub nehmen und musste bald wieder zurückkehren. Kate beschloss, ihn noch um zwei weitere Wochen unbezahlten Urlaub zu bitten. Sie hoffte, dass dieser Albtraum danach ein Ende haben würde. Ihr Büro lag in einem Industriegebiet, etwas außerhalb von Washington D.C. Sie bog auf den Parkplatz vor dem grauen Betonbunker mit den schmalen, dreckigen Fenstern. Es standen zwei weitere Autos hier; Kate erkannte Johns Truck und einen blauen SUV, von dem sie annahm, dass er Johns »Freund« gehörte.

Die beiden erwarteten sie schon im Büro. John lehnte in seinem großen Ledersessel und hatte die Beine auf dem Schreibtisch vor sich ausgestreckt. Der andere Kerl war ein großer, dürrer Mann mit schwarzen Haaren und einem Dreitagebart. Als Kate das Büro betrat, kam der Dürre gleich auf sie zu und stellte sich als James Wilson vor. Kate musste fast schon lachen. Dieser Kerl erinnerte sie wahrhaftig an den Detektiv aus einem Buch, das ihr Vater ihr als Kind oft vorgelesen hatte. Sie war skeptisch, dass James der Richtige für den Job war, aber er war ihr nicht unsympathisch und sie vertraute Johns Urteil.

»Schön, dich kennenzulernen, ich bin Kate Monroe. Ich habe eine Liste mit Namen in meinem Besitz. Ich muss wissen, wer die Personen in diesem Buch sind und was sie gemeinsam haben könnten.«

James sah sie fragend an. »Ich dachte, es geht um einen Code. Was sind das für Leute?«

»Das kann ich nicht genau sagen.«

James wirkte mit dieser Antwort nicht zufriedengestellt. »Sie gehören doch zu den Guten, oder? Für illegale Sachen bin ich nicht zu haben.«

Aus dem Augenwinkel sah sie, wie John schmunzelte.

»Ich versichere Ihnen, dass ich damit nichts tun werde, was gegen das Gesetz verstößt. Dennoch bitte ich Sie um äußerste Diskretion. Versprechen Sie mir, dass Sie alles, was Sie heute in Erfahrung bringen oder was wir besprechen, für sich behalten und mit niemandem außerhalb dieses Zimmers darüber reden. Es ist von größter Bedeutung.«

Wilson sah sie kritisch an. »Ist gut, ich habe es verstanden. Zeigen Sie mir die Liste.«

Kate zögerte.

»Wollen Sie jetzt, dass ich Ihnen helfe oder nicht? Meine Zeit ist kostbar, und ich bin freiwillig hier, um John einen Gefallen zu tun.«

Kate holte das Büchlein aus ihrer Handtasche und gab es James.

Er verschwand damit im Nebenraum, wo er seinen Laptop aufgebaut hatte. Kate wollte ihm nachgehen, aber John hielt sie zurück. »Lass ihn allein. Er ist ein Genie, aber er hat es nicht so mit Menschen.«

Nach einer gefühlten Ewigkeit kam James mit einem Lächeln im Gesicht wieder zu den beiden zurück.

»Ich denke, ich habe das, was Sie suchen. Alle diese Personen habe ich im Mitgliederverzeichnis der ›Heaven Church‹ gefunden. Die Zahlen konnte ich leider nicht genau zuordnen. Es könnten Codes aus Eintrittsdaten und Austrittsdaten sein oder aber Geburtstage gemixt mit Todestagen. Auffällig ist, dass die Zahlen am Ende abnehmen. Die erste Seite in dem Buch beginnt am Ende mit der Zahl 13 und nimmt immer weiter ab. Interessant ist, dass es nur einen Namen gibt, hinter dem keine Zahl steht, sondern ein kleines Ausrufezeichen. Es ist der Name von Lisa Michaels.«

Kates Herz klopfte hart gegen ihre Brust. Lisa. Da war sie wieder. Sie musste diese Lisa Michaels finden. Sie schien das fehlende Puzzleteil zu sein.

»James, können Sie versuchen, etwas über Lisa Michaels herauszufinden? Vielleicht steht sie im Zusammenhang mit dem Waisenhaus Heaven Sent.«

James drehte sich um, ohne ein Wort zu sagen, und verschwand wieder im Nebenraum. Kate nahm sich eine von Johns Zigaretten, um sich ein wenig zu beruhigen. Das Adrenalin, das durch ihre Adern rauschte, schien sie regelrecht zu zerreißen.

Sie setzte sich an ihren PC und machte sich auf die Suche nach Informationen über die Heaven Church. Die Suchmaschine spuckte verschiedene Zeitungsartikel aus den Jahren 2012 bis 2016 aus. Die Sekte war vor einiger Zeit verboten worden. Sie hatte sich zerschlagen, nachdem der Senator von Ohio ihr Verbot erlassen hatte. Ihre ca. 2000 Anhänger kamen aus allen Teilen der USA, aber ihren Mittelpunkt hatte die Church in Columbus, Ohio. Der Gründer und Oberguru der Sekte, wie die Kirche in beinahe jedem Artikel genannt wurde, war ein gewisser Roger Harper – ein Grundschullehrer, der 2005 seinen Job verloren hatte, weil er Schüler geschlagen haben sollte. Die Anzeigen wurden damals wieder zurückgezogen, jedoch hatte er danach nie mehr als Lehrer gearbeitet. Kurze Zeit später hatte er die Heaven Church gegründet und recht schnell Anhänger gefunden, die seine Ansicht teilten, dass man Kinder aus Problemfamilien konditionieren müsse, um sie zu retten. Ein Church-Anhänger musste sich einem Leben voller Disziplin, Härte und Gehorsam verschreiben und einen Eid leisten, dies auch in die Welt zu tragen. Kate scrollte über die Suchergebnisse und klickte die Bilderleiste an. Es gab diverse Fotos von Roger. Auf den Bildern lächelte er offen in die Kamera. Er war so von sich eingenommen, dass sein Blick beinahe von oben herabkam. Seine Augen strahlten eine Kälte aus, die Kate einen Schauer über den Rücken jagte.

Sie suchte weiter und erstarrte. Sie fand ein Foto, das die Hauptmitglieder zeigte, die sogenannte Speerspitze. Neben Roger stand in der Mitte Maria Kinley, die Leiterin des Heaven Sent. Kate erkannte sie aufgrund der Bilder wieder, die sie bei ihrer Recherche über das Kinderheim gesehen hatte. Aber es war nicht Maria Kinley, die Kate stocken ließ. Es war der zweite Mann rechts neben ihr auf dem Bild. Dabei handelte es sich um Harry Rutherford, den Journalisten, der ihr dieses Buch gegeben hatte. Kate lehnte sich in ihrem Sessel zurück und atmete tief durch. Jetzt ergab auf einmal alles einen Sinn. Jetzt verstand Kate, warum Harry so besessen davon gewesen war, das Waisenhaus auffliegen zu lassen. Er war kein Journalist undercover, sondern ein

Insider! War er wirklich an dieser ganzen Sache beteiligt gewesen? Kate konnte es kaum glauben, dabei kannte sie ihn eigentlich überhaupt nicht. Kate spürte, wie der Zorn in ihr aufflammte. Sie vergrub ihre Fingernägel in ihrer Handfläche, um nicht laut aufschreien zu müssen. Rasch druckte sie das Foto aus.

»James, Sie müssen noch jemanden für mich aufspüren. Ihr Name war oder ist Maria Kinley!«

James stand bereits bei John im Büro. Während Kate sich in ihr Büro zurückzog, konnte sie Wilson bereits hören, wie er eifrig auf seinen Laptop einhämmerte.

»Haben Sie etwas herausgefunden?«, wollte Kate wissen und tippte unaufhörlich mit ihrem Finger auf die Tischplatte. Sie war sichtlich angespannt.

Wilson räusperte sich und sah konzentriert auf die Ausdrucke, die er vor sich liegen hatte. »Ja, ich habe etwas herausgefunden. Ihre Lisa Michaels heißt jetzt Lisa Hauser. Ich habe ihre Adoptionsurkunde gefunden. Sie wurde ein Jahr nach ihnen von Carl und Mary Hauser adoptiert. Ich habe mehrere Polizeiberichte gefunden, wonach Lisa von ihren Adoptiveltern schwer misshandelt worden ist.«

Kate musste das Gehörte erst mal sortieren. Hatte er gerade gesagt, ein Jahr nach ihr? Sie hatte das niemandem erzählt, zumindest nicht in diesem Raum.

»Woher wollen Sie wissen, dass ich adoptiert wurde?«

Kate zitterte am ganzen Körper.

»Als ich mich in das System des Jugendamtes von Columbus gehackt habe, habe ich weitere Adoptionsurkunden gefunden. Unter anderem von einer Katherine Marshall. Ihr neuer Name laut der Urkunde ist Katherine Monroe.«

»Katherine Marshall«, wisperte Kate und setzte sich. »Stand der Name in dem Buch?« Sie schluckte. Ihr Mund schien ausgetrocknet, das Sprechen fiel ihr schwer. Es war das erste Mal, dass sie ihren Geburtsnamen hörte, und es zog ihr beinahe den Boden unter den Füßen weg, weshalb sie sich setzte. John sah sie bedrückt an, stand auf und kam auf sie zu. Abwehrend hielt Kate ihm die Hand entgegen. »Nicht, ich brauche nur einen Moment.«

John zuckte die Achseln und stellte ihr dennoch ein Glas Wasser hin. James verschwand unterdessen, um mehr über Maria Kinley in Erfahrung zu bringen.

»Möchtest du darüber reden?«

John schien ehrlich besorgt zu sein. Kate war gerührt, denn so kannte sie ihn nicht.

»Nein, im Moment nicht. Ich muss zuerst alle Teile zusammensetzen. Danach werde ich dir alles erklären. Mehr kann ich dir im Moment nicht geben.«

»Ist okay. Ich bin hier, wenn du es dir anders überlegst. Versprochen.«

»James!«

Kate stand auf, um zu James zu gehen. Sie hatte eine wichtige Frage, die sie ihm stellen musste. Er saß vor seinem Laptop und starrte gebannt auf den Monitor, während seine Finger scheinbar wahllos in die Tasten hauten.

»Gibt es irgendeinen Hinweis, wo ich Lisa finden kann?«

»Leider nicht. Selbst ich verliere ihre Spur. Sie scheint wie vom Erdboden verschwunden zu sein. Ich habe nur einen Polizeibericht gefunden. Offensichtlich ist sie eines Tages nicht mehr von der Schule nach Hause gekommen. Sie gilt als vermisst, seitdem sie acht Jahre alt ist. Die Polizei ist damals davon ausgegangen, dass sie von zu Hause weggelaufen ist.«

Kate sah nachdenklich in die Ferne. »Wo sollte eine Achtjährige denn hin?«

»Wer weiß, was bei ihr zu Hause los war. Es sind viele Übergriffe aus der Familie dokumentiert. Ihre Seele war, nach allem, was sie erlebt haben muss, sicher älter«, vermutete James achselzuckend.

»Und nie wieder ein Lebenszeichen von ihr?«

»Nein, ich habe nichts finden können. Nach einiger Zeit wurde die Suche eingestellt, und man hat sie in die Ecke zu den Ausreißern gesteckt. Fall erledigt.«

Ein Gefühl der Enttäuschung beschlich Kate. Jetzt war sie so nah dran und doch so weit entfernt von Antworten.

»Ich muss wissen, wo ich Lisa finden kann oder ob sie überhaupt noch am Leben ist. Und bitte, suchen sie nach Maria Kinley.«

Kate brauchte frische Luft. Sie schnappte sich ihre Jacke und ging vor die Tür. James würde sie schon rufen, wenn er etwas über Maria Kinley in Erfahrung gebracht hätte. Sie war überrascht, dass die Sonne schon dabei war, hinter dem Horizont zu versinken. Sie hatte die Zeit völlig vergessen. In ihrem Kopf arbeitete es gewaltig. Lisa. Vermutlich war sie eine Freundin aus ihrer Kindheit. Kate empfand auf einmal große Dankbarkeit für ihre Eltern. Sie hatte so viel Glück gehabt. Kein Wunder, dass Lisa ihren eigenen Weg gegangen war. Kate wurde das Gefühl nicht los, dass sie dem Mörder einen großen Schritt näher gekommen war. Was, wenn die Heimleitung hinter alldem steckte? Kate musste sie finden. Sie war untergetaucht, und seit Jahren gab es keinen Hinweis, wo sie sich aufhielt oder ob sie überhaupt noch am Leben war.

»Kate, ich habe was gefunden, das Sie interessieren wird.«

James war hinter ihr aufgetaucht und bat sie, ihm ins Büro zu folgen.

Kate konnte die Anspannung kaum noch ertragen. Würde

sie jetzt endlich ans Ziel gelangen? Konnte sie diesen Albtraum ein für alle Mal beenden?

»Ich habe Maria Kinley nicht direkt gefunden, aber ich habe eine Frau in Detroit aufgespürt, die unter ihrem Sektennamen gemeldet ist.«

Kate stockte der Atem. Sie konnte die Spannung kaum mehr ertragen, und das Adrenalin schoss erneut durch ihre Adern, dass es in Ohren rauschte.

»Ihr Name lautet Maria Cielo. Die Heaven Church wollte wohl international tätig werden«, bemerkte James lachend, weil er seine Bemerkung für ungemein witzig hielt.

»Die Heaven Church hatte damals begonnen, ihren Mitgliedern neue Namen zu geben, alle in Anlehnung an die Bibel und in Variationen des Wortes *Heaven*«, erklärte James weiter und lehnte sich zufrieden grinsend in seinen Bürostuhl zurück. Er schien auf eine Reaktion zu warten.

»Wo finde ich Maria Cielo? Ich will alles über sie erfahren. Ihren Führerschein, ihre Kreditkartenabrechnungen, Familienstand, einfach alles.«

Kate war wütend. Dieser Name war eine Frechheit. Die heilige Maria für eine derart kranke Person. Kate war nie sehr gläubig gewesen, aber das hier war einfach eine Farce.

»Maria Cielo lebt in der Barker Street 87 in Detroit. Sie scheint ledig zu sein, und ich finde auch keinen Vermerk darüber, ob sie Kinder hat oder hatte. Sie ist die Leiterin der Uptown Grundschule in der Lake-View-Terrace 32, auch in Detroit. Das ist eine private Schule für die Oberschicht.«

Dieses Miststück arbeitete immer noch mit Kindern. Wie konnte denn so etwas möglich sein? Kate spürte erneut den Zorn in sich aufkeimen. Sie schlug mit beiden Fäusten auf den Schreibtisch und konnte sich einen kleinen Schrei nicht verkneifen. Sie war fassungslos. Was war nur mit der Gesellschaft los?

»Wie kann denn eine Frau mit ihrem Hintergrund an einer Grundschule arbeiten?«

»Diese Frau hat einen neuen Namen und offensichtlich auch die Mittel, sich alles zu besorgen, was sie brauchte, um ihre Vergangenheit auszulöschen. Über Maria Kinley finde ich nämlich außer den Zeitungsberichten überhaupt nichts mehr. Weder Kreditkarten noch Sozialversicherungsnummer, nichts. Es ist, als hätte es diese Frau niemals gegeben.«

Kate wusste, dass sie als Nächstes zu Maria Cielo fahren würde. Sie musste ihr in die Augen sehen. Falls sie die Maria war, nach der sie suchte, dann würde es für sie kein gutes Ende nehmen.

»Gibt es ein Foto von ihr?«

James tippte etwas ein und drehte Kate dann den Monitor zu. Auf dem Bildschirm war der Führerschein zu erkennen. Das Foto darauf war ziemlich unscharf. Die Frau auf der Aufnahme durfte um die 50 sein, wobei Kate nie gut darin war, das Alter anderer Menschen einzuschätzen. Sie trug eine dicke schwarze Hornbrille und lächelte etwas schief in die Kamera. Kate erkannte sie aber sofort. Es war der Blick, der sie verriet. Die Kälte und Härte, die darin lagen, ließen Kate frösteln. Das Lächeln erreichte ihre Augen nicht, und so sehr sich diese Frau auf dem Foto auch bemühte, sympathisch zu wirken, Kate konnte sie nicht täuschen. Sie würde Maria Cielo aufspüren und zur Strecke bringen.

Kapitel 12

Zehn, neun, acht, sieben, sechs, fünf, vier, drei, zwei, eins … Beth wartete einen Moment, um Kates Gesichtsausdruck genau zu analysieren. Sie wollte sichergehen, dass sie sich im Zustand vollständiger Hypnose befand. »Dir kann nichts passieren. Sag das Wort *Sonne,* sollte es dir nicht gut gehen, ich werde dich dann sofort zurückholen. Bitte nicke, wenn du mich verstanden hast.«

Kate nickte, kaum merklich. Ihr Atem ging ruhig, und sie wirkte augenblicklich entspannt.

»Wie alt bist du?«

Es dauerte einen Moment, ehe Kate antwortete. »Ich bin vierzehn.«

»Oh, das ist schön. Wie geht es dir, Kate? Wie war dein Tag?«

Ein Lächeln huschte über Kates Gesicht. »Ganz gut eigentlich. Simon aus meinem Physikkurs hat heute mit mir gesprochen. Ana hat das scheinbar nicht gefallen. Aber die beiden sind ja nicht zusammen. Er ist einfach so süß«, erzählte Kate und grinste über beide Wangen.

»Kate, ich möchte, dass du dich konzentrierst. Wo warst du, bevor deine Eltern dich adoptiert haben? Erinnere dich!«

Kates Muskeln spannten sich sichtlich an. Die Hände, die entspannt auf ihrem Bauch lagen, waren zu Fäusten geballt, doch es kam nicht mehr als ein leises Jammern über ihre Lippen. Kate wandte ihren Kopf von rechts nach links.

»Kate, ich bin hier. Du musst keine Angst haben. Was siehst du?«

»Lisa, Lisa! Bist du da drin?«

Mein Herz schlägt hart gegen meine Brust. Ich habe solche Angst. Ich weiß nicht, ob es Tropfen sind, die von der feuchten Decke des Kellers auf den Boden plätschern, oder ob das Geräusch menschlich ist. Am liebsten würde ich einfach weglaufen, aber das könnte ich auf gar keinen Fall tun. Lisa und ich haben uns geschworen, dass wir einander immer helfen würden, dass wir uns beschützen. Ich weiß nicht viel von meiner Mutter, aber die eine Sache hat sie mir doch eingebläut: »Du musst deine Versprechen immer halten.« Ich räuspere mich und versuche es ein wenig lauter. »Lisa, wenn du kannst, antworte mir, keine Angst. Ich bin es, Katherine!«

Keine Antwort. Ich lausche angestrengt in die Dunkelheit hinein. Tatsächlich, da ist es wieder, dieses Kratzen. Mein Herz schlägt rasend schnell, und obwohl mein Atem vor meinem Mund zu kalten Wolken gefriert, ist mir heiß. Vorsichtig setze ich einen Fuß vor den anderen in Richtung des kratzenden Geräuschs. Und jetzt höre ich noch etwas. Eine Stimme. Mit jedem Schritt kommt sie näher. Ich verstecke mich und luge hinter einem Vorsprung hervor. Meine Augen zucken kurz zusammen, denn ich sehe direkt in eine Lichtquelle und bin für einen Moment geblendet. Von der Person, deren Stimme ich höre, erkenne ich die Silhouette. Ich brauche auch nicht mehr zu sehen. Mein Magen zieht sich zusammen, mir ist schwindlig, und Übelkeit nimmt von mir Besitz. Obwohl meine Augen nicht sehen wollen, was ich schon weiß, werde ich wie in einen dunklen Bann gezogen. Die böse Hexe macht sich ans Werk.

Sie hat meine Lisa, meine liebe Freundin Lisa. Was soll ich nur tun? Ich stehe wie angewurzelt, fest mit dem Boden unter meinen Füßen verbunden. Ich kann mich nicht bewegen. Ich will ihr helfen, will dazwischengehen und dann höre ich das Zischen. Die böse Hexe hat es getan. Lisa jault laut auf, und ein Windhauch trägt den Geruch ihres verbrannten Fleisches zu mir herüber. Ich kann es nicht aufhalten und erbreche mich sofort. Der Brei des Abendessens hat seinen Weg noch nicht vor meine Füße gefunden, da weiß ich bereits, dass sie mich gehört hat. Sie ist hinter mir her. Ich höre sie nach mir brüllen. Sie nennt nicht meinen Namen. »Du Miststück! Ich kriege dich!«

Es ist, als wäre ich endlich wach. Gott sei Dank, sie hat mich in der Dunkelheit nicht erkannt. Ich renne, so schnell ich kann, barfuß durch den Keller nach rechts um die Ecke. Wo ist der Ausgang? Ich habe es vergessen. Er muss doch hier irgendwo sein. Ich muss sie abhängen und zurück zu Lisa. So leise, wie ich kann, öffne ich eine schwere Tür. Gleich wird sie hier sein. Ich schließe sie wieder und versuche, nicht zu atmen. Sie darf mich nicht hören. Ich verstecke mich unter einem Schreibtisch, der direkt unterhalb eines kleinen Fensters steht; es ist mehr ein Schacht. Sie läuft an dem Zimmer vorbei, steigt die steile Treppe hinauf. Ich höre sie am Fenster über mir vorbeilaufen. Ihre Füße schieben beim Gehen das Laub zur Seite. Es bleibt mir keine Zeit. Wenn sie mich nicht findet, wird sie zurückkehren, zu Lisa. Und ich habe gesehen, dass sie jetzt schon die schlimmste aller Strafen bekommen hat. Was sie in ihrer jetzigen Wut mit ihr anstellen wird, mag ich mir gar nicht ausmalen. Ich habe Angst, doch meine Füße tragen mich leise zurück. Zurück zu diesem Raum der Qual. Lisas Kopf liegt erschöpft auf ihrer Brust. Ich werde ihre Unterstützung brauchen, wenn ich sie befreien will. Ich kann sie nicht tragen. Das schaffe ich nicht. Ich versuche, mich zu beruhigen. Ich darf jetzt nicht panisch werden. Wir haben nicht mehr viel Zeit.

»Lisa, Lisa! Wach auf. Ich hole dich hier raus.«

Es fällt ihr schwer, die Augen zu öffnen, doch als sie es endlich schafft, sieht sie mich eindringlich an. »Katherine. Das schaffen wir nicht. Bitte geh. Ich steh das alles schon durch, wirklich. Vertrau mir.«

Weiter spricht sie nicht. Alle Kraft scheint aus ihr gewichen. Es ist zu spät. Ich höre bereits, wie die Absätze der bösen Hexe im Flur klappern und sie in unsere Richtung kommt. Sie spricht irgendetwas wütend vor sich hin.

»Bitte, Lisa, du musst mir helfen. Alleine kriege ich dich hier nicht raus.«

Meine Finger nesteln unbeholfen an ihren Handgelenken. Ich versuche, das Seil zu entfernen, mit dem sie an die in der Wand eingelassenen Sprossen gefesselt ist. Sie ist doch so zerbrechlich. Vor allem in diesem weiten weißen Hemd, das die Hexe uns immer anzieht, wenn sie uns bestraft, sieht sie aus wie ein kleiner Engel. Ich bin verzweifelt. Ich kriege das Seil nicht auf.

»Geh jetzt, sofort!«, haucht Lisa gerade noch, und ich spüre, wie heiße Tränen meine Wangen entlangrinnen. Es sind Tränen der Schuld. Ich habe sie alleine gelassen.

Kate fühlte sich selbst am Abend immer noch völlig erschöpft von der Sitzung. Diesmal hatte Beth ihr die Tonbandaufnahme mitgegeben, die sie nun schon zum sechsten Mal anhörte. Ihre Vergangenheit schien immer realer zu werden, je öfter sie sich selbst zuhörte. Was hatte Lisa nur erlebt? Und was hatte sie durchgemacht? Kate zog sich ihr Shirt aus und betrachtete die große Narbe auf ihrem Rücken. Es war kein Unfall, so wie Kates Eltern es ihr erzählt hatten. Sie war sich mehr als sicher, es war dieses Monster, das ihr das angetan hat. Es war Maria Kinley gewesen. Sie war für die Morde verantwortlich, und sie würde sie persönlich zur Strecke bringen. Kate zog sich wieder an und packte ein paar Sachen in ihre kleine Reisetasche. Ihr Flug nach Detroit würde in ein paar Stunden gehen.

Ungeduldig rutschte Kate in ihrem Auto hin und her. Sie saß bereits über eine Stunde in ihrem geliehenen SUV und ließ den Eingang der Schule nicht aus dem Blick. Irgendwann musste sie da rauskommen, dessen war sie sich sicher. Eine großzügige Parkanlage umsäumte das Gebäude. Alte, hohe Trauerweiden zierten sie. Mit kalten Fingern umschloss Kate ihren Kaffeebecher, dessen Inhalt längst nicht mehr heiß war. Es war kurz vor vier am Nachmittag, und die ersten Kinder verließen tobend und schiebend das Schulhaus, um möglichst schnell zum Bus zu kommen, der sie nach Hause bringen sollte. Kate hatte sofort das Bedürfnis, all diese Kinder zu schützen. Sie ahnten nicht, welche grausame Lehrerin sie unterrichtete. Oder wusste es das ein oder andere dieser unschuldigen Kinder doch? Der Gedanke, dass Maria Kinley weiteren Kindern etwas antun könnte, brannte sich in Kates Gehirn. Sie wurde die furchtbare Vorstellung nicht los. Dennoch musste sie vorsichtig sein. Zu lange war sie hinter diesem Biest her. Und all die Jahre hatte sie gedacht, es handele sich um einen Psychopathen. Sie schüttelte den Kopf. Sie war wieder einmal überrascht, dass Frauen, die selbst Mütter waren oder zumindest sein könnten, dazu imstande waren, Kindern so etwas anzutun. Welch grausamer Fehler der Natur! Das war es ohnehin, doch Frauen waren in ihren Taten oft brutaler und manipulativer.

Kate fragte sich, was der Mörder von ihr wollte. Warum ausgerechnet jetzt? Jahrelange Suche, und auf einmal schien es, als würden ihr die Beweise beinahe vor die Füße gelegt.

Kate hatte nicht viel Zeit, weiter darüber nachzudenken. Da war sie. Kinley kam aus dem Schulhaus. Sie lief die Stufen hinunter und beantwortete einem kleinen Mädchen eine Frage, während sie ihren Regenschirm aufspannte. Dabei sah sie es freundlich an. Kate widerstand dem Drang, aufzuspringen, diese Frau, ihre Peinigerin, sofort zu überwältigen und das Kind in Sicherheit zu bringen. Wie ein Mantra flüsterte sie: »Geh weiter, Kleines, geh weiter!« Kate atmete tief durch. Sie musste unbedingt ruhig bleiben. Sie durfte nicht zulassen, dass sie von Maria Kinley entdeckt wurde, bevor sie ausreichend Beweise in der Hand hatte, um sie lebenslang hinter Gitter zu bringen. Kate war erleichtert, als sie sich endlich zu ihrem Auto bewegte und einstieg. Nachdem Kate sie fast im dichten Verkehr der Rushhour verloren hätte, blieb sie nach knapp einer Stunde stehen. Maria hatte den direkten Weg nach Hause genommen. Sie wohnte in einem ruhigen Vorort, der ganz klar für die Oberschicht reserviert war. Man sah es an den gepflegten Vorgärten, selbst im Winter. Die Häuser ähnelten einander, die Vorgärten waren allesamt makellos. Diese Umgebung war nahezu perfekt, um die mühsam aufgebaute Fassade der Vorzeigelehrerin aufrechtzuerhalten. Wahrscheinlich fühlte sie sich hier auch noch genau richtig. Zucht und Ordnung herrschten an diesem Ort. Es war genau das, was Maria Kinley doch so liebte. Kate dachte an ihre Hypnose. Sie und all die anderen Kinder waren bestraft worden, weil sie in ihren Augen ungehorsam gewesen waren. Die Worte aus den Berichten, die sie gelesen hatte, wurden vor ihrem inneren Auge lebendig. Sie zog den Schal, den sie trug, enger um ihren Hals. Es war früher Abend, und die Temperaturen sanken unaufhörlich. Kate befürchtete eine lange Nacht, aber sie durfte sie nicht aus den Augen verlieren. Sie brauchte Beweise, irgendetwas, deshalb beschloss sie, sich ins Haus zu schleichen, sobald Maria Kinley am nächsten Morgen in die Schule fuhr. Kate musste darauf achten, nicht entdeckt zu werden.

Von außen wirkte das Haus steril und wenig einladend. Alles war akkurat geschnitten, die Blumenbeete vor dem Haus hatte man symmetrisch angelegt, und die Veranda war bis auf einen Sessel völlig leer. Es war das unpersönlichste Haus, das Kate je begegnet war. Sie beobachtete es aus einiger Entfernung. Dank des starken Regenfalls machte sie sich keine großen Sorgen, dass sie jemand entdecken könnte. Am Abend vorher hatte sie noch kurz mit John telefoniert. Leider wusste sie immer noch nicht, wo Lisa sich aufhielt. Eigentlich war es nicht wichtig. Nicht für diesen Fall, aber sie wollte es wissen. Sie waren als Kinder eng verbunden gewesen, und auch wenn sich Kate nicht mehr an Einzelheiten erinnern konnte, fühlte sie doch die Verbindung zu dem Mädchen, das einst ihre Leidensgenossin gewesen war. Sie schüttelte die Gedanken für diesen Moment ab. Jetzt musste sie sich konzentrieren, um nicht einzuschlafen. Sie wollte den Zeitpunkt nicht verpassen, wenn Maria das Haus verließ. Kate versuchte, sich diese zierliche Frau als die Killerin vorzustellen, die für all diese Gräueltaten verantwortlich war. Am nächsten Morgen riss sie das Klopfen gegen ihre Autoscheibe aus dem Schlaf. Sie verfluchte sich selbst, weil sie eingeschlafen war. Wie spät mochte es wohl sein? Ein Blick auf ihr Handy verriet ihr, dass es bereits halb sieben am Morgen war. Ein Mann stand vor ihrer Autotür und deutete mit einer Handbewegung an, dass sie ihr Fenster nach unten kurbeln sollte. Da Kate keine Lust auf Erklärungen hatte, fuhr sie einfach los und ließ den verdutzt aussehenden Kerl stehen. Im Rückspiegel konnte sie verfolgen, wie er in die andere Richtung davonjoggte. Mist, jetzt war sie doch entdeckt worden. Da sie schlecht bei Maria klingeln konnte, um herauszufinden, ob sie bereits aus dem Haus war, beschloss Kate, sich einen Kaffee zu besorgen und gegen 08.00 Uhr in der Schule anzurufen, um herauszufinden, ob sie bereits da war. Erst dann würde sie es riskieren, einen Blick in Marias Haus werfen. Wie Kate gehofft hatte, bestätigte ihr die Sekretärin, dass Maria Kinley bereits in der Schule eingetroffen war. Mit dem Kaffeebecher in der Hand schlenderte Kate in die Richtung von Marias Haus. Das Auto ließ sie vorsorglich zwei Blocks entfernt stehen aus Angst, dass der Jogger es wiedererkennen könnte. Durch ein Loch in der Hecke schlüpfte sie auf das Grundstück. Kate hatte keinen Blick für den Garten oder die sorgsam gepflanzten Sträucher. Zielsicher ging sie auf die hintere Veranda und schloss mithilfe ihres Werkzeugs die Hintertür auf. Sie führte in einen kleinen Flur. An den Wänden hingen unzählige Bilder von Maria zusammen mit einem Mann, den Kate nicht kannte. Sie nahm eines der Bilder von der Wand und steckte es in ihre Jackentasche. Wilson sollte herausfinden, wer der Kerl auf dem Foto war. Im Wohnzimmer standen weitere Fotos von Maria auf dem Kaminsims. Es waren Bilder aus ihrer Zeit als Schwester der Heaven Church. Kate ging vom Wohnzimmer in die Küche. Sie wirkte freundlich, und ein Blick in die Schubladen und Schränke bewies, dass hier nicht nur oberflächlich auf peinlichst genaue Ordnung geachtet wurde. Doch mehr als akkurat gestapelte Töpfe und Teller fand sie auch in diesem Raum nicht. Kate beschloss, sich im Obergeschoss umzusehen. Als sie schon am Absatz der ersten Stufe stand, fiel ihr auf, dass sich unter der Treppe eine kleine Tür befand, die sie im Vorbeigehen zuerst nicht bemerkt hatte. Ihre Erfahrung meldete sich und wurde laut: Sieh im Keller nach, Psychopathen lieben ihre Keller. Sie rechnete nicht damit, einfach die Holztür öffnen zu können, denn es steckte kein Schlüssel in der Tür. Kate drückte die Klinke vorsichtig, aber bestimmt nach unten. Sie gab sofort nach. Eine kleine Treppe führte in einen Kellerraum, der genau das Gegenteil von dem war, was sie erwartet hatte. Er sah gepflegt aus, und das Licht an der Decke flutete den Raum mit freundlich warmer Helligkeit. Das Zimmer glich eher einem Hobbyraum. Viel befand sich auch darin nicht. Einige Kartons standen an der rechten Wand, als ob man sie nach einem Umzug nie ausgepackt hätte. Kate streckte sich, um den Karton ganz oben auf dem Stapel herunterzuholen. Sie war nicht besonders groß, aber sie konnte die Kiste, auf den Zehenspitzen stehend, gerade so erreichen. Die erste war gefüllt mit Bettwäsche. Sie roch nach Weichspüler und war glatt gebügelt. All das machte Kate sauer. Was wollte dieses Monster sich selbst und ihrer Umwelt vormachen? Auch die nächsten beiden Kisten wiesen keine Besonderheiten auf.

Doch dann las sie die Beschriftung auf dem untersten Karton: Erinnerungen. Meine Kinder. Kates Herz schlug augenblicklich schneller, und sie bereitete sich seelisch auf das Schlimmste vor. Kniend vor dem Karton sah sie sich den Inhalt der Box an. Es lagen Bilder, Fotos und Hefte kreuz und quer durcheinander, ohne jede Ordnung darin. Kate fand Bilder mit Kindern, auf denen die Jungs ordentlich gekämmt waren. Die Mädchen trugen alle zwei Zöpfe, die rechts und links auf ihre Schultern hingen, und hatten knielange Röcke an. Maria sah ernst in die Kamera. All diese Bilder erinnerten sie an ihren Geschichtsunterricht. Aus Filmen, die sie in der Highschool angesehen hatten. Alle waren in diese merkwürdigen Uniformen gekleidet. Bei genauerem Hinsehen erkannte Kate, dass das Lächeln in ihren Gesichtern nicht echt war. Es war die Reaktion auf eine Anweisung, die sie bekommen hatten. Kate spürte bei diesem Anblick einen Schmerz in ihrer Brust. Als Nächstes fiel ihr Blick auf einen Stapel Hefte. Sie hatten die Größe eines mittelgroßen Vokabelheftes, waren aber alle mit einem schwarzen Einband umhüllt. Kate ahnte, dass ihr der Inhalt nicht gefallen würde. Es handelte sich um Tagebücher, die sich jeweils auf ein bestimmtes Kind bezogen: ein eigenes für jedes Kind. Sie las in das erste hinein:

> *5.7.1994: Beim Abendgebet war zu beobachten, dass Alice das Amen nicht sprach. Ein klarer Beweis, dass in ihr noch immer das Böse steckt. Ich habe ihr geholfen, indem ich ihrem Leib die Bestrafung der Kälte gab. Beim nächsten Gebet sprach sie das Amen lauter als alle anderen Kinder. Ich bin dankbar, dass der Meister mich lehrte, das Böse zu besiegen. Auge um Auge, Zahn um Zahn. Genau wie er sagte. Alice ist noch durch und durch besetzt vom Bösen. Sie ist hier richtig. Wir werden sie reinigen und Wunder an ihr sichtbar werden lassen. Das böse Erbe ihrer Eltern werden wir vernichten. Sie wird eine großartige Dienerin …*

Kate blätterte angewidert weiter durch das Heft, und das Leid dieses Kindes wurde in ihren Händen bei jedem gelesenen Satz realer. Ihre Arme wurden schwer, und schließlich ließ sie das Heft wie einen bleiernen Ziegel auf ihren Schoß fallen. Sie blickte in den Karton, in dem noch mindestens zwanzig solcher Hefte lagen. Jedes eine eigene Geschichte. Qualen geraubter Kindheiten im Namen eines Glaubens, der auf den Thesen eines Verrückten basierte. Das alles war verrückt. Kate stand auf und lief ein paar Schritte im Raum auf und ab. Sie konnte so nicht arbeiten. Sie musste sich konzentrieren und alles aus einem sachlichen, neutralen Blickwinkel ansehen. Sie versuchte, sich zu beruhigen. Ihr wurde bewusst, dass die Geschichte von Alice auch ihre sein könnte. Katherines Geschichte, Lisas Geschichte. Wieder bückte sich Kate über die Kiste und kramte in ihr. Tom, Sarah, Karen, Michael, Emma … all diese Namen. Bis der Karton leer war. Ihr Name war nicht dabei. Aber die Jahreszahlen waren auch alle später, nach ihrem Aufenthalt in Heaven Sent. Ihre Augen wanderten über einige noch geschlossene Kisten. Sie öffnete sie nach und nach und traute ihren Augen nicht. Es waren vier Kartons, gefüllt mit Heften. Alle in Schwarz, für jedes Kind eines. Kate schätzte, dass es vielleicht hundert Hefte waren, die sie vor sich hatte. Hundert arme Seelen, denen niemand zu Hilfe geeilt war.

Kate wusste nicht, wie viel Zeit ihr noch blieb, bis Maria wieder nach Hause kommen würde. Von der Arbeit mit ihren Kindern. Bei dem Gedanken verspürte sie Übelkeit und beschloss, ein wenig herumzufahren. Sie musste versuchen, die vielen schrecklichen Bilder wieder aus ihrer Vorstellung zu kriegen, die all die Texte, die sie gelesen hatte, in ihrem Kopf hatten lebendig werden lassen. Es war nicht zu fassen. Sie konnte das Ausmaß der Dinge nicht begreifen. Am liebsten hätte sie das Beweismaterial nicht nur fotografiert, sondern sofort mitgenommen. Doch das war nicht möglich. Es reichte nicht aus, um Maria Kinley zu überführen und ihr die Morde nachzuweisen. Es waren etliche Berichte über Missbrauch an diesen Kindern dokumentiert, doch nichts deutete auf die Morde hin. Sie brauchte noch mehr. Kate blieb am Straßenrand stehen und überlegte fieberhaft, was sie als Nächstes tun sollte. Nur nicht den Kopf verlieren, Kate, du bist so nah dran! Es war eine Mischung aus Freude und Anspannung, die sie ausfüllte. Wie viele Jahre hatte sie an nichts anderes denken können? Wenn sie diese Maria nur lang genug beobachtete, würde sie einen Fehler machen. Das taten sie alle. Und dann würde sie zur Stelle sein und sie fassen.

Fast schon euphorisch wendete Kate das Auto und fuhr zurück in Richtung Marias Haus. Als sie in die Straße einbog, merkte sie sofort, dass sich etwas verändert hatte. Sie fuhr langsam die Gasse entlang und sah zwei Männer vor Marias Haus stehen. Sie war sich nicht sicher, ob ihre Augen sie täuschten. Kate beschloss, in sicherer Entfernung zu parken und sich die Männer genauer anzusehen. Sie stellte den Wagen ab, stieg aus und schlich sich näher an die beiden heran.

Sie konnte nicht erkennen, um wen es sich handelte, denn sie sah nur ihre Rücken. Anscheinend klingelten sie an der Tür und warteten, dass Maria öffnen würde. Kate blickte die Straße entlang, konnte aber Marias Auto nicht ausmachen, doch sie ahnte, dass sie jeden Moment kommen konnte. Endlich gaben die Männer auf und drehten sich um. Kate traute ihren Augen nicht. Es waren Scott und sein Kollege, dessen Namen sie sich nicht gemerkt hatte. Verdammt! Das durfte nicht wahr sein! Kate hoffte, sie würden endlich gehen, doch die Männer unterhielten sich entspannt. Wenn Maria die zwei FBI-Agents entdeckte, dann würde sie sich vermutlich sofort aus dem Staub machen. Kate wurde sichtlich nervös. Sie brauchte eine Strategie, um die zwei von Marias Haus wegzulocken.

Kapitel 13

Kate überlegte fieberhaft, womit sie Scott von diesem Ort locken konnte. Dann hatte sie die rettende Idee. Sie eilte zum Auto zurück und fuhr die Straße runter. Bei der Tankstelle am Ortseingang hatte sie ein Münztelefon gesehen. Sie wusste, dass sie das, was sie vorhatte, ihren Kopf kosten konnte, aber das Risiko, Maria zu verlieren, war weit größer als ihre Sorge über ihre berufliche Zukunft. Von dem Münztelefon wählte sie die Nummer der FBI-Zentrale in Washington, die sie in ihrem Handy für Notfälle abgespeichert hatte. Sie entschied, dass es sich hier um einen solchen handelte.

Die Dame von der Telefonzentrale meldete sich. Kate hielt die Hand vor den Hörer und versuchte, ihre Stimme, so gut es ging, zu verstellen.

»Hallo, ich kann Sie nicht verstehen!«

Die Dame schien nicht die Geduldigste zu sein. Kate lockerte ihren Griff um den Hörer und versuchte es ein weiteres Mal. »Mein Name ist Lisa Michaels und ich muss dringend mit Agent Dearing sprechen.«

Kate hoffte, dass Scott nach diesem Anruf Lisa suchen würde. Vielleicht hatten die Nerds vom FBI mehr Erfolg dabei, sie zu finden. Maria waren sie schließlich auch auf die Schliche gekommen. Kate hätte zu gerne herausgefunden, wie ihnen das gelungen war.

»Miss, worum geht es denn? Ich kann Agent Dearing

gerne eine Nachricht hinterlassen. Dafür brauche ich aber konkrete Angaben, auch über Ihren Aufenthaltsort und eine Nummer, unter der er Sie erreichen kann. Ich sehe, dass Sie aktuell von einem öffentlichen Telefon aus anrufen. Welche Nummer darf ich notieren?«

»Mein Name ist Lisa Michaels, ich war als Kind im Heaven Sent. Ich habe wichtige Informationen über die Serienmorde. Ich kann das aber nur mit Agent Dearing besprechen.«

Kate hörte, wie die Dame am Telefon etwas auf einem Blatt Papier notierte. Sie schien nebenbei auf einer Tastatur zu tippen. Wahrscheinlich versuchte sie, den Anruf zurückzuverfolgen. Kate legte abrupt auf. Sie hoffte, dass man Scott gleich informieren und er daraufhin verschwinden würde. Sie verharrte noch eine Weile vor der Tankstelle, um den beiden Agenten ausreichend Zeit zu lassen. Nach einer gefühlten Ewigkeit fuhr sie langsam zurück zum Haus. Sie konnte Scotts Fahrzeug nicht mehr entdecken. Kate unterdrückte das belebende Gefühl, einen kleinen Erfolg erzielt zu haben. Sie durfte Maria auf gar keinen Fall verpassen.

Wie war Scott bloß auf Maria aufmerksam geworden? Das musste sie unbedingt herausfinden und sie beschloss, ihn später anzurufen. Vorher musste sie aber noch einmal in Marias Haus. Sie brauchte handfeste Beweise für die Morde. Im Moment konnte man ihr nur die Misshandlungen nachweisen, aber nichts brachte sie mit den Morden in Verbindung. Kate wollte nicht riskieren, dass Maria aus Mangel an Beweisen freigesprochen wurde.

Sie parkte den Wagen ein Stück die Straße rauf auf dem Parkplatz vor einem Spielplatz, auf dem zu dieser Uhrzeit gähnende Leere herrschte. Kate kam das entgegen, da sie auf keinen Fall die Aufmerksamkeit der Vorstädter auf sich ziehen wollte. Sie lief einmal um den Block, um Marias Grundstück wieder über den Garten zu betreten. Heute Morgen hatte sie keinen Blick auf Marias Garten verschwendet. Nun aber ließ sie irgendetwas innehalten, und sie beschloss, sich alles genau anzusehen. Sie war auf der Suche nach weiteren Hinweisen und konnte sich nicht erlauben, unachtsam zu sein. Der Garten war sehr gepflegt, sah fast schon penibel ordentlich aus. Das Gras schien mit einer Nagelschere geschnitten worden zu sein, so fein säuberlich standen die Grashalme nebeneinander. Es gab symmetrisch angelegte Blumenbeete mit Rosenbüschen und ein kleines Kräuterbeet. Die Kräuter waren für den Winter akkurat gestutzt worden. Der Garten war nicht groß, trotzdem stand genau in der Mitte ein riesiger, bereits kahler Baum.

Vom Garten führten zwei Stufen auf eine kleine Veranda aus Holz. Sie war weiß gestrichen, auf ihr standen ein weißer Schaukelstuhl aus Holz und ein kleiner Tisch.

Kate hatte vermutet, dass Maria allein lebte. Und die Tatsache, dass hier nur ein einziger Stuhl stand, bestätigte sie darin. Neben der Veranda konnte sie eine weitere Tür entdecken, die scheinbar in den Keller des Hauses führte. Genau an den Ort, an dem sie die Beweise für all ihre Gräueltaten gefunden hatte. Sie fröstelte. Es war kalt geworden. Kate merkte, wie es langsam anfing zu dämmern. Sie beschloss, im Haus weiterzusuchen. Der Keller hatte seine schmutzigen Geheimnisse bereits offenbart. Jetzt war es an der Zeit, tiefer in die Seele dieses Monsters einzutauchen. Das Türschloss war alt und verrostet, sodass es sich mit ihrem Werkzeug nicht knacken lassen würde.

Sie fand einen Stein, der groß genug war, um die Scheibe der Kellertür einzuschlagen, damit sie die Tür von innen entriegeln konnte. Das Glas zersprang mit einem lauten Knall. Kate wartete einen Moment, ob im Haus eine Reaktion erfolgte, aber alles blieb ruhig und dunkel. Als sie den Arm durch die zerbrochene Scheibe schob, schnitt sie sich; mühsam unterdrückte sie einen lauten Fluch. Sie verbiss den Schmerz und schob den Riegel zur Seite. Bevor sie das Haus betrat, musste sie erst einmal tief Luft holen. Das Gefühl der Beklommenheit ließ sich nicht abschütteln. Sie befand sich an einem Ort, an dem das personifizierte Böse lebte, und das spürte sie mit jeder Faser ihres Körpers.

Im Keller war alles noch so, wie sie es verlassen hatte. Mit einem Unterschied: Zwei Kartons waren verschwunden. Kate wurde panisch und suchte den ganzen Raum nach ihnen ab, aber sie waren nirgends zu finden. Ihr brannten die Augen, weil sie die Tränen der Wut nicht unterdrücken konnte. Warum hatte sie nicht alle Kartons hier rausgeschafft, als sie die Gelegenheit dazu hatte? Sie fühlte sich um ihre Chance betrogen, all diesen Kindern nachträglich helfen zu können. Ihr war klar, dass sie sich zusammenreißen musste, um einen klaren Kopf zu bewahren. Sie hoffte, dass die Fotos, die sie bereits von den Kartons gemacht hatte, ausreichen würden. Sie durfte sich jetzt keine Fehler erlauben und kein Risiko eingehen, etwas Wichtiges zu übersehen. Maria musste nach Hause gekommen sein, als sie mit der Zentrale telefoniert hatte. War sie nicht aufmerksam genug gewesen? Hatte sie irgendwelche Spuren hinterlassen, die Maria in die Flucht getrieben hatten? Oder hatte sie die Agents noch gesehen, bevor sie weggefahren waren? Der Keller wirkte, als hätte Maria die Kartons in aller Eile weggeschafft. Die restlichen Schachteln lagen durcheinander, der Inhalt war teilweise auf den Boden gekippt worden. So gründlich, wie Maria anscheinend war, würde sie sicherlich nicht gehen, ohne belastendes Material mitzunehmen oder es zumindest zu vernichten. Kate kam eine Idee. Sie lief nach oben ins Haus und betete, dass sie recht hatte. Sie fand sich in dem kleinen Flur wieder und ging durch den Durchgang ins Wohnzimmer. Sie musste beinahe laut lachen. Im Wohnzimmer gab es einen gemauerten Kamin, wie sie es gehofft hatte – der ideale Ort, wenn man Beweise vernichten musste.

Kate fand einen Kugelschreiber in ihrer Jackentasche und stocherte damit in der Asche des Kamins. Es schien, als wäre hier vor Kurzem Papier verbrannt worden, allerdings konnte sie nichts Brauchbares mehr finden. Enttäuscht setzte sie sich vor dem Kamin auf den Boden, den Rücken an einen Sessel gelehnt. Dabei fiel ihr die Taschenlampe aus der Tasche und kullerte mit lautem Gepolter über den Holzfußboden. Plötzlich spannte sich jeder Muskel in Kates Körper, und ihr Gehirn arbeitete auf Hochtouren, denn sie meinte, einen Hohlraum gehört zu haben. Mit den Fingerspitzen tastete sie die Holzdielen ab. Direkt neben sich konnte sie einen kleinen Spalt fühlen. Auf den ersten Blick sah es aus, als wäre es ein Teil der Maserung, aber bei näherem Hinsehen konnte Kate eine Ritze zwischen den Dielen erkennen. Sie rannte zurück in die Küche, um sich ein Messer zu holen und damit die Holzplanke hochzuheben.

Entschlossen schob sie das Messer in die Kerbe und betete, dass die Planke nachgeben würde. Das tat sie, und Kate spähte in einen kleinen Hohlraum unter dem Holz. Hier lagen ein Ordner und ein Fotoalbum. Sie nahm zuerst den Ordner und setzte sich damit an den Küchentisch. Er enthielt einige Urkunden der Heaven Church. Anscheinend handelte es sich um so etwas wie Zeugnisse für bestandene Prüfungen, durch die Maria jeweils einen höheren Rang erlangte. Dann gab es Kontoauszüge, Belege für die Transaktionen zwischen dem Waisenhaus und der Heaven Church. Dies war der Beweis, dass Heaven Sent eindeutig als Instrument der Sekte fungierte. Sie fand außerdem Auszüge, die Transaktionen zwischen der Kirche und der damals zuständigen Mitarbeiterin des Jugendamtes dokumentierten. Kate wurde schlecht, und sie konnte nur mit Mühe den Brechreiz unterdrücken, den diese Beweise verursachten. Sie legte den Ordner zur Seite und öffnete das Fotoalbum. Auf der ersten Seite sah man ein Gruppenfoto: Maria mit ihren Kindern vor dem Heaven Sent. Keines lächelte. Es war ein abstoßendes Bild. Kate war sich jetzt nicht mehr sicher, ob sie wissen wollte, was sie auf den nächsten Seiten finden würde. Sie blätterte weiter und konnte nicht fassen, was sie dort sah. Sie war so gefesselt und geschockt, dass sie nicht mitbekam, wie die Tür hinter ihr geöffnet wurde. Sie hatte nicht gehört, dass jemand das dunkle Haus betreten hatte. Erst als sie von hinten einen Schlag auf den Kopf bekam, wusste sie, dass sie nicht alleine war.

Kate öffnete die Augen und blinzelte in die völlige Dunkelheit, die sie umgab. Ihr Kopf schien zu explodieren, und nur mühsam gewann sie die Gewalt über ihren Körper zurück. Sie fühlte ihren Hinterkopf mit der Hand und spürte das nasse Blut in ihrem Haar. Das Zimmer schien sich um sie herum zu drehen; sie fror entsetzlich. Was zum Geier war passiert? Kate versuchte, sich aufzusetzen. Der Schwindel war überwältigend, aber sie schaffte es, ihn in den Griff zu bekommen. Als ihr Kopf nicht länger Achterbahn fuhr, konnte sie sich wieder erinnern, was passiert war. Sie konnte sich an das Album erinnern. Sie hatte den Schlag nicht kommen sehen. Wann war sie nur so unvorsichtig geworden? Niemals den Rücken ungeschützt lassen. So lautete eine der wichtigsten Regeln, die man ihnen in Quantico eingebläut hatte. Verdammt!

Das Album! Kate geriet in Panik. Sie suchte überall

danach, konnte es aber nirgendwo finden. Maria musste es mitgenommen haben, genauso wie den Ordner. Es bestand kein Zweifel, dass Maria zurückgekommen war, um die Beweise abzuholen. Aber warum hatte sie das Album nicht auch verbrannt? Und weshalb hatte Maria sie überhaupt am Leben gelassen und nicht wie alle anderen hingerichtet? Kate versuchte aufzustehen und hielt sich dabei am Küchenstuhl fest. Sie beschloss, durch die Vordertür aus dem Haus zu gehen. Für den Fall, dass sie das Bewusstsein verlor, wollte sie sichergehen, dass man sie auch fand und in ein Krankenhaus brachte. Auf keinen Fall würde sie im Haus oder im Garten dieser Irren krepieren.

Kate torkelte leicht angeschlagen aus dem Haus. Nur langsam schaffte sie es zu ihrem Auto zurück, setzte sich ans Steuer und fuhr in ihr Apartment. Sobald sie in der Wohnung angekommen war, schenkte sie sich zuerst einmal einen großen Scotch ein. Sie mochte den Geschmack nicht wirklich, aber sie musste ihrem Gehirn eine Auszeit gönnen. Sie ließ sich ein heißes Bad ein, legte sich in die Wanne und schloss die Augen. Warum hatte Maria sie am Leben gelassen? Diese Frage schoss Kate immer und immer wieder durch den Kopf. Sie war sich sicher, dass es Maria gewesen war, und nach dem, was sie in dem Album entdeckt hatte, wusste sie, dass ihr Instinkt sie nicht im Stich gelassen hatte. Maria war ein Monster. Die Bilder aus dem Album gingen Kate nicht mehr aus dem Sinn. Es waren Aufnahmen der Kinder in dem Keller. An die Wand gekettet. Verängstigt.

Kate öffnete die Augen und nahm einen großen Schluck aus ihrem Glas. Der Scotch brannte in ihrer Kehle, und doch breitete sich mit ihm ein wohliges Gefühl in ihrem Körper aus. Sie fühlte sich erschöpft. Nicht nur körperlich brachte sie diese Jagd an ihre Grenzen, auch seelisch war es mehr, als sie ertragen konnte. Sie schloss die Augen und schlief ein. Das Klirren des Glases auf dem Badezimmerboden ließ Kate aufschrecken. Das Wasser war mittlerweile kalt geworden, und sie beeilte sich, aus der Wanne zu kommen. Im Spiegel versuchte sie, die Wunde an ihrem Kopf zu betrachten. Eine Platzwunde. Sie trocknete vorsichtig ihre Haare, wickelte sich in einen Bademantel und ging sofort ins Bett.

Nach einer Gott sei Dank traumlosen Nacht wachte Kate mit schrecklichen Kopfschmerzen wieder auf. Sie nahm zwei Schmerztabletten und beschloss, Scott anzurufen. Sie wollte ihm nichts von dem Überfall und ihrem Einbruch erzählen, aber sie musste herausfinden, was er wusste. Dafür würde sie das eine oder andere Detail mit ihm teilen müssen, allerdings war sie bereit, diesen Preis zu bezahlen.

Mit einer großen Tasse Kaffee in der Hand wählte sie Scotts Nummer. Er meldete sich nach dem ersten Klingeln, als hätte er auf ihren Anruf gewartet.

»Kate, schön, mal wieder von dir zu hören.«

Scotts Stimme triefte vor Sarkasmus. Kate atmete durch. Sie wollte sich nicht von ihm provozieren lassen. »Es tut mir leid. Ich hätte mich früher melden sollen … ehrlich gesagt, hat mich Lindas Tod ganz schön aus der Bahn geworfen.« Kate musste Scott nichts vormachen. Lindas Tod hatte sie tatsächlich schwer getroffen. Eine weitere arme Seele, die auf Marias Konto ging.

»Wo bist du? Können wir uns treffen?«, fragte Kate direkt. Sie wollte nicht verraten, dass sie sich, genau wie er, in Detroit befand, und betete, dass Scott keinen Anlass sehen würde, ihr Handy orten zu lassen.

»Ich bin im Moment in Detroit. Wir verfolgen eine Spur. Mehr kann ich dir nicht sagen. Das übersteigt deine Rolle in diesem Fall. Außer du hast etwas Entscheidendes beizutragen?« Seine Stimme klang kühl. Sollte er nur einen Funken Empathie empfinden, ließ er sich das nicht anmerken. Kate spürte, es würde nicht einfach werden. »Ich verstehe deinen Ärger und ich respektiere deine Verpflichtung zur Verschwiegenheit. Ich bitte dich nur, mir zuzuhören, und dann entscheidest du, ob und was du mir anvertrauen kannst oder nicht. Einverstanden?«

Kate hoffte, dass Scott darauf anspringen würde.

»Moment. Soll das heißen, dass du mir endlich sagst, was du die ganze Zeit hinter meinem Rücken treibst?«, wollte Scott wissen, und Kate sah ihre Chance auf einen Deal. »Ja. Ich werde dir alles erzählen.«

»Weißt du Kate, etwas sage ich dir nur ein einziges Mal. Es gibt eine Sache, die ich nicht toleriere: Lügen. Solltest du mich hinters Licht führen, um dein eigenes Ego zu befriedigen, dann wirst du damit nicht glücklich werden. Hast du das verstanden?«

Kate schluckte, konnte seine Ansicht jedoch gut verstehen. »Verstanden. Also, treffen wir uns?«

»Okay. Wo bist du?«

»Ich könnte bis heute Abend bei dir in Detroit sein«, beantwortete sie seine Frage, ohne ihn dabei direkt anzulügen. Sie wollte sein Vertrauen auf keinen Fall ausnutzen, direkt nachdem sie ihm ihr Versprechen gegeben hatte. »Ich wollte Lindas Grab sowieso besuchen. Dann könnten wir zusammen essen. Was sagst du?«

»Einverstanden, aber nur ein Essen. Von mir wirst du nichts erfahren, solange ich von dir nichts Brauchbares bekomme. Ist das klar?«

Scott klang zwar nicht mehr so schroff wie zu Beginn des Gesprächs, aber seine Tonlage ließ keinen Zweifel an der Aussage.

»Klar! Wo treffen wir uns?«

»Wohnst du wieder bei deinen Freunden?«

»Nein, die sind mittlerweile von ihrer Weltreise zurück. Ich werde versuchen, mir ein Zimmer im Zentrum zu nehmen. Ich schicke dir dann den Namen des Hotels.«

»Ich hol dich dort um acht ab.«

Scott legte auf, ohne sich zu verabschieden.

Schnell suchte sie im Internet nach einem einfachen Hotel im Zentrum von Detroit. Scott sollte nicht wissen, wo sie wirklich schlief, und vor allem nicht, dass sie sich bereits seit einigen Tagen hier aufhielt und wusste, welcher Spur er nachging. Sie fand ein Zimmer im Haywood Inn, einem einfachen, völlig nichtssagenden Hotel mit 20 Zimmern in einer Seitenstraße im Stadtzentrum.

Es war sauber, und das Zimmer roch nicht ganz so schlimm, wie sie es befürchtet hatte. Um halb acht ging sie nach unten an die Hotelbar und gönnte sich ein Glas Rotwein. Er schmeckte billig, und schon wieder beschlich sie das Gefühl, dass die Kopfschmerzen zurückkamen. Deshalb trank sie das Glas nur zur Hälfte leer und ging vor die Tür, um auf Scott zu warten. Es war ein kalter Abend, der Wind wehte eisig über die Straße. Augenblicklich musste Kate an ihren Traum denken. Der Wind in der Gasse blies fast genauso stark. Sie musste das erste Mal seit langer Zeit wieder an Tom denken. Diesmal aber nicht voller Schmerz, sondern voller Liebe. Sie konnte sein Gesicht sehen. Sie konnte ihn beinahe fühlen, wie er seinen Arm um ihre Hüfte gelegt hatte, wenn sie zusammen spazieren gingen, oder wie er sie geküsst hatte. Sie fuhr mit den Fingerspitzen über ihre Lippen und wurde vom Hupen eines Autos aus ihrem Tagtraum gerissen. Scott hatte den Wagen vor ihr an den Bordstein gelenkt und stieg aus. »Hey, du siehst besser aus«, begrüßte er sie und öffnete ihr die Tür. Eben ein echter Gentleman trotz der groben Fassade, die er um sich herum errichtet hatte.

»Danke. Du auch«, antwortete sie nickend.

Kate konnte dennoch die Distanz spüren, die von Scott ausging. Es würde schwer werden, etwas aus ihm herauszubekommen.

Kurze Zeit später betraten sie das Restaurant. Der Ober führte sie an einen der hinteren Tische. Kate war etwas überrascht, dass Scott ein eher nobles Restaurant einem Pub mit Bier und Burgern für ein Treffen unter Kollegen vorzog.

»Das ist ein schönes Restaurant, aber Bier und Burger hätten es doch auch getan.«

»Ich mag den Laden. Außerdem besteht hier keine Gefahr, Kollegen oder anderen Polizisten über den Weg zu laufen, die ihre Nase in meine Angelegenheiten stecken. Hier habe ich Ruhe, um mich zum Beispiel mit Informanten zu treffen.«

Das war sie also für Scott. Eine Informantin. Er würde schon noch merken, dass sie ihm immer einen Schritt voraus war und niemals das sein würde, was er von ihr erwartete.

Sie bestellten das Essen und dazu Wein. Kate musste den Geschmack des billigen Hotelfusels aus ihrem Mund bekommen. Scott kam sofort zur Sache. »Was hast du für mich?«

»Scott, was weißt du über den Fundort von Connors Leiche? Ich meine über das Kinderheim, das vorher dort war?«

Scott versuchte, sich nichts anmerken zu lassen, aber Kate konnte ein Blitzen in seinen Augen sehen.

»Kate, ich dachte, dass ich die Fragen stelle, und nicht du!«

»Also, weißt du von dem Kinderheim?«

Kate schaute Scott an und hielt seinem Blick stand.

»Ja, wir wissen von dem Kinderheim. Woher weißt du davon?«

»Ich bin eines der Kinder aus Heaven Sent«, gestand Kate und gab Scott einen Moment, um das zu verdauen, bevor sie fortfuhr. Nervös strich sie sich durchs Haar, denn es fiel ihr schwer, darüber zu sprechen. »Ich habe es auch erst jetzt von meinen Eltern erfahren und bin immer noch dabei, die Bruchstücke meiner Erinnerung mit meiner Therapeutin zusammenzusetzen. Ich kann mich kaum an etwas erinnern. Ich weiß nur, dass es noch viele andere Kinder gab. Kinder, denen unsägliches Leid und schlimmes Unrecht widerfahren ist. Kinder, denen man nicht geholfen hat, die von der Gesellschaft verstoßen wurden. Die keiner haben wollte.«

Kate musste sich bremsen, um nicht zu viel von sich preiszugeben. Scott sah sie an und schien nach den richtigen Worten zu suchen.

»Warum hast du mir das nicht schon früher erzählt? Ich wusste, dass du mir wichtige Informationen vorenthalten hast, aber ich wäre im Traum nicht darauf gekommen, dass es das war, was du mir nicht erzählen wolltest.«

Scott schien ehrlich betroffen zu sein. »Ich dachte, es …«, setzte er weiter an, doch das Gespräch wurde vom Kellner unterbrochen, der ihre bestellten Gerichte servierte.

Während des Essens sagte keiner ein Wort. Kate konnte spüren, wie es in Scotts Kopf ratterte. Er wollte mehr wissen und suchte nach den richtigen Worten, um sie nicht zu bedrängen.

»Gibt es etwas Neues im Mordfall von Connor?«

»Um ehrlich zu sein, ja! Wir haben bei Linda einen Umschlag gefunden. Wir wissen nicht, wie er ins Haus gekommen ist oder wer ihn ihr gegeben hat. Wir vermuten, dass er in den Briefkasten geworfen oder unter der Tür durchgeschoben wurde. Uns ist er jedenfalls nicht aufgefallen, als wir bei ihr waren; ich meine, bevor sich Linda in unserer Obhut das Leben genommen hat.« Scott wirkte sichtlich betroffen.

»Was war das für ein Umschlag?« Kate platzte fast vor Neugier.

»Der Umschlag war adressiert an ›Connors gepeinigte Mutter‹! Und er enthielt ein Foto von Connor, wie er blutüberströmt am Kreuz hängt.« Das war wohl der Auslöser für Lindas Suizid gewesen. Kate war fassungslos. Was für ein perfides Spiel spielte Maria? Was war ihr Motiv? Kate ballte ihre Hände zu Fäusten, versuchte sich aber sogleich zu beruhigen. Sie war dankbar für Scotts Informationen und wusste, dass er jetzt etwas von ihr erwartete.

»Der Grund, warum ich immer noch mit Linda in Kontakt stand, war die Gemeinsamkeit zwischen Connor und mir. Linda konnte mir durch ihr Wissen über das Heim dabei helfen, mehr über mich selbst herauszufinden. Außerdem hatte sie das Gefühl, ich könne sie verstehen und ihr daher besser helfen, als du oder jemand anderes vom FBI es vermocht hätte.« Kate wich Scotts Blick aus und drehte konzentriert ihre Pasta auf die Gabel. »Sie hat mir vertraut.«

Scott schien das Gehörte erst einmal verdauen zu müssen. Er hatte die ganze Zeit geahnt, dass Kate hinter seinem Rücken ihr Unwesen trieb, aber jetzt teilte sie zum ersten Mal wichtige Informationen mit ihm. Sie saß ihm gegenüber, und obwohl sie so zerbrechlich wirkte, erkannte er wieder ihre Stärke.

»Ich hatte heute einen Anruf. Einen seltsamen Anruf. Es war eine Frau, die keine Adresse oder Telefonnummer hinterlassen hat. Sie hat behauptet, eines der Kinder aus Heaven Sent gewesen zu sein.«

Jetzt zögerte Scott doch ein wenig. »Ihr Name war Lisa Michaels. Sagt dir der Name irgendetwas?«

Er hatte also keine Ahnung, dass sie die Anruferin gewesen war, oder aber er war mittlerweile so gut darin geworden, ein Pokerface aufzusetzen, dass sie sein Spiel nicht durchschaute.

»Ich habe ihren Namen auf der Liste gefunden, die du mir zur Prüfung gegeben hast. Warum hast du mir nicht gesagt, dass die Kinder auf der Liste alle im Heaven Sent waren? Das hätte die Suche vereinfacht, zumindest eingegrenzt. Mein Team hat immer noch nicht alle Personen ausfindig machen können. Stehst du auch in dem Buch?«

»Hast du das Notizbuch durch die Datenbank laufen lassen?«, stellte Kate prompt eine Gegenfrage und hoffte, wichtige Neuigkeiten zu erfahren.

Scott schüttelte den Kopf. »Und, stehst du darin?«

»Ja«, gestand sie und vernahm, wie Scott scharf Luft durch seine Lippen einsog. »Ich wusste nicht, ob ich dir vertrauen konnte, und ich war mir nicht sicher, ob das für den Fall relevant war. Ich musste selbst erst ein paar Antworten finden.«

»Warum vertraust du mir jetzt doch?«

Scott schaute sie mit seinen großen Augen an.

»Ich vertraue dir nicht, noch nicht. Es ist … es liegt einfach in meinem Naturell. Ich bin von Grund auf misstrauisch. Ich weiß aber, dass ich es ohne deine Hilfe nicht schaffen werde. Ich habe das Gefühl, dass die Morde etwas Persönliches sind. Vor einigen Wochen, als wir uns das erste Mal in Detroit wiedergesehen haben …«, Kate musste kurz tief durchatmen, bevor sie weitersprechen konnte. »Ich war an dem Ort, an dem Tom ermordet wurde. Ich weiß nicht, was mich veranlasst hatte, dorthin zu gehen.«

Scott schien sich nur mit Mühe im Zaum zu halten. Er sah aus, als wollte er die Infos aus Kate herausschütteln und nicht länger warten, bis sie ihm die Häppchen servierte.

»Wir haben damals alle etwas Entscheidendes übersehen«, erklärte Kate, während sie ihr Handy aus der Jackentasche zog. Sie öffnete das Foto, das sie damals in der Fabrikhalle gemacht hatte. Noch bevor Scott das Foto richtig gesehen hatte, wurde er kreidebleich und flüsterte kaum hörbar: »Die Engelsflügel!«

»Das würde bedeuten, dass all die Morde auf das gleiche Konto gehen. Alles weist auf das Heaven Sent hin. Verstehst du?«

Scott zog sein Handy aus der Tasche.

»Jeremy, hier ist Scott. Suche nach allen Morden über die Bundesgrenzen hinaus, bei denen Engelsflügel als Zeichnung oder eventuell als Symbol gefunden wurden. Ruf mich sofort an, wenn du was gefunden hast. Sofort, hörst du?«

Scott wartete nicht auf eine Antwort und legte das Handy auf den Tisch.

»Wenn ich dir jetzt etwas erzähle, dann musst du schwören, dass du es für dich behalten wirst. Kein Wort zu niemandem!« Scott wartete ab, bis Kate zustimmend nickte. Er schloss ein wenig die Lücke zwischen ihnen und flüsterte dann: »Wir verfolgen eine Spur, die uns zur ehemaligen Heimleitung führt. Kannst du dich an sie erinnern?«

Maria Kinley war für Kate mehr als nur ein Begriff.

»Es war ein eigentlich ein dummer Zufall. Einer unserer Informanten konnte sich an Maria erinnern. Er war damals Hausmeister in dem Kinderheim, und offensichtlich hatte er lange mit niemandem über die Geschehnisse geredet, denn sobald wir vor seiner Tür standen, hat er uns unaufgefordert alles erzählt, was er wusste. Was er uns aber nicht preisgegeben hat, waren die monatlichen Zahlungen, die er seit der Schließung des Heims erhalten hatte. Sie kamen von einer gewissen Maria Cielo aus Detroit. Wir vermuten, dass es sich bei der Maria aus Detroit um dieselbe Maria handelt, die damals die Leitung des Heims innehatte. Wir wissen nicht, ob sie etwas mit den Morden zu tun hat, aber die Zahlungen an den Hausmeister und die Namensänderung wecken zumindest einen gewissen Verdacht, dass sie etwas zu verbergen hat. Unser Mörder muss das Heaven Sent gekannt haben, sonst hätte er für seine Hinrichtung wohl kaum diesen Ort gewählt.« Scott zögerte, bevor er weitersprach. »Kate, ich weiß von dem Keller und den Misshandlungen.«

Scott hatte den Kopf gesenkt und konnte Kate nicht anschauen. Er wirkte unsicher. Kate zwinkerte die Tränen weg, die sich ihren Weg bahnten. Sie hatte wieder dieses kleine blonde Mädchen vor Augen und ihre entsetzlichen Hilfeschreie, die keiner hörte. Niemals war jemand gekommen. In dem Moment schossen Kate Bilder ihrer Eltern durch den Kopf. Sie waren sehr jung. So kannte Kate die beiden kaum. Sie standen vor ihr und blickten auf sie herab. Ihre Mutter ging in die Hocke und reichte ihr einen Teddybären. Sie lächelte ihr unverwechselbares Lächeln. Ihr Vater knetete nervös die Mütze zwischen seinen Händen. Auch er lächelte. Sie wusste, sie war gerettet worden. Lisa, sie konnte nicht ohne Lisa gehen. Sie durfte sie doch nicht im Stich lassen. Die Gedanken rasten durch ihren Kopf. Angst erfüllte sie. Sie wollte sich von ihrer Mutter losreißen. Sie blickte sie an und erschrak. Die Frau vor ihr, die sie festhielt, war nicht länger ihre Mutter. Es war Maria. Sie riss an ihrem Arm und lachte ihr grausames Lachen, das alles um sie herum gefrieren lassen konnte. Dann ein Schrei, und um Kate wurde es dunkel und still.

Kate konnte Scotts Stimme hören, wollte die Augen aber nicht aufmachen. Viel zu groß war ihre Angst, diese Tagträume könnten zurückkommen. Ihr Kopf fühlte sich an, als würde jemand ihn mit einem Presslufthammer bearbeiten. Sie konnte noch andere Stimmen hören, die sie aber nicht kannte.

Doch da war auch eine andere Stimme, die ihren Namen rief. Sie kam näher. »Kate, Kate!« Sie schrie auf, als sie eine Hand auf ihrer Schulter spürte. Als sie die Augen öffnete, sah sie in Scotts weit aufgerissene Augen.

»Verdammt noch mal, musst du mich so erschrecken?« Scott sah ehrlich schockiert und besorgt aus. Kate konnte nur erahnen, wie unheimlich sie auf ihn gewirkt haben musste, während sie einen dieser Flashbacks hatte. So hatte Kate ihn noch nie erlebt, und irgendwie gefiel es ihr zu wissen, dass er sich um sie sorgte. Die Bilder. Sie musste erneut an die Bilder in ihrem Kopf denken. Sie hätte jetzt so gerne Beth angerufen, um den Traum oder die Vision mit ihr zu teilen. Scott war dafür einfach nicht der Richtige.

»Es geht schon wieder. Ich hatte ein Glas Wein zu viel und habe in letzter Zeit wenig gegessen. Kommt vor.«

»Also, ich weiß nicht. Du hast durch mich hindurchgesehen, als wäre ich nicht da. So als ob du ganz woanders warst.«

Kate zuckte mit den Schultern. Er würde keine andere Antwort von ihr bekommen. Kopfschüttelnd reichte er ihr ein großes Glas Wasser. »Trink das!« Er sah ihr dabei zu, wie sie die Hälfte trank. »Bist du sicher, dass sonst alles in Ordnung ist?«

Kate nickte. »Wie gesagt, nur mein Kreislauf«, versuchte

sie abzuwiegeln, doch das Zittern ihrer Hände konnte sie nicht verbergen.

»Ich denke, es ist besser, wenn ich dich ins Hotel zurückfahre.«

»Du hast recht. Aber ich nehme ein Taxi.«

»Bist du sicher? Es ist kein …«

»Sei nicht albern«, unterbrach Kate ihn, und er widersprach nicht.

Sie musste ihre Gedanken erst einmal sortieren, bevor sie weiter mit ihm sprechen konnte. Sie verabschiedete sich von einem verdutzten Scott, winkte sich ein Taxi herbei und ließ sich zu ihrem Hotel fahren. Ihr nächstes Ziel war es, Maria aufzuspüren.

Kapitel 14

Kate bemühte sich, nicht allzu sehr wie die Ermittlerin auszusehen, die sie nun mal war. Sie band ihr Haar zu einem Pferdeschwanz zusammen und fuhr ihren Lippenstift nach. Als sie die Schule betrat, an der Maria die letzten Jahre gearbeitet hatte, war sie vollends in die Rolle der jüngeren, naiven Schwester geschlüpft. Drei ganze Tage stand sie vor der Schule und wartete darauf, dass Maria an ihrem Arbeitsplatz erscheinen würde. Sie tat es nicht, und Kate hatte Sorge, sie nie mehr zu finden. Sie aufzuspüren war nicht einfach gewesen, und zu dem Zeitpunkt hatte Maria noch nicht einmal gewusst, dass sie hinter ihr her war. Jetzt war sie vorgewarnt, und sie zu finden würde eine riesige Herausforderung werden. Und dann war da auch noch das FBI, das sich nach Scotts Aussage ebenso an Marias Fersen geheftet hatte. Sie wunderte sich, dass noch keiner der Agenten hier aufgekreuzt war, um ebenfalls auf Maria zu warten. Auf diese Frage würde sie allerdings keine Antwort bekommen, denn sie war nach wie vor fest entschlossen, Maria ohne Hilfe des FBI aufzuspüren. Sie brauchte Antworten, und die Gefahr, diese nicht zu bekommen, war zu groß, wenn Scott ihr zuvorkommen würde.

»Kann ich Ihnen helfen?«

Die Sekretärin des Schuldirektors richtete einen genervten Blick auf Kate.

»Ja, meine Schwester Maria arbeitet hier. Können Sie mir sagen, wo ich sie finde? Sie war seit Tagen nicht mehr zu Hause, und ich weiß nicht mehr, was ich machen soll. Sie gibt mir jeden Montag genug Geld, um für eine Woche über die Runden zu kommen. Wissen Sie, mein Leben war bisher nicht so einfach.«

Die Sekretärin zog eine Augenbraue nach oben und versuchte nicht einmal, den angewiderten Blick zu unterdrücken, mit dem sie die mit Kaugummi Blasen bildende Kate beäugte. Sie zuckte mit den Schultern.

»Wir würden auch gerne wissen, wo Ihre Schwester abgeblieben ist. Sie hat sich in letzter Zeit überhaupt sehr merkwürdig verhalten.« Kate wurde hellhörig.

»Inwiefern hat sie sich anders verhalten als sonst?«

Seit sie bei John arbeitete, beherrschte sie Rollenspiele für ihren Job sehr gut.

»Wissen Sie, ich darf ja offiziell nichts sagen, aber ich fand Ihre Schwester immer schon ein wenig speziell«, wisperte die Sekretärin hinter vorgehaltener Hand.

»Ich weiß, sie ist immer so … so …«

»Autoritär? So war sie zumindest hier. Wie können Sie es mit ihr nur aushalten?«

Kate zuckte nur mit den Schultern, und offensichtlich erwartete die Frau hinter dem Tresen keine Antwort. »Ich bin schon die vierte Sekretärin in zwei Jahren. An jeder hatte sie etwas auszusetzen. Alle meine Vorgängerinnen haben von sich aus das Handtuch geschmissen, weil sie keine Lust mehr hatten auf ihre Schikanen.«

»Das tut mir leid«, erwiderte Kate in mitfühlendem Ton. Die Frau winkte ab. »Na ja, Glück für mich, sonst hätte ich die Stelle hier ja nicht. Aber ich für mich bin ganz froh, dass sie nicht mehr kommt. Vielleicht sollten Sie es auch sein«, gab die Frau zu bedenken und deutete mit einem Kugelschreiber in Kates Richtung.

Kate war von der Art der Frau genervt. Wie gerufen kam ihr das Klingeln des Telefons zu Hilfe, bevor sie ein falsches Wort verlor. Die Sekretärin entschuldigte sich und verschwand hinter ihrem Schreibtisch. Kate konnte einen Karton ausmachen, der mit Marias Namen beschriftet war und auf dem Schreibtisch stand. Vermutlich hatte man bereits ihre Sachen zusammengepackt. Wie lange war sie wohl nicht mehr zur Arbeit erschienen und wieso hatte niemand etwas gegen sie unternommen, wenn doch bekannt war, dass sie *speziell* war, wie ihre Sekretärin es genannt hatte? Herrgott noch mal, sie wurde auf Kinder losgelassen.

Die Sekretärin beendete ihr Gespräch und sah Kate mit warmem Blick an.

»Es tut mir leid, wenn ich Sie jetzt vor den Kopf gestoßen habe. Sie machen sich bestimmt Sorgen um Ihre Schwester. Das gerade am Telefon war der Dekan. Ich habe ihn informiert, dass Sie hier sind, und ihm Ihr Anliegen geschildert. Es tut mir leid, dass wir nicht mehr für Sie tun können, aber er hat mich gebeten, Ihnen die Sachen Ihrer Schwester zu geben. Sie wird hier wohl nicht mehr beschäftigt werden.«

Mit diesen Worten drehte sie sich um, reichte Kate den Karton und nahm wieder hinter ihrem Schreibtisch Platz.

Kate hätte am liebsten vor Freude losgejubelt, konnte es aber nicht riskieren, dass ihre Tarnung aufflog; deshalb versuchte sie, so betreten wie möglich auszusehen, während sie den Karton entgegennahm. Schnell verließ sie das Gebäude in der Hoffnung, ohne weitere Befragung genug Informationen zu finden. Aus Erfahrung wusste sie, dass vieles am Ende gar kein Müll war.

Nachdem Kate ihren Lieblings-Jazzsender gewählt und

sich ein großes Glas Wein eingeschenkt hatte, fing sie an, sorgfältig den Karton zu durchsuchen. Neben einem Schal, der nach Weichspüler roch, fand sie allerlei Papiere, darunter auch einige Malereien von Schülern. Ein Mädchen, dessen Gemälde mit Magda unterzeichnet war, hatte daneben in großen krummen Buchstaben sowie der Rechtschreibung noch nicht ganz mächtig mit grünem Stift geschrieben: »Für die beste Lehrerin der Welt«.

Das alles wirkte so grotesk auf Kate. Konnte es tatsächlich Schüler geben, die Maria mochten? War sie vielleicht nicht zu allen Kindern so verletzend, wie sie es damals zu ihr und all den anderen gewesen war? Hatte sie sich womöglich verändert? War sie am Ende gar nicht die Mörderin? Kate schüttelte den Kopf über ihre Zweifel und kam zu dem Schluss, dass sie – oder auch das FBI – trotzdem noch mal in die Schule gehen sollten, um die Kinder zu befragen. Jedoch musste das warten.

Kate atmete tief durch und suchte im Karton nach weiteren Hinweisen. Es waren Vordrucke für Zeugnisse. Mitteilungen an Eltern, die sie nicht verschickt hatte. Sie waren belanglos. Oft ging es um das zu späte Erscheinen im Unterricht oder auch um die Lautstärke im Klassenzimmer. Alltägliche Sorgen einer Lehrerin, vermutete Kate. Unter all diesen Dingen weckte ein hellgrüner Umschlag ihre Neugier. Das Papier war seiden, fast transparent. Vorsichtig öffnete sie das Kuvert, und der Inhalt ließ sie innerlich aufjubeln. Ihr Instinkt schien sich von Tag zu Tag zu schärfen. Es handelte sich um zehn Bilder, allesamt Aufnahmen in freier Natur. Irgendwo in den Bergen und Wäldern. Auf einem Bild war eine hübsch gelegene Hütte zu sehen: wildromantisch, umsäumt von einem satten grünen Kleid, das die Bäume ringsherum bildeten. Die Sonne funkelte durch die Baumkronen und ließ die Abbildung wie in einem Märchen erscheinen. Es war ein typischer Fluchtort, den sich so viele Großstädter wünschten. Auch wenn die Idee womöglich weit hergeholt war, musste sie mehr über diese Hütte in Erfahrung bringen. Kate drehte das Foto um und fand mit verblasster Tinte geschrieben: *»Für dich, wann immer du einen Ort brauchst, der dir Heimat schenkt. Dein Bruder Lionel.«*

Euphorisch las Kate die Nachricht ein weiteres Mal. Maria hatte einen Bruder, und die Hütte war in ihrem Privatbesitz, so schien es. Schnell wählte sie die Nummer von John. Dieser hob nach zweimaligem Klingeln ab.

»Alles in Ordnung bei dir, Kate? Schön von dir zu hören.« Johns vertraute Stimme entspannte sie ein wenig. Sie nahm sich fest vor, John so schnell wie möglich zu treffen, sobald sie wieder zu Hause war.

»Du, ich habe da was. Kannst du deinem Freund Wilson bitten, es für mich zu überprüfen? Es hat mit dieser Maria zu tun. Ich glaube, ich bin da an etwas dran.«

»Alles klar. Zufällig sitzt er neben mir. In spätestens einer Stunde kann ich dir Rückmeldung geben. Pass bitte auf dich auf!«

»Danke, das mache ich.«

Kate fotografierte die Bilder, verschickte sie per E-Mail, und wie versprochen waren die neuen Informationen innerhalb der nächsten halben Stunde bei ihr.

»Hallo Kate, was wir rausgefunden haben, könnte dich umhauen. Also setz dich besser.«

Kate konnte nicht anders und grinste in sich hinein. Sie setzte sich tatsächlich, wie ihr geheißen wurde, während sie die E-Mail weiterlas.

»Wir haben mal nach Marias Bruder geforscht. Sein Name ist Lionel Kinley, ihr Zwillingsbruder, und – jetzt wird es interessant – er ist der Leiter der neuen Heaven Church. Er hat die Leitung übernommen, nachdem die Gemeinschaft in den Untergrund abgetaucht war. Maria und Lionel wurden zwischen ihrem 25. und 35. Lebensjahr mehrmals vor Gericht geladen, unter anderem wegen des Verdachts auf Kindesmissbrauch. Man konnte den beiden aber nie etwas nachweisen, weshalb es zu keiner Verurteilung kam. Auf diesen Lionel läuft die Besitzurkunde einer Hütte in Kanada. Die Adresse häng ich dir mit dran. Ich hoffe, wir konnten dir weiterhelfen. Halt die Ohren steif. John und Wilson.«

Wieder hätte Kate am liebsten laut gejubelt. Okay, sie würde nach Kanada fliegen. Und sie würde das Miststück finden. Noch einmal würde sie Maria nicht entkommen lassen, schwor sie sich. Kurz vor ihrem Abflug schickte sie Scott aber noch eine Nachricht. »Hi Scott, ich habe eine heiße Spur, die uns zu Maria führen könnte. Ich geh der Sache erst mal allein nach für den Fall, dass sie sich doch als falsch herausstellen sollte. Du kannst John, meinen Partner, anrufen, wenn du noch Fragen hast. Ich melde mich, sobald ich was für euch habe. Alles Liebe, Kate!«

Kate wusste, dass er sich sofort mit John in Verbindung setzen würde. Das würde ihr allerdings genug Zeit verschaffen, Maria allein zur Rede zu stellen.

Jetzt zur Winterzeit sah der Wald nicht mehr so zauberhaft aus wie auf den Bildern, die sie bei Maria gefunden hatte. Ganz im Gegenteil. Der Wald wirkte bedrohlich, und außer dem Knirschen des Schnees unter ihren Schuhen herrschte eine unnatürliche Stille. Kate war gezwungen, das Auto einige Meilen entfernt stehen zu lassen. Noch bevor sie ihre Reise geplant hatte, ließ sie Wilson den genauen Ort der Hütte lokalisieren. Mit ihrem GPS lief sie immer in die Richtung, die der Pfeil des Gerätes anzeigte. Die Hütte war nur zu Fuß erreichbar. Kate war gut in Form, und zu einer anderen Gelegenheit hätte sie sicher Spaß an einer Wanderung im verschneiten Kanada. Heute war es anders. Sie versuchte, ihre Umgebung genau zu analysieren. Alles Verdächtige zu erkennen. Sie musste sich beeilen, wenn sie die Nacht nicht hier oben in den Wäldern verbringen wollte. John hatte sie gebeten, ihn mitzunehmen, aber sie beschloss, sein Angebot abzulehnen. Die Sache war persönlich, und sie wollte das Miststück selbst überführen. Trotzdem beruhigte es sie, dass sie John von ihrem Vorhaben erzählt hatte. Kate war sicher, dass auch Scott schon ihren Aufenthaltsort kannte, und falls er der Ermittler war, für den sie ihn hielt, war er bereits auf dem Weg zu ihr. Kate zog ihre Kapuze tiefer in die Stirn, um zu verhindern, dass die kalten, dicken Schneeflocken ihr die Sicht nahmen.

Als sie einen Blick auf ihr Handy warf, sah sie, dass sie hier oben keinen Empfang hatte. Sie hatte gewusst, dass es so kommen würde. Trotzdem fühlte sie sich in diesem Moment allein und unbehaglich. Dabei benötigte sie jetzt all ihre Instinkte und musste hoch konzentriert vorgehen. Emotionen, vor allem Angst, waren jetzt völlig fehl am Platz und sollten, wenn überhaupt, dazu dienen, ihre Instinkte zu schärfen.

Und dann sah sie sie. Die Hütte. Das musste sie sein. Kate überprüfte rasch ihre Umgebung und entdeckte einen umgefallenen Baumstamm, hinter dem sie das Haus eine Weile beobachten konnte, ohne entdeckt zu werden. Sie musste sicherstellen, dass Maria im Haus war – und zwar allein. Sie zog das Foto aus ihrer Tasche und hielt es in die Höhe des Originals. Wie trostlos die Hütte jetzt wirkte. Nichts erinnerte mehr an ein unbekümmertes Wochenende weit weg von der Stadt. Vor allem jetzt, da Kate wusste, wem sie gehörte. Sie hoffte so sehr, Maria zu finden. Es war der einzige Hinweis, an den sie sich klammern konnte.

Nachdem Kate über eineinhalb Stunden in der Kälte umhergewandert war, wurden ihre Beine zunehmend steif. Sie bewegte ihre Zehen unaufhörlich in ihren Wanderschuhen, um sie aufzuwärmen. Es war noch nicht richtig dunkel, dennoch war sie sich sicher, dass man im Inneren der Hütte schon Licht benötigen würde. Aber es blieb dunkel, und auch sonst tat sich nichts, wie sie mithilfe ihres Fernglases feststellte. Sogar die Umgebung blieb unauffällig. Der Schnee fiel gleichbleibend stark und legte eine pudrige weiße Schicht auf ihre Mütze und Hose. Kate verlor langsam die Geduld. Sie beschloss, sich näher an das Gebäude heranzupirschen. Augenscheinlich war keiner da. Zügig, aber vorsichtig schlich sie sich zur Vorderseite. Während sie mit der einen Hand einen Dietrich aus der Tasche fischte, um damit die Tür zu öffnen, packte sie mit der anderen den Griff. Es schien alles zu einfach zu sein, denn die Tür war nicht einmal verschlossen worden. War das überhaupt die Hütte, die sie suchte? Leise öffnete sie die Tür. Die Holzdielen gaben knarzend und federnd unter ihren Füßen nach. Ein Blick an die Wand links vom Eingang machte ihr klar, dass hier etwas nicht stimmte. Sie war gepflastert mit einer ganzen Anzahl von Monitoren. Kate brauchte einen Moment, bis sie realisierte, dass es sich um Liveaufnahmen der Umgebung handelte, die ihr in Schwarz-Weiß entgegen flimmerten. Jemand, der so viel Mühe auf die Überwachung der Hütte verschwendete, wäre nicht so achtlos und würde die Eingangstür unverschlossen lassen. Sie wurde bereits erwartet. Während sie noch gebannt auf die Monitore starrte, merkte sie nicht, dass sie nicht mehr alleine war.

Kapitel 15

Scott, es war Scott!

Kate war sich nicht sicher, ob sie sich darüber freuen sollte, ihn zu sehen, oder ob die Enttäuschung überwog, dass sie Maria und ihren Bruder verpasst hatte.

In Scotts Blick lag Erleichterung. Mit schnellen Schritten ging er auf Kate zu und umarmte sie. »Bist du okay?«

»Ich bin okay. Aber sie sind weg, wir kommen zu spät!«, erwiderte Kate kopfschüttelnd. Sie konnte es nicht glauben. Irgendwie war ihr Maria immer einen Schritt voraus gewesen. Sie schaffte es einfach nicht, ihr zuvorzukommen. Scott stand einfach nur da und starrte sie an, ohne ein Wort zu sagen. Er wirkte vollkommen durch den Wind. Seine sonst so perfekte Fassade hatte einen deutlichen Riss abbekommen, und eine tiefe Furche zog sich zwischen seien Augen entlang – die Sorgen der vergangenen Tage hatten ihre Spuren hinterlassen. Kate wurde den Eindruck nicht los, dass sie an dieser Veränderung nicht ganz unschuldig war, aber hier war nicht der richtige Ort, um sich darüber Gedanken zu machen. Maria und ihr Bruder waren verschwunden. Allerdings deuteten die Hitze der Monitore, die Glut im Kamin und die lauwarme Herdplatte darauf hin, dass sie noch nicht lange weg sein konnten. Nur wo sollten sie anfangen zu suchen? Der Wald schien endlos, und Spuren waren bei den Schneemengen, die der Himmel gerade über ihnen ausschüttete, wohl kaum noch zu erkennen.

Scott räusperte sich. »John ist auch gleich bei uns. Er hatte noch etwas zu erledigen. Gott sei Dank hat er mich informiert. Was hättest du denn gemacht, wenn die beiden hier gewesen wären? Dir ist doch wohl bewusst, dass es sich bei ihnen um unsere Killer handeln könnte? Willst du dein Leben so unbedingt beenden, dass du dafür blind jedes Risiko eingehst?« Er hielt seinen Blick immer noch starr auf sie gerichtet. Dann wendete er sich ab und begann, sich in der Hütte umzusehen. Scheinbar hatte er nicht vor, auf eine Antwort zu warten. »Hast du dir die Kameras angesehen? Sieh mal, die zwei haben insgesamt 50 Überwachungsgeräte installiert. So müssen sie dich gesehen haben.«

»Aber warum sind sie abgehauen, wenn sie doch unsere Mörder sind? Sie sind zu zweit. Maria und ihr Bruder hätten mich mit Leichtigkeit überwältigen können.«

»Ich vermute, dass sie dich nicht für so töricht gehalten haben, dass du dich ihnen alleine gegenüberstellen würdest. Das Risiko, das du mit dem ganzen SWAT-Team angerückt bist, war ihnen vielleicht doch zu hoch.«

»Wir sollten uns draußen mal nach Spuren umsehen. Wenn wir Glück haben, hat der Schnee noch etwas davon übrig gelassen.« Kate musste raus aus diesem Haus, das sie ihrem Ziel keinen Schritt näher gebracht hatte. Wenn Maria und ihr Bruder zu Fuß unterwegs waren, dann hatten sie zumindest eine geringe Chance, die beiden zu finden, bevor sie irgendwo untertauchten.

Scott eilte voraus. Sie teilten sich auf, um möglichst nichts zu übersehen. Es war mittlerweile so bitterkalt, dass Kate ihren Mantel fester um ihren Körper wickelte. Der Wind blies ihr den Schnee erbarmungslos in die Augen, und sie hatte Mühe, in der Ferne etwas zu erkennen. Zum Glück hatte sie den Wetterbericht abgehört, bevor sie zu diesem Fiasko aufgebrochen war. Was, wenn Scott recht damit hatte, dass sie lebensmüde war? Wollte sie wirklich so sehr bei Tom sein, dass sie vergaß, sich zu schützen? Konnte sie das Leben, das sie noch hatte, nicht mehr schätzen? Neben der Hütte entdeckte sie einen kleinen Schuppen, vor dem eindeutig Spuren eines Fahrzeugs oder Schlittens zu sehen waren. Lionel und Maria waren nicht zu Fuß geflohen. Das bedeutete, dass ihr Vorsprung um einiges größer sein musste, als Kate gehofft hatte. Scotts Rufe rissen sie aus ihren Gedanken. Er stand einige Meter entfernt und winkte ihr zu. Neben ihm erkannte sie ein Schneemobil, das er offenbar benutzt hatte, um zur Hütte zu gelangen. Gott sei Dank hatte wenigstens er einen kühlen Kopf behalten. Andernfalls hätten sie sich jetzt zu Fuß durch den Wald kämpfen müssen, um die beiden zu erwischen, was ein recht aussichtsloses Unterfangen geworden wäre.

»Hinter der Hütte sind Spuren, vermutlich auch von einem Schneemobil. Sie führen in den Wald hoch zur Landstraße Richtung Bedmont. Wenn wir Glück haben, dann sind sie auf dem zugeschneiten Waldpfad nur langsam vorangekommen.« Scott startete den Motor. Das Geräusch der Maschine verlor sich beinahe in dem Getöse des Windes. Sie schwang sich hinter ihm auf den Sitz des Schneemobils, der so kalt war, dass sie kurz zusammenzuckte, und schob sich die Schneebrille ins Gesicht. Schlotternd, aber randvoll mit Adrenalin klammerte sie sich an Scott fest, dann zischten sie durch die schier undurchdringliche Wand aus Schnee auf die Bäume zu.

Sie kamen nur langsam voran, da die Stämme immer dichter zusammenstanden, je weiter sie in den Wald vordrangen. Das heftige Schneetreiben ließ zum Glück langsam nach, dennoch versank ihr Fahrzeug zusehends in den hohen Schneemassen. Mit einem Ruck stoppte das Schneemobil, das sich festgefahren hatte. Angespannt suchte Kate die Umgebung ab.

»Sieh mal!« Scott zeigte mit seinem Arm auf einen Punkt am Horizont oberhalb eines kleinen Hangs. Es war eindeutig dunkler Rauch, der sich durch die Bäume nach oben in den Himmel schlängelte.

»Wir müssen zu Fuß weitergehen. Selbst wenn wir die zwei nicht finden, ist das der Weg zur Straße. Sonst erfrieren wir hier draußen, und ich weiß nicht, ob uns irgendjemand in diesem Niemandsland findet«, erklärte Scott.

Sie liefen hintereinander in die Richtung, aus der der Rauch aufgestiegen war. Scott hatte seine Waffe gezogen. Irgendetwas sagte ihnen, dass sie den Maria und ihrem Bruder dicht auf den Fersen waren. Kate fühlte sich schutzlos. Als ob er ihre Gedanken gelesen hatte, reichte er ihr wortlos eine Waffe. »Die will ich wieder, wenn wir aus diesem Albtraum draußen sind!«

Er versuchte, unbeschwert zu klingen, als wären sie gerade auf einem Spaziergang durch den Lincoln Park in Capital Hill, doch es gelang ihm nicht. Beide wussten, dass sie hier draußen nicht lange überleben konnten, und doch war der Wunsch, Maria und Lionel zu schnappen, größer als die Angst. Sie hatten keine Ahnung, ob sie richtig waren, aber Kate hatte ohnehin jegliche Orientierung verloren. Scott lief ein paar Meter hinter ihr und packte sie plötzlich am Arm. »Hörst du das?«

Sie nickte. Etwa hundert Meter rechts von ihnen hatten sie mehrere Äste und Zweige knacken hören, als wäre jemand eine Böschung hinuntergerutscht. Kate griff nach ihrer Waffe, die sie im Holster an ihrer Seite trug, und löste die Sicherung. Sie liefen in die Richtung, aus der die verdächtigen Geräusche gekommen waren, die Waffe im Anschlag. Ihr Herz klopfte so laut, dass sie Angst hatte, es könnte sie verraten. Vorsichtig schlichen sie weiter. Jetzt vernahmen sie erneut das Knacken von Holz, und auch wenn sie sich nicht hundertprozentig sicher war, hätte Kate schwören können, ein Stöhnen gehört zu haben.

»Klingt, als hätte sich einer von ihnen verletzt!«, flüsterte Scott, der jetzt direkt neben ihr stand. Es schien, als warte er auf ihre Anweisungen, doch dann kam der FBI-Agent in ihm zum Vorschein: »Du wartest hier!«

»Das kommt überhaupt nicht infrage. Das ist etwas Persönliches.«

Ohne auf seine Antwort zu warten ging sie voraus, dorthin, wo sie Lionel oder Maria vermuteten.

Doch weder Maria noch ihr Bruder waren da. Als sie hinter den Bäumen ankamen, lag dort ein totes Bärenjunges, das in eine Art Falle aus spitz angesägten Ästen gefallen war. Das wehrlose Tier hatte keine Chance gehabt und war vermutlich sofort tot gewesen.

»Verdammt, das darf doch nicht wahr sein!« Scott stampfte mit seinem Fuß auf den Boden und wirbelte Schnee auf. Etwas an der Szenerie ließ Kate jedoch stutzig werden. Angestrengt nahm sie die Umgebung in Augenschein. »Davon abgesehen, dass diese Falle nicht von selbst hierhergekommen ist, erklärt der Bär zwar das Knacken der Zweige, jedoch nicht das Stöhnen, das wir gehört haben.« Kate hatte das letzte Wort noch nicht ganz zu Ende gesprochen, als ein Schuss krachte und eine Kugel hinter ihr in den Baumstamm schlug. Holzsplitter wirbelten durch die Luft. Einige davon streiften ihr Gesicht und hinterließen schmerzhafte

Striemen auf ihrer ohnehin schon völlig unterkühlten Haut. Scott riss sie zu Boden und bedeckte ihren Oberkörper mit seinem. Sie konnte fühlen, wie sein Puls schlug. Das Adrenalin schoss durch ihren Körper, und sie versuchte, Scott von sich zu stoßen. Ihre Waffe war ihr aus der Hand gefallen, als sie auf den Boden aufgeschlagen war, und sie konnte sie nirgends entdecken. Eine zweite Kugel jagte hinter ihnen durch die Luft. Der Schütze musste sich hinter den Bäumen auf dem Hügel vor ihnen verschanzt haben. Von dort aus waren Maria und ihr Bruder ihnen gegenüber klar im Vorteil, aber Kate wusste, dass Scott ausgebildeter Scharfschütze war, und auch ihre Punktzahlen bei den Schießübungen lagen immer weit über den Anforderungen; doch ihre Waffe blieb unauffindbar. Sie suchten sich Schutz hinter einer großen Eiche. Scott richtete seine Waffe in die Richtung, aus der die Schüsse gekommen waren. Ein dritter Schuss, der einige Meter neben ihnen in den Boden einschlug, verriet den Schützen, und Scott schoss zweimal, ohne zu zögern. Auf den zweiten Schuss folgte ein Schrei, der beiden signalisierte, dass er erfolgreich gewesen war. Jetzt mischte sich auch ein hysterisches Weinen dazu, das eindeutig zu einer Frau gehörte.

»Maria, hier ist Kate. Ich bin unbewaffnet. Das hier muss nicht so enden. Wir können hier alle halbwegs unbeschadet herauskommen.«

»Unbeschadet?«, rief sie, und es klang mehr wie ein Kreischen. »Lionel, du kannst mich doch nicht allein lassen. Bitte, du darfst nicht gehen. Sie finden mich. Ohne dich werde ich die Nächste sein!«

Jetzt konnte Kate sie durch die Bäume sehen. Sie trug eine dicke rote Steppjacke, die vollkommen durchnässt schien. Ihre Jeans war voller Risse, und ihre Lippen hatten sich bläulich verfärbt. Sie mussten bereits einige Zeit hier in der Kälte ausgeharrt haben, nur kannte Kate den Grund nicht. Warum hatten sie hier auf ihre Verfolger gewartet? Mittlerweile konnte sie Scott aus dem Augenwinkel dabei beobachten, wie er versuchte, sich von hinten an die beiden heranzuschleichen. Sie musste Maria in ein Gespräch verwickeln, damit sie ihn nicht kommen sah, und wagte sich dabei immer weiter mit erhobenen Händen auf sie zu. »Maria, unsere Kollegen werden jeden Moment hier sein. Dann bekommt Ihr Bruder ärztliche Hilfe von uns.«

»Kollegen? Wir wollen mit euch nichts mehr zu tun haben. Lasst uns endlich in Frieden!« Maria schien nicht bei klarem Verstand zu sein, und so langsam war sich Kate auch nicht mehr sicher, ob sie sie erkannt hatte. »Warum sind Sie vor uns weggelaufen?«

Der Schnee knirschte bei jedem Schritt unter ihren Stiefeln. Doch statt einer Antwort fing Maria nur an zu schluchzen, schlug auf ihren Bruder ein und schrie so laut, dass die wenigen Tiere, die jetzt noch im Wald unterwegs waren, vor Schreck das Weite suchten. Dann erhob sie sich, und Kate ahnte bereits, was folgen würde. Mit der Waffe ihres Bruders in der Hand rannte sie die Böschung herunter, direkt auf Kate zu. Sie widerstand dem Drang, sich zur Seite zu werfen. Sollte sie ruhig kommen. Sie war bereit, zu kämpfen, bereit, ihre Vergangenheit und die all der anderen Kinder zu rächen. Sie würde standhaft bleiben. Der blanke Hass und gleichzeitig eine gewaltige Angst zeichneten sich auf Marias Gesicht ab, als sie die Arme hob und Kate mit sich zu Boden riss. Nicht der Angriff an sich, sondern die Kraft, die sich hinter Marias zierlicher Gestalt verbarg, überraschte Kate. Maria schlug mit ihren Fäusten auf Kates Gesicht und Oberkörper ein, während sie versuchte, sie mit ihrem

Gewicht auf dem Boden zu fixieren. Scott hatte Marias Attacke mitbekommen und war gerade dabei, Kate zu Hilfe zu eilen, als sie es schaffte, Maria von sich zu stoßen. Jetzt war Kate es, die ihr zusetzte. Sie schmeckte Blut, das ihr von der Stirn tropfte, und steigerte sich in eine Rage, aus der sie nicht mehr herauszukommen schien. Sie würgte Maria und blickte dabei in die Augen, die so viel Kälte, aber auch Leere widerspiegelten, dass Kate nicht umhinkam, Mitleid mit ihr zu empfinden. Was musste sie durchlebt haben, um dermaßen grausam zu werden?

»Kate, hör auf! Lass los!«

Wie durch einen Schleier konnte sie Scotts Stimme hören. Sie drehte sich um und lockerte den Griff um Marias Hals, die laut keuchte und versuchte, sich wieder aufzurappeln, doch sie war augenscheinlich zu benommen, um weiterhin eine Gefahr darzustellen. Deswegen erhob sich Kate und drehte ihr den Rücken zu, um zu Scott zu gehen. Im nächsten Moment bereute sie ihre Fehleinschätzung der Situation, denn als sie die Panik in Scotts Blick sah, war es bereits zu spät. Sie, spürte, wie etwas Hartes an ihrem Schädel zerschmettert wurde, und verlor das Bewusstsein.

»Ich hätte bei ihr bleiben sollen. Verdammt! Jetzt arbeite ich seit über zwei Jahren mit ihr zusammen, und es ist noch nie etwas passiert, weil ich immer auf sie aufgepasst habe. Wie lange arbeitet ihr jetzt zusammen? Ein paar Wochen?«

»Reiß dich zusammen, John. Willst du, dass Kate aufwacht und als Erstes uns zwei an ihrem Bett sitzen sieht, wie wir uns gegenseitig an die Gurgel gehen?«

Kate erwachte allmählich aus einem schier endlosen schwarzen Nichts. Ihr Kopf fühlte sich an, als steckte er in einem Schraubstock. Trotz größter Anstrengung schaffte sie es einfach nicht, ihre Augen zu öffnen oder ihre Arme zu bewegen. Wie lange lag sie wohl schon so da und wie war sie überhaupt hierhergekommen? Sie konnte hören, wie ein Stuhl energisch zurückgeschoben wurde, so als wäre jemand ruckartig aufgestanden.

»Wenn sie das im Wald nicht überlebt hätte, dann … Sie ist meine Familie, die Einzige, die mir etwas bedeutet.« John atmete tief ein, fuhr sich mit der Hand durch die Haare. Keiner der beiden ahnte, dass Kate wieder bei Bewusstsein war und das Gespräch mit anhörte.

»Läuft da was zwischen euch?«

Obwohl es nicht Scotts Art war, dermaßen plump an Informationen zu kommen, konnte er sich nicht zurückhalten. Auch ihm hatten die vergangenen Stunden schwer zugesetzt. Kate blutüberströmt am Boden liegen zu sehen, das hatte etwas in ihm ausgelöst. Ein Gefühl, das er vor Jahren bereits verspürt hatte. Allerdings hatte er es so gut es ging ignoriert. Damals war Kate noch mit Tom zusammen gewesen, und auch er war ein verheirateter Mann, unglücklich zwar, aber er hätte seine Frau nie hintergangen; außerdem war ihm Tom zu wichtig gewesen, um ihre Freundschaft zu gefährden.

Kates Kopf war dick einbandagiert und ihre linke Gesichtshälfte blau angelaufen. Sie hatte Schürfwunden im Gesicht und an den Händen, ein Arm lag in einer Schlinge. Bei dem Sturz hatte sie sich eine Schulter ausgekugelt. Der Schlag gegen ihren Kopf hatte eine schwere Gehirnerschütterung verursacht. Die Ärzte hatten ihr mehrere Holzstückchen aus der Kopfhaut entfernen müssen und sie vorerst mit Medikamenten ruhiggestellt, damit ihr Körper schneller wieder heilen konnte. Kate hörte, wie es an der Tür klopfte und jemand mit schlurfenden Schritten das Zimmer betrat.

»Dr. Fisher!«, stellte Scott fest, und Kate vernahm, dass er wohl ebenfalls aufgestanden sein musste, denn wieder hörte sie einen Stuhl über den Boden schleifen.

»Ist unsere Patientin denn zwischenzeitlich aufgewacht?«

Sie spürte, wie der Arzt ihre Hand nahm, um ihren Puls zu überprüfen, schaffte es aber nach wie vor nicht, ein Lebenszeichen von sich zu geben. Jeder Versuch wurde mit einem starken Pochen in ihrem Kopf bestraft, sodass sie beschloss, es für einen kurzen Moment dabei zu belassen und einfach liegen zu bleiben.

»Ihr Puls ist stabil, und auch die restlichen Werte sind gut.«

»Und warum liegt sie dann immer noch in diesem Bett und wirkt, als wäre sie gestorben?«, wollte John wissen. Er klang aufgebracht, doch seine Stimme klang brüchig. So hatte sie ihn noch nie erlebt. Den starken John, den nichts und niemand aus der Bahn warf, der niemals jemanden an sich heranließ.

»Jeder Mensch ist anders, dementsprechend dauert es unterschiedlich lange, bis der Körper heilt. Geben Sie ihr die Zeit, die sie braucht. Sie wird wieder aufwachen und wieder ganz gesund werden. Das verspreche ich Ihnen.« Erneut hörte sie die schlurfenden Schritte, die sich langsam von ihrem Bett entfernten, und eine Tür, die ins Schloss fiel.

»Ich hab dich was gefragt! Läuft da was zwischen dir und Kate?«

»Ganz ehrlich, ich weiß es nicht, ich kann dir die Frage nicht beantworten. Ich habe keine Ahnung, was ich für sie bin. Ihr Boss, eine Ablenkung, ein Zeitvertreib. Liebe ist das nicht, war es nicht. Bis jetzt.«

Kate traute ihren Ohren nicht.

»Ich musste sie erst beinahe verlieren, um zu wissen, wie

viel sie mir bedeutet. Als ich euch beide mit dem Hubschrauber aufgesammelt und sie in deinen Armen gesehen habe … verdammt. Sie hat in den letzten Jahren die Hölle durchlebt, deshalb war das zwischen uns auch zum Scheitern verurteilt.«

»Du liebst sie also?«

Jetzt waren Kates Sinne hellwach, trotzdem bemühte sie sich, nur ja kein Lebenszeichen von sich zu geben.

»Ja. Ich liebe sie und ich weiß, dass sie es nicht erwidert. Noch nicht.«

Die Tür öffnete und schloss sich erneut, und sie merkte, wie sich jemand neben ihr Bett setzte und ihre Hand nahm. Es war Scott, da war sie sich sicher. Sie roch sein Aftershave, sie spürte seine Finger, wie sie sich um die ihren schlossen. Er beugte sich über sie und gab ihr einen Kuss auf die Stirn.

»Ich liebe dich auch, Kate Monroe.« Dann verschwand er ebenfalls aus dem Zimmer und ließ sie mit ihrem Gefühlschaos alleine zurück, während sie in süße Leere hinabglitt.

Kapitel 16

Als Kate die Augen öffnete, fand sie sich in einem Krankenzimmer wieder. Ihr gegenüber saß Scott. Er war eingeschlafen. Sein Gesicht sah müde aus, und er hatte sich offensichtlich, seit Tagen nicht mehr rasiert. Wie lange lag sie schon hier? Sie brauchte einen Moment, um sich an die Geschehnisse zu erinnern, die sie in dieses Krankenhaus gebracht hatten. Sie hatte Lionel zu Boden stürzen sehen. Sie konnte sich an den schneidenden Schmerz erinnern, den das Messer hinterlassen hatte. Maria, sie hatte gesehen, wie ihr Körper fiel. Danach war alles verschwommen. Hatte Maria überlebt? War es endlich vorbei? Kate schossen so viele Fragen durch den Kopf. Sie wollte sich aufsetzen, um Scott zu wecken, aber der Schmerz, der augenblicklich durch ihren Körper fuhr, zwang sie zurück in die Kissen. Scott musste ihren Aufschrei gehört haben, denn er war aufgewacht und trat sofort neben ihr Bett, um ihr zu helfen.

»Du musst liegen bleiben. Ruh dich noch ein wenig aus.«

»Ist sie tot? Ist endlich alles vorbei?«, wollte Kate trotz aller Erschöpfung wissen.

»Lionel ist tot. Maria hat überlebt. Wenn man hierbei noch von einem Leben sprechen kann. Sie ist vom Hals abwärts gelähmt. Die Kugel hat ihr Rückenmark durchtrennt. Es tut mir so leid, dass ich dich nicht besser decken konnte. Warum bist du überhaupt ohne mich nach Kanada geflogen?«

Kate wich Scotts Blick aus, zog die Decke etwas höher und sah zur Seite an die Wand.

»Verdammt noch mal, Kate, du hättest draufgehen können. Wenn dieser John aus Washington, D.C. mir nichts von deiner verrückten Idee, alleine diese Irren aufzusuchen, erzählt hätte und ich nicht gekommen wäre, dann ...«

Weiter sprach Scott nicht.

Kate hing ihren Gedanken nach, denn sie stellte sich dieselben Fragen. Warum nur hatte sie so leichtsinnig gehandelt? Der Mann, der vor ihr saß, verlor nie seine Professionalität. Nachdem er von John gehört hatte, was sie vorhatte, war er ihr sofort nachgeflogen. Anders als Kate hatte er sich aber Verstärkung geholt und bereits einen Hubschrauber auf Stand-by gehalten für den Fall, dass ein Notfall eintrat und Verletzte versorgt werden mussten. Was immer er tun musste, um Kate zu retten, er tat es. Während Scott sich etwas von Kate abwandt, um eine E-Mail in sein Handy zu tippen, betrachtete sie ihn genauer. Er hatte trotz seiner Vergangenheit, trotz des schmutzigen Rosenkrieges, nie an Ausstrahlung eingebüßt. Sie erinnerte sich an dem Moment im Wald, als er dachte, sie wäre tot. Sie hatten nicht mehr darüber gesprochen, aber Kate fühlte, dass etwas zwischen ihnen lag, das sie nicht fassen, geschweige denn aussprechen konnte. Und auch Scott verhielt sich anders als sonst. Sie kannte ihn gut genug, um zu wissen, dass er sich in ihrer Gegenwart unsicher fühlte. Ein Gespräch zwischen ihnen war längst fällig. Doch dies war weder der richtige Ort noch die richtige Zeit dafür. Kate war dankbar, dass er sachlich blieb und seine Emotionen verbarg, so musste sie sich nicht mit ihren eigenen auseinandersetzten. Stattdessen informierte er sie über alles, was in den Tagen nach dem Mordversuch an Kate passiert war.

»Maria ist gleich nach dir ins Krankenhaus gebracht worden. Dort hat man ihr in einer Notoperation die Kugel entfernt und sie wieder zusammengeflickt. Als man ihr nach der Operation die Diagnose mitgeteilt hat, soll sie in schallendes Gelächter ausgebrochen sein. Aktuell ist sie stark sediert; sobald es ihr gesundheitlicher Zustand zulässt, wird sie in eine psychiatrische Klinik nach Ohio geflogen. Diese Einrichtung ist auf solche Fälle spezialisiert. Der Richter entscheidet dann, ob sie wegen Mordes angeklagt wird oder ob sie aufgrund ihres psychischen und körperlichen Zustandes lebenslang in der Psychiatrie bleiben muss. Wenn man sie wegen Mordes verurteilt, erwartet sie die Todesstrafe. In jedem Fall wird sie dir oder anderen niemals wieder wehtun können.«

Kate nickte und widerstand ihrem Instinkt, ihre Hand zurückzuziehen, als Scott diese nahm und vorsichtig drückte. Zu ihrer eigenen Überraschung genoss sie die Berührung. *Die Zeit heilt alle Wunden.* Kate musste an den Spruch denken, als sie an sich hinunterblickte. Ihre Handgelenke waren immer noch voller Blutergüsse, doch die dunkelblaue Farbe verblasste bereits. Plötzlich überkam sie Panik, und sie tastete nach ihrem Bauch. Scott hielt ihre Arme fest und nahm sie in den Arm.

»Kate, beruhige dich, es ist vorbei. Dir geht es gut. Dein Oberschenkel musste genäht werden, aber die Verletzung an deinem Bauch war nur oberflächlich. Es ist alles okay mit dir.«

Kates Atmung beruhigte sich ein wenig, und sie lehnte ihren Kopf an Scotts Brust. Bei ihm fühlte sie sich sicher.

Eine Woche später wurde Kate aus dem Krankenhaus entlassen. Scott war extra nach Ontario gekommen, um sie abzuholen. Er stand mit einem großen Blumenstrauß vor dem Haupteingang des Krankenhauses. Kate musste schmunzeln. Scott sah aus wie jemand, der auf sein erstes Date wartete. Er war sichtlich aufgeregt. Kate fühlte sich leicht und unbeschwert. Sie hoffte, dass dieser Albtraum jetzt ein Ende gefunden hatte. Es war etwas in Marias Blick gewesen, das ihr keine Ruhe ließ, aber sie schüttelte den Gedanken vorerst ab. Sie wollte unbedingt nach Hause. Vielleicht schaffte sie es jetzt endlich, ihr Leben in den Griff zu bekommen, um von vorn anfangen zu können. Der Moment, als sie durch Marias Schlag bewusstlos wurde, hatte ihr vor Augen geführt, was ihr im Leben wirklich fehlte und was ihr wichtig war. Sie wollte heiraten, Kinder bekommen und glücklich sein. Nicht sofort, aber doch irgendwann. Zu oft war sie sich selbst im Weg gestanden. Im Auto musterte sie Scott von der Seite. Ihre Gedanken überschlugen sich. Kate schob diese Reaktion auf die vielen Schmerzmittel, die vermutlich noch durch ihre Blutbahn schossen. Mit einem breiten Lächeln blickte sie aus dem Fenster und freute sich auf ihr neues Leben, was immer es für sie bereithielt.

Als sie in Washington angekommen waren, begleitete Scott sie bis zu ihrer Haustür. Kate wollte nur noch heim. Sie nahm sich vor, mit Scott nichts zu überstürzen.

»Kate, kann ich noch irgendetwas für dich tun? Brauchst du etwas?«

Scott schien sichtlich nervös zu sein.

»Nein, danke. Das ist lieb von dir. Ich komme schon zurecht. Sehen wir uns morgen? Was hältst du von Frühstück? Ich kenne einen tollen Diner hier um die Ecke.«

Kate schmunzelt, als sie Scotts Blitzen in den Augen

bemerkte. Und sie konnte es nicht ändern, auch sie spürte ein leichtes Kribbeln in der Bauchgegend, während sie ihn sich so ansah.

»Dann bin ich gegen 09.00 Uhr bei dir?«

Scott stand verlegen vor ihr. Kate drückte ihm einen Kuss auf die Wange. »09.00 Uhr klingt fantastisch«, hauchte sie, verabschiedete sich und schloss die Tür. Ihr Herz klopfte, und sie spürte, dass eine neue Zeit begann. Endlich fing ihr Leben wieder an. Sie schlüpfte aus der Kleidung, die ihr Scott ins Krankenhaus gebracht hatte. Als sie nackt vor ihrem Schlafzimmerspiegel stand, musste sie tief einatmen, denn sie sah aus, als wäre sie von einem Lastwagen angefahren worden. Sie hatte überall Narben von Schnitten und Prellungen. Ihre Rippen schmerzten immer noch bei jedem Atemzug und jeder Bewegung. Maria und Lionel hatten es fast geschafft. Kate hatte die Gefahr nicht kommen sehen, und wäre Scott nicht gewesen, dann hätte sie keine Chance gehabt. Sie war wütend auf sich selbst. Langsam ließ sie die Luft aus ihren Lungen entweichen und sah ihrem Spiegelbild fest in die Augen. »Es ist vorbei!« Das war ihr neues Mantra. Sie legte sich in ihr großes Bett und wiederholte es, bis sie in einen tiefen, traumlosen Schlaf fiel.

Am nächsten Morgen war Kate schon vor ihrem Wecker wach. Obwohl sie es sich nicht eingestehen wollte, war sie tatsächlich etwas aufgeregt. Sie entschied sich für ein Outfit, in dem sie sich sicher fühlte und das ihren Körper doch umschmeichelte. Anders als sonst legte sie sogar Make-up auf, um die blauen Flecke und Schürfwunden zu überdecken. Pünktlich um 09.00 Uhr klingelte Scott an ihrer Tür. Sie schnappte sich Tasche und Mantel und ging nach unten. Scott sah umwerfend aus. Sie mochte es, wenn er nicht wie sonst im Anzug gekleidet war. »Der Freizeitlook steht dir«, meinte sie und begrüßte ihn mit einer Umarmung. Wieder fühlte sie einen leichten Schauder, als er ihr einen zarten Kuss auf die Wange gab. Sie spürte, wie sie errötete. »Wollen wir«, räusperte sie sich und bewegte sich in Richtung des Diners. »Wie hast du geschlafen?«, fing Scott eine belanglose Unterhaltung an, über die Kate dankbar war.

Im Diner bestellten sie bei Sophia Frühstück. Kate war es etwas unangenehm, dass sie ihn so offensichtlich musterte.

»Wie immer? Scrumbled eggs, Ham und Pancakes?«, wollte Sophia wissen, ohne ihren Blick von Scott zu wenden. Kate schmunzelte. »Ja, Sophia. Wie immer«, antwortete sie im bestimmten Ton.

»Und Sie, was darf ich Ihnen bringen?«, säuselte Sophia jetzt und sprach Scott direkt an.

»Ich nehme dasselbe, danke.«

Sophia notierte alles auf ihren Block und zwinkerte Kate zu. »Sweetie, wenn du ihn nicht nimmst, dann nehme ich ihn.«

Sie lachte ihr warmes Lachen und ging zurück in die Küche. Kate wollte etwas sagen, als Scott ihr zuvorkam. »Nett, diese Sophia.«

Kate nickte und rührte in ihrem Kaffee. Es war seltsam, aber sich privat mit Scott zu unterhalten fiel ihr schwerer als gedacht. »Gibt es neues zu Maria und ihrem Bruder?«, fragte sie stattdessen und begab sich auf für sie sicheres Terrain.

»Wir haben ausreichend Beweise gefunden, und zwar in ihrem Haus in Detroit. Sie hatte sie im Garten vergraben.«

Kate brauchte einen Moment, um aus ihrer rosa Wolkenwelt in die Realität zurückzukehren.

»Welche Beweise habt ihr gefunden?«

»Wir konnten bis dato nur nachweisen, dass Lionel und Maria Sadisten waren, aber uns fehlten stichhaltige Beweise für die Morde. Mein Team ist noch mal in ihrem Haus gewesen. Wir haben den Garten umgegraben, die Böden herausgerissen und den Beton im Keller aufgebohrt. Und wir sind fündig geworden. Sie hatte eine große Box im Garten unter einem Baum vergraben. In der Box waren Fotos aller Opfer, die uns bekannt sind. Es war auch ein Foto von Tom darin.«

Scott konnte Kate nicht in die Augen schauen, als er Toms Namen erwähnte.

»Habt ihr dem Richter die Beweise gezeigt? Wird er sie zum Tode verurteilen?«

»Richter Hayworth ist bekannt für seine Milde, wenn es darum geht, jemanden zum Tode zu verurteilen. Er hat sich in der Öffentlichkeit zwar nie gegen die Todesstrafe ausgesprochen, aber verglichen mit anderen Richtern ist er der mit den wenigsten Todesurteilen. Er hat die Beweise gesichtet und Maria für schuldig, aber gleichzeitig für unzurechnungsfähig erklärt. Die Berichte aus dem Krankenhaus und der behandelnden Therapeutin sind eindeutig zu dem Schluss gekommen, dass Maria an einer schizophrenen Störung leidet. Sie wird lebenslang eingesperrt sein. Nicht nur in der Klinik, sondern vor allem in ihrem Körper.«

Kate war fassungslos. »Wie kann der Richter diese Sadistin nicht zum Tode verurteilen?« Ihre Stimme überschlug sich, während sie vom Stuhl aufsprang. Sie war außer sich. »Ich will zu ihr!«

Scott, der nun ebenfalls aufstand, umfasste ihren Arm. »Jetzt beruhige dich erst einmal wieder. Was soll das bringen?« Sie setzte sich, denn ein Blick um sie herum ließ sie merken, dass einige der anderen Gäste sie bereits kritisch beäugten. Sie schloss die Augen, atmete tief durch und hörte Scott zu. »Denk doch mal nach. Ein Tod wäre doch ein zu mildes Urteil für all diese abscheulichen Taten, die sie begangen hat. Ihr Bruder ist damit davongekommen, aber Maria wird den Rest ihres erbärmlichen Lebens eingesperrt sein. Sie wird nur noch vor sich hinvegetieren, vollkommen abhängig von anderen Menschen. Das ist genau die Strafe, die sie verdient, und glaube mir, diese Klinik ist kein schönes Sanatorium, in dem die Patienten Urlaub machen. Es ist ein Gefängnis, nur eben ein spezielles.«

Scott hatte recht. Sollte Maria doch in diesem Loch verrotten in dem Wissen, dass Kate ein wunderbares Leben lebte. Sie wusste, dass das einer der Gründe war, warum sie Maria einen letzten Besuch abstatten und ihrem schlimmsten Dämon noch einmal gegenübertreten musste. Außerdem blieb die zermürbende Frage, weshalb sie diese Morde begangen hatte. In dieses Geheimnis würde sie Scott allerdings nicht einweihen. Das war eine Sache zwischen ihr und Maria.

Einige Wochen nach ihrem Treffen mit Scott hatte Kate einen Besuchstermin in der psychiatrischen Heilanstalt in Columbus bekommen. Wieder hoffte sie, dass ihr FBI-Beraterausweis ihr über mögliche Hürden hinweghelfen würde. Sie musste Maria persönlich sehen. Es ließ ihr einfach keine Ruhe. Sie hatte immer noch keine Ahnung, was die beiden zu den Morden motiviert hatte. Eigentlich war es egal, aber Kate musste wissen, warum Tom und die anderen sterben mussten. Sie war ziemlich aufgeregt, aber gleichzeitig seltsam gefasst. Es war klar, dass von Maria keine Gefahr mehr ausging, und das erfüllte sie mit einer inneren Ruhe, die sie jetzt brauchte. Sie war sich nicht sicher, in welchem Zustand sich Maria befand und ob sie überhaupt in der Lage war, ihre Fragen zu beantworten. Vielleicht erkannte sie Kate nicht mehr oder sie war so stark sediert, dass sie nicht bei vollem Bewusstsein war? Kates Gedanken überschlugen sich förmlich.

Nachdem sie die zwei Sicherheitsschleusen passiert hatte und ihr Ausweis überprüft war, wurde sie von einer mürrisch dreinblickenden Schwester zu Marias Zimmer gebracht. Der Schlüsselbund mit den vielen Schlüsseln zu all den Zellen, an denen sie vorbeiliefen, klimperte im regelmäßigen Ton mit ihren Schritten.

Als sie Marias Zimmer betrat, stockte Kate erst einmal. Scott hatte recht. Dies war kein Urlaubsparadies auf Lebenszeit. Es gab kaum Licht, und die Luft roch faulig. In dem Raum fehlte jede persönliche Note; es gab keine Bilder oder Blumen, wie man sie in einem Krankenhaus erwartete. Lediglich einen Nachttisch, ein Krankenbett, ein Fenster und sonst nichts.

»Sie haben zehn Minuten«, verabschiedete sich die Schwester grimmig von Kate und ließ sie mit Maria zurück.

Maria, die noch nie eine klassische Schönheit war, wirkte in diesem Krankenbett um zehn Jahre gealtert. Ihre Haare hingen in fettigen Strähnen auf ihre Schultern, ihre Haut war leichenblass und eingefallen. Kate trat angewidert einen Schritt näher.

»Maria, kannst du mich hören?« Sie antwortete nicht, aber Kate wollte sie nicht berühren, um sie wachzurütteln. Ihre Bedenken, sie könnte nicht von ihr lassen, bis alle Lebensgeister aus dem Körper schwanden, waren zu groß. Kate war sich nicht sicher, ob der Raum überwacht wurde, konnte aber keine Kameras entdecken. Sie umrundete das Bett, schob die Vorhänge zur Seite und ließ das Tageslicht in den Raum.

»Katherine!«

Kate lief es eiskalt den Rücken runter, als das Monster,

das vor ihr lag, ihren Namen aussprach. Sofort fühlte sie sich in eine Zeit zurückversetzt, an die sie sich nach wie vor nur schemenhaft erinnerte. Sie kämpfte mit aller Macht gegen die Angst der Erinnerung, die mit Marias Stimme in ihr hochkroch.

»Wie schön, dich zu sehen. Offensichtlich hat es der Herrgott mit dir besser gemeint als mit mir«, wisperte Maria mit zitternder und heißerer Stimme. Endlich drehte sich Kate zu ihr um. Ihre Augen blieben an Marias Blick hängen. Er war ungebrochen.

Maria schluckte und sammelte offensichtlich all ihre Kraft, um weiterzusprechen. Schweißperlen bildeten sich auf ihrer Stirn. »Weißt du, Katherine, jeder führt das Leben, für das er bestimmt wurde. Manche Menschen werden auf die Erde geschickt, um dem Herrn zu dienen. Lionel war so ein Engel. Er hat mir den rechten Weg gezeigt. Er war dazu bestimmt, dem Herrn zu dienen. Der Herr hat ihn zu sich geholt. Meine Zeit war wohl noch nicht gekommen.«

Beinahe wehmütig blickte sie an Kate vorbei aus dem Fenster. Es fiel ihr schwer zu atmen, und man sah ihr an, dass sie schwächer wurde und ihren Gedanken nachhing. Kate konnte kaum verstehen, was sie flüsterte, so leise sprach sie.

»Herr, ich bin deine Dienerin und liebe dich bedingungslos, aber jetzt zweifle ich an meinem Glauben. Es war falsch, ich war eine Sünderin. Ich hatte versagt, erneut. Ich hatte mich all die Jahre versteckt. Ich hatte nichts falsch gemacht, und doch musste ich mich wie eine Verbrecherin an diesem Ort als jemand ausgeben, der ich nicht war. Diese Kinder aus diesen versnobten Familien. Ich hasste diese Eltern, die meinten, dass sie mit Geld alles kaufen konnten. Ihre Kinder waren genauso. Ich sah sie mit ihren Designerkleidern, ihren

Smartphones und ohne jegliche Manieren. Sie benahmen sich wie Wilde. Sie hatten keinerlei Respekt vor mir oder dir, oh Herr. Bitte schenke mir Kraft, dies durchzustehen. Ich erkenne deinen göttlichen Plan nicht, ich kann deinen Weg nicht mehr sehen. Meine Mission ist noch nicht beendet, und doch stecke ich hier fest.« Maria schloss die Augen, sah ins Leere und schluckte fest. Kate wagte es nicht, sich zu rühren. So viele Gedanken hatte sie, doch sie sprach sie nicht aus. Die Frau, die in diesem erbärmlichen Zustand vor ihr lag, strahlte dennoch so viel Autorität aus.

»Ich wartete jeden Tag auf seinen Anruf, um zu wissen, wie es weiterging. Nur er konnte dich hören«, fuhr sie fort. »Meine Kinder waren nicht perfekt, aber sie gehorchten mir. Keines von ihnen hätte es gewagt, sich so zu benehmen, wie diese Kinder es taten. Timmy war so ein Junge. Er hatte sich beim Mittagessen unsittlich über Mrs. Jenkins' Ausschnitt geäußert. Als er mir so gegenübergesessen hatte, seinen Kaugummi mit offenem Mund kauend, wusste ich, dass dieser Junge für seinen Ungehorsam bestraft werden musste. Man musste ihm diese Gedanken aus seinem kleinen Spatzenhirn treiben. Ich ging mit ihm runter in den Keller. Mein Keller im Heaven Sent war sicherlich geeigneter als dieser beinahe wohnliche Raum, der als Archiv genutzt wurde. Das Gute aber an dem Raum war, dass er keine Fenster hatte.«

»Du Miststück«, unterbrach sie Kate, der so übel wurde, dass sie sich am liebsten übergeben hätte. »Was hast du mit diesen Kindern getan?« Ein Lächeln überzog Marias Gesicht und ließ eine hässliche Fratze entstehen. Unbeeindruckt flüsterte sie weiter: »Ich bat ihn, mir eine bestimmte Akte aus einem der hinteren Schränke zu holen. Als er im rückwärtigen Teil des Raumes verschwunden war, löschte ich das Licht und verschloss die Tür. Sollte dieser hochnäsige, unerzogene

Junge ruhig Zeit bekommen, über sein Benehmen nachzudenken. Ich konnte ihn schreien hören wie ein kleines Mädchen. Es fühlte sich so gut an, wieder die Kontrolle zu haben. Selbstverständlich musste ich ihn vor Schulschluss wieder rauslassen. Er schrie mich an, dass sein Vater mich verklagen und ich für den Rest meines Lebens im Gefängnis schmoren würde, aber ich konnte an seinen zitternden Lippen und seinen kleinen verschwitzten Händen sehen, dass er mich nie verraten würde. Er hatte Angst.

An diesem Abend fuhr ich nach Hause und fühlte mich so gut und frei wie schon lange nicht mehr. Es war etwas Besonderes, dem Herrn zu dienen, und heute hatte ich endlich wieder etwas getan, um ihn mit Stolz zu erfüllen.

Als ich in meine Straße einbog, konnte ich hinter einem meiner Fenster eine Bewegung erkennen. Jemand war dort. Mein Herz fing an, wild in meiner Brust zu klopfen. Ich wusste nicht, was ich tun sollte. Hatte dieser verdammte kleine Feigling etwa doch die Polizei gerufen? Aber das ergab keinen Sinn. Die Polizei hätte mich sicherlich vor dem Haus abgefangen und mich nicht in meinem Zuhause überrascht.«

Kate ahnte, von welchem Tag Maria sprach.

»Was hatte ich schon Schlimmes getan? Der Gesellschaft einen Gefallen getan, das war mein einziges Vergehen, weswegen ich mich schuldig bekennen würde. Ich parkte meinen Wagen zwei Häuser weiter und schlich zurück. Durch das Küchenfenster konnte ich einen schwachen Lichtschein wahrnehmen. Ich ging weiter zum Wohnzimmerfenster. Ich musste mich auf die Zehenspitzen stellen, um etwas sehen zu können.«

Jetzt drehte Maria ihren Kopf zu Kate und sah sie direkt an. Eine Gänsehaut zog sich über Kates Körper. »Du warst das. Ich erkannte dich sofort, obwohl es bereits Jahre her war.

Meine kleine Katherine. Du warst mir entwischt, bevor ich dich bekehren konnte. Hast die Monroes mit deinen süßen Augen um den Finger gewickelt. Erst dachte ich, der Himmel hat dich geschickt. Aber dann erkannte ich, dass du den Boden abgetastet hast. Du hast auf den Boden eingeschlagen, als ginge es um dein Leben.«

Kate hatte genug gehört. Sie wollte Antworten.

»Warum habt ihr diese Menschen ermordet? War das auch der Wunsch eures Herrn?«, wollte Kate wissen. Marias armseliger Anblick rührte sie nicht. Bewirkte eher das Gegenteil. Es machte sie wütend, dass sie hier lag, all die Toten verhöhnte und immer noch atmete. Kate versuchte, ruhig zu bleiben. Sie durfte jetzt nicht ausflippen. Sie wollte Antworten.

»Jeder führt das Leben, das einem bestimmt ist. Manche dauern länger, andere enden früher. Dein Leben dauert allerdings schon zu lange. Der Herr wird es sich holen. Dein Leben.«

Speichel rann aus Marias Mundwinkel, als sie ihn zu einem schiefen Grinsen verzog. Ihr Gesicht glich einer maskenhaften Fratze. Erneut wurde Kate übel, und sie versuchte, den Drang, ihr ein Kissen auf das Gesicht zu pressen, zu unterdrücken.

»Du widerst mich an. Wir waren Kinder! Kein Gott auf dieser Welt hätte so etwas zugelassen.« Sie brauchte einen Moment, um ihre Gefühle nicht die Oberhand gewinnen zu lassen. »Beantworte meine Frage!«

»Lisa war mir immer die Liebste. Immer die Liebste«, flüsterte Maria monoton, drehte ihren Kopf auf die andere Seite und schloss die Augen.

Kate wurde wütend. Sie packte Maria an den Schultern und begann, sie zu schütteln.

»Warum habt ihr all diese Menschen getötet? Warum habt ihr mir Tom genommen? Er war alles, was ich hatte.« Kate rang um Fassung. Maria starrte sie einfach nur an, aber ihr Blick ging ins Leere. Sie schien in Gedanken an einem anderen Ort zu sein.

Wütend lief Kate einige Schritte im Krankenzimmer auf und ab. All der Schmerz, all das Leid der letzten Jahre schien sich in diesem Moment zu verselbstständigen. Und dann geschah es: Sie trat nah an das Krankenbett heran, zog ihre Hand auf und ohrfeigte Maria so stark, dass ihre Hand schmerzte. Tränen liefen über ihr Gesicht. Sie würde keine Antworten bekommen. Maria hatte die Augen geschlossen und gab keinen Laut mehr von sich. Ihr Lächeln schien in ihrem Gesicht festgefroren zu sein.

Kate wischte sich die Tränen von den Wangen und drehte sich zur Tür um. Gerade als sie sich umwandte, um das Zimmer zu verlassen, entdeckte sie die verpackte Spritze, die auf dem Nachttisch lag. Wie leicht wäre es doch, Maria jetzt zur Hölle zu jagen, ohne Spuren zu hinterlassen. Sie musste nur die Spritze vollends mit Luft aufziehen und ihr die Nadel direkt in die Vene jagen. Marias Leben wäre für immer ausgehaucht. Kate war sich sicher, dass Maria auf keinen Fall den Weg in den Himmel finden würde. Ihr Platz war an einem anderen Ort für sie reserviert. Obwohl sich Kate mit jeder Faser ihres Herzens danach sehnte, ihre Gedanken in die Tat umzusetzen, wusste sie, dass es nie geschehen würde. Nicht durch ihre Hand. Maria so zu sehen, gefangen im eigenen Körper, allein und wehrlos – das musste als Genugtuung ausreichen. »Fahr zur Hölle, du Miststück«, flüsterte sie in den Raum, schloss die Tür hinter sich und ging, ohne sich noch einmal umzublicken.

Kapitel 17

In ihrer Wohnung wusste Kate die ersten Tage nicht viel mit sich anzufangen. Das Telefon schwieg, und auch sonst war es ungewohnt ruhig. Vielleicht lag es aber auch nur daran, dass ihre Seele, ihr Innerstes, endlich Ruhe gefunden hatte. Nichts bedrängte sie mehr, Toms Tod zu rächen. Ein kleiner Teil fühlte sich hilflos dem Alltag ausgesetzt. Die letzten Jahre hatte sie sich kaum um die Außenwelt gekümmert. Sie hatte nach Toms Tod jeden Kontakt zu früheren Freunden abgebrochen. Sie konnte die mitleidigen Blicke einfach irgendwann nicht mehr ertragen. Doch jetzt war es anders. Sie fühlte sich befreit und sie war bereit, sich ihrer Umwelt zu stellen, als die Kate, die sie war. Eine neue Kate. Sie sehnte sich nach Gesellschaft, nach normalen Menschen um sich herum. Während sie durch die Kontakte ihres Handys zappte, fiel ihr jedoch niemand ein, mit dem sie sich treffen wollte. Die alten Kontakte waren oberflächlich und belanglos. Kate fragte sich, wie sie auch nur eine Minute mit diesen Menschen verbringen konnte. Menschen, die sie nicht rührten. Sie spürte immer mehr, dass sie sich selbst die letzten Jahre verändert hatte und dass es eine Menge Arbeit werden würde, ein Leben zu führen, das man allgemein als lebenswert bezeichnen konnte.

Bevor sie jedoch bereit war, sich auf neue Menschen in ihrem Leben einzulassen, musste sie zuerst einmal ihr eigenes Leben aufräumen. Und das begann für Kate damit, ihr Zuhause in ein Heim zu verwandeln, in dem sie sich wohlfühlte. Kate öffnete die schwere Holztür ihres Schlafzimmers. Sie sah sich die Wände an, die übersät waren mit Zeitungsartikeln und Fährten, richtigen und falschen. Ordner, die sich auf dem Boden türmten. Es war der Staub ihres Lebens. Kate wunderte sich über sich selbst. Es war schwerer, als sie gedacht hatte, sich davon zu trennen. Sie spürte erst jetzt, wie sehr sie die Sache mitgenommen hatte. All das hatte ihr Leben komplett ausgefüllt. Kate öffnete das Fenster und konnte spüren, wie sich die frische kalte Luft bereits im Raum ausbreitete. Es war seltsam, aber sie fühlte in diesem Moment, dass es völlig egal war, wie sich ein Leben gestaltete. Wichtig war doch nur, dass es echt und lebendig war.

Sie nahm alle Dinge von der Wand und schob sie, ohne sie eines weiteren Blickes zu würdigen, in einen großen schwarzen Müllsack. Sie stellte die Möbel um und riss die alten dunklen Vorhänge von ihrer Stange. Jedes Stück, das sie in diesem Raum veränderte, fühlte sich richtig an. Mit jedem Gegenstand, der den Raum verließ, fielen Gewichte von ihren Schultern. Sie würde sich ihr Leben zurückholen. All die letzten Jahre. Und sie würde jede Minute genießen.

Zwei Stunden später saß sie erschöpft, aber glücklich auf ihrer Couch.

»Sophia, hast du Lust, nach deinem Dienst später ein wenig mit mir shoppen zu gehen?«, tippte sie in ihr Handy und war erleichtert, einige Minuten später eine positive Antwort zu erhalten.

Bepackt mit jeder Menge neuer Klamotten, von denen Kate nicht wusste, ob sie diese jemals tragen würde, saßen sie in einem kleinen Café. Kate fühlte sich wohl in ihrer Haut, und sie war froh, etwas Zeit mit Sophia zu verbringen. »Besonders das hellgelbe Kleid gefällt mir so gut an dir, Kate«, schwärmte sie. »Bei deiner blassen Haut wirkt es so zart und lässt dein rotes Haar so schön leuchten.«

Kate senkte ihren Blick. Wie immer konnte sie nicht allzu gut mit Komplimenten umgehen.

»Also, noch bin ich mir nicht sicher, wann ich dieses Kleid jemals tragen soll.«

Sophia winkte ab. »Ach was, du wirst jedes einzelne dieser Teile anziehen. Alles andere wäre ein Verbrechen!« Kate musste schmunzeln. Sophia schien einfach immer das Richtige zu sagen.

Kate atmete tief durch und schlürfte ihren Milchkaffee, während sie Sophia dabei zuhörte, wie sie fröhlich von den neusten Modetrends erzählte. Sie mochte sie wirklich. Es fühlte sich so gut an, mit jemandem etwas Normales zu tun, der ihrer Vergangenheit nicht kannte. Als Kate am späteren Abend wieder in ihr Apartment zurückkehren wollte, blieb sie wie angewurzelt vor ihrer Wohnung stehen. Sie war in letzter Zeit oft neben der Spur gewesen, aber sie war sich absolut sicher, dass sie ihre Tür abgeschlossen und nicht einfach nur zugezogen hatte. Ihre Alarmglocken schrillten. Langsam öffnete sie die Tür. Ihre geladene Waffe lag griffbereit in der Kommode im Wohnzimmer, falls sie sich gegen einen Einbrecher wehren müsste. Durch die großen Fenster fiel der schwache Schein des Mondes. Es war eiskalt, und Kate zog ihren Mantel enger um ihre Schultern. Angestrengt lauschte sie in die hinteren Räume, ob sie etwas Ungewöhnliches hören konnte, aber es war mucksmäuschenstill. Das einzige Geräusch gaben die Holzdielen von sich, die immer wieder leise unter ihren Schritten knarzten. Trotz der Kälte in der Wohnung schwitzte sie, und ihr Herz klopfte. Sie tastete sich weiter zum Schlafzimmer vor. Das große Fenster stand sperrangelweit auf. Jemand musste hier gewesen sein. Schnell schlich Kate ins Wohnzimmer zurück, um sich die Waffe zu holen, die sie dort versteckt hatte. Mit der Pistole im Anschlag durchsuchte sie die gesamte Wohnung, doch außer dem offenen Fenster und der unverschlossenen Tür deutete nichts darauf hin, dass jemand hier gewesen war. Schnell schloss sie das Fenster und zog alle Vorhänge zu. Auf einmal fühlte sie sich wieder beobachtet; dabei hatte sie gedacht, so weit zu sein, dass sie all das hinter sich lassen konnte. Sie zitterte immer noch vor Aufregung und Anspannung. Auf den ersten Blick war nichts entwendet oder verwüstet worden. Vielleicht hatte Kate den Einbrecher überrascht, und er war über die Feuertreppe vor ihrem Schlafzimmerfenster geflohen. Sie beschloss, sich am nächsten Tag sicherere Schlösser für ihre Türen und Fenster zu besorgen. Sie wusste, dass Scott oder John sie für verrückt erklären oder – schlimmer noch – sie mit mitleidigen Blicken strafen würden, wenn sie ihnen von dem Einbruch erzählte, der für einen Außenstehenden nicht plausibel war. Auf ihrem Handy blinkte eine Nachricht. Sie stammte von Sophia. »Ich hoffe, dass du gut zu Hause angekommen bist. War wirklich schön mit dir. Das sollten wir bald wiederholen. Alles liebe, Sophia.«

Kate versuchte, die Panik abzuschütteln, die kurz von ihr Besitz ergriffen hatte. Sie nahm einen großen Schluck aus ihrem Weinglas, und ihr Puls begann sich zu senken. Den Einbruch tat sie als harmlos ab, da nichts entwendet worden war. Gott sei Dank war der Einbrecher geflohen. Kate hätte ungern noch einen Toten mehr auf ihrer Liste gehabt. Nachdem sie sich beruhigt und alle Schlösser dreimal kontrolliert hatte, brachte sie ihre Einkäufe in das Schlafzimmer und musterte wieder ihre neuerdings kahlen Wände. Ein Lächeln überzog ihr Gesicht, während sie über die Kleider strich, die

Sophia für sie ausgesucht hatte. Sie beschloss, sich ein heißes Bad einzulassen, bis die Heizung den Rest der Wohnung wieder in ein behagliches Zuhause verwandelt hatte. Doch als ihr Handy klingelte und sie auf das Display sah, gefror ihr Lächeln augenblicklich ein.

»Maria will kooperieren«, konnte sie schon in der Vorausschau der Nachricht lesen, die Scott ihr gerade geschickt hatte.

»Wieso jetzt?«, fragte Kate gefasster, als sie es für möglich gehalten hatte.

»Keine Ahnung, was sie dazu bewogen hat. Vielleicht hat sie eine Eingebung gehabt.« Scott räusperte sich. »Es spielt keine Rolle. Wir werden hoffentlich bald Klarheit haben und die Sekte komplett ausheben können.«

Einige Augenblicke blieb es still am Telefon. »Kate, bist du noch dran.«

Sie hing ihren Gedanken nach. Sicher war sie froh zu hören, dass sie womöglich doch noch Antworten auf all ihre Fragen bekommen würde; dennoch ließ sie der Gedanke nicht los, dass es mit ihrem Besuch zu tun haben könnte. »Ja, ich bin noch dran«, beantwortete sie endlich Scotts Frage. »Wann werden wir sie vernehmen?«

»Wir vernehmen gar keinen. Ich und Agent Sears werden das tun.«

Obwohl Kate sich hätte denken können, dass sie nicht dabei sein würde, hoffte sie, Scott würde eine Ausnahme machen, nicht zuletzt um ihrer Freundschaft willen. Doch Scott blieb professionell. Er seufzte. »Ich werde einen Antrag stellen, dass du, hinter der Scheibe, der Vernehmung beiwohnen kannst.«

Kate nickte, doch natürlich konnte Scott dies nicht sehen. »Ist sie denn transportfähig«, wollte sie wissen.

»Laut ihren Ärzten kann sie im Rollstuhl sitzen. Eine Krankenschwester wird sie begleiten.«

»Okay, ich werde da sein. Wann?«

»Heute Nachmittag. Ich schicke dir alle wichtigen Daten. Wir sehen uns später.«

»Ich werde da sein … und Scott?«

»Ja?«

»Danke, dass du das für mich tust.«

Sott antwortete nichts, dennoch war Kate froh zu wissen, dass sie ihm am Herzen lag, auch wenn er es nicht formulierte. Offensichtlich war ihm klar war, was es ihr bedeutete, ihre Fragen beantwortet zu bekommen.

»Kate, ich weiß, mein Timing ist jetzt gerade richtig schlecht, aber wenn ich dich jetzt nicht frage, dann stelle ich diese Frage überhaupt nicht mehr.« Scott zögerte, und Kate war verwundert, dass das Gespräch plötzlich eine völlig andere Richtung nahm. »Um was geht es denn?«, wollte sie wissen.

»Morgen Abend ist der große Winterball des FBI im Hilton in Downtown.«

Kate brauchte einen Moment, um ihre Gedanken auf das neue Gesprächsthema einzustellen. »Winterball? Oh …«

Endlich verstand sie, worauf er hinauswollte.

»Du möchtest, dass ich dich dorthin begleite.«

»Also … ja. Wenn du möchtest.«

»Klar, warum nicht. Ein wenig Ablenkung tut sicher gut.«

»Schön. Aber ich hätte eine Bedingung.«

Kate schmunzelte. »Du fragst mich, ob ich mit dir ausgehe, und du hast eine Bedingung? Na, da bin ich mal gespannt.«

»Wir reden weder über diesen Fall noch über Leichen oder Mörder. Lass uns einfach einen schönen Abend haben. Ganz gleich, wie die Vernehmung heute Nachmittag läuft.« Scott wartete auf eine Reaktion von Kate.

»Einverstanden. Kein Fall, keine Mörder, keine Leichen – versprochen.«

Kate lächelte immer noch, nachdem sie aufgelegt hatten. Er hatte recht. Sie musste endlich anfangen, zu leben und alles hinter sich zu lassen. Der Gedanke an einen Abend mit Scott ließ sie beinahe den Einbruch und Maria vergessen. Sie freute sich über die Einladung, ging zum Kleiderstapel ihrer Einkäufe hinüber und zog das gelbe Kleid hervor. Sie musste an Sophias Worte denken. Schneller als gedacht bot sich eine Gelegenheit, es zu tragen. Und mit der Antwort, die sie aussprach, verdrängte sie all die Zweifel und Sorgen bezüglich Maria. Egal, was sie erzählen würde, es war vorbei – und das war gut so.

»Hallo Kate, du siehst wirklich großartig aus.«

Beth schenkte Kate ein warmes Lachen und nahm sie zur Begrüßung in den Arm. Sie war der einzige Mensch, der all die verworrenen Gedanken und Erinnerungen in ihrem Kopf verstehen und ordnen konnte. Vielleicht nicht wirklich verstehen, aber zumindest schreckte sie anscheinend nichts ab. Es war, als würde sie als Therapeutin die ganze Sache anders sehen. Obwohl sie immer voller Herzlichkeit war, konnte sie ebenso gefühlskalt und rational an Dinge herangehen. Und nach einer Sitzung konnte sie einfach wieder zu Small Talk übergehen, ganz gleich, welchen Inhalt die Sitzung aufgewühlt hatte. Sie war, neben ihren Eltern, die Einzige, bei der Kate voll und ganz sie selbst sein konnte.

»Danke, Beth. Tatsächlich kann ich mich nicht erinnern, wann ich mich das letzte Mal so gut gefühlt habe. Ich habe endlich wieder das Gefühl, Luft zu bekommen, und Beth, ich habe einfach so viel verpasst, weißt du?«

Beth sagte nichts. Sie sah Kate offen und erwartungsvoll an.

»Kurz bevor ich in diesem Wald in Ohnmacht fiel, wurde mir bewusst, wie wichtig mir mein Leben ist. Ich will leben, mehr als jemals zuvor. Ich will lieben und irgendwann mal eigene Kinder bekommen. Ich weiß, dass ich immer der Überzeugung war, ich möchte keine Kinder haben, doch jetzt ist einfach alles anders. Ich weiß, dass diese Welt kaputt ist, aber es gibt trotzdem so viel Freude und Glück. Man übersieht sie nur so oft, weil das Böse alles um sich herum zu verschlucken scheint.«

Beth sah Kate kritisch und stirnrunzelnd an. »Woher kommt diese Wandlung. In Anbetracht der Tatsache, dass du dich immer auf deine Ermittlungen, um Toms Mörder zu fassen, fokussiert hast, wirkst du jetzt wie eine völlig andere. Nicht, dass ich dir nicht vollkommen zustimme. Dennoch.«

Kate senkte den Kopf und seufzte. »Weißt du, ich habe heute Abend ein Date«, gestand sie mit gesenkter Stimme. Die Sache mit Scott war zu frisch Sie konnte ihre Gefühle nicht vollends zuordnen.

»Mit Scott?«, fragte Beth nach.

In diesem Moment nervte es Kate, dass sie so blasse Haut hatte. Die aufziehende Röte verriet sofort, wenn ihr etwas unangenehm war.

»Ich glaube, er ist seit Tom der Erste, der mich berühren könnte. Weißt du, so wirklich tief. Es wäre möglich, dass daraus eine Beziehung entstehen könnte, Beth.«

Beth sah Kate mit schiefem Kopf an. Ihre Stirn zog sich kraus, während ihr Blick keine Regung zeigte.

»Bist du denn sicher, dass das eine gute Idee ist? Ich meine, wird er dich nicht immer an die Sache mit Tom erinnern?«

Kate war überrascht. Diese Frage hatte sie sich überhaupt noch nicht gestellt.

»Versteh mich nicht falsch. Ich gönne dir dein Glück von ganzem Herzen, aber gerade er könnte dir bei deiner vollkommenen Heilung im Weg stehen«, fuhr Beth fort.

»Vielleicht könnte er mir aber dabei auch helfen«, erwiderte Kate, ärgerte sich aber dennoch über die Unsicherheit in ihrer Stimme.

Beth schüttelte den Kopf. »Lass es bitte langsam angehen. Du solltest dir erst einmal darüber klar werden, was du für ihn empfindest und was er von dir erwartet. Sollte er nur an einem unverfänglichen Geplänkel interessiert sein, während du die große Liebe witterst, könnte dich das weit zurückwerfen. Es könnte durchaus sein, dass wir mit deiner Therapie dann wieder von vorne anfangen müssen!«

Kate dachte einen Moment über ihre Worte nach und schüttelte dann innerlich den Kopf. Beth hatte unrecht. Auch wenn sich Beth Sorgen um sie machte, so war sie sich sicher, dass sie nichts mehr an den Punkt bringen würde, an dem sie gewesen war, als man ihr Tom genommen hatte. Scott würde sie immer an Tom erinnern, aber das galt ebenso für ihre Eltern, ihre Wohnung und sämtliche Orte, die sie zusammen besucht hatten. Sie konnte sich doch nicht für immer isolieren.

Wie versprochen, hatte Scott ihr einen Platz im Hauptquartier gesichert, um als stiller Zeuge hinter einer Beobachtungsscheibe dem Verhör von Maria beizuwohnen. Außer ihr war noch jemand aus dem Büro des Staatsanwalts anwesend, den sie vorher noch nie gesehen hatte. In dem kleinen Raum vor ihr stand ein Tisch auf grauem Linoleum mit vier unbequem aussehenden Holzstühlen, die an den beiden Längsseiten aufgestellt waren. Maria und ein weiterer Mann saßen bereits, während Scott und sein Partner erst einige Minuten später eintraten. Scott hatte diese autoritäre Ausstrahlung, wenn er einen Raum betrat, die Kate jedes Mal kurz die Luft anhalten ließ. Sein Kollege wirkte neben ihm unscheinbar.

Kaum hatten die Agents den Raum betreten, sprang Marias Anwalt auf und fixierte Scott mit einem hasserfüllten Blick. »Agent Dearing, ich möchte gleich zu Protokoll geben, dass ich es menschenverachtend finde, dass meine Mandantin Mrs. Cielo in ihrem gesundheitlichen Zustand den beschwerlichen Weg zu diesem lächerlichen Verhör antreten muss. Haben Sie denn keinen Anstand?« Die Verachtung, die er für Scott empfand, schwang in jedem Wort mit.

Nicht nur Kate war sehr gespannt auf die Reaktion der Agents. Scott schwieg und ließ stattdessen seinen Partner mit der Befragung beginnen.

»Ich freue mich auch, Sie zu sehen, Mr. Galvin. Uns liegt eine Bestätigung des behandelnden Arztes von Mrs. Cielo vor, der ihr durchaus attestiert, dass sie einer einfachen Vernehmung gewachsen ist. Sie sind keineswegs eine so gebrechliche Frau, Mrs. Cielo, wie sie es meinem Partner und Mrs. Monroe im Wald offenkundig demonstriert haben.« Jetzt hatte er den Blick von Marias Anwalt gewandt und starrte ihr herausfordernd in die Augen. Maria hielt jedoch seinem Blick stand, kalt und starr. »Ihnen wird die schwere Körperverletzung von Mrs. Monroe zur Last gelegt. Ebenso beschuldigen wir Sie des gemeinschaftlichen und heimtückischen Mordes in mehreren Fällen. Ihre Taten, basierend auf Ihrer Zeit als Heimleitung, kann ich leider aufgrund von Verjährung nicht mit aufnehmen, auch wenn ich nichts lieber täte. Möchten Sie etwas dazu sagen?«

Maria blickte zu ihrem Anwalt, ohne ein Wort zu sagen.

»Meine Mandantin ist unschuldig. Der Angriff auf diese

Mrs. Monroe erfolgte aus Notwehr und in einer extremen Ausnahmesituation. Ihr geliebter Bruder lag im Sterben, und sie musste ebenfalls um ihr Leben fürchten. Mrs. Monroe ist ja schließlich auch kein Kind von Traurigkeit, und da wir ja nun alle wissen, dass sie als Kind in der Obhut meiner Mandantin war und aus mir unerfindlichen Gründen auf Rache sinnt, steht Ihre Darstellung gegen unsere. Ebenfalls fehlen Ihnen die Beweise für Ihre Anschuldigungen, oder beruht Ihre ganze Anklage nur auf der Aussage der Freundin Ihres Partners?«

Kate ahnte, was jetzt kommen musste, doch anders als erwartet erhob sich Scott und sagte mit sanfter Stimme: »Maria, erklären Sie mir das! Ich möchte Ihnen glauben. Wirklich! Ich halte mich selbst für einen religiösen Menschen und ich schätze jeden, der versucht, diese verkorkste Welt ein bisschen besser zu machen. Ich möchte Ihnen glauben, dass Sie diese Kinder in dem Glauben erzogen haben, dass sie später die richtigen Entscheidungen treffen können. Verstehen Sie jetzt mein Problem? Ich möchte Ihnen so gerne glauben, aber die vorliegenden Tatsachen machen es mir so unglaublich schwer!« Scott hatte seinen Stuhl neben den von Maria geschoben. Er war ganz nah an sie herangerückt. Ihr Anwalt wollte gerade etwas erwidern, als Scott die Hand hob und ihn zum Schweigen brachte. Er öffnete eine Mappe, die vor ihm auf dem Tisch lag, holte einige Fotos heraus und breitete sie vor Maria aus. Mr. Calvin beugte sich so weit nach vorne, dass Kate der Blick darauf verwehrt blieb. »Erklären Sie mir das?«

Maria starrte über die Fotos hinweg auf einen Punkt an der Wand und schien in Gedanken versunken. Sie beugte sich zu Scott und flüsterte etwas vor sich hin. »Der Herr hat mir befohlen, über sie zu wachen und sie zu lenken, wenn sie dabei sind, den falschen Weg einzuschlagen. Das hört nicht auf, nur weil sie meiner Obhut entkommen. Diese Fotos beweisen nicht, dass ich das Monster bin, für das Sie mich halten, sondern dass ich voller Liebe und Fürsorge war und bin.« Maria schluckte und neigte dann ihren Kopf etwas zur Seite. »Mr. Calvin, ich möchte jetzt zurück in die Klinik. Ich fühle mich nicht so gut.« Wie auf Knopfdruck klappte ihr Kopf auf ihre Brust, und sie sackte in ihrem Rollstuhl in sich zusammen, als hätte man einen Stecker gezogen.

Kate wusste nicht, ob es wieder ein Teil ihrer Inszenierung war oder ob sie dem Tode wirklich näher war als vermutet. Das Verhör hatte damit ein jähes Ende gefunden, und Maria wurde mit dem Rettungswagen weggebracht. Kate grübelte noch lange über Marias Worte nach. Die Ironie dabei, Worte wie Liebe und Fürsorge aus dem Mund einer Soziopathin zu hören, brachte sie fast um den Verstand. War das echt, oder spielte Maria nur mit ihnen? Wie konnte diese Frau wirklich davon überzeugt sein, etwas Gutes vollbracht zu haben? Für Kate war immer noch klar, dass sich Maria strafbar gemacht hatte, aber irgendwie wurden die Stimmen in ihrem Kopf immer lauter, dass jemand anders für die Morde verantwortlich gewesen sein könnte. Vielleicht gab es in dem Verbund von Maria und Lionel noch eine dritte Person.

Scott hatte sie nach dem Verhör beruhigt, dass laut ihrer Auffassung die beiden immer noch die Hauptverdächtigen waren und Kate sich noch gedulden müsse bis zur endgültigen Auswertung der Beweise, die in der Hütte und in Marias Haus sichergestellt worden waren.

Wie vereinbart, holte Scott sie am Abend ab. Durch die Sprechanlage ihrer Wohnung bat sie um einen Moment Geduld. Kate war nervös. Sie fing gerade damit an, ihr Leben in vollen Zügen zu genießen, und es fühlte sich gut an. Sie kam sich beinahe wie ein Teenager auf dem Weg zum Highschool-Abschlussball vor.

»Wie sehe ich aus, Sophia?«

Sophia, die die letzten Handgriffe an Kates Haar legte, schnalzte mit der Zunge und blickte Kate verschmitzt an. »Heiß siehst du aus. Ich hoffe, diese ganzen Agents können mit so viel Weiblichkeit auch umgehen«, scherzte Sophia.

»Und du bist wirklich nicht mehr sauer?«

»Hach, Sweetie, so richtig böse war ich doch nie. Wir können auch wann anders ausgehen. Und ganz ehrlich. Diesen Scott würde ich an deiner Stelle auch nicht von der Bettkante schupsen.«

»So ist das nicht ... also, nicht gleich. Die Einladung kam wirklich spontan, und von mehr ist sicher nicht die Rede. Ich tue ihm eigentlich einen Gefallen.«

»Erzähl mir nicht, dieser Typ hätte keine andere für den Ball gefunden. Der wollte dich. Also zieh ihn dir an Land«, scherzte Sophia, während sie anfing, die Kosmetika zurück in ihre Tasche zu räumen. Kate beobachtete sie dabei und gestand sich ein, wie gut ihr die Freundschaft zu Sophia tat. Sie war genau das, was sie brauchte. Ein Wesen voller Leichtigkeit, dem das Herz auf der Zunge lag. Besonders das mochte sie an ihr.

»Verdammt, es ist schon sechs«, entfuhr es ihr, als sie auf die Uhr blickte. Kate schlüpfte schnell in ihre High Heels und zog ihren Mantel an. Dicht gefolgt von Sophia, verließ sie ihre Wohnung. Obwohl sie sich fest vorgenommen hatte, die Sache langsam anzugehen, musste sie sich eingestehen, wie gut Scott der Smoking stand. Er sah sowieso schon verdammt gut aus, aber heute übertraf er alles.

»Du siehst fantastisch aus«, raunte er ihr ins Ohr, um ihr kurz darauf die Beifahrertür aufzuhalten.

In Anbetracht der Gänsehaut, die Kate dabei spürte, spielte sie ernsthaft mit dem Gedanken, Beths gut gemeinten Rat, zumindest für heute, zur Seite zu schieben und sich Sophias Vorschlag zu Herzen zu nehmen. Er würde es ihr nicht einfach machen, und Kate wäre nicht sie, würde sie auf sonst irgendetwas hören als auf sich selbst.

»Danke, du aber auch«, hauchte sie zurück. Als sie endlich im Auto saßen, merkte Kate, wie Scott an ihr vorbei sah. Sie folgte seinem Blick.

»Ist das nicht diese freundliche Kellnerin aus dem Café, wo wir neulich waren?«

Kate nickte und winkte ihr zu. »Ja, das ist sie. Sie hat mir ein wenig geholfen, mich für den Ball zurechtzumachen. Ich war etwas aus der Übung.«

Scott lächelte sie an und drückte ihre Hand etwas länger, als es nötig gewesen wäre. Der Abend war ausgelassen, und Kate konnte sich nicht daran erinnern, wann sie das letzte Mal so entspannt war. Mit Scott an ihrer Seite fühlte sie sich sicher. Auch wenn ihr die Blicke einiger alter Kollegen nicht entgingen. Vor allem die der Kolleginnen. Scott war ein mehr als begehrter Junggeselle, und schon deshalb fühlte sie sich mit jedem Blick sicherer.

»Oh, hallo Mrs. Monroe«, hörte sie eine bekannte Männerstimme sagen. Kate drehte sich zu ihm um.

»Hallo Mr. Hawkins. Schön, Sie zu sehen.«

Kate versuchte, nicht allzu nervös zu wirken, war doch Mr. Hawkins ihr ehemaliger Vorgesetzter.

»Ich muss sagen – auch wenn ich noch auf den ausführlichen Bericht warte – ich finde, Sie haben einen tollen Job gemacht. Sie haben es nicht verlernt.«

»Danke Sir. Auch wenn ich, wie alle anderen gehofft hatte, endlich den Mörder zu fassen …«

»Alles eine Frage der Zeit«, unterbrach sie Hawkins. »Wir sind ihm so nah wie noch nie. Dank dieser Maria. Außerdem konnten wir der Heaven Church einige Verbrechen nachweisen. Glauben Sie mir, sie werden alle singen. Und dann finden wir das Schwein.«

Kate nickte. »Das hoffe ich.«

Hawkins hob das Glas in Scott und ihre Richtung und wandte sich zum Gehen. Doch dann drehte er sich noch einmal um. »Ach Kate. Falls Sie es leid sind, nur als Beraterin für Agent Dearing zu arbeiten, kommen Sie doch nächste Woche in mein Büro. Wir sollten über Ihre Zukunft beim FBI sprechen.«

Kate war überrascht und wusste nicht, was sie sagen sollte. Deshalb nickte sie einfach nur und presste ein »Danke, Sir. Ich werde darüber nachdenken« heraus. Sie sah ihm eine Weile hinterher, wie er sich auf den Weg machte, weitere Gäste zu begrüßen.

»Das hört sich vielversprechend an«, flüsterte ihr Scott ins Ohr.

»Ach, das wird sich zeigen. Sprechen kann ich ja mal mit ihm. Auch wenn du es nicht glauben magst. Mir gefällt die Arbeit als Kopfgeldjägerin.« Kate gab sich Mühe, gleichgültig zu wirken, und doch fiel es ihr schwer, ihre Freude zu verbergen. Scott zog die Brauen nach oben. »Also, ich verstehe dich nicht. Aber auch ich will mich an den Deal halten: Heute sprechen wir nicht über die Arbeit. Möchtest du tanzen?« Scott streckte die Hand nach ihr aus und zog sie auf die Tanzfläche, ohne auf eine Antwort zu warten. Er zog sie enger zu sich heran und legte seinen Arm um sie; seine Hand lag auf ihrem Rücken. Als sie ihn ansah, verbanden sich ihre Blicke, und Kate spürte eine wohlige Wärme. Sie genoss die Berührungen von Scott, wenn seine Hand, wie zufällig, ihre nackten Schultern streifte. »Du bist wunderschön«, flüsterte er ihr ins Ohr und küsste sie zart auf die Wange. Es war, als wären sie allein auf der Tanzfläche. In diesem Moment gab es nur sie beide. Nichts und niemand sonst war von Bedeutung. Die Hitze zwischen ihnen war spürbar, und sie schlossen die kleine Lücke, die noch zwischen ihnen lag.

»Wollen wir gehen?«, flüsterte Scott in Kates Ohr, und sie nickte. Es war, als hätte etwas von ihrem Körper Besitz ergriffen, das sie lenkte. Ja, sie wollte gehen, unbedingt. Während der Fahrt sprachen sie kein Wort miteinander, doch sie spürten beide die knisternde Spannung, die in der Luft lag. Sie wollte Scott und doch hatte sie Angst, denn hierbei ginge es für sie nicht nur um Sex. Sie war dabei, sich in ihn zu verlieben, und das war etwas, von dem sie nicht wusste, ob sie es zulassen konnte. Als sie nebeneinander im Aufzug standen, griff Scott nach ihrer Hand und umschloss ihre Finger, als wäre es das Natürlichste der Welt, als wollte er zeigen, dass sie zu ihm gehörte. Kate hielt es kaum noch aus, sie sehnte sich nach Scott, wollte seine Lippen auf ihren spüren. In dem Moment, als die Wohnungstür ins Schloss fiel, schien auch von Scott jede Beherrschung abzufallen. Sie küssten sich leidenschaftlich und doch voller Liebe und Sanftheit. Er hielt ihren Kopf in seinen Händen und begann, ihren Hals zu küssen. Dabei ließ er sich Zeit, während seine Hände jeden Zentimeter ihres Körpers ertasteten. Als sie endlich nur noch in Unterwäsche vor ihm stand, ließ er einen Moment von ihr ab und betrachtete sie. »Du bist so wunderschön.«

Kate hatte sie sich selbst nie als sonderlich schön betrachtet, und mit Komplimenten konnte sie noch nie gut umgehen. Doch aus Scotts Mund klang es wie das schönste, das sie je gehört hatte. Rasch half sie ihm aus seinen Sachen und führte ihn in ihr Schlafzimmer. Er hob sie hoch und legte sie vor sich auf das Bett. Dann küsste er sie leidenschaftlich und stürmisch. Als seine Lippen zärtlich ihre Brüste liebkosten, bäumte sie sich unter seiner Berührung auf. Es war, als hätte ihr Körper nur auf ihn gewartet. Er streichelte ihren Bauch, ihre Schenkel und brachte sie damit fast um den Verstand. Sie konnte ein Stöhnen nicht länger unterdrücken, und Scott schien sie verstanden zu haben, denn er legte sich auf sie, küsste sie und während sie sich in ihrer Liebe verloren, starb die alte Kate – und eine neue wurde geboren.

Am nächsten Morgen erwachte Kate so erholt wie noch nie. Sie war in Scotts Armen eingeschlafen und hatte das erste Mal seit Langem keine Angst vor irgendwelchen Träumen gehabt, weil er bei ihr war.

Aus der Küche duftete es nach Kaffee und Pancakes, und sie hörte Scott mit Tellern und Tassen hantieren. Sie setzte sich aufrecht in ihr Bett und überprüfte im Spiegel gegenüber schnell noch ihr Aussehen. Schließlich wollte sie Scott nicht wieder vergraulen. Wieso war dieser Mann nur so verdammt attraktiv. War ihr das vorher nie aufgefallen oder hatte es damals einfach keinen Platz für ihn gegeben? Er kam mit einem Tablett ins Schlafzimmer und stellte es vor ihr im Bett ab.

»Guten Morgen Sonnenschein.« Er lächelte sein umwerfendes Lachen und drückte ihr einen Kuss auf die Lippen.

»Guten Morgen«, antwortete Kate verlegen. Sie wusste nicht recht, was sie jetzt tun sollte. Offenbar hatte sie Zärtlichkeiten und Liebe in den letzten Jahren verlernt hatte. Seit Tom war kein Mann mehr am nächsten Morgen bei ihr gewesen. Bis auf John, allerdings nur ein einziges Mal, doch da waren die Dinge klar. Kate war froh, dass sie sich keine Gedanken darum machen musste, denn nachdem Scott und sie die Pancakes gegessen hatten, zeigte er ihr ein weiteres Mal, zu welchen Gefühlen ihr Körper fähig war.

»Hey, Scott. Wie es scheint, hattet ihr eine wilde Nacht!« John stand vor Kates Haus und lehnte an sein Auto. Neben ihm auf dem Boden lag ein Strauß Blumen. Offensichtlich hatte John getrunken, denn er wirkte aufgebracht und schwankte leicht, als er auf Scott zuging.

»Ich hatte so gehofft, dass sie dich rausschmeißt, wenn sie mit dir fertig ist. Niemand darf über Nacht bleiben. Das ist ein ungeschriebenes Gesetz. Warum du? Ich bin es, der bei ihr sein sollte. Ich war da, als sie am Boden lag, und du nimmst sie mit auf einen Ball und denkst, damit ist alles getan?«

Mittlerweile waren einige Passanten stehen geblieben und betrachteten die beiden Männer. John kam immer näher, und Scott wurde das Gefühl nicht los, dass es hässlich werden könnte, wenn er nichts unternahm, um ihn zu beruhigen.

»Ich hatte nie vor, sie dir wegzunehmen. Es ist einfach passiert. Ich liebe Kate schon länger als du, aber es war damals nicht die Zeit für uns. Ich bin dir unendlich dankbar, dass du für sie da warst, als ich nicht einmal ahnte, wie schlecht es ihr ging, aber ich kann nun mal nicht so tun, als wäre da nichts zwischen uns. Wenn sie dir wichtig ist, dann musst du ihr die Entscheidung überlassen, wen sie wählt.«

»Sie soll sich mit dir austoben, aber eins sage ich dir. Ich werde immer da sein, um sie vom Boden aufzusammeln. Kate ist kaputt, das wirst du schon noch merken. Niemand liebt sie so, wie ich es tue. Früher oder später wird sie sich mit dir langweilen, und dann kommt sie zu mir zurück.«

Scott wurde wütend. »Glaubst du das wirklich? Schau

dich doch mal an. Du ziehst Kate doch nur noch weiter nach unten, anstatt sie aufzubauen!«

Scott hatte genug und wollte nur noch weg. Ihm waren die Blicke der Leute unangenehm, und das Letzte, was er wollte, war, dass Kate eine solche Szene mit ansehen musste. Daher drehte er John den Rücken zu und wollte zu seinem Wagen gehen.

»Du drehst mir nicht den Rücken zu. Bleib stehen, du Feigling«, rief John ihm wütend nach, sprang auf ihn zu und packte Scott von hinten; doch er hatte ihn unterschätzt, denn Scott versetzte ihm einen Stoß, sodass er taumelte und auf den Boden fiel. Gedemütigt und geschlagen, floh John in seinen Wagen und fuhr mit quietschenden Rädern davon.

Kapitel 18

Während Kate unter der Dusche stand, konnte sie immer noch Scotts Hände auf ihrer Haut spüren, seine Küsse, die Stellen ihres Körpers, die seine Lippen gestreift hatten. Sie hätte alles dafür gegeben, den Tag über mit ihm im Bett zu verbringen, aber ein Anruf aus seinem Büro hatte ihre Träume platzen lassen. Sie setzte sich an ihren Schreibtisch und versuchte, ein wenig Klarheit in ihre Gedanken zu bringen. Die letzte Nacht hatte sie von dem abgelenkt, was gerade passierte.

Scott wusste, wie wichtig es für sie war, im Fall um die Heaven Church und Toms Mörder auf dem Laufenden zu bleiben. Immerhin war sie selbst ein Teil der Sache. Daran gab es mittlerweile keinen Zweifel. Wie konnte es sein, dass sich der Mörder so unter dem Radar halten konnte? Egal, in welche Richtung Kate dachte, sie landete in der immer gleichen Sackgasse. Der Gedanke, dass die Bestie ihr näher sein könnte als gedacht, war so gruselig, dass sie versuchte, ihn so schnell es nur ging beiseitezuschieben. Trotz allem, was sie erlebt hatte, wollte sie ihren Alltag so natürlich wie nur irgend möglich gestalten. Sie würde dem Killer keine Chance geben, sie in den Wahnsinn zutreiben.

Und dann war da noch Scott. Zu gerne hätte sich Kate auf ihn eingelassen. Aber konnte sie es? Scott war der Typ, der sie beschützen wollte, doch genau das war es, womit sie niemals zurechtkommen würde. Sie war schon immer eine Frau, die gut und auch gern für sich selbst sorgte. Tom hatte das verstanden. Wie kein anderer verkörperte er die ideale Mischung: Er war für sie da und ließ ihr gleichzeitig den Raum und die Freiheit, die sie brauchte. Sie erwartete nicht dasselbe von Scott, aber als er argumentierte, er wollte sie nicht mit zum Tatort nehmen, um sie zu schützen, traf er einen Nerv. Sie wollte nicht beschützt werden. Sie war eine FBI-Agentin. Länger, als er es war. Klar, er hatte sie aus dieser Hölle in Kanada gerettet, aber sie wollte auf keinen Fall, dass er sich in der Rolle ihres Beschützers einrichtete. Sie verfluchte sich selbst für ihre Unvorsichtigkeit. Schließlich hatte sie sich und alle anderen an der Rettungsaktion beteiligten Agents in Gefahr gebracht. Sie brauchte keinen Scott, der ihr das immer wieder aufzeigte.

Kate ärgerte sich. Beth hatte sie gewarnt. Sie war noch nicht bereit für eine neue Beziehung, und Scott war zudem auch nicht der Richtige für sie.

Das Bier schmeckte ihr heute besonders gut. Sie war in der alten, stickigen Bar, in der sich John und sie hin und wieder mit anderen Kopfgeldjägern trafen, um sich auszutauschen oder einfach nur miteinander zu trinken. Kate musste kurz schmunzeln. Gestern war sie noch in einem schicken Kleid auf einem Ball gewesen, heute saß sie in einer der abgefucktesten Kneipen der Stadt in ihren Lieblingsjeans und trank ein kühles Bier. Während sie den Erinnerungen an den gestrigen Abend nachhing, sah sie schon John durch die Tür kommen, der ebenfalls den kompletten Gegensatz zu gestern Abend darstellte. Er war kein Gentleman, scherte sich weder um eine ordentliche Frisur noch darum, in einem Anzug cool zu wirken. Er war einfach nur John. In Bikerklamotten und Stiefeln. So und nie anders. Vielleicht war das eines der Dinge, die sie an John mochte. Er war einfach immer, wie er war. Man konnte sich auf ihn verlassen. Er würde sie nicht enttäuschen. John war der Typ, der klipp und klar sagte, was Sache war, wenn er es für nötig hielt. Über seine weiteren Vorzüge versuchte sie, nicht nachzudenken.

»Hi, alles klar bei dir?«, begrüßte sie John, und Kate wunderte sich. Keine Süße oder Honey. Nichts der üblichen Kosenamen, die John für sie sonst parat hielt. Kate spürte sofort, dass etwas mit ihm nicht stimmte, und ihr kam das Gespräch in den Sinn, das sie im Krankenhaus gehört hatte.

»Ich habe dir noch gar nicht gedankt. Hättest du Scott nicht kontaktiert, wäre ich jetzt sicher nicht hier.«

»Lass gut sein! Dieser Scott hätte beinahe die ganze Operation behindert. Hätte das FBI nicht die Möglichkeiten gehabt, so schnell nach Kanada zu kommen, wäre ich allein aufgetaucht. Und du wärest nicht verletzt worden.«

Sie wollte widersprechen, doch dann ließ sie es lieber sein. John trank einen großen Schluck Bier, das der Kellner in der Zwischenzeit vor ihm abgestellt hatte.

»Der Mörder ist noch immer irgendwo da draußen«, erklärte Kate unverblümt und wartete auf eine Reaktion von John.

John nickte, ohne eine Miene zu verziehen.

»Ich habe davon gehört. Große Scheiße.«

»Ist das alles, was du dazu zu sagen hast?« Langsam wurde Kate ungeduldig.

John drehte sich zu ihr um und sah sie direkt hat: »Weißt du, die ganze Sektenscheiße geht mir allmählich auf die Nerven. Ich helfe dir, aber dann solltest du dich entscheiden. FBI oder weiter für mich arbeiten.«

»Wie bitte? Wie kommst du auf die Idee, ich würde

zurück zum FBI gehen?«, wollte Kate wissen. John zuckte bloß mit den Schultern, wendete sich ohne ein weiteres Wort von Kate ab und trank sein Bier aus. Wie immer ließ er den Boden des Glases benetzt. Kate ahnte, dass irgendetwas vorgefallen sein musste, worüber John nicht mit ihr sprechen wollte. Mittlerweile kannte sie ihn gut genug, um zu wissen, dass jeder Versuch zwecklos sein würde. Sie seufze. »Gut, dann lass uns sehen, dass wir das Schwein schnell fassen. Alles Weitere, nachdem der Fall gelöst ist.«

Wieder nickte John. »So wie ich das sehe, stehen wir wieder am Anfang. Hat das FBI etwas Neues, das wir wissen sollten?«

Kate zögerte.

»Verdammt, wenn du willst, dass wir dir helfen, spuck aus, was du weißt, oder ich kümmere mich ab sofort nicht mehr um die Sache.«

Kate schluckte. John war ein Mann rauer Natur, doch ihr gegenüber war es das erste Mal, dass er sich so abweisend verhielt. Im Moment hatte sie allerdings keine Zeit, sich damit auseinanderzusetzen. »Heute haben sie ein neues Opfer entdeckt. Ich weiß noch nichts über die Person. Das muss aber dringend unter uns bleiben. Ich erzähle dir das nur, weil du ohnehin schon involviert bist.«

John hob die Augenbraue. »Schon gut, Kate. Du musst mich nicht belehren.«

»Tut mir leid, das weiß ich doch.«

»Könnte ein Trittbrettfahrer sein«, vermutete John, ohne auf Kates Entschuldigung einzugehen.

»Könnte sein, das FBI schließt es nicht aus, aber ich glaube nicht daran. Vielleicht gibt es noch einen Dritten, von dem wir noch nichts wissen!«

»Und was ist mit diesem Rutherford? Vielleicht kann man da noch mal ansetzen.«

Kate schüttelte den Kopf. »Leider nein. Er liegt noch immer im künstlichen Koma.«

»Okay, was willst du jetzt tun?«

»Ich könnte deine Hilfe gebrauchen.«

»Sind wir nicht deshalb hier? Komm zum Punkt, Kate.« Wieder spürte Kate einen Stich in der Magengegend.

»Fuck, was ist nur los mit dir? Schon gut! Ich bin der Meinung, dass es was mit dieser Lisa zu tun hat. Ständig hat Maria von Lisa gesprochen. Bei ihr sei alles richtig gelaufen. Sie sei ihr am liebsten gewesen. Lauter so krankes Zeug. Irgendetwas sagt mir, dass sie etwas damit zu tun hat, wenn sie nicht sogar der Schlüssel in dieser Sache ist. Habt ihr noch etwas über sie rausfinden können?«

»Nein, tatsächlich haben wir unsere Suche auf Maria fokussiert. Aber es ist bestimmt kein Problem, bei Wilson vorbeizusehen, um noch einmal die Datenbanken zu durchforsten. Mittlerweile wissen wir ja auch ein wenig mehr. Vielleicht hilft es was.«

»Das wäre fantastisch. Was täte ich nur ohne dich?«

John lachte laut auf. Der Hohn war nicht zu überhören. »Was redest du da? Warst wohl zu lange mit diesen FBI-Schönlingen unterwegs? Du weißt, wie es läuft. Bei mir bekommst du nichts umsonst. Heute Abend wirst du mir helfen, ein paar Kakerlaken von der Straße zu entfernen.«

Kate gefror das Lächeln im Gesicht, doch sie schluckte nur. Jetzt war nicht der Zeitpunkt, um über Johns Stimmung zu plaudern.

»Okay, geht klar, ich helfe dir. Was gibt es denn?«, sagte sie stattdessen.

»Ach, so ein Unterhaltsverweigerer. Ich war schon etliche Male bei ihm zu Hause, aber er ist seit Wochen nicht mehr aufgetaucht. Ich habe einen Tipp erhalten. Er soll sich heute Abend in einer Billardbar drei Blocks weiter rumtreiben.«

Kate war sofort Feuer und Flamme. Das hörte sich genau richtig an. Sie hatte es schon immer genossen, mit John zusammen die Straßen zu reinigen, wie sie es nannten. Es wäre eine gute Ablenkung.

»Klar, aber die Hälfte geht an mich, klar?«

»40 Prozent, nicht mehr.«

»Vergiss es. 50 Prozent oder du gehst da alleine hin. Überleg es dir gut. Du weißt, höchstwahrscheinlich sind wir zu zweit in gut eineinhalb Stunden wieder hier und trinken das nächste Bier oder ich trink um die Zeit in Gedanken an dich, weil du immer noch nicht wieder zurück bist. Ganz wie du willst.«

»Ganz die Alte. 50 Prozent gehen in Ordnung«, stimmte John murrend zu.

Es war wirklich einer der miesesten Schuppen, die Kate zu Gesicht bekommen hatte, und sie kannte einige. Der Laden war ausgekleidet mit Teppichboden, der vor Dreck nur so strotzte. Ähnlich sahen die Typen aus, die auf den Barhockern und an den umliegenden Tischen lümmelten.

Kate genoss den Moment, als die Männer sie lüstern angafften. Gleich würde sie ihnen zeigen, wer die Oberhand hatte. Männer ließen sich einfach zu leicht aus der Fassung bringen, wenn es um ihre niederen Instinkte ging. Kate nutzte genau diese Tatsache, indem sie mit gekonntem Hüftschwung zur Bar lief. Es dauerte keine Minute, und einer dieser schmierigen Bastarde saß neben ihr. »Einen Drink für die Lady, Jill«, befahl der Typ.

»Das ist aber nett von Ihnen«, flötete Kate, während sie am Drink nippte.

»Du wirst dich schon erkenntlich zeigen!«

Oh, das werde ich, aber sicher nicht auf die Art, wie du es dir wünschst, dachte Kate. Der süßliche Geruch von billigem Aftershave, vermischt mit ebenso billigem Fusel und ungewaschenem Mann, ließ Übelkeit in ihr aufsteigen. Trotzdem blieb sie professionell.

»Dann musst du Willy sein. Du musst es einfach sein.«

Kurz sah der Typ sie skeptisch an, aber Kate war sich sicher, dass es sich um den gesuchten Mann handeln musste. Die Beschreibung passte perfekt auf ihn.

»Scheinbar eilt mein Ruf mir voraus. Wen wundert das!«

Er lachte ein schmutziges Lachen, das seine gelb gefärbten Zähne zum Vorschein brachte, und fasste sich grinsend an seine Eier, um zu verdeutlichen, dass er mit seiner Aussage seine Liebeskünste meinte. Kate musste aufpassen. Er durfte nicht mitbekommen, dass sie nicht mitlachte, sondern ihn auslachte. Noch war es nicht so weit, und es galt, sich zusammenzureißen. Geschmeidig bewegte sie ihren Körper in seine Richtung.

»Lass uns doch in dein Auto verschwinden. Was hältst du davon? Ich will unbedingt wissen, was an der Sache dran ist.« Herausfordernd griff sie ihm in den Schritt.

»Du gehst aber ran! Das gefällt mir.«

Kate lief an ihm vorbei in Richtung Hinterausgang zu den Parkplätzen. Sie konnte spüren, wie sein Blick von ihrem Rücken zu ihrem Po wanderte. Ich habe ihn, dachte sie zufrieden.

Der Rest war ein Kinderspiel. John wartete am Parkplatz, um Kate zu helfen, diesen schmierigen Typen dingfest zu machen. Sie nutzte das Überraschungsmoment, drehte sich abrupt um, und ehe er es richtig mitbekam, fraß er den Staub, und sie saß auf seinem Rücken. John fixierte seinen

Kopf mit dem Stiefel, was Kate ermöglichte, seine Hände hinter dem Rücken zu fesseln. Der Typ war sogar im Gesicht tätowiert, da wunderte sich Kate nicht, dass auch seine Hände und Unterarme übersät waren von blauer, tief in die Haut geritzter Tinte.

Kate und John beschlossen, nach der erfolgreichen Festnahme und der eingestrichenen Belohnung direkt ins Büro zu Wilson zu fahren. Auch John tat der Einsatz offenbar gut, denn langsam kehrte seine normale Stimmung zurück.

Kate konnte kaum erwarten, Wilson all ihre offenen Fragen zu stellen. Vielleicht gab es endlich Neuigkeiten zu Lisa, auch wenn Kate den Eindruck hatte, sie wäre vom Erdboden verschluckt worden. Lisa war ein Phantom, das immer wieder vor ihr auftauchte, ohne je Formen anzunehmen.

Sie war noch ganz in Gedanken, als sie merkte, dass der Wagen bereits hielt. Sie trafen sich wieder in Johns Büro. James Wilson hatte sich bereits in einem der Nebenzimmer eingerichtet.

Mittlerweile reagierte Wilson schon viel freundlicher. John hatte recht. Er musste einfach nur auftauen. Er war einer dieser genialen Typen, der so viel wusste, dass es einem fast Angst bereitete. John erzählte, er habe nicht viele Freunde. Sie mochte ihn. Allein aus dem Grund, weil er eben nicht so war wie all die anderen. Er war alles andere als gewöhnlich.

»Kannst du schon was über Lisa berichten? Gibt es was Neues?«, fiel Kate gleich mit der Tür ins Haus, ohne die üblichen Begrüßungsfloskeln anzuwenden.

»Ich freue mich auch, dich zu sehen, Kate«, grummelte er zurück.

Es war das erste Mal, dass Kate den Eindruck hatte, Wilson stünde neben sich. Sie konnte erkennen, dass er scheinbar etwas von großer Bedeutung herausgefunden hatte.

»Wilson, was ist los? Mann, du siehst bleich wie die Wand aus«, versuchte John, ihn aus der Reserve zu locken. Wilson setzte sich mit all seinen Unterlagen an den Tisch.

»Es geht um Lisa. Stellt euch vor, ihre leiblichen Eltern, die Michaels, waren und sind Mitglieder der Heaven Church. Sie gaben Lisa, als sie ganz klein war, bei Eintritt in die Gemeinde ins Heaven Sent.«

»Weißt du, wo Lisas Eltern wohnen?«

»Ja, ich konnte eine Adresse herausfinden.«

Kapitel 19

Wilson hatte herausgefunden, dass Lisas Eltern ebenfalls in Ohio wohnten, in dem kleinen Ort Springfield. Benjamin und Barbara Michaels. Benjamin war im Ruhestand, Barbara arbeitete für die Stadtverwaltung. Wilson fand eine Besitzurkunde für ein Haus am Rande von Springfield in einer privaten Wohnanlage. Das Interessanteste aber war, dass sie zwei weitere Kinder hatten, die beide aufs College in Columbus gingen.

»Wilson, kannst du bitte ihre Finanzen prüfen? Die private Wohnanlage, das große Haus, die Schulgebühren für die zwei Kinder, das alles können die Eltern doch nicht mit einem Gehalt und einer Pension finanzieren?«

Kate konnte nicht aufhören, sich zu fragen, warum die Eltern nur ihr ältestes Kind in das Heaven Sent gegeben hatten und warum die Tochter anschließend zur Adoption freigegeben wurde und nicht wieder zu ihren leiblichen Eltern gekommen war.

»Hier habe ich was.«

Wilson ging zum Drucker und holte einen Stapel Papiere, die er vor Kate auf den Schreibtisch legte.

»Die Michaels bekommen seit Jahren eine kleine Summe auf ihr Konto überwiesen. Es reicht nicht, um ihren Lebensstil zu finanzieren, aber dennoch ist es auffällig. Das Geld kommt von einer gewissen Helena Stern. Ich lasse gerade einen Suchfilter laufen, um mehr über sie in Erfahrung zu bringen.«

Kate brauchte keinen Suchfilter. Es war so offensichtlich, dass es ihr sofort ins Auge sprang.

»HS. Helena Stern. Die Zahlungen kommen von der Church.«

Kate hatte das Gefühl, dass diese Schweine einfach überall waren.

»Aber wofür ist das Geld? Sollte man nicht annehmen, dass die Michaels eher dafür zahlen mussten, damit ihre Tochter umerzogen wurde, als anders herum?« Das Geld musste für einen anderen Dienst gezahlt worden sein.

Kate musste diese Menschen kennenlernen. Sie wollte verstehen, wie man andere derart manipulieren konnte, damit diese bereitwillig ihr Kind abgaben.

»Was hast du noch über Lisa herausgefunden?«

»Absolut gar nichts. Kate, ich fürchte, dass Lisa nicht mehr am Leben ist. Sonst hätte sie irgendeine Spur hinterlassen, und glaube mir, diese Spur hätte ich gefunden. Zu der Zeit, als Lisa von ihren Adoptiveltern als vermisst gemeldet wurde, gab es in Ohio eine Reihe von verschwundenen Jugendlichen. Man hat einige von ihnen tot aufgefunden. Sie scheinen alle auf das Konto desselben Täters zu gehen, der 2008 gefasst wurde. Leider war er damals nicht sehr geständig, und man vermutet, dass er noch sehr viel mehr Kinder auf dem Gewissen hatte. Er wurde jedoch 2010 hingerichtet, daher ist eine weitere Befragung nicht mehr möglich. In einer der Akten konnte ich eine Notiz des zuständigen Officers finden, eines gewissen Detektives Rider. Er hat damals den Verdacht geäußert, dass Lisa demselben Täter zum Opfer gefallen sei, ihre Leiche wurde jedoch nie gefunden. Aber jetzt haltet euch fest: Seinen Verdacht hat er damit bekräftigt, dass Lisas Halskette bei einem der anderen Opfer gefunden worden war. Die Eltern hatten der Polizei damals ein Foto von Lisa gegeben, auf dem sie diese Halskette getragen hatte. Es war eine silberne Kette mit einem Engelsflügel. Lisa lebte knapp zwei Jahre bei ihrer Adoptivfamilie, ehe sie verschwand.«

Kate wurde trotzdem den Verdacht nicht los, dass Lisa noch am Leben war. Und sie war immer stärker davon überzeugt, dass sie ein wichtiges Teil in diesem Puzzle bildete. Sie wusste nur noch nicht, wo sie Lisa einordnen sollte. War Lisa nur eines von vielen unzähligen Opfern, oder war Lisa zu einer von ihnen geworden? War sie eines dieser Monster, die Kate nachts in ihren Träumen heimsuchten? Sie musste unbedingt mit Lisas Eltern sprechen. Mit der Telefonnummer der Michaels verschwand Kate in ihrem Büro. Sie überlegte kurz, welche Geschichte sie ihnen erzählen sollte, und wählte dann die Nummer.

»Hallo!«

Kate konnte eine tiefe Männerstimme am anderen Ende der Leitung hören. Sie klang dominant, aber überraschend warm. »Hallo, mein Name ist Laura Warner. Ich bin vom Cristian Science Monitor. Ich schreibe eine Story über die starke Zuwanderung in den USA und über die Auswirkungen auf unsere christlichen Werte. Bei meiner Recherche sind Sie und Ihre Frau mir als ehrenwerte Mitglieder unserer Gesellschaft ins Auge gefallen, und daher würde ich Sie diesbezüglich gerne interviewen. Vorausgesetzt, Sie haben Interesse an diesem wichtigen Thema.« Kate konnte spüren, wie er die Informationen verarbeitete.

»Und wie genau sind Sie bei Ihren Recherchen auf uns gekommen?«

Benjamin schien misstrauisch zu sein. Kein Wunder,

dachte sich Kate. Der Mann hat sein eigenes Kind verkauft, und wer weiß, zu was er noch imstande war.

»Einer unserer Brüder hat mir bereits ein Interview gegeben, und er hat ihre Arbeit für die Gemeinschaft mehr als einmal sehr lobend erwähnt.«

»Und welcher unserer Brüder soll das gewesen sein?«

Benjamins Stimme klang nicht mehr so freundlich wie zu Beginn des Telefonats. Kate tat so, als würde sie in ihren Unterlagen blättern, um noch etwas Zeit zu schinden. Ihr war klar: Wenn sie jetzt den falschen Namen nannte, war das Gespräch vorbei, und ihre Chance auf ein Treffen mit diesen Leuten wäre vertan. »Ich habe die Information von Bruder Lionel.«

Kate konnte hören, wie Benjamin scharf die Luft einsog.

»Bruder Lionel war ein großer Mann. Wann haben Sie das Interview mit ihm denn geführt?«

Kate ahnte, dass Benjamin sie prüfen wollte.

»Das ist schon einige Monate her. Ich habe von seinem tragischen Ableben gehört. Das war eine riesige Sauerei. Klarer Fall von Amtsmissbrauch!«

Kate hatte ihn. Gegen das System zu wettern half in 90 Prozent der Fälle immer, um jemanden von sich zu überzeugen.

»Ja, da haben sie recht, eine riesige Sauerei. Menschen wie Bruder Lionel haben versucht, diese Welt zu einem besseren Ort zu machen. Gut, dass Maria die Sache überlebt hat, soweit ich gehört habe. Ihre Arbeit zeugte von wahrhafter Größe und Hingabe.«

Kate konnte die aufsteigende Übelkeit und die damit verbundenen Magenkrämpfe kaum unterdrücken. Sie versuchte, sich auf die Euphorie zu konzentrieren, die sie verspürte, weil sie Benjamin von sich überzeugen konnte.

»Benjamin, besteht die Möglichkeit, dass ich Sie in den nächsten Tagen besuche? Ich bin wegen weiterer Recherchen ab morgen sowieso in Columbus unterwegs. Bis zu Ihnen wäre es dann nur ein Katzensprung für mich.«

»Kommen Sie doch am Samstagmittag zu uns. Essen Sie mit uns, und dann lernen wir uns kennen. Dann reden wir.«

Benjamins Einladung ließ keinen Raum für einen alternativen Vorschlag, deshalb bedankte sich Kate für die Einladung und verabschiedete sich. Den Rest der Woche vertrieb sie sich damit, Scott aus dem Weg zu gehen und den einen oder anderen Auftrag mit John zu erledigen. Es lenkte sie ab, und das war gut. Am Freitag packte sie ihre Koffer und machte sich mit dem Auto auf den Weg zum Flughafen. Unterwegs rief sie in der Zentrale des FBI an und verabredete einen Termin mit Agent Hawkins für die kommende Woche. Im Moment hatte sie den Kopf nicht frei für ein solches Gespräch. Sie wusste noch nicht, ob sie zurückwollte; zuvor musste sie erst ein paar Dinge in Ordnung bringen.

In Columbus machte sie diesmal keinen Zwischenstopp bei ihren Eltern. Nach dem Vorfall in Kanada hatte ihre Mutter mehrmals täglich bei Kate angerufen, um sich zu vergewissern, dass es ihr gut ginge. Kate war zu müde und zu überspannt gewesen, um diese mütterliche Geste als das zu sehen, was es war. Sie konnte nicht mehr mit ihrer Mutter sprechen. Durch diese Gespräche fühlte sie sich schwach und verwundbar, und das war es, was sie im Moment nicht gebrauchen konnte. Mit Scott verhielt es sich genauso. Niemand musste sie beschützen, sie kam sehr gut alleine zurecht. Tief in ihrem Inneren wusste sie, dass sie im Unrecht war, aber diese Gedanken brachte sie immer ganz schnell zum Verstummen.

Das Hotel war eines dieser billigen Kettenhotels. Kate

hatte beinahe all ihre Ersparnisse aufgebraucht, und wie es schien, war der Fall doch noch nicht gelöst. Sie musste also auf einen gewissen Komfort verzichten, wenn sie weitermachen wollte. Das Zimmer sah verwohnt aus, und der Lärm der nahe gelegenen Schnellstraße war nicht zu überhören. Im Nebenzimmer schien eine Familie zu wohnen. Das Geschrei der Kinder drang durch die Wand, als wäre diese aus Papier. Das Bett war durchgelegen, und Kate musste den Gedanken unterdrücken, welchen Dreck sie hier bei genauem Hinsehen finden würde. Der Rest des Zimmers war in einem ähnlichen Zustand. Es war nicht wirklich sauber, aber auch nicht total schmutzig. Eben das, was man für 30 Dollar die Nacht erwarten konnte. Auf dem Tisch lagen Broschüren über Springfield und die Umgebung. Sie waren alle vergilbt und abgegriffen.

Kate setzte sich auf das Bett, loggte ihr Laptop ins WLAN des Hotels und machte sich daran, ihre E-Mails zu lesen. Wilson hatte ihr versprochen, dass er ihr weiteres Material schicken würde, damit ihre Geschichte morgen nicht baden ging. Er hatte ihr einiges über die Zeitung geschickt, bei der sie angeblich arbeitete. Es war ein stark rechtsgerichtetes Blatt, das sich hinter den christlichen Idealen versteckte, um auf den ersten Blick völlig harmlos zu wirken. Kate hatte schon einige ähnliche Zeitschriften in den Händen gehalten, als sie in ihrem ersten Jahr beim FBI einen Mord im Nazi-Milieu aufklären musste. Sie hatte es gehasst. Morgen würde sie auf zwei weitere Prachtexemplare der sogenannten »Weißen Rasse« treffen, wie sie sich selbst gerne bezeichneten. Wilson hatte noch etwas mehr über die zwei herausgefunden. Barbara war nicht nur für die Stadt tätig, sondern half auch ehrenamtlich im Tierheim. Offensichtlich hegte sie eine große Leidenschaft für Katzen. Benjamin hingegen glänzte nicht mit derlei Ämtern. Er hatte 35 Jahre in einem Waffenladen im örtlichen Einkaufszentrum gearbeitet. Wilson hatte mehrere Fotos von ihm mit diversen Schnellfeuerwaffen geschickt, mit denen er stolz vor der Kamera posierte. Kate fand ein Foto der beiden im Anhang der E-Mail. Es war im Rathaus aufgenommen worden. Barbara und Benjamin erfüllten jedes Klischee, das sich Kate ausgemalt hatte. Er hatte einen langen Bart und lange Haare, die zu einem Pferdeschwanz gebunden waren. Barbara hatte eine schreckliche Dauerwelle in ihrem nicht natürlich blonden Haar. Sie war behängt mit billigem Modeschmuck, dass es Kate in den Augen schmerzte. Beide wirkten auf den ersten Blick unsympathisch, zumindest war das der erste Gedanke, der ihr in den Sinn gekommen war.

Sie klappte ihren Laptop zu und beschloss, eine Mütze voll Schlaf zu nehmen, bevor der große Tag anstand. Sie war aufgeregt und gespannt, in welche Richtung sie das Treffen führen würde.

Am nächsten Morgen bereute Kate ihren Geiz vom Vortag. Ihr Körper schmerzte an Stellen, von denen sie nicht gewusst hatte, dass es sie gab. Die Matratze war eine Katastrophe, und dazu der Lärm aus dem Nachbarzimmer – kein Wunder, dass Kate kaum geschlafen hatte. Völlig gerädert und zugleich aufgeregt ging Kate in den Frühstücksraum des Hotels, um sich einen widerlichen Becher Coffee-to-go zu holen und förmlich in ihren bequemen Leihwagen zu fliehen. Unterwegs hielt sie an einem kleinen Diner und bestellte sich ein Frühstück. Den Kaffee aus dem Hotel hatte sie schon vorher aus dem Fenster geschüttet. Jetzt saß sie vor einer Tasse dampfendem Milchkaffee und einer großen Portion Pancakes und trödelte beim Essen, weil sie noch eine gute Stunde totschlagen musste. Sie versuchte, mit der Bedienung, die aussah, als hätte sie schon ihr ganzes Leben hier verbracht, ins Gespräch zu kommen.

»Noch mehr Kaffee, Schätzchen?«

»Ja, bitte. Sagen Sie, kennen Sie sich in dieser Stadt ein wenig aus?«

Kate versuchte, unbeholfen und naiv zu klingen. »Ich besuche heute Freunde von mir. Es soll eine Überraschung werden. Ich kenne ihre Adresse, aber ich habe keine Ahnung, wo genau ich hin muss.«

Kate hatte Glück. Die Bedienung schien sich gut auszukennen; genau genommen machte sie den Eindruck, dass sie über jeden in dieser Stadt alles wusste. Auch Benjamin kannte sie.

»Er kommt fast jeden Tag hierher, um einen Kaffee zu trinken und ein Stück meines berühmten Blaubeerkuchens zu essen. Immer wenn seine Frau in der Arbeit ist. Scheint nicht gerne alleine in dem großen Haus zu sein, jetzt, da beide Söhne auf dem College sind. Schlaue Burschen sind das. Meine zwei haben es bisher zu nichts gebracht. Haben Sie Kinder?«

Kate versuchte, nicht zu forsch vorzugehen, aber sie wollte Mandy, so hieß die Kellnerin, in ein Gespräch über Benjamin verwickeln und nicht über ihre Kinder sprechen.

»Nein, leider nicht, aber ich habe mich immer um meine fast zehn Jahre jüngere Schwester kümmern müssen. Ich war wie eine Ersatzmutter für sie. Unsere Mutter war ständig in der Arbeit.« Kate rührte ihren Kaffee, während sie weitersprach. »Tragische Geschichte mit Barbaras Tochter, finden Sie nicht?«

Mandy setzte sich zu ihr an den Tisch. Sie beugte sich zu Kate herüber und flüsterte jetzt sogar.

»Sie wissen von ihrer Tochter?«

»Ja, aber wir haben nie wieder darüber gesprochen.«

»Das war wirklich tragisch. So ein hübsches Mädchen. Strohblondes Haar hatte sie und große blaue Augen. Sie war Benjamins ganzer Stolz. Und eines Tages war sie verschwunden, und niemand hat sie je wiedergesehen. Also soviel ich weiß, und ich bin ja nur eine dumme Kellnerin, hatte man die beiden damals kurz im Verdacht, mit ihrem Verschwinden irgendetwas zu tun zu haben, aber das wurde dann ganz schnell aus der Welt geschafft. Irgendwann hat einfach keiner mehr darüber gesprochen.«

Mandy hatte es auf einmal eilig, von ihrem Tisch wegzukommen. Kate entdeckte auch den Grund. Ein riesiger Kerl war hinter der Bar hervorgekommen und starrte in ihre Richtung. Kate konnte noch sehen, wie er Mandy am Arm packte und wütend anblaffte, dass sie gefälligst nicht mit irgendwelchen Fremden quatschen solle. Eigentlich solle sie sowieso ihre Klappe halten und ihren Job tun. Mehr musste Kate nicht mit anhören. Sie legte das Geld für ihr Frühstück auf den Tisch und verließ den Diner.

Kapitel 20

Ihr Navi führte sie zuverlässig bis zum Haus der Michaels. Sie war einige Minuten zu früh dran, beschloss aber dennoch, an der Tür zu klingeln. Das Haus war ein zweigeschossiger weißer Südstaatentraum. Große Veranda, ein liebevoll angelegter Vorgarten mit Bäumen und vielen Blumen. Es war mit weißen Holzlatten verkleidet und wirkte so idyllisch. Wer würde schon etwas Schlechtes vermuten über den, der hinter dieser sorgsam errichteten Fassade lebte? Die Frau, die ihr die Tür öffnete, hatte nicht mehr viel mit der Frau auf dem Foto gemein, das Wilson ihr geschickt hatte. Sie war klein und etwas untersetzt; ihre Haare waren immer noch blond, aber zu einem strengen Dutt gebunden. Sie trug keinerlei Schmuck außer einem kleinen goldenen Kreuz um den Hals. Zu einer dunklen Jeans hatte sie eine hellblaue Bluse gewählt, die sie bis oben hin zugeknöpft hatte. Ihre strahlend blauen Augen musterten Kate.

»Hallo, ich bin Laura Warner, ich habe mit Ihrem Mann telefoniert. Ich weiß, ich bin ein wenig zu früh dran, aber ich hoffe, dass das für Sie okay ist.«

Kate zeigte ihr strahlendes Lächeln. Auch sie hatte sich für die Goldkette mit dem Kreuz entschieden. Kate hoffte, dass Barbara dies auffallen würde.

»Aber natürlich, Mrs. Warner. Bitte kommen Sie doch rein.« Das Haus sah von innen genau so aus, wie Kate es vermutet hatte. Es war liebevoll eingerichtet, überall standen Blumen in hübschen Vasen, die Kissen waren absolut akkurat auf dem großen Sofa platziert, das einem kleineren gegenüberstand. In die hintere Wand war eine große Fensterfront eingelassen, die den Blick auf den umzäunten Garten freigab. Kate wurde das ungute Gefühl nicht los, dass etwas an diesem Haus nicht stimmte, konnte aber nicht sagen, was es war.

Alles hier drinnen wirkte so arrangiert, als wollte Barbara verbergen, wer sie wirklich war.

»Darf ich Ihnen etwas zu trinken bringen?«

»Sehr gerne, Mrs. Michaels. Ist Ihr Mann denn auch zu Hause?«

Als Kate Barbaras Mann erwähnte, konnte sie eine Veränderung in ihrem Gesicht erkennen. Sie wirkte kurzzeitig verängstigt, hatte sich aber sofort wieder im Griff.

»Benjamin ist noch auf der Jagd. Er kommt aber danach zu uns. Ich habe schon einen Rinderbraten für uns vorbereitet. Sie bleiben doch zum Essen?«

Ohne eine Antwort von Kate abzuwarten, drehte sich Barbara um und verließ das Wohnzimmer. Sie folgte ihr und fand sie in der großen modernen Küche.

»Hätten Sie vielleicht einen Kaffee für mich?«

Kate wartete auf eine Reaktion von Barbara. Diese strahlte Kate aber nur an und reichte ihr eine Tasse Kaffee und ein Glas Wasser.

»Worüber schreiben Sie noch mal? Mein Mann hat versucht, es mir zu erklären, aber ich bin eben nur ein einfaches Mädchen, das manchmal etwas schwer von Begriff ist.«

Barbara lachte ein leicht hysterisches falsches Lachen und wandte den Blick von Kate ab. Sie fuhr sich mit den Fingern über ihre Wange, sodass Kate gerade noch sehen konnte, warum Barbara für ihren Geschmack etwas zu viel Make-up trug. Es sollte eine Prellung im Gesicht verdecken. Das also war der Grund, warum Barbara bei der Erwähnung ihres Mannes leicht eingeschüchtert gewirkt hatte. Häusliche Gewalt. Das wiederum passte zu dem Foto, das Kate von Benjamin gesehen hatte.

»Wissen Sie, ich schreibe einen Artikel über uns Christen und die drastischen Auswirkungen für uns Amerikaner durch die vielen verschiedenen Immigranten, die unser Land förmlich überschwemmt haben. Sagen Sie, Barbara, wie ist Ihre Meinung dazu?«

Kate hatte ein kleines Diktiergerät vor sich auf den Tisch gelegt und startete die Aufnahme. Danach folgten gemäßigte Aussagen darüber, dass Amerika zwar ein solch reines Land war, aber langsam seine Identität verlor. Barbara kam jedoch nie auf die Kirche zu sprechen. Kate wagte einen Vorstoß.

»Wissen Sie etwas über die Heaven Church?«

Sie lehnte sich betont lässig auf ihrem Stuhl zurück und gab Barbara etwas Zeit für eine Antwort.

»Ja, die Heaven Church kennen wir gut. Es ist unser zweites Zuhause gewesen, quasi unsere Familie. Benjamin und ich haben uns damals in der Jugendgruppe der Kirche kennengelernt. Es war Liebe auf den ersten Blick; er war so groß, so autoritär, so stark.«

Kate konnte nicht umhin zu hören, dass Barbara von diesen Eigenschaften in der Vergangenheit sprach.

»Ich komme aus einem guten Elternhaus. Mein Vater hat mir schon früh gesagt, dass ich mich vor den Wilden, wie er sie nannte, in Acht nehmen müsse. Sie waren gefährlich und hinterlistig. Zu seinem Leidwesen verliebte ich mich mit 14 dann in unseren Nachbarsjungen. Er war ein Schwarzer und hieß Mitch. Wir haben uns nur getroffen, um über Bücher und Musik zu reden. Mehr war da nicht. Mein Vater aber hat mich in die Heaven Church gebracht, wo ich lernen sollte, Buße zu tun. Einige Monate später, als er mich zum ersten Mal besuchte, erzählte er mir von den niederträchtigen Gedanken, die Mitch hatte, wenn er mit mir zusammen war. Er hatte es meinem Vater erzählt, bevor man ihn halb tot geprügelt am Straßenrand gefunden hatte. Mein Vater hat es getan, um mich zu retten. Verstehen Sie das? Stellen Sie sich vor, ich hätte meine Unschuld an diesen Abschaum verloren. Was wäre dann mit meiner Seele passiert? In der Church habe ich dann wieder auf den rechten Weg gefunden. Ich habe viel gebetet und gesungen. Eines Tages bin ich dann Benjamin begegnet und habe mich in ihn verliebt.«

Barbara hatte sich zwischenzeitlich gegenüber von Kate an den Tisch gesetzt. Sie war völlig gefasst und absolut emotionslos. Sie hatte Kate eine derart schreckliche Geschichte erzählt, als wären sie zwei alte Freundinnen, die sich über die Preise im Supermarkt unterhielten. Kate brauchte einen Moment, um das Gesagte zu verdauen.

»Barbara, ich denke, dass Ihr Vater Sie wirklich gerettet hat. Unsere Gemeinschaft ist dazu da, um fehlgeleitete Seelen wieder auf den rechten Pfad zu führen. Sie und Benjamin haben zwei Söhne, habe ich recht?«

»Ja, Joshua und Jason. Auf die Wahl ihrer Namen sind wir sehr stolz. Es war Benjamins Idee gewesen. Wirklich wunderbare Jungs. Unser ganzer Stolz. Haben Sie Kinder?«

»Nein, leider nicht. Ich habe mir immer eine Tochter gewünscht, aber ich widme mein Leben jetzt dem Herrn und handle in seinem Willen.«

Barbara sagte kein Wort, aber Kate konnte sehen, wie sich ihre Augen mit Tränen füllten. Gerade als Kate den

Eindruck hatte, dass Barbara vielleicht doch sprechen wollte, ging die Haustür auf, und eine tiefe Männerstimme hallte durch das Haus.

»Barbara, ich bin wieder zu Hause. Ich habe den Bock im Garten geparkt. Derek kommt gleich, und dann nehmen wir ihn zusammen aus. Ist diese Journalistin schon da gewesen? Ich habe nämlich überhaupt keine Lust auf das Gelaber einer Frau. Journalistin, was ist denn das für ein Scheißjob?«

Kate vermutete aufgrund der Geräusche, dass er sich gerade seiner Stiefel entledigte. Er war grob und ekelhaft. Wie konnte eine Frau wie Barbara nur mit einem solchen Widerling zusammen sein? Barbara war peinlich berührt. Sie sprang auf und rannte zu Benjamin in den Flur. Kate konnte sie flüstern hören. Als Kate sich gerade von ihrem Stuhl erheben wollte, betrat Benjamin die Küche. Er hatte fettige Haare und roch stark nach Alkohol und Schweiß. Seine ganze Erscheinung passte so gar nicht in die Kulisse, die Barbara hier krampfhaft erschaffen hatte. Kate sprang ihm entgegen, reichte ihm ihre Hand und versuchte, seinem Blick standzuhalten. Sie musste ihn von sich überzeugen, andernfalls würde sie jeden Draht zu Barbara verlieren.

»Hallo Mr. Michaels. Wir hatten telefoniert. Laura Warner.« Kate reichte ihm ihre Hand, wenngleich es ihr graute, diese ungepflegte Hand berühren zu müssen.

Benjamin nahm ihre Hand und drückte sie, als wollte er jeden Knochen darin persönlich zermalmen.

»Schön, Sie kennenzulernen. Wie ich sehe, haben Sie meine Frau schon interviewt.«

Er zeigte auf das Diktiergerät. »Das kann ich mir doch noch mal anhören, bevor Sie wieder gehen?«

Benjamin hatte es als Frage formuliert, jedoch war Kate

sofort klar, dass er ein Mann war, der keinen Widerspruch duldete.

»Ich spring schnell unter die Dusche. Sieh zu, dass das Essen auf dem Tisch steht, bis ich fertig bin. Ich verhungere gleich.«

Er gab Barbara einen lauten Klaps auf den Po und verschwand aus der Küche. Barbara hatte rote Flecken am Hals bekommen und schien auch sonst nervös zu sein.

»Bitte entschuldigen Sie das Verhalten meines Mannes. Wir bekommen nicht oft Besuch, und wenn er vom Jagen zurückkommt, ist er häufig noch etwas aufgeladen.«

Barbara schenkte ihr ein schiefes Lächeln und machte sich am Backofen zu schaffen. Kate hatte sie verloren, zumindest für den Moment.

»Dürfte ich mal Ihre Toilette benutzen?«

Kate brauchte einen Moment, um sich darüber klar zu werden, wie sie weiter vorgehen wollte, um etwas in Erfahrung zu bringen.

»Aber natürlich, am Ende des Flurs die letzte Tür auf der linken Seite.«

Barbara schien erleichtert zu sein, ein paar Minuten für sich allein zu haben. Auf dem Weg zur Toilette kam Kate an einer Tür vorbei, die vermutlich in den Keller führte. Kate konnte darunter einen schwachen Lichtschein erkennen. Sie hörte Barbara in der Küche mit den Töpfen hantieren und vermutete, dass Benjamin oben war. Sie wusste, dass sie alles riskierte, wenn er sie jetzt beim Spionieren erwischte, aber ihre Alarmglocken schrillten. Sie musste wissen, was Barbara und Benjamin dort unten versteckten. Sie drehte am Knauf, und zu ihrer Begeisterung sprang die Tür ohne ein Geräusch auf. Die gemauerte Treppe führte in einen schwach erleuchteten Raum. Kate sah sich noch einmal um, bevor sie die Tür hinter sich schloss und hinunterstieg. Hier unten war offensichtlich Barbaras Reich. Es roch nach Weichspüler und frisch gewaschener Wäsche, die über einer an der hinteren Wand gespannten Leine hing. An der gegenüberliegenden Wand stand ein großes Schwerlastregal mit allerhand Einweckgläsern. Alles war penibel gereinigt worden, als würde Barbara jedes dieser Gläser mehrmals in der Woche per Hand abstauben. In der Ecke standen ein paar Kartons, die sauber beschriftet waren. Als Kate die Schachteln öffnete, fand sie nur Dekorationsartikel für alle Jahreszeiten darin. Enttäuscht schloss sie die Kisten wieder. Sie wurde das Gefühl nicht los, dass sie irgendetwas übersah. Sie wollte schon wieder nach oben gehen, da hörte sie ein stetiges Ticken, das aus dem Regal zu kommen schien. Sie hatte es nicht gleich wahrgenommen, da sie zu sehr darauf konzentriert gewesen war, auf Barbara oder Benjamin zu achten. Sie ging zurück und suchte auf dem Boden nach einer Uhr oder etwas Ähnlichem. Doch das Ticken schien hinter dem Regal zu sein. Kate tastete die Wand ab und spürte, dass sie nicht gemauert, sondern aus Holz gefertigt war. Sie versuchte, das Regal zur Seite zu schieben, aber anscheinend war es fest im Boden verankert. Sie beschloss, dass sie wiederkommen musste, wenn das Haus leer war. Dass man sie hier unten erwischte, konnte sie nicht riskieren. Rasch eilte sie die Treppe nach oben. Als sie aus dem Keller trat, suchte sie den Flur nach Benjamin oder Barbara ab. Sie konnte beide in der Küche hören. So leise sie konnte, schloss sie hinter sich wieder ab und schlich zum Badezimmer. Dort öffnete und schloss sie die Tür der Toilette etwas lauter als angemessen und ging in Richtung Küche. »... kann schon sein, aber Lionel ...« Barbara verstummte. Sie mussten Kate gehört haben, denn ihr Gespräch stoppte, als Kate die Küche betrat. Sofort setzte Barbara ihr gewohnt fürsorgliches Gesicht auf. »Alles in Ordnung mit Ihnen Liebes? Sie sehen blass aus.«

Kate fragte sich, ob man ihr ansah, dass sie noch unter erhöhter Adrenalinzufuhr stand. »Mir ist nur … ein wenig komisch. Der Magen«, log Kate, dankbar für Barbaras Vorlage. Sie hatte keine Lust mehr, mit den beiden zu essen und sich weiter diese Scharade anzutun. »Ich denke, es ist besser, wenn ich mich verabschiede. Entschuldigen Sie bitte die Umstände wegen des Essens.«

Barbara winkte ab, während Benjamin sie argwöhnisch musterte. »Das macht doch nichts. Wir holen das einfach nach. Nächstes Wochenende?«

Kate nickte. »Nächstes Wochenende klingt gut, ich würde sie einfach noch mal wegen eines genauen Termins anrufen, wenn das okay ist?« Barbara begleitete Kate zur Tür. Sie bedankte sich und atmete tief ein, als sie endlich wieder an der frischen Luft war.

Sobald Kate in ihrem Auto saß, musste sie sich erst einmal beruhigen. Sie zitterte vor Aufregung am ganzen Körper. Bis Montag musste sie sich gedulden, dann konnte sie sich noch einmal den Keller vornehmen. Um 08.00 Uhr musste Barbara an ihrem Arbeitsplatz sein, und Benjamin würde um 08.30 Uhr im Diner sitzen und sich sein Frühstück schmecken lassen. Genau dann wollte Kate zuschlagen, um endlich etwas mehr über Lisa zu erfahren. Sie hoffte, Fotos oder Ähnliches zu finden, was Aufschluss über ihren Aufenthaltsort geben könnte.

Bis Montag blieb Kate noch etwas Zeit, und sie beschloss, doch für zwei Nächte zu ihren Eltern nach Columbus zu fahren. In ihrem Hotel in dieser fürchterlichen Stadt hielt sie es keine Sekunde länger aus.

Ihre Eltern waren überglücklich, sie zu sehen. Ihre Mutter

reagierte beinahe hysterisch, als sie die Treppe zur Veranda heraufkam. Obwohl die beiden spüren mussten, dass sie nicht ohne Grund in der Nähe war, stellten sie zu ihrer Erleichterung keine Fragen. Es war fast wie früher. Das erste Mal seit Langem musste sie wieder an Tom denken, als sie ihn zum ersten Mal ihren Eltern vorgestellt hatte. Ihre Mutter hatte ihn sofort gemocht, aber an ihrem Vater hatte er sich zu Beginn die Zähne ausgebissen. Als Tom bei Kates Vater um ihre Hand anhielt, hatte er sein Herz erweichen können. Er war jemand, der Traditionen und alte Werte achtete, und er zollte Tom Respekt für diesen Schritt. Erst nachdem er die Erlaubnis ihres Vaters hatte, hielt er um ihre Hand an. Bei dem Gedanken musste Kate unwillkürlich lächeln. Diese Geschichte war ein Dauerbrenner bei jedem Familienessen gewesen. Zumindest so lange, bis es niemand mehr wagte, Toms Namen auszusprechen, aus Angst, sie könnte bei der bloßen Erwähnung zusammenbrechen.

Die Zeit bei ihren Eltern tat ihr gut. Ihre Mutter drückte sie zum Abschied so fest, dass Kate die Befürchtung hatte, sie wollte sie nie wieder loslassen.

Sie brach früh auf, weil sie nicht in den Berufsverkehr kommen wollte. Bepackt mit einer großen Kanne Kaffee für unterwegs und einem besorgten Blick ihrer Eltern im Rücken, machte sich Kate auf, das große Geheimnis zu lüften. Die Straßen waren wie leer gefegt. Sie erreichte Springfield daher früher als erwartet. Während sie versuchte, sich eine plausible Geschichte für den Wachmann am Eingang der Anlage einfallen zu lassen, sah sie, dass das Häuschen leer war und die Schranke offen stand. Kate konnte ungehindert passieren und parkte ein Stück die Straße runter in einiger Entfernung zum Grundstück der Michaels. Barbara und Benjamin waren gerade dabei, ihr Haus zu verlassen.

Barbara sah heute anders aus als bei ihrem letzten Treffen. Sie trug hochhackige Schuhe, einen Lederrock und einen pinkfarbenen Pullover. Sie war stark geschminkt. Benjamin hingegen sah aus, als wäre er wieder auf dem Weg zur Jagd. Nachdem die beiden jeweils in ihrem Auto weggefahren waren, wartete Kate noch einen Moment, bevor sie aus dem Wagen stieg und wie selbstverständlich auf das Haus der Michaels zuging. Im Schutz der hohen Büsche, die die Einfahrt säumten, huschte sie hinter das Haus. Sie suchte nach einem externen Eingang zum Keller und wurde neben der hinteren Veranda fündig. Die Tür war mit einem Vorhängeschloss gesichert. Kate dankte John für ihre Ausbildung als Kopfgeldjägerin und für ihr Werkzeug, das sie immer bei sich trug. Zu Johns Freude hatte sich Kate damals als Naturtalent erwiesen.

Im Keller hatte sich nichts verändert. Alles war an seinem Platz, bis auf das Regal. Kate konnte sich zwar nicht genau erinnern, auf welcher Höhe der Wand es gestanden hatte, aber sicher nicht so nah am Fenster wie jetzt. Einer Eingebung folgend, suchte sie den Boden ab. Sie zog den Teppich beiseite, der den halben Kellerboden bedeckte, und fand Schleifspuren an der Stelle, wo sie das Regal ursprünglich vermutet hatte. Sie waren tief in den Beton gefräst, so als wäre es schon oft verschoben worden. Kate zerrte an dem Gestell und legte den Rest der Rückwand frei. Sie tastete den Boden und dann die Wand bis zur Decke ab und blieb auf halber Höhe stehen. In die Wand war ein Druckmechanismus eingebaut worden. Beim Tasten hatte Kate gegen eine Art Tür gedrückt, die so nicht sichtbar gewesen war und sich plötzlich öffnete. Dahinter lag ein dunkler Raum. Kate konnte nichts erkennen. Sie tastete nach einem Lichtschalter, drückte drauf, und im nächsten Moment sprangen die Neonröhren an der Decke an und gaben den Blick frei auf einen Tempel des Schreckens. Überall hingen Bilder von Kindern und Erwachsenen: gedemütigt und mit leerem Blick. Sie alle waren »gezüchtigt« worden. Zumindest hätte Maria das so genannt. An der rückwärtigen Wand hing ein überdimensionales Holzkreuz, daneben war ein großes Hakenkreuz an die Wand gemalt. Überall waren Flaggen und Bilder von Demonstrationen zu sehen. Dieser Raum stank nach Gewalt und Dreck. Kate konnte den Blick nicht von den Kindern wenden. Sie ging zum Schreibtisch, der neben einem großen Bücherregal stand. Selbstverständlich fanden sich hier die Schriften der Heaven Church und diverse Ausgaben der Christian Solution News. »Mein Kampf« und weitere Bücher, die auf der schwarzen Liste standen, waren ebenso vertreten wie einige DVDs. Alles war fein säuberlich mit einem Datum versehen. Ganz unten im Regal fand Kate einen Karton mit Videokassetten. Auf einer der Kassetten stand Lisa. Kates Herz raste, ihre Hände waren schweißnass, und sie spürte, wie ihre Knie weich wurden. Sie musste diese Kassette anschauen, aber ihr Körper weigerte sich mit jeder Faser. Kate blickte sich im Raum um, konnte aber keinen Videorekorder entdecken. Kurzerhand packte sie die Kassette in ihre Tasche und beschloss, sie mitzunehmen. Sie zog an den Schubladen des Schreibtisches und fand darin eine Aktenmappe mit der Aufschrift »Heaven Sent«. Sie enthielt einige Schriftstücke über die Aufnahme eines Mädchens, das sich dem Glauben verweigert hatte. Es schien sich um Lisa zu handeln, da Barbara und Benjamin immer als die Eltern genannt wurden. Kate war sich sicher, dass Benjamin Barbara gezwungen hatte, Lisa abzugeben. Barbara hatte so einen verstörten Eindruck gemacht, und Benjamin hatte genau das bestätigt, was Kate vermutet hatte: Er war ein grobschlächtiger Kerl mit wenig Grips und harten Fäusten. Ein Vorzeigemitglied der HC.

Kate wühlte weitere Mappen aus den restlichen Schubladen. Ihr Blick blieb an einer der DVDs mit der Aufschrift »Benjamins Taufe« hängen.

Sie nahm die DVD und steckte sie in den Player auf dem Regal. Der Bildschirm an der Wand sprang augenblicklich an und erfüllte den Raum mit einer schauerlichen Orgelmusik. Kate fiel vor Schreck die Akte aus der Hand, sodass sich alle Blätter über den Boden verstreuten. Kate interessierte sich nicht mehr für sie. Was sie jetzt auf dem Bildschirm sah und hörte, ließ das Blut in ihren Adern gefrieren.

»Wir sind die Frauen des Heiligen Vaters und sind hier, um ihm zu dienen. Heute sind wir zusammengekommen, um ein neues Mitglied in unserer Mitte willkommen zu heißen. Bruder Benjamin. Sein Weg hat ihn zu uns geführt. Damit er ein vollwertiges Mitglied unserer Gemeinschaft werden kann, wird er eine unserer Frauen ehelichen, und sein erstes Kind wird zum Wohle der Gemeinschaft und zum Erhalt der weißen Rasse geopfert werden.«

Die Stimme der Frau kam Kate bekannt vor, aber sie konnte das Gesicht hinter der Kapuze nicht erkennen. Kate meinte, ein nervöses Flackern in Benjamins Augen erkannt zu haben, als die Frau ihm erklärte, er müsse seinen Erstgeborenen opfern. Kate wurde schlecht. Was waren das für kranke Menschen?

»Du hast dich als würdig erwiesen, und dir wird die besondere Ehre zuteil, eine Frau des Herrn zu bekommen. Sie hat dich ausgesucht und wird mit dir das Wohl der Gemeinschaft schützen. Schwester Barbara, tritt bitte vor.« Aus dem Schatten löste sich eine Frau, die Kate eindeutig als eine jüngere Version von Barbara erkannte.

»Bruder Benjamin, du wirst mein Mann, und ich werde deine Frau. Unser Erstgeborener soll der Gemeinschaft gehören.«

Kate gefror das Blut in den Adern, als sie die kalte Stimme hörte, die völlig emotionslos das Schicksal ihrer Tochter besiegelte.

Kapitel 21

Es war, als hätte jeder, der mit dieser Heaven Church etwas zu tun hatte, mit dem Teufel einen Pakt geschlossen. Wie konnte es möglich sein, dass all die schrecklichen Taten dieser bösen Menschen niemals ans Licht gekommen waren? Natürlich existierten Gerüchte rund um die Church, dessen war Kate sich sicher, doch nie hatte auch nur ein Mensch versucht, gegen die Machenschaften der Sekte vorzugehen oder den Gerüchten auf den Grund zu gehen. Der Einzige, der anscheinend aussteigen wollte, war Rutherford.

Nachdem Kate den Keller durchsucht hatte, verließ sie das Haus von Lisas Eltern und beeilte sich, in ihre Wohnung zu kommen. Die Bilder der DVD waren mehr als verstörend, und sie wusste nicht, ob sie es auf die Reihe bekommen würde, die Videokassette alleine anzusehen. Sie hatte im Lauf ihrer Karriere schon so viele undenkbar grausame Dinge gesehen, doch hier, bei diesem Fall, war sie einfach so verdammt nah dran, dass jede neue Erkenntnis sie ganz persönlich traf. Maria und Lionel waren schon mehr als verrückt gewesen, aber Lisas Eltern standen den beiden in nichts nach. Es war ein Wunder, wie sie die Jahre im Heaven Sent so unbeschadet überstehen konnte. Dabei dachte sie nicht an ihre Albträume und ihre Angst, sich an andere Menschen zu binden; beide gehörten zu ihr, seitdem sie denken konnte. Was wäre, wenn Lisa noch lebte und nicht gefunden werden wollte? Vielleicht wollte sie mit ihrer Vergangenheit nicht mehr in Verbindung gebracht werden? Was wäre, wenn sie ein ähnliches Leben führte wie Kate selbst?

Kate spürte eine Verbindung zu Lisa. Sie konnte sich nicht mehr ganz klar an sie erinnern, aber ihre Gefühle konnte sie einordnen. Es waren Gefühle der Zuneigung und des Zusammenhalts. Kate hatte den Eindruck, dass vielleicht alles gut werden konnte, wenn sie Lisa nur finden würde. Vielleicht wüsste sie Antworten auf all die Fragen. Auf der anderen Seite hatte sie auch unheimliche Angst, sie zu treffen. Wie sehr würde es sie selbst verändern? Was für Erinnerungen würden geweckt werden? Auch wenn sie sich dank Beths Therapie immer besser an ihre Zeit im Heaven Sent erinnern konnte, war es doch, als würde ihr jemand eine Geschichte erzählen, um ihr weiszumachen, sie wäre dabei gewesen. Alles kam ihr immer noch so surreal vor. Außer die Verbindung zu Lisa. Sie fühlte sich, selbst nach so langer Zeit, echt an. Alles in Kate hoffte, dass Lisa nicht tot war. Alles in Kate hoffte, dass sie nicht mit den Mordfällen in Verbindung stand. Sie wollte nicht hören, was ihr Unterbewusstsein ihr einredete. »Wie soll das alles Zufall sein? Lisa verschwindet, und viele Menschen sterben. Sie hören nicht auf zu sterben.« Doch wenn sie etwas damit zu tun hatte, warum lebten ihre Eltern dann noch? Warum hatte sie sich nicht an ihnen gerächt? Das wäre doch eine logische Folge. Sie waren schuld daran, dass ihr das alles widerfahren war.

Alle Gedanken in Kates Kopf waren Puzzleteile, die einfach nicht zueinanderpassen wollten. Sie ärgerte sich, weil sie sich nicht richtig konzentrieren konnte. Wo sollte sie bloß anfangen? »Denk nach, Kate, denk nach!«, mahnte sie sich ständig. Sie tigerte vom Wohnzimmer in die Küche und wieder zurück. Schließlich öffnete sie das Arbeitszimmer, in dem vor Kurzem noch all die Hinweise gehangen hatten, die Toms Tod aufklären sollten. Die Wand war leer, doch Kate wusste, dass dies nicht mehr lange der Fall sein würde.

Einige Stunden später starrte sie auf die Wand, die mittlerweile wieder bunt leuchtete. Sie sah sich ihr Werk aus Zetteln und Notizen von links nach rechts an. Stand sie vielleicht schon direkt vor der Antwort? Es war, als ob man gegen einen unsichtbaren Feind kämpfte. Es ergab alles gar keinen Sinn. Irgendwo musste doch noch eine Verbindung zu Lisa sein, dachte sie bei sich. Kate schloss die Augen beim Gedanken daran, Maria noch einmal zu besuchen. Sie war die einzig lebende Verbindung. Entschlossen zog Kate ihr Handy aus der Gesäßtasche ihrer Jeans und wählte Scotts Nummer. »Hey, ja. Danke, gut. Es gibt Neuigkeiten, und ich muss noch einmal zu Maria. Könntest du es bitte möglich machen und mich begleiten?« Kate hielt die Luft an und lächelte, als sie sofort eine Antwort bekam, so als ob er den ganzen Tag auf eine Nachricht von ihr gewartet hätte. »Geht klar. Ich ruf schnell in der Klinik an und melde uns für heute Nachmittag an. P.S. Hast du später noch Zeit, mit mir was essen zu gehen?« Wie bei einem verliebten Schulmädchen konnte sie das Kribbeln in ihrem Bauch spüren, wenn sie an ihn dachte.

Sie war auf dem Weg in die Küche, um sich einen Kaffee zu holen, als ihr Handy klingelte. Es war Scott. »Sag bloß, du kannst nicht mehr ohne mich?« Vollkommen unvorbereitet traf sie Scotts Nachricht.

»Sie ist tot?«, flüsterte Kate ins Telefon, als Scott ihr kurze Zeit später berichtete, warum sie Maria nicht besuchen würden.

»Die Ärzte vermuten, dass sie eines natürlichen Todes

gestorben ist. Ihr Allgemeinzustand wurde als kritisch eingestuft«, erklärte Scott.

»Aber glaubst du das?«, fragte Kate und konnte ihre Fassungslosigkeit und ihr Entsetzen nicht verbergen. Scott wusste nicht, dass sie Maria erst kürzlich einen Besuch abgestattet hatte, ohne ihn. Und auch wenn sie natürlich nicht gesund war, hatte sie nicht den Eindruck gemacht, als stünde ihr Tod bald bevor. Kate spürte, wie ein Schauer über ihren Rücken jagte bei dem Gedanken, dass jemand anderes eventuell das getan hatte, wozu sie selbst nicht imstande gewesen war.

»Wieso sollte ich das nicht glauben, Kate? Sie war für all diese abscheulichen Taten verantwortlich. Sollte es einen Gott geben, dann hat er uns von diesem Monster erlöst. Ich weine ihr jedenfalls keine Träne hinterher. Morgen früh wird die Leiche obduziert, da noch nicht eindeutig feststeht, woran sie gestorben ist.«

Zunächst hatte sie es beinahe für eine Wahnvorstellung gehalten, jemand könnte Maria ermordet haben, doch jetzt war Kate erleichtert zu hören, dass es eine Obduktion geben sollte.

»Okay, konzentrier dich«, mahnte sich Kate erneut, während sie unruhig durch ihre Wohnung ging und versuchte, ihre Gedanken zu sortieren.

Sie fing noch einmal an, alles ganz genau durchzugehen. »Maria wurde ermordet«, las sie sich selbst laut vor. »Maria wurde laut Sam erstickt. Es wurde ihr etwas Weiches auf Mund und Nase gedrückt, bis sie nicht mehr atmen konnte.« Kate dachte nach. Selbst für sie war es schon schwierig gewesen, ins Krankenhaus zu kommen. Wie hatte es der Mörder geschafft? Das war nahezu unmöglich. Fieberhaft überlegte Kate, wie er sich Zutritt verschafft haben könnte. Alle, die in der forensischen Psychiatrie arbeiteten, kamen natürlich hinein. Könnte der Mörder ein Mitarbeiter der Psychiatrie sein? Dies kam ihr eher unwahrscheinlich vor. Trotzdem notierte sie sich auf ihrer To-do-Liste, Wilson zu bitten, die Mitarbeiter zu durchleuchten. Es war schon spät, deshalb beschloss Kate, sich all das zu notieren, was sie in den nächsten Tagen in Erfahrung bringen wollte.

Nach zwei Stunden vor ihrer Wand war sie keinen Schritt weitergekommen. Nicht den kleinsten Hinweis konnte sie entdecken. All ihre Informationen führten sie in die Irre. Und die eine Frage ließ sie zudem nicht los. Was, verdammt noch mal, hatte sie selbst mit all diesen Dingen zu tun? Was wollte der Mörder ihr sagen? Sie war sich mittlerweile sicher, und das nicht nur wegen der Notizen von Rutherford, dass der Mörder ihr etwas mitteilen wollte. Doch alles, was sie sah, war ein Haufen echt verrückter Dinge, die im Ganzen gesehen überhaupt keinen Sinn ergaben. Ihre Gedanken drehten sich im Kreis, und sie ahnte, dass sie nur mit Scotts Hilfe weiterkommen würde. Sie musste ihn zu bitten, sie einzuweihen, falls er herausfände, wer Maria ermordet hatte. Das könnte der Schlüssel sein, den sie zur Lösung brauchte. Davon war sie überzeugt. Was sie auch weiterbringen könnte: Sie musste mehr über das letzte Opfer erfahren. Wie stand es in Verbindung mit dem Heaven Sent und mit ihr? Wer könnte ein Motiv gehabt haben? Es wäre nicht das erste Mal, dass die Toten Kate zu ihren Peinigern führten. In der Vergangenheit hatten sie das getan, in diesem Fall jedoch noch nicht. Immer hatte der Mörder sauber gearbeitet. Es gab nie auch nur eine Spur fremder DNA an den Leichen. Nicht einmal eine, die unbekannt war. Es war zum Verrücktwerden, sie hatten es mit jemandem zu tun, der auf der einen Seite während des Mordes scheinbar die Kontrolle verloren hatte, aber andererseits nie etwas vergaß oder unsauber arbeitete.

Da sie heute nicht mehr viel ausrichten konnte, sah sich Kate das letzte Beweismaterial an, das sie am heutigen Abend noch nicht ausgewertet hatte: die VHS-Kassette von Lisa. Sie hatte sie immer noch nicht angeschaut aus Angst vor den Bildern, die sie vermutlich bis in ihre Träume verfolgen würden. Mit der VHS-Kassette in der zitternden Hand lief sie ins Wohnzimmer. Sie hatte sich vor einiger Zeit einen Rekorder gekauft, weil sie Aufnahmen von Tom besaß, die noch aus seiner Schulzeit stammten. Kurz hatte sie überlegt, die Aufnahmen seinen Eltern zu geben, doch das konnte sie nicht. Stattdessen hatte sie sich einen Rekorder besorgt und sah die Aufnahmen immer wieder an. Und nie war jemand da, der sie bat, es nicht zu tun, sich selbst nicht zu quälen, denn keiner hatte Kenntnis davon.

Sie schob die Kassette in den Rekorder und kauerte sich tief in ihre Sofaecke. Sie wusste, schon bevor es begann, wohin sie die Reise in die Vergangenheit führen würde. Sie fror, während sie auf die düsteren Bilder wartete. Die Fernbedingung behielt sie in der Hand, damit sie jederzeit ausschalten konnte, falls es zu schlimm werden würde. Kate schaltete den Rekorder an, und der Film begann mit einem Krächzen.

»Videotagebuch, Lisa, zwölfte Aufnahme im Jahr 1998. Mein Name ist Maria Kinley, ich werde Ihnen heute vom Fortschritt des Reinwerdens Ihrer Tochter berichten. Wie gewünscht, nehmen wir für Sie das Fortschreiten wieder auf. Sie ist auf einem sehr guten Weg, unsere Mission bald schon weiterzuführen.«

Das Bild wackelte und zeigte leichte Störungen, während die Kamera vom Gesicht der um Jahre jüngeren Maria weg schwenkte. Und sobald Kate erkannte, worauf die Kamera gerichtet war, war es ihr, als wäre sie auf einmal selbst dort, als hätte sie irgendetwas in den Film hineingezogen. Plötzlich konnte sie die Kälte des Kellers förmlich spüren, in dem die Aufnahmen gemacht worden waren. Sie fühlte Schmerzen in ihren Armen, die schon so lange an den Sprossen hingen. Sie spürte das Wasser, das über ihr Haar auf ihre Schultern tropfte. Die Nase, die ihr lief, und die Unsicherheit darüber, ob es sich um Wasser oder Blut handelte. Sie spürte den Schwindel, der mächtig über ihr lag, und den Wunsch, den sie immer hatte, wenn sie kurz davor waren, sie zu brechen. Den Wunsch, zu sterben! Sie wollte nur, dass es vorbei war. Während Kate zusah, wie die Kamera immer näher auf das Mädchen zoomte, das mit seinen Kräften am Ende war und zitternd in ihrem durchnässten weißen Hemd an der Sprossenwand hing, sprach sie die Worte, die ihre Peiniger gleich hören wollten. Ihr Unterbewusstsein wusste, was jetzt kommen würde. Doch das Mädchen bewegte sich nicht. Das Mädchen, das dort hing, sprach die Sätze nicht, die ihre Peiniger hören wollten. Kates Muskeln waren angespannt. Sie wollte die Augen schließen, nicht sehen, was jetzt kommen würde, aber sie konnte nicht. Sie war wie gebannt, nicht fähig, ihre Augen von dem zu wenden, was sie mit ihr anstellen würden. Kate hielt den Atem an. Die Folter für dieses Mädchen wurde mit akribischer Ruhe und Sorgfalt vorbereitet. Kate wurde schlecht, als sie die Zange in seiner Hand sah. Die Kamera, die Maria in den Händen hielt, war ruhig auf das Mädchen gerichtet. Ihr Peiniger kniete sich auf den Boden. Er nahm den linken Fuß des Mädchens in seine Hand, während er mit der anderen die Zange hielt. Er tat dies außergewöhnlich zart. Und dann hörte sie es. Wie sie es so oft gehört hatte. Das Mädchen gab einen markerschütternden Schrei von sich, mit dem jeglicher Lebenswille aus ihr zu weichen schien. Wie oft hatten sie die Schreie aus den Katakomben unter dem Schlafsaal gehört? Wie oft hatte sie selbst geschrien? Kate erinnerte sich nicht. Die Kamera fuhr näher an das Opfer. Und augenblicklich war Kate aus ihrer Starre erwacht. Sie nestelte an der Fernbedingung, drückte auf Stopp, spulte zurück, wieder auf Stopp. Da war es. Sie ging näher an den Monitor heran. Diese Augen, die panikerfüllten Augen. Doch hinter ihrer Panik waren sie ihr vertraut. Woher nur, verdammt? Woher? Sie kannte sie. Lisa, wer bist du? Wo bist du?

Trotz des anstrengenden letzten Abends fühlte sich Kate seltsam ruhig und gefasst, als sie am nächsten Morgen aufwachte. Immer mehr wurde sie wieder zu der Ermittlerin, die sie einst gewesen war. Natürlich berührten sie die Fälle, die sie bearbeitete. Doch sie schaffte es endlich wieder, es als ihren Job zu sehen. Sie konnte Distanz halten, die Distanz, die nötig war, um einen Fall überhaupt lösen zu können.

Kate überlegte, wie sie strategisch mit dem Video umgehen sollte. Eigentlich müsste sie veranlassen, Barbara und Benjamin Michaels sofort zu verhaften, aber es würde nichts bringen. Denn auf diesem Video und – da war sich Kate sicher – auch auf keinem anderen waren die beiden zu sehen. Klar war es illegal, dass sie solche Videos zu Hause hatten, aber wie lange würden sie deswegen einsitzen? Wahrscheinlich gar nicht. Sie würden ihr Doppelleben in ihrem Vorstadthaus weiterführen, als wäre nichts gewesen. Kate war klar, dass es zumindest im Moment günstiger war, wenn die beiden auf freiem Fuß blieben. Sie schrieb einen weiteren

Punkt auf ihre To-do-Liste: Konten durchleuchten lassen. Diese Frage blieb für Kate weiter unbeantwortet. Woher hatten sie all das Geld? Okay, es kam vom CS. Aber wofür? Vermutlich war es eine Art Schweigegeld, oder sie kauften sich ihre Loyalität, weil bei Lisa vielleicht etwas schiefgelaufen war. Lisa sollte eine würdige Anhängerin des CS werden, stattdessen hatte Maria versagt und Lisa auch noch in die falsche Familie vermittelt. Lisas Verschwinden war sicherlich nicht nach Plan verlaufen. Sie hoffte, dass Wilson auch hier ein paar Antworten aus dem Ärmel schütteln konnte. Zuerst wollte sie allerdings Scott kontaktieren. Von ihm hoffte sie, mehr über das neue Opfer zu erfahren, und vor allem, in welchem Bezug es zum Heaven Sent stand.

»Hey, Kate.«

Scott ging nach nicht einmal einem Läuten an sein Telefon. Fast so, als hätte er auf ihren Anruf gewartet. Der Gedanke gefiel Kate, aber nichts in seiner Stimme bestätigte ihre Vermutung. Er klang vielmehr kalt und beschäftigt.

»Hast du meinen Anruf erwartet?«, fragte Kate offensiv.

»Ich wollte dich gerade anrufen. Ähm, hast du dich schon entschieden?«

Kate war verwirrt. Wovon sprach Scott?

»Was meinst du? Wofür denn entschieden?«

»Na, ob du deinen alten Job zurückwillst.«

Kate dachte, sie wäre an diesem Morgen topfit, aber für diese Art von Unterhaltung war sie es nicht.

»Wie kommst du jetzt darauf? Scott, bitte, hör auf, in Rätseln zu sprechen. Warum wolltest du mich anrufen?«

»Ich habe bei Hawkins erwirkt, dass du am Fall mitarbeiten kannst. Ohne dich hätten wir Maria und Lionel nie gekriegt. Klar will er, dass du zurückkommst, und ich selbst hoffe das auch. Diese unendlichen Formalitäten nur für einen Beraterpass sind unerträglich.«

Kate zog die Stirn kraus und wunderte sich, seit wann Scott so krampfhaft versuchte, mit ihr ins Gespräch zu kommen. Fast so, als wäre er nervös und wollte es mit seinem Geplänkel überdecken. Kate hatte für solche Dinge im Moment keine Nerven.

»Okay. Also, hast du den Beraterausweis?«

»Ähm, ja. Kannst du bitte in die Psychiatrie kommen? In der Maria ermordet wurde?«

»Ich bin zu Hause, in Washington D.C., aber ich könnte bestimmt heute am späten Nachmittag da sein.«

»Gut, dann sag mir Bescheid, wann du am Flughafen eintriffst. Ich hole dich ab. Bis später.«

Da war er wieder, der alte Scott. Kurz angebunden und professionell. Sie konnte nicht sagen weshalb, aber das beruhigte sie.

Schon auf dem Weg in die psychiatrische Einrichtung wurde Kate bewusst, dass das FBI sicher auf ihren Besuch bei Maria stoßen würde. Verdammt, wie sollte sie nur aus der Sache rauskommen? Warum hatte sie auch so wenig Vertrauen zu Scott? Er hatte vollkommen recht, ihr nicht mehr zu glauben. Sie würde dasselbe denken. Am besten gestand sie ihm schon vorher, dass sie bereits einmal in der Psychiatrie gewesen war, um Maria zu befragen. Kurz bevor sie ermordet worden war. Kate war sich bewusst, wie sich das für Scott oder auch jeden anderen anhören musste. Immerhin hatte sie ein Motiv, sich an Maria zu rächen und sie um die Ecke zu bringen. Kate begann zu schwitzen, während sie sich Gedanken machte. Was sollte sie jetzt tun?

»Hey, schön, dich zu sehen. Ich hoffe, wir können dem

Ganzen bald ein Ende machen. Dann musst du nicht mehr ständig hin und her reisen.«

»Ach, das macht mir gar nicht so viel aus. Ist ja nicht so weit. Scott, haben wir noch eine Minute, bevor wir reingehen?«

Scott sah sie verwundert an, aber mittlerweile war er Überraschungen von ihrer Seite gewohnt. Sie setzten sich auf eine Bank nah beim Eingang der Parkanlage, und Kate erzählte ihm von ihrem Besuch bei Maria und dass sie die Beweise hierfür sicher finden würden.

»Was? Weißt du, was du mir da gerade erzählst? Dir ist doch klar, dass es hier um Mord geht, oder?«

»Natürlich ist mir das klar. Es geht schon die ganze Zeit darum. Das ist ja der Grund, weshalb ich hier war. Für euch war der Fall doch bereits geklärt. Ihr hättet mich niemals mit Maria sprechen lassen. Und jetzt? Wir haben wieder ein Opfer. Ich wusste einfach, dass es nicht vorbei ist, verstehst du?«

»Ich verstehe dich, aber ich verstehe nicht, warum du nicht begreifst, dass es offizielle Wege gibt. Du bist nicht das Gesetz, Kate. Verdammt! So läuft das nicht!«

Kate stand auf und fuhr sich nervös durchs Haar. »Das ist mir klar. Aber scheinbar kriegt es das Gesetz einfach nicht auf die Reihe, oder warum ist dieser Verrückte noch auf freiem Fuß? Und offensichtlich hat er eine ganz persönliche Rechnung mit mir offen. Und jetzt frage ich dich: Hättest du an meiner Stelle darauf gewartet, dass dieser Kranke zu dir kommt? Wärest du nicht genauso wie ich in die Offensive gegangen und hättest ihn dir geschnappt?«

Scott schabte wütend mit seinem Fuß. Kate hatte ihn. Es war genauso, wie sie gesagt hatte. Sie musste den Killer finden, bevor er sie finden würde.

»Da, wer ist das?«

Im Video sahen sie eine unbekannte Frau. Das Personal hatte sie nie zuvor gesehen, aber alle, die an diesem Tag anwesend waren, beharrten darauf, dass sie sich ausweisen konnte. Sie sagten, sie sei von einer privaten Krankenversicherung gekommen. Kate und Scott war beinahe der Kragen geplatzt. Klar, das Haus war kein Gefängnis. Trotz allem gab es hier Täter, die aus psychischen Gründen straffällig geworden waren. Scheinbar interessierte das hier keinen sonderlich. Oder der Täter wusste, wie man sich Zutritt zur Klinik verschaffen konnte. Dafür musste er sie jedoch eine Weile beobachtet und analysiert haben. So lang war Maria allerdings noch nicht im Haus gewesen. Auf dem Bild, das die Kamera zeigte, musste der Täter zu sehen sein. Die Uhrzeit der Aufnahme passte zu der des Todes, die Sam für sie ermittelt hatte. Trotz der vielen Verhüllungen war eines sofort zu erkennen: Es handelte sich eindeutig um eine Frau. Sie hatte ein kleines Tuch um den Kopf gebunden und eine Sonnenbrille auf, um sich nicht zu erkennen zu geben. Aber woher wusste sie, was sie sagen musste, um reinzukommen? Man merkte den Mitarbeitern an, wie unangenehm es ihnen war, dass man sie dabei erwischt hatte, wie sie einer fremden Person derart leichtfertig Zutritt zur Klinik gewährt hatten.

»Es tut uns leid. Aber das mit den Versicherungsunternehmen war nicht das erste Mal. Noch nie steckte irgendetwas Schlimmes dahinter.« Kate hing ihren Gedanken nach. Wer konnte wissen, dass das Personal diese Eintrittskarte kannte und deshalb den Besuch nicht anzweifeln würde? Es half nichts. Sie musste dringend die Mitarbeiter durchleuchten, vor allem diejenigen, die vor einiger Zeit mal hier gearbeitet hatten. Es könnte schwierig werden, dachte sich Kate, während sie sich von Scott ein wenig abseilte, um Wilson zu kontaktieren und ihm alle wichtigen Infos durchzugeben. Sie spürte, sie war nah dran.

Zwei Stunden später suchte Kate ihre Wäsche in Scotts Wohnung zusammen. Dieses Mal waren sie von der Begierde getrieben, und nichts erinnerte an die liebevolle letzte Nacht, die sie miteinander verbracht hatten. Kate war sich nicht sicher, was sie davon halten sollte. Erschrocken fuhr sie herum, als sie Scotts noch nackten Körper an ihrem spürte.

»Das war heiß«, raunte er in ihren Nacken, und sofort überzog eine Gänsehaut Kates Körper. Sie lächelte und drehte sich zu ihm um. Ihre Blicke verfingen sich, und sie spürte, auch wenn es an diesem Tag anders war, die Gefühle waren unbestreitbar immer noch da. Scott schob eine Strähne aus dem Gesicht hinter ihr Ohr. Zärtlich küsste er sie auf die Stirn. »Das Bad ist frei. Ich brate uns ein paar Eier in der Zwischenzeit«, schlug er vor, lächelte sie noch einmal an und verschwand im Schlafzimmer, um sich anzuziehen.

»Klingt fantastisch«, rief sie ihm nach. Eine kurze Dusche ließ ihre Lebensgeister neu erwachen, anschließend saßen sie sich gegenüber.

»Lecker, ich war am Verhungern«, gestand Kate, und Scott schmunzelte. »Es wird Zeit, dass sich jemand um dich kümmert. Ein paar Pfund mehr würden dir nicht schaden.«

Kate zog eine Augenbraue nach oben. »Ach ja, findest du?«

Scott nickte. »Wie lange wirst du dir noch die Zeit für eine Entscheidung geben?«

Kate spülte das Essen mit einem großen Schluck Wasser hinunter. Es war ihr bewusst, dass sie der Frage nicht länger aus dem Weg gehen konnte. »Das weiß ich nicht. Es gibt so viel zu bedenken. Sobald die Sache durch ist, werde ich mich entscheiden.«

Kate beobachtete Scott und versuchte, irgendetwas in seinem Gesicht zu lesen. Er sah auf seinen Teller und kaute bedächtig. »Ich will dich in meinem Team haben.«

»Wie bitte? Das kommt nicht infrage!«, prustete Kate heraus.

»Was wäre dagegen auszusetzen? Wir wären zusammen, und du bist eine der besten Ermittlerinnen, die ich kenne. Nicht ganz pflegeleicht, aber ich kenne dich. Wer könnte dich besser führen als ich?«

Kate konnte nicht glauben, was sie da hörte. »Und wie stellst du dir das vor? Wir bearbeiten gemeinsam Fälle, und abends, wenn das Büro leer ist, haben wir Sex auf deinem Schreibtisch?« Kate wurde laut, und als sie ein Schmunzeln auf Scotts Lippen erkennen konnte, machte dies sie nur noch wütender. »Was gibt es da zu grinsen? Du glaubst doch nicht im Ernst, dass ich da mitmache.«

»Damals, als du mit Tom im Team warst, hat dich das auch nicht sonderlich gestört.«

Kate legte die Gabel klirrend auf ihren Teller. Hatte er das jetzt wirklich gesagt? »Wie kannst du es wagen, Tom in diesem Zusammenhang auch nur zu erwähnen? Hast du vergessen, wie es war? Wir mussten unsere Beziehung geheim halten, und unsere größte Sorge bestand darin, wie wir es schaffen, beides zu haben: unseren Job und uns.« Kates Stimme überschlug sich. »Und er war nicht mein Boss«, fügte sie noch hinzu. In diesem Moment kam ihr ein Gedanke, und in Scotts Augen las sie bereits die Antwort auf ihre Frage. »Du willst die Sache zwischen uns geheim halten?«

Scott wischte sich mit einer Serviette über den Mund. »Ich dachte, vorerst wäre das nicht schlecht. Eine Beziehung zu mir wäre beruflich kein sehr guter Wiedereinstieg für dich.«

Kate atmete tief durch. Sie spürte, sie stand kurz vor einer Explosion. »Es wird keine Beziehung zwischen uns in einem Team geben. Ob ich zurückkehre oder nicht, entscheide ich, wann ich es für richtig halte, und das werde ich mit Hawkins besprechen. Ich brauche weder einen Aufpasser noch einen Boss, dem ich nach Feierabend Gefälligkeiten entgegenbringe.«

»Kate, du hast …«, setzte Scott an, doch Kate stoppte ihn mit einer Handbewegung. »Ich möchte darüber nicht mehr diskutieren. Es ist wohl besser, ich gehe jetzt.«

Kapitel 22

»Ich muss wissen, wer das letzte Opfer war, das gefunden wurde. Was hat es mit diesem Fall zu tun? Gibt es eine Verbindung zum Heaven Sent? Oder zur Church?«

Scott sah Kate kritisch an. »Du glaubst wirklich, ich werde dir die Informationen geben? Damit du wie in diesem Fall wieder einen Alleingang starten kannst?«

Seine Stimme wurde lauter, und Kate war klar, dass sie ihn nicht mehr um den Finger wickeln konnte. Das war ein für alle Mal vorbei.

»Scott, bitte. Ich werde dir alles erzählen, was ich herausfinde, und wir werden dieses Miststück gemeinsam finden und aufspüren. Aber es würde einfach viel zu viel Zeit in Anspruch nehmen, dir alles zu erzählen. Jedes einzelne Puzzleteil zu erklären.«

Scott war sichtlich erstaunt.

»Wie viel weißt du?«

Er sprach leise, aber sein Ton zeigte, dass er kurz davor war, seine Fassung zu verlieren. Kate sah ihn einfach nur an, ohne zu antworten.

»Wir fahren jetzt ins Jumpers und werden dort essen. Wir werden das Restaurant nicht eher verlassen, bis du mir jedes einzelne Detail erzählt hast, verstanden? Ansonsten wirst du nichts erfahren. Nichts über das jetzige Opfer und auch von keinem anderen. Ich werde dafür sorgen, dass dein Wiedereinstieg platzt, solltest du zurückkommen wollen.«

Seit ihrem letzten Streit herrschte mehrere Tage Funkstille, und als Kate schließlich nachgab und ihm schrieb, blieb der Kontakt distanziert. Auf der einen Seite war sie sauer, dass er ihr das Gefühl gab, sie hätte etwas Falsches getan, auf der anderen Seite wollte sie einfach keinen Streit mehr. Doch jetzt machte er sie wieder wütend, und sie fühlte sich emotional so weit entfernt wie noch nie. Wäre die Situation eine andere, wäre sie nicht hier, doch in diesem Fall blieb ihr keine andere Wahl, als murrend zustimmen.

Die Teller ihres Essens waren schon lange weggeräumt worden, und sie tranken bereits das dritte Glas Wein an diesem Abend. Die Stimmung war nicht mehr so angespannt wie noch am Nachmittag, aber all die Informationen, die Scott von Kate bekommen hatte, musste er erst einmal verarbeiten. Immer wieder sah er gedankenverloren an ihr vorbei und immer wieder fiel ihm eine neue Frage ein.

»Und wer ist dieser Wilson? Warum kommt er schneller an Informationen als unsere Leute?«

»Du weißt genau, wie das läuft. Gute Kontakte behält man, ohne viel zu fragen. Aber er ist ein guter Mann, das kannst du mir glauben. Anders eben. Er erinnert mich ein wenig an den verrückten Professor. Ich habe noch nie einen so scharfsinnigen Menschen wie ihn erlebt.« Scott nickte, immer noch in Gedanken.

»Und du bist sicher, du willst Lisas Eltern nicht hochgehen und ihr Haus stürmen lassen?«

Kate schüttelte den Kopf. »Nein, noch nicht. Ich verstehe einfach nicht, weshalb sie überhaupt noch leben. Das alles ergibt für mich keinen Sinn, wenn Lisa wirklich unsere Verdächtige sein sollte.«

»Kann es sein, dass du hoffst, dass sie es nicht ist?«

Kate senkte ihren Blick und sah auf ihre Hände, die in ihrem Schoß lagen. Es fiel ihr schwer, die Frage zu beantworten. Sie hatte einfach keine Ahnung, warum sie diese Nähe zu Lisa fühlte.

»Wahrscheinlich liegt es daran, dass wir als Kinder Verbündete waren. Ich glaube, ohne sie wäre ich gestorben. Ich hätte nicht die Kraft gehabt, im Heaven Sent durchzuhalten, verstehst du? Es geht mir nicht in den Kopf, warum sie auf meinen Tod aus sein sollte.«

»Vielleicht will sie das gar nicht?«

»Na ja, ich stehe auch auf dieser Liste. Wäre die nicht wichtig gewesen, dann hätte Rutherford mir das Buch nicht überlassen. Er wollte, dass ich der Sache auf den Grund gehe, und das tue ich. Vielleicht täusche ich mich auch und ich habe nichts mit alldem zu tun, aber mein Gefühl sagt mir etwas anderes.«

»Wir wissen nicht, wer hinter all den Morden steckt. Selbst wenn die Wahrscheinlichkeit für Lisa als Mörderin spricht, sicher ist es nicht.«

»Wer auch immer es ist. Ich muss den Mörder finden – bevor er mich findet. Also hilf mir. Und lass uns endlich aufklären, wer all diese Menschen ermordet hat!«

Der Gedanke, dass Kate wirklich eine Gejagte war oder bald sein könnte, ließ Scott innerlich erschaudern. »Okay. Das letzte Opfer ist eine gewisse Mary Hauser.«

Kate überlegte fieberhaft, woher sie den Namen kannte. Auf einmal fiel es ihr wieder ein: »Das war Lisas Adoptivmutter!«

»Ja, das wissen wir bereits. Carl Hauser hat sie identifiziert. Er hat um Polizeischutz gebeten, aber solange wir nicht wissen, was genau mit Mary passiert ist, können wir keine Beamten entbehren. Sie war bereits seit einem Jahr spurlos verschwunden, trotzdem hatte sie niemand als vermisst gemeldet. Ihr Mann hat behauptet, er dachte, dass sie ihn verlassen habe, und hat daher nichts unternommen.«

»Hat der Mörder sie so lange gefangen gehalten?«

»Ja, ihr Körper zeigte Anzeichen von Verwahrlosung. Sie hat einige Pfund abgenommen, und Sam meinte, sie hätte seit langer Zeit kein Tageslicht mehr gesehen.«

Kate wunderte sich. »Das ist neu. Noch keines der Opfer wurde so lange am Leben gelassen. Und du bist sicher, dass es unser Mörder ist?«

»Ja, man hat ihr einen großen Engelsflügel in den Rücken geritzt, was eine ziemlich deutliche Parallele zu unserem Fall ist. Außerdem trägt die gesamte Tat die gleiche Handschrift. Besonders grausam ist, dass es passiert sein muss, als sie noch gelebt hat. Die Wundränder sind stark ausgefranst, so als ob der Täter immer wieder mit großer Kraft auf das Gewebe eingestochen hätte. Die Klinge könnte beim Herausziehen die eingerissenen Ränder verursacht haben. Es schien sehr viel Wut und nur wenig Präzision hinter dieser Verstümmelung zu stecken. Wir werden es vermutlich erst erfahren, wenn wir den Mörder wirklich finden, wenn überhaupt.«

»Okay, du hast recht. Die einzige Verbindung zu dieser Frau liegt bei Lisa. Verdammt. Es gibt keinen mehr, den wir hierzu befragen könnten. Sie sind alle tot oder spurlos verschwunden.«

Auf dem Weg nach Hause, mit dem Versprechen im Gepäck, Scott über alle neuen Erkenntnisse zu informieren, konnte Kate den Gedanken nicht ablegen, dass Marias Mörder Zeit genug gehabt hatte, sich mit der Klinik vertraut zu machen. In ihrer Wohnung schenkte sie sich als Erstes ein Glas Rotwein ein und setzte sich im Schneidersitz auf den Boden, um ihre Mindmap an der Wand zu studieren. Nach einiger Zeit sah sie auf die Uhr. Es war nicht zu spät, um Wilson anzurufen.

»Was kann ich diesmal für dich tun?«

Wilson klang selbstgefällig, aber Kate konnte nicht anders und schmunzelte. Er genoss ganz offensichtlich jede Minute, in der er spürte, gebraucht zu werden. Tatsächlich wusste Kate sonst nicht viel von Wilson, aber sie vermutete, dass er in seinem realen Leben ein eher unbedeutendes Dasein führte. Fernab jeder Verbrecherjagd. Ein Leben von 9.00 Uhr bis 17.00 Uhr in irgendeinem Großraumbüro. Und vielleicht irrte sie sich, aber sie hatte ebenso wenig das Gefühl, dass es eine Mrs. Wilson gab, die zu Hause auf ihn wartete. Er tat ihr ein wenig leid, deshalb gönnte sie ihm diese Augenblicke völliger Selbstzufriedenheit.

»Ja, entschuldige, ich wollte dich nicht stören, aber ich brauche eine Information. Maria wurde in der forensischen Psychiatrie ermordet. Ich muss wissen, ob es jemanden gab, der eine Verbindung zum Heaven Sent oder zur Church hatte, der sich dort auskennen könnte.«

»Du meinst als Mitpatient oder Mitarbeiter?«

»Mitarbeiter, aber check doch bitte auch Mitpatienten, die vielleicht mittlerweile entlassen wurden. Ich brauche alle Verbindungen. Kriegst du das hin?«

Wilson atmete tief ein, und wieder musste Kate grinsen. Natürlich konnte er.

»Na, eigentlich habe ich dieses Wochenende einiges vor, aber für dich tu ich es. Ich hoffe, du findest dieses kranke Schwein bald.«

»Danke, ich werde nicht vergessen, was du für mich die letzten Wochen getan hast.«

»Schon gut, ich melde mich, wenn ich was hab. Bis dann.«

In der Zwischenzeit versuchte Kate, sich mit allem Möglichen abzulenken. Sie schrieb Beth, ob sie vielleicht Zeit hätte, sich mit ihr zu treffen, erreichte sie aber nicht. Kurz überlegte sie, John eine Nachricht zu schicken, hatte ihr Telefon schon in der Hand, entschied sich dann aber um. Sie war momentan einfach nicht in der Stimmung, sich auf ihn einzulassen. Unruhig lief sie in ihrer Wohnung auf und ab und vermied es, in ihr Arbeitszimmer zu gehen. Sie musste eine Weile Abstand zu allem bekommen, einfach um einen klaren Kopf zu behalten. All die unzusammenhängenden Fakten, die an ihrer Wand hingen, brachten sie nur noch mehr durcheinander. Sie nahm sich vor, einen Schritt nach dem anderen zu gehen. Für den Moment konnte es nur so funktionieren. Sie beschloss, ihre Eltern anzurufen. Mit ihrem Telefon ging sie in die Küche und sah aus dem Fenster, wie sie es oft tat, wenn sie mit ihrer Mutter telefonierte.

»Hey Mom, wie geht es euch?«

»Schätzchen, schön, dass du dich meldest. Gut. So weit. Dein Vater versucht gerade, die Weihnachtsbeleuchtung anzubringen. Ach, du weißt ja.«

»Ja, du machst dir wie jedes Jahr Sorgen, dass er vom Dach fällt und dich zur Witwe macht.«

Kate grinste in sich hinein, doch mittlerweile teilte sie die Angst ihrer Mutter sogar. Ihr Vater war nicht mehr der Jüngste, doch er würde sich nichts sagen lassen. Schmerzlich wurde Kate bewusst, dass Weihnachten vor der Tür stand. Sie wünschte sich nichts sehnlicher, als das Weihnachtsfest ohne die Dämonen der Vergangenheit mit ihren Eltern zu feiern. Auch wenn ihr Verhältnis immer noch warm war, war ihr klar, dass sie noch einiges miteinander aufarbeiten mussten. Im Moment fehlte ihr allerdings schlicht die Zeit dafür.

»Nein, du hast recht, Mom. Ich versuch nächstes Mal, wenn ich da bin, mit ihm darüber zu sprechen, ja?«

»Ja, das wäre toll. Kate, weißt du, ähm, meinst du …« Ihre Mutter druckste herum, und Kate ahnte bereits, was sie wissen wollte.

»Mom, sobald ich mehr weiß, sag ich dir Bescheid, ja? Aber ich verspreche dir, dass ich alles versuchen werde, um Weihnachten zu Hause zu sein.«

Sie hörte ihre Mutter tief einatmen. »Wir würden uns freuen, mein Schatz.«

Während ihre Mutter noch erzählte, dass eventuell ihre Tante, die seit einigen Monaten getrennt von ihrem Mann lebte, Weihnachten zu Besuch kommen würde, klopfte es in der Leitung. Kate hoffte, dass es Wilson war, auch wenn das selbst für ihn sehr schnell gewesen wäre.

»Mom, ich muss auflegen. Gib Dad einen Kuss von mir, und wie gesagt, ich gebe euch so schnell es geht wegen Weihnachten Bescheid.«

Tatsächlich meldete sich die Stimme, auf die sie gehofft hatte. »Kate. Ich habe alles durchleuchtet.«

»Und gibt es eine Verbindung zur Church?«

»Nein.«

»Okay, dann etwas anderes? Wer ist es?«

»Nein, Kate.«

Kate hatte den Eindruck, dass sich seine Stimme komisch anhörte. »Jetzt sag schon, was hast du?«

»Kate, die Spur führt zu dir!«

Kate wurde augenblicklich schwindlig. Sie ging schnell hinüber zu ihrer Couch und setzte sich.

»Wie meinst du das?«

»Immer wieder habe ich Verbindungen rund um Lisa durchsucht. Auch diesmal. Aber ich habe, wie so oft, nichts gefunden. Bis ich auf die Idee gekommen bin, dich zu durchleuchten. Du bist die letzte Verbindung. Ich habe mir mal deine Kontakte genauer angesehen.«

»Meine Kontakte? Woher weißt du, wer meine Kontakte sind?«, hakte Kate wütend nach.

Er beantwortete die Frage nicht, was Kate nicht wunderte. Sie sog tief Luft in ihre Lunge, um sie langsam durch die fast geschlossenen Lippen wieder hinausgleiten zu lassen. Sie musste Fassung bewahren. In Gedanken ging sie ihre Kontakte durch. Sie passte immer auf, mit wem sie sich anfreundete. Freundschaften und Kontakte zu pflegen war für sie nie einfach gewesen. Meist hatte Tom den Part übernommen und darauf geachtet, dass sie sich gesellschaftlich nicht ins Abseits stellten. Ihr Misstrauen und ihre Unfähigkeit, Freundschaften aufzubauen oder zu pflegen, hatten nach seinem Tod wieder vollständig Besitz von ihr ergriffen. Als wäre ihre soziale Kompetenz mit ihm gestorben.

»Dr. Elisabeth Shaw war von 2008 bis 2009 als Therapeutin im Bereich Resozialisierung in der Klinik tätig.« In Kates Kopf klingelte es. Hatte sie richtig gehört? Wollte er damit sagen, er vermutete Beth, ihre Beth, könnte die Mörderin sein? Kate schmiss das Telefon auf die Couch und eilte in ihr Bad. Sie musste sich übergeben.

Kate stand vor der Praxis, in die sie schon so viele Male gegangen war, um sich von Beth helfen zu lassen. Sie war immer ihr Anker gewesen, ihr Lichtblick in dunkelster Zeit. Sie war die Einzige, die ihr das Gefühl gab, sie zu verstehen, ohne jemals in irgendeiner Form zu werten oder zu urteilen. Hatte sie sich so sehr täuschen lassen? War es wirklich möglich, dass Beth hinter all dem steckte? War es möglich, dass Beth Lisa war? Wilson versuchte, genau das in Erfahrung zu bringen, doch das war gar nicht so einfach. Lisa war eine wahre Künstlerin darin, Spuren zu verwischen. Scott hatte Kate davon abgeraten, in die Praxis zu gehen. Wenn es sich um Lisa handelte, durfte sie keinen Verdacht schöpfen. Sie durfte nicht ahnen, dass Kate und das FBI vermuteten, sie könnte hinter der Sache stecken.

Oh Gott, sie weiß so viel über mich, dachte Kate, während sie zu Fuß in das dritte Stockwerk des Gebäudes lief, in dem sich die Praxis befand. Beth hatte als Einzige die Möglichkeit gehabt, sie zu manipulieren. All die Hypnosen! Kate wollte sich nicht ausmalen, was sie mit ihr angestellt hatte, während sie hilflos auf der Couch lag. War das vielleicht der Grund, weshalb sie die Aufnahmen nie anhören durfte? Zumindest nicht jedes Mal? Kate wollte einen bestimmten Gedanken nicht vertiefen, denn sie schämte sich dafür. War die Zuneigung, diese tiefe Freundschaft, die sie für Beth empfand, im Grunde die Zuneigung für Lisa? Kate verstand sich selbst nicht mehr. Sie erinnerte sich an all die Monate, in denen sie unter dem Einfluss der Medikamente gestanden hatte, die Beth ihr verschrieben hatte. Ihr wurde wieder schlecht. Gleich würde sie Beth sehen, aber was würde sie sagen? Das Schlimme war, sie durfte rein gar nichts sagen. Trotzdem, sie musste sie sehen. Sie musste in ihre Augen schauen. Sie wollte wissen, ob es die gleichen Augen waren, die sie im Video gesehen hatte. Aber hätte sie das nicht schon viel früher gespürt? Spätestens als sie das Video angeschaut hatte? Scott sagte, womöglich habe sie farbige Kontaktlinsen getragen. Doch Kate meinte, diese Augen unter Tausenden zu erkennen, ganz gleich, welche Farbe sie hatten. Sie hoffte, die Seele zu erkennen, an die sie sich erinnerte. Die Seele hinter den Augen von Lisa.

Als Kate vor der Tür zur Praxis stand, schloss sie für

einen Moment die Augen. Sie musste sich besinnen. Plötzlich verspürte sie Angst. Es gab keinen, der sie besser kannte als Beth. Ihre Bedenken, Beth würde sofort merken, dass irgendetwas nicht stimmte, waren also nicht weit hergeholt. Sie versuchte, sich zu konzentrieren, sich zu beruhigen. Sie atmete tief ein, und während sie ausatmete, öffnete sie mit einem Schwung die Tür zur Praxis.

Sherry saß wie immer an der Empfangstheke gleich hinter der Tür. Ein Blick in Sherrys Gesicht genügte, und Kate war klar, dass etwas nicht stimmte. Sie las Panik in Sherrys Augen. Erwartete Beth sie etwa schon? Kate schüttelte den Gedanken ab, allein wegen des Wissens, dass Beth oder Lisa viel zu intelligent war, sie auf diese Art und Weise zu überwältigen.

»Entschuldigen Sie, Sherry. Ist es möglich, Beth heute zu sprechen? Ich habe keinen Termin, aber es ist wichtig.«

»Da sind Sie nicht die Einzige, Mrs. Monroe. Dr. Shaw ist seit drei Tagen nicht zur Arbeit erschienen. Ich erreiche sie nicht und ich habe keine Ahnung, was ich unseren Patienten erzählen soll.«

Kapitel 23

Kate wanderte ziellos durch die Straßen von Washington. Der Gedanke, dass Beth sie hintergangen hatte, war unerträglich. All die Jahre, in denen Beth der einzige Mensch zu sein schien, der sie wieder ins Leben zurückholen konnte, waren eine einzige Lüge gewesen. Eine Lüge, die Kate als die große Ermittlerin, als die sie sich selbst immer gerne gesehen hatte, nicht entlarvt hatte.

Ihr wurde bewusst, dass sie rein gar nichts über Beth wusste. Ihre Beziehung beruhte all die Jahre immer nur auf Kate und ihren Gefühlen und Emotionen, ihrer Geschichte und ihrer Vergangenheit. Kate hatte versäumt, Beth nach ihrem Leben zu fragen. Warum hätte sie das auch tun sollen? In den letzten zwei Jahren war in Kates Leben einfach nur Platz für ihr eigenes Schicksal gewesen. Sie war so mit sich selbst beschäftigt gewesen, dass sie gar nicht auf die Idee gekommen war, Beth richtig kennenzulernen. So wie normale Menschen das getan hätten.

Wenn Beth wirklich Lisa war, dann musste es doch irgendwelche Hinweise geben. Hoffentlich konnte es bald losgehen. Sie musste auf Scotts Zeichen warten, hielt es aber nicht länger aus und wählte seine Nummer.

»Habt ihr den Durchsuchungsbeschluss für ihre Wohnung und die Praxis schon?«

»Leider nein, Richter Simmons ist noch in einer Verhandlung. Ich hoffe aber, dass ich die Beschlüsse in der nächsten Stunde auf dem Tisch habe.«

»Verdammt noch mal, Scott, in einer Stunde kann viel passieren. Was ist denn mit Richter Daniels? Der hat doch bisher noch jeden Durchsuchungsbefehl genehmigt.«

»Richter Daniels ist im Ruhestand, der wird uns nicht helfen können. Unter uns, kannst du deinen Spezialisten nicht auf Beth ansetzen? Mir sind die Hände gebunden, bis ich die Unterschrift habe.«

»Wilson ist schon dran. Ich melde mich wieder, wenn es etwas Neues gibt, und du rufst mich an, wenn ihr die Wohnung durchsucht. Ich will dabei sein. Versprich mir, dass du mich anrufst!«

Kates Bitte war voller Wut und Schmerz. Sie hatte sich hinters Licht führen lassen, und jetzt würde Beth dafür bezahlen.

»Ich rufe dich an, sobald wir loslegen.«

Scott beendete das Gespräch, und Kate war zum Stillstand verdammt. Es blieb ihr nichts anderes übrig, als auf die Informationen von Wilson und auf Scott zu warten. Sie hasste es, von anderen abhängig zu sein, aber es würde wenig helfen, wenn sie die beiden jetzt zur Eile trieb. Wilson würde davon abgesehen nicht ans Telefon gehen.

Kate hatte nicht gemerkt, dass sie während des Telefonats weitergelaufen war und sich plötzlich vor Sissy's Diner befand. Irgendwie hatte sich ihr Geist nach einem Stück Normalität gesehnt und sie unbewusst in ihr zweites Zuhause geführt. Sie beschloss, einen Kaffee zu trinken und nach Sophia zu sehen. Schließlich hatten sie sich nach ihrem letzten Shoppingtrip nicht mehr gesehen. Kate war dankbar, überhaupt eine Freundin zu haben, besonders jetzt, wo sich ihre vermeintliche Freundschaft zu Beth erledigt hatte.

Im Diner herrschte Hochbetrieb. Während der Mittagspause war jeder Tisch besetzt. Kate hörte Brad und den Koch in der Küche über die Zusammenstellung des Burgers streiten. Emma, die Neue, stand hinter der Bar und schenkte fleißig Kaffee ein. Kate kam der Gedanke, dass sie Sophia ebenfalls nicht wirklich kannte. Sie schwor sich, den Job einer Freundin in Zukunft besser auszufüllen.

»Hi Emma, können Sie mir sagen, wo Sophia ist?«

»Hi, sie müsste eigentlich schon hier sein. Ihre Schicht hat vor zehn Minuten angefangen. Aber Sophia nimmt das mit ihren Schichten ja eh nicht so ernst!«

Genervt drehte sich Emma zur Seite und grinste einen der Gäste übertrieben an, während sie ihm seinen Hamburger servierte. Kate fand Emma unsympathisch. Sie passte irgendwie nicht in den Diner. Wer weiß, warum Brad sie eingestellt hatte. Gerade als Kate das Schnellrestaurant wieder verlassen wollte, hörte sie eine vertraute Stimme hinter sich.

»Süße, hier bist du! Ich habe dich zweimal angerufen. Ich habe schon gedacht, du magst mich nicht mehr!«

Sophia setzte einen Schmollmund auf, mit dem sie beinahe wie ein verzogenes kleines Kind wirkte, aber Kate nahm ihr das nicht übel. Sie war in Sicherheit, und das war das Einzige, das für sie in diesem Moment zählte.

»Ich habe deine Anrufe nicht gehört. Sorry. Natürlich mag ich dich noch. Was ist denn das für eine Frage?«

Sie umarmten sich, während Brad aus der Küche schimpfte.

»Du bist schon wieder zu spät! Du siehst doch, dass die Hütte voll ist. An die Arbeit mit dir.«

Kate wunderte sich über die Schärfe in Brads Ansage. So hatte sie ihn noch nie mit Sophia reden hören. So hatte sie Brad überhaupt noch nicht reden hören. Ihr wurde auf einmal alles zu viel. Zu viele Menschen und zu viel Aggression, die im Raum schwebte.

»Lass uns bald mal wieder was zusammen essen, ja? Wir haben uns schon so lange nicht mehr in Ruhe unterhalten.«

Sophia nickte ihr mit leuchtenden Augen zu, während sie sich ihre Schürze um die Hüfte band. »Ja, gerne. Aber ich kann nicht sicher sagen, wie lange ich hier heute gebraucht werde.«

Kate war erleichtert, denn obwohl sie wirklich mit Sophia einen entspannten Abend verbringen wollte, war sie sich sicher, dass das heute nicht möglich war.

»Kein Problem. Wir schreiben einfach später, ja? Und wenn es heute nicht klappt, dann machen wir was Neues aus.«

Draußen zog sie ihr Handy aus der Tasche. Warum hatte sie es nicht gehört? Es stimmte, Sophia hatte sogar dreimal angerufen und sogar jedes Mal eine Nachricht hinterlassen, die sie aber später abhören würde. Jetzt war es viel wichtiger, dass Wilson angerufen hatte. Bei der Lautstärke im Diner hatte sie das Handy nicht gehört. Sie war so aufgeregt, dass sie Wilson beinahe anbrüllte, als dieser erst nach dem fünften Klingeln ans Telefon ging.

»Entspann dich, Kate. Willst du jetzt wissen, was ich herausgefunden hab, oder möchtest du mich weiter anbrüllen?« Wilson klang eher amüsiert als verärgert, was Kate beruhigte.

»Was hast du für mich? Jetzt mach es nicht so spannend. Rück schon raus!«

»Ich habe die Datenbanken der Universität durchsucht, an der sie promoviert haben soll. Dort ist nirgendwo eine Studentin mit dem Namen Elisabeth Shaw aufgeführt. Also entweder hat sie gelogen, was die Uni angeht, an der sie studiert haben will, oder aber die gute Frau ist gar keine Ärztin.«

»Hast du ihre Kontobewegungen überprüft? Kreditkartenabrechnungen, Anruflisten. Es muss doch irgendeinen Hinweis geben, wo sie sich gerade aufhält!« »Tut mir leid. Auf ihrem Konto hat sich seit ihrem Verschwinden nichts getan, und auch ihr Handy ist tot. Ich kann es nicht einmal orten. Sie muss es ausgeschaltet haben.«

»Bleib bitte dran und ruf mich an, wenn sich doch noch etwas tut.«

Kate beendete das Gespräch abrupt, weil sie Scotts Nachricht gelesen hatte.

»Wir legen los. Wir treffen uns in einer halben Stunde vor Beths Wohnung in der Lincoln Plaza 452, 4. Stock.«

Kate musste sich beeilen, um rechtzeitig dort zu sein. Als sie aus dem Taxi stieg, wartete Scott bereits am Eingang des zehngeschossigen Hochhauskomplexes. Es war eine dieser Anlagen mit Portier und einem speziellen Sicherheitsdienst. Sie hielten jeden davon ab, das Haus zu betreten, der nicht mindestens ein sechsstelliges Gehalt im Jahr nach Hause brachte. Scott, Kate und ein Trupp aus Spurensicherung und weiteren Agents des FBI marschierten auf die Security zu und überreichten ihr den Durchsuchungsbeschluss. Kate hatte mehr Widerstand erwartet, aber der blieb aus. Der Wachmann lotste sie zu einem Aufzug und fuhr mit ihnen nach oben zu Beths Wohnung.

Sie war genauso eingerichtet wie ihre Praxis. Teuer und gemütlich. Es sah aus wie in einem Artikel bei »Beautiful Homes«. Der Boden war hell gefliest, und es herrschte eine penible Ordnung. Es war die sauberste Wohnung, die Kate je gesehen hatte. Alles war perfekt. Es schien, als hätte sie nie ein Mensch betreten, als wären die Sofas noch nie benutzt worden und als hätte man in der Küche noch nie gekocht. Selbst die Konserven in den Schränken waren alphabetisch geordnet und standen akkurat in Reih und Glied. Das Ganze wirkte beängstigend. Es war offensichtlich, dass Beth einem oder mehreren Zwängen unterlag. Der Kühlschrank war bis auf eine Flasche Wein komplett leer. Vom Schlafzimmer ging ein Ankleidezimmer ab, das in etwa die Größe von Kates kompletter Wohnung hatte. Alle Kleidungsstücke waren nach Farben und Längen sortiert. Kate riss die Schubladen auf. Sie schmiss die Unterwäsche auf den Boden und suchte nach weiteren Hinweisen, die Beth mit den Morden in Verbindung brachten. Sie fand nichts. Sie riss die Kleider von den Bügeln, steigerte sich immer weiter in ihrer Suche, entlud all ihre Wut. Sie zerriss Blusen und Strümpfe, ohne ein schlechtes Gewissen zu haben. Als sie alle Schubladen erfolglos geleert hatte, ging sie zurück ins Schlafzimmer und machte mit den Nachttischen weiter. Wieder ohne Erfolg. Allmählich wurde sie immer rasender und verzweifelter. Sie ließ sich auf den Boden neben dem riesengroßen Bett sinken und atmete ein paarmal tief ein und aus, um sich zu beruhigen. Dann versuchte sie, sich an die Gespräche mit Beth zu erinnern, und an das, was sie über sie wusste. Sie ging zurück ins Wohnzimmer und ließ ihren Blick durch den Raum schweifen in der Hoffnung, etwas zu finden, das ihnen weiterhalf.

»Kate?«

Sie hob die Hand, um Scott zum Schweigen zu bringen. Ihre Gedanken kreisten unaufhörlich und scannten jeden Zentimeter des Raumes, der vor ihr lag. Plötzlich wurde ihr bewusst, was in dieser Wohnung nicht stimmte. Es war das Bild über dem Sofa. Sie hatte es beim Hereinkommen nur flüchtig aus dem Augenwinkel gesehen und nicht wirklich wahrgenommen. Rasch lief sie hinüber, wobei sie auf dem blank polierten Marmorfußboden beinahe ausgerutscht wäre, und blieb abrupt vor dem Foto stehen. Es war eine Collage mit allerhand spirituellen Symbolen, dunkel und bedrückend. Das, was Kate jedoch am meisten fesselte, waren die großen Flügel, die in den Hintergrund eingearbeitet worden waren. Vorsichtig nahm sie das Bild von der Wand. An der Rückseite war ein dicker wattierter Umschlag festgeklebt. Mit zitternden Fingern löste sie ihn von der Leinwand und setzte sich damit auf das Sofa.

»Ich habe etwas gefunden!«

Sie händigte Scott den Umschlag aus und unterdrückte den Drang, zuerst einen Blick hinein zu werfen. Kate schaute ihm über die Schulter, als er darin eine VHS-Kassette, einen USB-Stick und diverse Fotos entdeckte. Obwohl Kate davon überzeugt gewesen war, dass Beth die Täterin war, schockierte es sie trotzdem, diese Bilder zu sehen. Es waren Aufnahmen der Opfer. Kate sah sich alle Bilder an. Diese Fotos waren der Beweis, dass Beth das Monster war, nach dem sie die ganzen Jahre über gesucht hatten. Bei den letzten Bildern hielt Scott inne. Anscheinend wollte er sie Kate nicht zeigen. Widerwillig reichte er ihr schließlich die Fotos weiter. Auf den ersten drei Bildern war Kate zu sehen. Ein Foto zeigte sie in ihrer Wohnung. Das Foto musste von der Straße aus gemacht worden sein. Ein weiteres stammte aus dem Diner und zeigte sie zusammen mit Sophia. Beim letzten aber hielt Kate kurz den Atem an. Es war eine Aufnahme von ihr während sie schlief. Sie war in ihrer Wohnung gewesen, während Kate geschlafen hatte! Sie hätte sie jederzeit töten können. Warum nur hatte sie ihr Leben verschont? Scott reichte ihr das letzte Foto. Kate war darauf vorbereitet gewesen, dass es nicht mehr schlimmer werden konnte, aber sie wurde eines Besseren belehrt. Das letzte Foto zeigte Tom an einen Stuhl gefesselt. Blutüberströmt.

Kapitel 24

Die Beweislast war erdrückend, und noch immer fehlte von Beth jede Spur. Sie war wie vom Erdboden verschluckt. Wilson hatte nach wie vor keine Bewegungen oder Anomalien in Beths Anruflisten oder Bankkonten gefunden. Sie musste für den Fall, dass man ihr auf die Schliche kommen würde, vorgesorgt haben. Kate versuchte, den Fakt zu ignorieren, dass ihr Toms Mörderin gegenübergesessen hatte. Sie hatte sich von ihr trösten lassen und ihr Innerstes vor ihr ausgebreitet. Eine rasende Wut stieg in ihr hoch, die sie nicht länger für sich behalten konnte. Sie saß vor dem Hochhaus, in dem sich Beths Wohnung befand, und begann zu schreien. Sie schrie, bis ihre Lungen brannten und ihre Tränen nicht mehr fließen wollten. Sie stoppte erst, als sie zwei starke Arme von hinten umschlossen. Dann weinte sie still vor sich hin, ihr Gesicht an Scotts Brust gedrückt. Eine gefühlte Ewigkeit später saß sie neben Scott im Auto. Sie hatte sich beruhigt und fühlte sich jetzt seltsam erleichtert. Es war, als wäre all der Schmerz der letzten Jahre aus ihr herausgeplatzt und hätte sie viele Kilogramm leichter zurückgelassen.

»Was machen wir als Nächstes?«

Kate versuchte, ihren Fokus wieder auf den Fall zu lenken und alle persönlichen Befindlichkeiten beiseitezuschieben.

»Unser Team, das ihr Büro durchsucht hat, ist mit leeren Händen zurück ins Hauptquartier gekommen. Sie haben den Laptop mitgenommen, aber bis jetzt haben unsere Spezialisten nichts Belastendes gefunden. Es gibt keine Hinweise auf einen möglichen Aufenthaltsort oder ein Versteck. Es sind lediglich Terminpläne, Akten über ihre Patienten, Aufsätze und solcher Mist für irgendeine Fachzeitung, für die sie regelmäßig zu schreiben scheint. Nichts, was uns weiterbringt.«

Kate war an den Akten der Patienten hängen geblieben. »Du weißt, dass sie vermutlich auch eine Akte über mich angelegt hat! Ich will sie sehen, und damit meine ich, dass nur ich Zugang zu dieser Akte haben will. Wenn ich etwas finde, dann sage ich es dir, aber ich will nicht, dass sich irgendwelche deiner Agents das Maul über mich zerreißen. Bitte, Scott.«

»Ich vertraue dir, Kate. Ich werde versuchen, dir die Datei zukommen zu lassen und sie vorerst unter Verschluss zu halten, aber du musst mich einweihen, wenn du etwas Wichtiges findest.«

In dem Moment klingelte Kates Handy. Es war Wilson.

»Ich habe die Kreditkartenabrechnungen der letzten zwei Wochen überprüft und etwas entdeckt, das dich interessieren dürfte. Sie hat sechs Mal einen Diner aufgesucht, der direkt vor deiner Haustür ist.«

Wilson musste ihr den Namen des Lokals nicht sagen. Sie wusste sofort, um welches es sich handelte. Es musste das Sissy's sein. Oh mein Gott, Sophia. Was, wenn sie in Gefahr war? Sie hätte doch auf ihren Instinkt hören sollen. Sie musste sie sofort anrufen. Rasch legte auf, ohne sich von Wilson zu verabschieden, und wählte Sophias Nummer mit zittrigen Händen.

Mailbox! Obwohl Kate kurz davor war, durchzudrehen, versuchte sie, einen klaren Kopf zu bewahren. »Fahr mich so schnell wie möglich zu meiner Wohnung. Bitte!«

Scott stellte keine Fragen, nachdem er Kates Gesichtsausdruck gesehen hatte. Er trat aufs Gaspedal und legte die wenigen Kilometer bis zu ihrer Wohnung in einer irren Geschwindigkeit zurück. Kate sprang aus dem fahrenden Auto, als der Diner in Sichtweite kam. Sie rannte über die Straße und kam völlig außer Atem dort an. Brad sah sie überrascht über seine Theke hinweg an.

»Oh mein Gott, Kate. Was ist denn los? Du siehst aus, als wäre der Teufel persönlich hinter dir her!«

Kate hatte Mühe, zu Atem zu kommen. »Sophia! Wo ist sie? Ist sie noch hier?«

»Sie hatte doch schon vor zwei Stunden Feierabend. Was ist denn los? Was ist mit ihr?«

Brad war ehrlich besorgt. Die Panik in Kates Ausdruck hatte sich offenbar auf ihn übertragen. Hinter Kate öffnete sich die Tür des Diners. Scott war ihr gefolgt. Er sah aus, als wüsste er gerne, was diese verrückte Aktion hier sollte. Erschöpft setzte sich Kate auf einen Barhocker, kramte ihr Handy aus der Tasche und zeigte Brad ein Foto von Beth, das sie im Internet gefunden hatte. Brad schien sie nicht wirklich zu erkennen, versuchte aber angestrengt, sich zu erinnern, ob er Sophia schon mal zusammen mit der fremden Frau gesehen hatte.

»Ich bin nicht mehr viel draußen bei den Gästen. Wenn hier die Hütte brennt, dann steh ich fast ausschließlich in der Küche, damit die Leute ihr Essen bekommen. Sophia und Emma schmeißen draußen den Laden. In letzter Zeit war sie aber oft in Gedanken woanders. Sie schien etwas mit sich rumzutragen, wollte sich aber von mir nicht helfen lassen.«

Brad wirkte erschöpft und hatte Tränen in den Augen.

»Ich wusste, dass etwas nicht stimmte, und habe sie im Stich gelassen!«

»Brad, wir wissen doch gar nicht, ob sie in Schwierigkeiten steckt. Ich kann sie nicht erreichen und weiß nicht, wo sie ist, aber das sind noch keine Beweise, dass ihr etwas passiert ist. Bitte entschuldige mein Auftreten gerade eben. Ich hätte hier nicht so einfallen dürfen. Ich mache mir Sorgen, weil wir zum Essen verabredet waren und ich sie versetzt habe.« Kate versuchte, Brad zu beruhigen. Er konnte nicht helfen, wenn er derart aufgebracht war. Auch wenn sie völlig überreagierte, irgendetwas sagte ihr, dass Sophia in Gefahr war. Vielleicht weil sie der einzig anständige Mensch war, der ihr geblieben war.

»Warum war Sophia komisch?«, wollte Kate nun von Brad wissen.

»Sie kam in letzter Zeit immer öfter zu spät oder gar nicht zur Arbeit. Hat sich häufig freigenommen. Sie meinte, sie habe Probleme in der Familie. Ich wollte ihr den Rücken freihalten, deshalb hab ich Emma eingestellt. Sie sollte sich um ihre Angelegenheiten kümmern können. Du weißt, dass ich sie liebe, oder?«

Brad sah verschämt zu Boden. In dem Moment kam Emma zur Tür herein. »Ist hier alles okay?«, wollte sie wissen und blickte von Kate zu Brad. Natürlich musterte sie Scott ebenso, wenn auch etwas länger als nötig.

»Emma, würden Sie sich bitte ein Foto anschauen und mir sagen, ob Sie sich an diese Frau erinnern?«

Kate zeigte Emma das Foto und konnte sehen, wie es in Emmas Kopf arbeitete.

»Ja, die Frau hab ich gesehen. Sie war ein paar Mal hier im Diner. Hat immer nur einen schwarzen Kaffee und ein stilles Wasser bestellt. Es schien, als würde sie auf jemanden warten. Aber Sie müssen Sophia fragen. Sie hat die Frau immer bedient. Sie hat sich sogar ein paarmal zu ihr an den

Tisch gesetzt und sich mit ihr unterhalten. Also ich find so was ja während der Arbeitszeit unmöglich, aber das muss jeder selber wissen.«

Emma hatte ihren Blick in Brads Richtung gewendet, als sie diese letzten Worte sprach. Ihre Abneigung gegen Sophia war spürbar. Scott beugte sich zu Kate und bestätigte ihr, was sie längst wusste. Der Agent, der zu Sophias Wohnung gefahren war, hatte gemeldet, dass er sie dort nicht angetroffen hatte. Kate nahm ihr Telefon und verließ den Diner. Sie rief Wilson an. Er sollte versuchen, Sophias Handy zu orten. Hoffentlich hatte Beth das Telefon nicht ausgeschaltet. Zehn Minuten später meldete sich Wilson mit den Koordinaten von Sophias Telefon. Kate sah zurück in den Diner, wo Scott sich noch mit Brad und notgedrungen mit einer äußerst aufdringlichen Emma unterhielt. Kate nutzte diesen unbeobachteten Moment und stieg ins nächste Taxi. Sie war auf dem Weg, etwas zu beenden, bei dem sie keine Hilfe brauchte. Das hier war etwas, das sie allein tun musste, um ihren Frieden mit dieser total verkorksten Situation zu schließen, die sie ihr Leben nannte.

Der Standort, den Wilson ihr durchgegeben hatte, führte Kate in ein abgelegenes Industriegebiet am Rande von Washington. Überall standen Lagerhallen und Fabrikgebäude. Je weiter sie fuhren, desto einsamer und verlassener wurde die Gegend. Schließlich waren sie angekommen. Kate hatte dem Taxifahrer 50 Dollar gegeben, damit er auf sie wartete und dafür, Scott in fünf Minuten ihren Aufenthaltsort durchzugeben. Sie wollte Scott nicht schon wieder hintergehen, aber sie wollte diesen Vorsprung für sich haben. Sie fand sich in einer von Lagerhallen gesäumten Straße wieder, die verlassen und ausgestorben wirkte. Kate fröstelte es. Die Straße erinnerte sie schlagartig an diejenige aus ihren

Träumen. Ihr Herz schlug schnell, ihre Finger krampften sich um die Waffe, die sie am Gürtel trug. Sie folgte dem kleinen Punkt auf ihrem Handy bis zu einer Halle mit einem riesigen roten Rolltor. Es war mit einem großen Vorhängeschloss gesichert. Kate verfluchte ihren Größenwahn, immer alles allein schaffen zu müssen. Natürlich hatte sie überhaupt keine Ausrüstung dabei. In Scotts Wagen wäre sicherlich etwas gewesen, um dieses Schloss zu knacken.

Kate ging um die Hallen herum bis zur Rückseite des Gebäudes. Hinter dem Haus verlief eine Bahnstrecke, lediglich ein schmaler Schotterweg trennte die Hallen von den Gleisen. Kate betete, dass jetzt kein Schnellzug an ihr vorbeirauschen würde. Sie fand die Halle wieder und atmete erleichtert aus. An der Rückseite des Gebäudes befand sich ein Lichtschacht, der in den Keller führen musste. Kate hasste die Dunkelheit und noch mehr enge Räume, aber das Adrenalin, das durch ihre Adern schoss, ließ das alles nebensächlich erscheinen. Sie hob das Gitter ab und ließ sich in den Schacht gleiten. Glücklicherweise hatte sie ihre Taschenlampe dabei. Unten im Schacht erspähte sie ein schmales Kellerfenster. Es war nur angelehnt, und sie ließ sich hindurch in den Keller gleiten. Der Geruch, der ihr entgegenschlug, trieb ihr augenblicklich die Tränen in die Augen. Es roch nach scharfen Putzmitteln und Chemikalien, nach altem Schweiß und nach etwas, das Kate nicht definieren konnte. Der Raum, in dem sie sich befand, schien so etwas wie ein Putzraum zu sein. Sie öffnete die Tür und kam in einen langen Flur, an dessen Ende eine Treppe hoch in die große Haupthalle führte. Oben war der Geruch nicht mehr so erdrückend, doch immer noch schwebte eine schwache Dunstwolke über ihr. In der Halle standen verschiedene Maschinen, die Kate nicht kannte, sowie diverse in Plastikfolie eingewickelte Pakete auf riesigen Paletten. Sie konnte durch die Dachfenster genug erkennen, um ihre Taschenlampe ausschalten zu können. Beth durfte sie nicht kommen sehen. Aber wo war Beth nur, und wo war Sophia? Kate hörte absolut nichts. Es war totenstill. Sie schlich so leise sie konnte an der Wand entlang, um im Schutz der Maschinen nicht sofort entdeckt zu werden. Plötzlich nahm sie hinter einem Vorhang aus Plastikfolie eine Bewegung wahr. Sie konnte es nicht richtig erkennen, aber es schien, als befände sich etwas Lebendiges hinter dem künstlichen Vorhang. Kates Puls beschleunigte sich, aber sie war auf das fokussiert, was vor ihr lag. Sie schlich quer durch den Raum bis zur Folie, zog sie langsam beiseite und erstarrte. Vor ihr saß eine Frau, gefesselt an einen Stuhl. Sie saß mit dem Rücken zu ihr gewandt, aber sie ahnte bereits, dass es Sophia war. Es musste Sophia sein. Sie suchte kurz die Umgebung ab und lief dann auf die Frau auf dem Stuhl zu. »Sophia, ich bin da«, flüsterte Kate, um sie zu beruhigen. Das Sprechen fiel ihr schwer. »Hilf mir«, wimmerte sie und Kate machte sich daran, ihre Fesseln zu lösen. Als Sophia unruhig anfing, auf ihrem Stuhl hin und her zu rutschen, hörte sie hinter sich ein Messer klicken. Sie drehte sich um und sah in Beths leere Augen. Ehe sie reagieren konnte, spürte sie einen Stich in den Hals, der sie außer Gefecht setzte. Kate verlor das Bewusstsein.

Kapitel 25

John wurde das Gefühl nicht los, dass etwas nicht stimmte. Er war nie der Typ gewesen, der sich schnell Sorgen machte, doch irgendwie hatte ihn das Telefonat beunruhigt, das er mit angehört hatte. Wilson war immer noch im Büro, und John beschloss, ihn auf das Gespräch mit Kate anzusprechen. Wilson vertiefte Johns Sorge nur noch.

»Was soll das heißen, sie ist allein dahingefahren? Bist du nicht auf die Idee gekommen, dass sie vielleicht Hilfe brauchen könnte? Du Idiot. Kate ist einem Serienkiller auf der Spur, und das lässt dich völlig kalt?« John hatte sich in Rage geschrien. Er zündete sich eine Zigarette an und ging unruhig in dem kleinen Büro auf und ab.

»Vielleicht dachte sie, dass es dich nicht interessiert! Du bist ja sonst auch nicht wirklich der sensible Typ!«, konterte Wilson und sah John herausfordernd an.

»Kate wollte nicht, dass irgendjemand erfährt, wohin sie unterwegs ist. Sie meinte, dass es ihre Sache sei.«

»Verdammt! Wie oft will sich die Kleine noch in Schwierigkeiten bringen«, fluchte John und schlug mit der rechten Faust auf seinen Schreibtisch. »Wo ist sie?«

Wilson zögerte nicht und gab ihm die Adresse, an der er das Handy geortet hatte. »Es ist ein ziemlich abgelegenes Industriegebiet. Ich glaube nicht, dass Kate dort etwas Gutes finden wird. Ich weiß nicht, ob sie in Gefahr ist, aber ich denke, du solltest zu ihr fahren.«

John drückte seine Zigarette aus, drehte sich um und verließ das Büro. Er musste zu ihr.

Bis zu der Adresse, die Wilson ihm gegeben hatte, waren es gute 15 Meilen. John hupte jeden an und drängelte ihn von der Fahrbahn, der sich ihm in den Weg stellte. Der Verkehr war zähflüssig, und er hatte Mühe, die Ruhe zu bewahren. Innerlich rang er mit sich, Agent Dearing zu kontaktieren. Seit der Auseinandersetzung vor Kates Haus überkam ihn Übelkeit, wenn er nur an ihn dachte. Gut, in der Sache mit dem Geschwisterpaar hatte er Mut bewiesen. Es ärgerte ihn, dass das Bild vom aufgeblasenen Lackaffen, der die meiste Zeit damit beschäftigt war, in seinem Sessel zu sitzen, nicht länger stimmte. Er hatte gute Arbeit geleistet. Dennoch, ein Lackaffe würde er in Johns Augen bleiben. Nicht so wie John, der half, die Straßen sicherer zu machen, den Abschaum wegzusperren und an vorderster Front zu stehen. Er hasste diesen Kerl, obwohl er ihn kaum kannte. Er hasste ihn, weil er Kate wichtig war. Das konnte er spüren. Trotzdem war ihm klar, dass er ihn informieren musste. John ahnte nicht, auf was sich Kate eingelassen hatte, aber sein Stolz durfte nicht daran schuld sein, dass ihr etwas zustieß.

Wilson hatte ihm die Nummer besorgt. Nach dem ersten Klingeln ging er ans Telefon.

»Agent Dearing!«

»Hier ist John Black.«

»Welcher John?«, wollte Scott wissen, und John ärgerte sich bereits, denn er war sich sicher, Scott wusste ganz genau, wer er war. »Kates Boss«, erklärte er mit gepresster Stimme.

»Was kann ich für Sie tun? Ich habe wenig Zeit!«

»Kate ist an einer Sache dran, und ich werde das Gefühl nicht los, dass sie in der Klemme steckt. Ich weiß, wo sie hinwollte, aber ich weiß nicht, warum oder wer sie dort erwartet.«

John musste aufpassen, dass er die Abfahrt nicht verpasste. Im letzten Moment scherte er auf die rechte Spur, um den Highway zu verlassen. Er hatte Scott die Koordinaten durchgegeben, aber der Gedanke ließ ihn nicht los, dass dieser nicht so überrascht geklungen hatte, wie er es erwartet hatte.

Kurz bevor Scott mit John telefoniert hatte, hatte sein Handy geklingelt. Die Nummer des Anrufers war unterdrückt. Er sagte, dass er im Auftrag von Kate anrufe, und teilte ihm ihren Aufenthaltsort mit. Scott, der bis zu diesem Zeitpunkt immer noch in seinem Auto vor dem Diner gesessen hatte, machte sich sofort auf den Weg, um Kate zu helfen. Er war bereits auf halbem Weg zu Kate, als er mit John telefonierte. Beide Männer waren auf dem Weg zu den Koordinaten, die zu Kate führen sollten. Was sie nicht ahnten, war, dass sie an Kate vorbeigefahren waren.

Beth hielt Sophia ein Jagdmesser an den Hals. Ihre Hände und Arme waren bereits mit Schnittwunden übersät, ihre Lippe blutete. Sie sah schrecklich aus.

»Gib mir deine Waffe, Katherine!«

Kate hatte große Mühe, ihre Augen zu öffnen. Ihr dröhnte bei jedem Wort, das Beth sprach. Langsam kam sie wieder zu sich und erhob sich schwankend vom Boden.

Sie tastete nach der Waffe, doch sie war verschwunden. Ein Griff an ihren Knöchel war ebenfalls erfolglos. Beth musste ihr die Waffen abgenommen haben, während sie am Boden gelegen hatte.

»Suchst du etwas?« Beth wirkte amüsiert, während sie ihr Handy und ihre Waffen in die Luft hielt. Sie blickte Kate herausfordernd in die Augen. Kate spürte, dass sie Beth immer noch unterschätzte. Wie konnte sie von der Waffe an ihrem Knöchel wissen? Außer ihrer Taschenlampe war ihr nichts mehr geblieben, um sich zu verteidigen. Beth steckte sich eine der Pistolen in den Hosenbund. Nachdem sie Kate aufgefordert hatte, Sophia von den Kabelbindern an ihren Händen zu befreien, verließen sie die Hallen. Nach kurzer Zeit gelangten sie an einen Parkplatz. Beth hielt die Waffe gefährlich nah an Sophias Schläfe und zwang sie auf den Fahrersitz und Kate in den Kofferraum.

»Wohin fahren wir?«, wollte Kate wissen. Sie versuchte, Beth in ein Gespräch zu verwickeln, um Zeit zu schinden. Hoffentlich hatte der Taxifahrer getan, worum sie ihn gebeten hatte, dann müsste Scott jeden Moment hier sein.

»Beth, bitte sag mir, warum du das hier tust? Warum hast du all diese Menschen getötet? Meinetwegen?«

»Weißt du, Kate, ich tue dir einen Gefallen. Aber das wirst du schon noch begreifen. Wir sind doch eine Familie, und ich hole dich nach Hause.«

Die Art, wie Beth sprach, so völlig anders, ließ einen Schauer über Kates Rücken laufen.

»Mit dir war es nicht ganz einfach. Es hat ein wenig gedauert, bis ich an dich rankam. Ich meine so richtig. Ich weiß, du bist eine Einzelgängerin. Du hast gerne die Kontrolle, das weiß ich doch.«

Beths Augen strahlten fast so etwas wie echte Wärme aus. Doch von einem Moment auf den nächsten veränderte sich ihr Blick und war von absolutem Hass und durchdringender Kälte geprägt.

»Aber du bist noch nicht so weit. Du musst dich erst erinnern. Und ich werde dir helfen. Ich warte schon so lange auf diesen Moment, und jetzt ist er endlich gekommen. Ihr werdet mich beide begleiten!«

Sie schlug Kate mit dem Griff der Waffe gegen die Schläfe und drückte sie in den Kofferraum. Kate war von dem Schlag und den Nachwirkungen der Injektion immer noch benebelt. Sie brauchte einen Moment, um wieder einen klaren Gedanken zu fassen. Die Vermutung, die sie nicht wahrhaben wollte, stand lebendig vor ihr: Beth war Lisa! Ihre Augen verrieten sie. Kate beschloss, noch nichts über die Lisa, die sie kannte, zu sagen. Beths Emotionen diesbezüglich waren womöglich der einzige Trumpf, den sie hatte. Sie durfte ihn nicht verspielen. Nicht jetzt, da sie und Sophia ihr hilflos ausgeliefert waren. Sie musste abwarten, wo Lisa sie hinbringen würde.

Lisa hatte ihre Hände und Füße nun ebenfalls mit Kabelbindern zusammengebunden. Sie spürte, wie sich der Wagen in Bewegung setzte, konnte jedoch nicht hören, was im Fahrerraum passierte. Immerhin hatte sie noch mitbekommen, dass sich Sophia ans Steuer setzen musste, und vermutlich gab Lisa ihr jetzt Anweisungen, wohin sie fahren sollte. Kate zerrte erfolglos an den Fesseln. Ihre Handgelenke bluteten an den Stellen, an denen sich der Kabelbinder in ihr Fleisch geschnitten hatte.

Die Fahrt schien endlos zu dauern, und die Luft im Kofferraum wurde immer dünner. Kate versuchte, ihre aufsteigende Panik zu unterdrücken. Sie konnte sich in dem engen Raum nicht bewegen, ihr Kopf schmerzte, und sie hatte keine Ahnung, wie sie hier wieder herauskommen sollte. Sie musste Sophia befreien, denn sie war nur ihretwegen in dieser Lage. Es war egal, was mit ihr passierte, aber Sophia durfte nicht sterben.

Kate spürte, wie der Wagen einen Schotterweg entlangfuhr, weil er über dem unwegsamen Gelände hin und her schaukelte und ab und zu Steine unter den Reifen knackten. Sie wurde unsanft durch den Kofferraum geschleudert, sodass ihr Magen langsam rebellierte. Gerade als sie ihre Panik wieder in den Griff bekommen hatte, kam das Auto zum Stehen. Beide Türen wurden geöffnet und wieder geschlossen. An den Kofferraum kam niemand. Kate versuchte, einen Blick auf ihre Armbanduhr zu werfen, denn sie wollte nicht jegliches Zeitgefühl verlieren.

Im Kofferraum war es vollkommen still. Fünfzehn Minuten später, die sich wie eine Ewigkeit anfühlten, konnte Kate Schritte hören, die sich dem Wagen näherten. Angestrengt lauschte sie. Sie wollte Lisa überraschen und aus dem Kofferraum springen, doch die Fesseln erinnerten sie an die Unmöglichkeit ihres Vorhabens.

Scott hatte den Taxifahrer an der Einfahrt zum Industriegebiet entdeckt. Er bedeutete ihm zu warten, bis er zurück war, da er ihn als möglichen Zeugen nicht aus den Augen verlieren wollte. Dann fuhr er an den unzähligen nichtssagenden und heruntergekommenen Lagerhallen entlang. Er hatte keine Ahnung, hinter welcher Tür sich Kate aufhielt. Der Taxifahrer hatte ihm nur die Adresse des Industrieparks gegeben, eine bestimmte Halle konnte er nicht benennen. Scott wollte schon umdrehen, um ihn nochmals zu befragen, aber als er sich umblickte, war das Taxi verschwunden. Er fluchte leise vor sich hin. In der Hektik hatte er vergessen, sich das Kennzeichen aufzuschreiben. Verdammt noch mal, er musste sich auf seinen Einsatz konzentrieren. Kate war ein potenzielles Opfer, das er schützen musste, aber in erster Linie war es sein Job, den Killer dingfest oder gegebenenfalls unschädlich zu machen. Plötzlich kam ein Pick-up die Straße angerast und hielt direkt neben Scott. Es war John.

»Hey, hast du sie schon finden können?«, wollte er wissen. Scott schüttelte den Kopf. »Ich hatte nur die Adresse. Du musst uns hinbringen.«

John sah auf sein GPS, das die genauen Koordinaten Sophias anzeigte. »Da lang«, murrte er und lief zügig auf eine Halle am Ende des Weges zu. Scott folgte ihm bis zu einem großen roten Tor, das abgeschlossen war. John war vorbereitet, denn er holte einen großen Bolzenschneider aus seinem Auto und öffnete das Schloss. Scott wäre gern etwas diskreter vorgegangen, denn das laute Geräusch musste jeden in der Halle warnen. »Gut, dass jetzt auch wirklich jeder weiß, dass wir im Anmarsch sind«, zischte Scott, doch John beachtete ihn nicht. Als sie an den Büros vorbei in die Haupthalle kamen, wussten sie, dass sie zu spät waren. In der Mitte der Halle stand ein Stuhl, und auf dem Boden davor war eindeutig Blut, das nichts Gutes verhieß.

Kapitel 26

Als der Kofferraum geöffnet wurde, strahlte Kate ein gleißend helles Licht entgegen. Sie wurde geblendet, von ihrer Peinigerin aus dem Auto gezerrt und zu Boden gedrückt. Nachdem Lisa ihre Fußfesseln durchschnitten hatte, zwang sie Kate mit vorgehaltener Waffe, in den Keller des nahe gelegenen Hauses zu gehen. Es hatte frappierende Ähnlichkeit mit dem Waisenhaus Heaven Sent. Kate schauderte, aber sie hatte keine Zeit, weiter darüber nachzudenken. Lisa trieb sie voran, bis sie vor der Kellertür angekommen waren. Kate sträubte sich mit jeder Faser ihres Körpers, durch diese Tür zu gehen. Es war ihr klar, dass es ein Weg ohne Rückkehr sein würde. Niemand wusste, wo sie war, und sie fühlte sich Lisa vollkommen unterlegen. Es schien, als kannte Lisa sie besser als sie sich selbst.

Der Keller roch muffig und feucht. Kate wurde schlagartig in ihre Kindheit zurückversetzt. Die Erinnerungen trafen sie mit solcher Wucht, dass sie an der Tür nach hinten taumelte und sich am Türrahmen festhalten musste, um nicht umzufallen. Lisa stieß ihr den Lauf der Pistole in die Wirbelsäule.

»Kommt dir das bekannt vor? Los, geh weiter! Mach jetzt bloß keinen Scheiß. Du willst doch nicht sterben, bevor du ein paar Antworten bekommen hast, oder? Wie sollst du denn da drüben zurechtkommen, wenn du den Plan nicht kennst.«

Sie drängte Kate in einen Lagerraum mit nichts als einer Matratze und einem Eimer darin. Ein Fenster gab es nicht. Kate war wütend auf sich, als sich die Tür hinter ihr schloss. Sie war schon wieder in derselben ausweglosen Situation wie zuvor. Wie konnte sie nur so dumm sein? Sie hatte Beth vertraut. Jetzt saß sie hier in diesem Loch, ohne auf Rettung hoffen zu können. Sie war komplett auf sich alleine gestellt. Sie musste einen Ausweg finden.

»Kate? Kannst du mich hören?«

Sophia musste in dem Raum nebenan sein.

»Geht es dir gut? Es tut mir so schrecklich leid. Ich hätte nicht zulassen dürfen, dass sie dir das antut.«

Kate liefen die Tränen über die Wangen. Sie fühlte sich so hilflos. Plötzlich hörte sie die eiserne Tür des Nebenraumes aufgehen, wobei kleine Sandkörner über den Steinboden knirschten. Das markerschütternde Geräusch wurde nur durch Sophias schrille Schreie überboten. Kate zerrte an ihren Fesseln. Sie fand einen Vorsprung an der Wand und begann, den Kabelbinder, der ihre Handgelenke umschloss, darüber zu scheuern, doch aus irgendeinem Grund ließ der Kunststoff nicht nach. Der Schweiß rann ihr über das Gesicht, gemischt mit den Tränen, die sich unbemerkt und lautlos ihren Weg gebahnt hatten. Gerade als Kate dachte, dass sie die Schreie nicht länger ertragen könnte, hörten sie auf. Im Gang waren Schritte zu hören, dann öffnete sich ihre Tür. Lisa stand vor ihr. In der einen Hand hielt sie ein Messer, in der anderen trug sie einen Stuhl. Sie setzte sich direkt vor Kate, als wäre sie vollkommen davon überzeugt, dass von ihr keinerlei Gefahr ausging.

»Es ist vollkommen sinnlos. Du kannst deiner Freundin nicht helfen. Genau genommen, konntest du noch nie jemandem helfen, weil du armselig bist und egoistisch. Sei doch mal ehrlich, gab es jemals einen Platz in deinem Leben für irgendjemanden außer für dich? Hast du mich irgendwann mal gefragt, wie es mir geht oder was ich schon so erlebt habe? Eine tolle Freundin bist du. Sophia ist mehr damit geholfen, wenn man sie von dir befreit. Weißt du, dass du lange Zeit der wichtigste Mensch in meinem Leben warst? Als Kind haben uns unsere Eltern weggeworfen wie Müll. Wir zwei haben zusammengehalten. Wir hätten die Welt aus den Angeln heben können. Und das werden wir wieder tun. Später, auf der anderen Seite.«

Lisa blickte durch Kate hindurch. »Wir waren unbesiegbar. Du hattest mir geschworen, immer auf mich aufzupassen. Du hast mir versprochen, dass ich ein schönes Zuhause bekommen würde. Du bist eine gottverdammte Lügnerin. Du hast immer gelogen. Du wusstest, dass mich niemand wollte. Du hast mich einfach zurückgelassen. Weißt du eigentlich, wie es mir in den Jahren ergangen ist, nachdem du mich verlassen hast, um dein perfektes kleines Leben zu leben? Oh, ich habe ein Zuhause bekommen. Meine tollen neuen Eltern waren ständig besoffen, und wenn mal wieder kein Alkohol im Haus war, ließen sie ihren Frust an mir aus. Sie haben mich grün und blau geschlagen. Meine neue Mutter war rasend eifersüchtig. Sie war davon überzeugt, dass ich scharf war auf meinen Daddy. Kannst du dir das vorstellen? Das ist doch der Wahnsinn! Aber dann wurde ich gerettet. Und ja, ich konnte nicht klagen, mir hat es nie an etwas gefehlt. Papa hat viel Geld dafür bezahlt, dass meine Pflegefamilie mich nicht zurückwollte.«

Lisa schwieg, als wäre sie tief in ihrer Erinnerung versunken. Kate überlegte fieberhaft. Wilson hatte nichts von einer weiteren Adoption erzählt. Sie entschloss sich, vorerst weiter zuzuhören. Lisa seufzte und sah Kate direkt in die

Augen. Ein kalter, hasserfüllter Blick. »Dad hat mich neu gemacht, verstehst du? Ich durfte mir einen Namen aussuchen. Ich fand Beth immer schön. Er klingt so lieb, findest du nicht?«

Kate nickte. »Ja, Beth klingt schön.« Sollte sie sich trauen, weiter mit ihr zu sprechen? »Ich freue mich, dass du eine neue Familie gefunden hast.«

Schlagartig veränderte sich Lisas Blick. Sie stand auf, kam Kate ganz nah und schlug ihr mit voller Wucht die Faust mitten ins Gesicht. »Wage es nicht, über meinen Vater zu sprechen. Du weißt rein gar nichts«, wisperte sie, und Kate drehte ihren Kopf schützend zur Seite. Blut tropfte auf den Boden. Kate bemühte sich, trotz des pochenden Schmerzes ruhig zu atmen.

Ganz ruhig, als hätte es die letzten Minuten nicht gegeben, setzte sich Lisa wieder auf ihren Stuhl. Sie schloss die Augen und summte eine Melodie, die Kate noch nie gehört hatte.

»Dad und ich. Wir waren perfekt. Immer füreinander da, aber weißt du, was das Problem war, immer gewesen ist?«

Kate antwortete nicht. Sie war sich sicher, die Frage war rein rhetorisch. Trotzdem schüttelte sie leicht den Kopf, was sofort ein Pochen gegen ihre Schläfen auslöste.

»Du, liebe Kate. Du warst das Problem.«

Kate verstand nicht, worauf Lisa hinauswollte. Sie kannte ihren Vater nicht. Weshalb sollte sie das Problem gewesen sein? Kate wagte es nicht, sie zu unterbrechen. Lisa war so in ihre Lebensgeschichte vertieft, dass sie nicht bemerkte, wie Kate weiter ihre Fesseln bearbeitete.

Sie blickte Lisa direkt in die Augen. »Ich kann mir nicht vorstellen, was du durchmachen musstest. Es tut mir so unendlich leid, dass ich dich im Stich gelassen habe. Ich war doch selber noch ein Kind. Ich wollte dir nie wehtun. Ich habe dir so ein Leben nicht gewünscht.«

»Du denkst, es ist so einfach, liebe Kate. Du glaubst tatsächlich, du kommst in mein Leben und nimmst ihn mir weg? Ich weiß, dass du bei ihm warst. Du hattest alles, und dann wolltest du mir den Menschen wegnehmen, der mir als Einziges geblieben ist? Aber du hast mich im Stich gelassen, du hast nichts verdient. Gar nichts. Dir muss klar werden, dass man seine Familie nicht einfach auswechseln kann. Verstehst du?«

Auf die Gefahr hin, Lisa zu provozieren, musste es Kate nun doch wissen. »Wen hab ich besucht, Lisa? Von wem sprichst du?«

Lisa sah Kate an, ein undurchdringbarer Blick. Kate konnte nicht ausmachen, was sie sah. Wahnsinn? Zuneigung? Ihr Herz schlug heftig gegen ihre Brust, denn sie hatte das Gefühl, in dieser Situation vollkommen hilflos zu sein. Und dann durchbrach Lisa die Stille. Sie lachte, erst leise und monoton, dann immer lauter bis hin zu einem Kreischen. Im Nebenzimmer konnte sie Sophia wimmern hören. Alles in ihr hoffte, dass man sie bald finden würde. Schlagartig brach Lisa ab. Sie stand auf, kniete sich vor Kate und hielt ihr das Messer gegen das Kinn. »Seitdem du gegangen bist, mich im Stich gelassen hast, ist mein einziger Wunsch, dich zu vernichten. Aber weißt du, das hat dir scheinbar nicht gereicht. Du hast dich in seine Gedanken gebohrt. Du hast ihn dazu veranlasst, dich mehr zu wollen als mich. Ich konnte nicht gut genug für ihn sein. Deshalb habe ich irgendwann entschieden, dir ebenso alles zu nehmen. Und du solltest Schuld spüren. Schuld für den Schmerz anderer Menschen, weil du es in ihnen ausgelöst hast. Weißt du, Katherine. Irgendwann hatte ich eine Offenbarung. Ich habe so viel gelernt. Immer wollte ich eine Familie, so wie du sie hattest. Da wurde mir klar, dass man seine Familie nicht einfach auswechseln kann. Nur die höhere Macht bestimmt, wer deine Familie ist. Du warst schon immer was Besonderes, und der Teufel hat sich so viel Mühe gegeben, dich zu blenden, dich glauben zu lassen, du tust das Richtige. Arme Kate. Aber jetzt bin ich ja da, um dir zu zeigen, wie es wirklich ist.«

Lisa schien auf einen Beifall oder ein Kompliment von Kate zu warten. Sie saß da und starrte sie einfach nur an, ohne weiterzureden.

»Warum hast du Connor getötet?«

Sie schien kurz über ihre Antwort nachzudenken, bevor sie mit einem amüsierten Lächeln anfing zu erzählen: »Der süße Connor. Er war so unschuldig, und doch hat er einfach keine Ruhe gegeben. Hätte er doch einfach aufgehört, nach dem Mörder seines Vaters zu suchen! Es hätte alles anders laufen können. Connor hatte Glück mit seiner Familie, doch sein Vater hat seine Nase in Dinge gesteckt, die ihn nichts angingen. Connor, der seinem Adoptivvater offensichtlich sehr ähnlich war, ist uns einfach zu nah gekommen, wollte uns an die Polizei verraten. Doch wenn man ganz ehrlich ist, so hat es die Familie schlussendlich doch wieder vereint. Ich habe gehört, dass es die Mutter nicht verkraftet hat. Tja, viele Menschen sind zu schwach, um die Dinge so zu akzeptieren, wie sie passieren. Nur wenige schaffen das, was ich geschafft habe. Du und ich – wir sind stark. Die Zeit, bis ich ihn mir geholt habe, war so schwer. Ich habe auf den richtigen Moment gewartet, um ihm zu erklären, warum alles so geschehen war. Er konnte es noch nicht verstehen. Der arme Connor hatte ja seinen Vater verloren. Er hat in den Sitzungen immer ausführlich erzählt, wie sein Vater zugerichtet worden war. Er litt so sehr, aber er konnte ja noch nicht wissen, dass alles seine Richtigkeit hatte und dass er ihn bald wiedersehen würde. Ich war sehr geduldig, Kate. Eines Tages bin ich ihm nach Hause gefolgt, habe ihn abgepasst und überwältigt. Ein paar Wochen später bin ich zu seinem Haus gefahren. Ich wollte sehen, wie es seiner Mutter ging. Du wirst nicht erraten, wen ich an diesem Tag wiedergesehen habe. Meine gute alte Freundin. Dich! Du bist auf der Veranda gestanden und hast dich mit Connors Mutter unterhalten. Tja, was soll ich sagen, ab da war es um mich geschehen. Ich habe dir immer mehr Hinweise hinterlassen, und du hast sie einfach ignoriert. Was warst du doch für eine tolle Agentin. Nach Toms Tod schien davon nicht mehr viel übrig gewesen zu sein!«

Ohne eine Antwort oder eine Reaktion von Kate abzuwarten, nahm sie ihren Stuhl und verließ den Raum.

»Und warum Tom?« Kate traute sich nicht, die Frage laut auszusprechen, denn sie fürchtete, die Antwort darauf bereits zu kennen. Lisa kam zurück in den Raum und richtete ihr Messer auf Kate.

»Weil du ihn nicht verdient hattest. Du wolltest ihn zu deiner Familie machen. Das konnte ich nicht zulassen. Wahrscheinlich fragst du dich, warum deine Adoptiveltern noch leben, nicht wahr?«

Kate wurde schlagartig übel, wenn sie daran dachte, dass Lisa auch nur in die Nähe ihrer Eltern kam.

»Du wirst sie in Ruhe lassen, hast du verstanden!«

Wieder lachte Lisa laut auf. »Natürlich. Weil du sie töten wirst. Das Beste zum Schluss. Und dann lebst du bei uns, bei Dad und mir. Wir müssen ihn nur noch holen. Oder, wir bringen ihn um?«, überlegte Lisa und schabte mit dem Fuß nervös über den Boden. Sie fuhr sich durchs Haar. »Weißt du, das wird leicht. Er ist schon so gut wie tot. Leichter als bei dieser Maria.«

Kate dachte einen Moment über ihre Worte nach, bevor der Name über ihre Lippen kam. »Rutherford?«

»Ja, Daddy, du Dummerchen.«

Lisa schüttelte verwundert den Kopf. Fast als wäre sie tatsächlich erstaunt, dass Kate nicht vorher geahnt hatte, um wen es sich bei Lisas Vater handelte.

»Hat er dir geholfen, Tom und Connor und all die anderen zu töten?«, wollte Kate wissen.

Wieder ein hämisches Lachen von Lisa.

»Natürlich hat er nie jemandem etwas getan. Die Drecksarbeit hat er immer mir überlassen. Connors Vater war der Erste, weil er zu viel über die Vergangenheit meines Vaters herausgefunden hatte. Daddy hatte es geliebt, seine Kinder im Auge zu behalten, wie er niemals müde wurde zu betonen, doch eigentlich wollte er bei allen nur sichergehen, dass sie ihn nicht verpfiffen. Eine scheiß Angst hatte er, hat sie bis heute. Er wollte doch vor der Welt als der Held dastehen, der alle Kinder aus dem Heim gerettet hat. Niemand sollte erfahren, dass er mindestens genauso schlimm war wie die Hexe Maria. Connors Dad war mir egal. Er war der Erste, und von da an wurde es leichter. Connors Tod war nur ein Mittel zum Zweck gewesen. Er musste verschwinden, aber für dich habe ich ein großes Spektakel daraus gemacht. Rutherford, wie du ihn nennst, hat immer nur von dir geredet. Nie war ich so gut wie du, und insgeheim wusste ich, dass er eigentlich immer dich als seine Tochter gewollte hatte. Die wilde Kate, die niemand zähmen konnte.«

Wutentbrannt eilte Lisa aus dem Raum. Kate konnte hören, wie sie eine Treppe nach oben ging und eine Tür lautstark hinter sich zuschlug.

Sie spürte den Zorn in sich aufsteigen. Wie konnte sie es wagen, so über Connor und die anderen zu sprechen? Was war bei Lisa nur schiefgelaufen, dass sie wirklich selbst glaubte, was sie sagte? Kate wollte ihren Zorn voll auf Lisa richten, doch tief in ihrem Innersten spürte sie noch etwas anderes, das sie selbst nicht verstand. Es war eine Art Mitgefühl für diese kranke Frau.

Trotz allem sah Kate darin einen wesentlichen Vorteil. Sie dachte all die Jahre, sie habe es mit einem gefühllosen Psychopathen zu tun. Dabei war diese Frau vor ihr krank, sehr krank. Kate konnte nicht fassen, wie es ihr gelungen war, ihre Rolle so überzeugend zu spielen. Aber sie würde sie vielleicht auf eine andere Art überwältigen können. Emotional. Das hoffte sie zumindest.

Kate konnte ihre Handgelenke kaum noch spüren. Das Blut schien aus ihren Händen gewichen zu sein. Langsam gab das Plastik unter der Reibung nach. Sie mussten hier raus. Kate hatte keinen Zweifel daran, dass Lisa sie nicht lebend davonkommen lassen würde. Es gab keinen anderen Weg, als sie beide zu töten. Endlich hatte sie es geschafft: Ihre Hände waren frei. Sie sprang von der Matratze und rannte zur Tür. Sie war nicht verschlossen. Kate wunderte sich darüber, ergriff aber trotzdem die Chance. Lisa war sich ihrer Sache anscheinend sehr sicher gewesen, dass Kate keinerlei Bedrohung darstellte. Sie rüttelte an der Tür des Nebenraumes. »Sophia, bist du da drin? Sophia, hörst du mich?«

Sie wagte nicht, lauter zu rufen, aus Angst, dass Lisa sie hören könnte und sie beide erschoss.

Es kam keine Reaktion aus dem Raum hinter der Tür. Kate erschauderte bei dem Gedanken, dass Sophia tot sein könnte. Sie hatte so markerschütternd geschrien! Vielleicht kam sie zu spät? Sie rüttelte fester an dem Griff, bis das Schloss nachgab und die alte Tür mit einem leisen Knarzen aufsprang.

Der Raum sah genauso aus wie der, in dem sie selbst gefangen gewesen war. Auf der Matratze in der Ecke konnte Kate einen regungslosen Körper liegen sehen. Sophia! Sie lief zu ihr und ergriff ihr Handgelenk. Sophia war übel zugerichtet. Überall um sie herum war Blut. Kate fürchtete schon, dass sie zu spät gekommen war, doch da fühlte sie einen schwachen Puls. Sophia war aufgrund der Schläge und Schnittwunden bewusstlos. »Halte durch. Ich hole uns hier raus«, flüsterte Kate und atmete tief durch. Dann machte sie sich auf den Weg, Lisa zu stoppen. Sie nahm die Taschenlampe, die immer noch an ihrem Gürtel hing, und leuchtete in Richtung Treppe. Auf dem Weg nach oben suchte sie etwas, mit dem sie sich verteidigen konnte, aber außer ein paar Eimern und dem besagten Stuhl fand sie nichts, was sich als Waffe eignete.

Ihr Herz klopfte bis zum Hals, aber ihr Atem ging ruhig. Ihr war es egal, wie es für sie enden würde. Sie hatte nichts zu verlieren. Sophia war das Einzige, was für sie jetzt zählte, und sie betete, dass sie noch so lange durchhalten würde, bis sie Hilfe holen konnte. Sie öffnete vorsichtig die Tür am oberen Ende der Treppe und spähte in eine überaus modern und teuer eingerichtete Küche. Es war niemand zu sehen. Aber irgendwo musste sie doch sein. Kate schlich in den Flur, von dem drei Türen abgingen. An seinem Ende führte eine lange gewundene Treppe ins Obergeschoss. Die ersten beiden Türen waren verschlossen. Sie atmete kaum, aus Angst, zu viele Geräusche zu machen. Vorsichtig drückte sie die Klinke der letzten Türe nach unten, sie ließ sich geräuschlos öffnen. Kate schlüpfte, wie sich herausstellte, in das Wohnzimmer und schloss die Tür hinter sich wieder. Der Raum war ebenso teuer und geschmackvoll eingerichtet wie die Küche in Beths Wohnung. Dieses Haus passte zu der Beth, die sie kennengelernt hatte. Durch die große Fensterfront, die sich in einen riesigen Garten öffnete, fiel genug Licht ein, um sich in Ruhe umzusehen. Kate brauchte etwas, um sich zu verteidigen, und sie brauchte einen Plan. Ein Telefon fand sie nicht, dafür aber einen Schürhaken, der neben dem offenen Kamin an die Mauer gelehnt war. Plötzlich konnte sie Schritte hören. Sie kamen von oben. Damit wusste sie, wo sich Lisa befand. Das verschaffte ihr einen enormen Vorteil. Lisa hatte hoffentlich noch nicht bemerkt, dass sie aus ihrer Zelle entkommen war. Auch wenn es Kate immer noch zu einfach erschien. Warum hätte Lisa ihr ganzes Leben nach ihr suchen sollen, um dann im entscheidenden Moment die Tür nicht abzuschließen? Sie hörte, wie jemand die Treppe herunterkam. Schnell suchte sie sich im Wohnzimmer ein Versteck. Wenn sie hier vor den Fenstern stehen blieb, gab sie eine perfekte Zielscheibe ab. Sie lief in den hinteren Teil des Wohnzimmers, wo sie eine Holztür fand, die vermutlich in den nächsten Raum führte. Vorsichtig öffnete Kate diese Tür. Der Raum dahinter war kleiner, offensichtlich ein Arbeitszimmer, in dessen Mitte ein großer massiver Schreibtisch stand. An den Wänden hingen allerlei Gemälde und mehrere gerahmte Kunstdrucke. Was Kate aber am meisten fesselte, war das, was hinter dem Schreibtisch hing. Die Wohnzimmertür wurde geöffnet. Kate konnte hören, wie Lisa das Zimmer betrat. Der alte Holzboden, den Kate vorhin noch verflucht hatte, knarrte leicht unter ihren Schritten und verriet, wo Lisa war. Sie musste alles daran setzten, sie zu überwältigen. Vermutlich hatte sie immer noch ihre Waffe bei sich, und Kate wusste nur zu gut, wozu sie fähig war. Unwillkürlich musste sie an Sophia denken und daran, was Lisa ihr angetan hatte. Wie konnte sie nur so blind gewesen sein? Die ganze Zeit über hatte sie die Wahrheit nicht gesehen – vielleicht nicht sehen wollen. Die Wut strömte wie Gift durch ihre Adern und ließ sie kaum einen klaren Gedanken fassen. Im Dunkeln tastete sie sich in Lisas Richtung. Um ihre Position nicht zu verraten, versuchte Kate, sich völlig lautlos zu bewegen, indem sie auf den vielen kleinen Teppichen balancierte, die vom Arbeitszimmer wie eine Straße ins Wohnzimmer führten. Lisa stand mitten im dunklen Raum. Das Mondlicht schien durch die Fenster und erhellte die Szenerie um sie herum. Sie hantierte an einem der Schränke, als wäre sie auf der Suche nach etwas. Sie hatte ihr den Rücken zugedreht, weshalb sie Kates Angriff mit dem Schürhaken nicht kommen sah. Mit voller Wucht schmetterte Kate das Eisen gegen ihr Bein; mit Genugtuung vernahm sie, wie der Knochen brach. Lisa schrie auf und sackte sofort zu Boden. Jetzt musste sie schnell handeln. Sie holte den Kabelbinder aus der Hosentasche, den sie vorhin aus dem Keller mitgenommen hatte, und fesselte Lisas Hände und Füße aneinander. Lisa stöhnte vor Schmerzen, als Kate sie unsanft auf den Sessel hievte. Ihre Augen zeigten eine Mischung aus Überraschung, Bewunderung und tief empfundenem Hass.

»Hallo Kate!«

Kate fuhr zusammen und drehte sich hastig um. Die Stimme des Mannes, die sie hörte, klang dünn. Noch bevor sie ihn sah, wusste sie, wer es war. Harry Rutherford.

Kapitel 27

John war zusammen mit Scott zurück in die FBI-Zentrale gefahren. Sowohl Wilson als auch die Special Agents arbeiteten mit Hochdruck daran, Kates Aufenthaltsort herauszufinden. Sie alle waren sämtliche Besitztümer von Dr. Elisabeth Shaw durchgegangen. Sie besaß die Wohnung in Washington, ein Haus in den Hamptons, das bereits durchsucht worden war, und ein Strandhaus in Malibu, in dem die Kollegen vor Ort auch keinerlei Spuren gefunden hatten. Es schien, als wäre das ganze Land auf der Suche nach Kate, während sie nichts von all dem ahnte. John war seit Stunden aufgeregt in den Gängen umhergewandelt. Es trieb ihn beinahe in den Wahnsinn, hier rumzusitzen und nichts tun zu können, während Kate vermutlich um ihr Leben kämpfte. Sie war die stärkste Frau, die er kannte. Tief in seinem Innersten wusste er, dass sie die Richtige für ihn sein könnte, aber es war ihm auch klar, dass sie eine Seite an sich hatte, die sie ihm nur in äußerst seltenen Momenten gezeigt hatte. Als sein Handy plötzlich klingelte, blieb er stehen. Es war Wilson. »Wilson, bitte sag mir, dass du sie gefunden hast!«

»Nicht direkt, aber ich bin da auf etwas gestoßen. Vor drei Jahren hat Dr. Elisabeth Shaw eine Zahlung über 6.000 Dollar von der Gemeinde in Brightwood erhalten. Ist auf den ersten Blick vielleicht nicht ungewöhnlich, aber ich bin der Sache mal auf den Grund gegangen.«

»Verdammt noch mal, Wilson, komm auf den Punkt!«

John hasste es, wenn Wilson nicht einfach sagte, was er wusste.

»In den Archiven habe ich folgenden Vorfall gefunden, der mit einer Zahlung in Höhe von 6.000 Dollar zusammenhängt. Im Jahr 2014 wurde bei Straßenbauarbeiten in einem Waldgebiet eine Gasleitung beschädigt, woraufhin in einem Haus der Gasherd in die Luft gegangen ist. Als Besitzer des Hauses ist seit 2001 ein gewisser Harry Rutherford eingetragen. Das Interessante dabei ist, dass die Zahlung aber an eine Dr. Elisabeth Shaw ging.«

Wilson schien auf irgendeine Reaktion von John zu warten, denn er hatte aufgehört zu sprechen.

»Wir sind hinter Dr. Shaw her. Warum sollte sie Kate in ein Haus schleppen, dass anscheinend einem gewissen Harry Rutherford gehört? Die beiden kennen sich doch gar nicht … Wilson, ich will, dass du weitersuchst. Ich kann hier nicht länger rumsitzen. Ich fahre trotzdem zu dem Haus. Einen Versuch ist es wert. Schick mir bitte die Adresse und ruf mich sofort an, wenn du was Neues hast.«

John versprach sich nicht wirklich viel von der Fahrt nach Brightwood, aber es war nicht weit von hier und er brauchte frische Luft. Zwischen all den Schlipsträgern schien sein Hirn nicht richtig zu arbeiten.

Als John das Gebäude verließ, merkte er nicht, dass Scott ihm gefolgt war. Seine Männer hatten immer noch keine heiße Spur, aber irgendwie wurde er das Gefühl nicht los, dass John mehr Informationen hatte, als er ihm sagte. Deshalb beschloss er, ihm zu folgen.

Beide Männer wollten Kates Retter sein, und beiden war jedes Mittel recht, um die Frau zu finden, die sie liebten.

»Daddy«, wisperte Lisa, und obwohl ihre Stimme schmerzverzerrt klang, leuchteten ihre Augen auf. »Du bist wach!«

»Ja, Liebes. Wie könnte ich dich auch verlassen, einer muss sich doch um dich kümmern«, erwiderte Rutherford liebevoll. Kate saß in der Zwischenzeit neben der Heizung, an die sie sich selbst mit Handschellen, die Rutherford ihr hinwarf, fesseln musste. Angewidert beobachtete sie das Schauspiel, das sich ihren Augen bot. Die Lisa, die wimmernd auf dem Sofa lag, hatte nichts mehr von einer selbstbewussten Frau, nicht einmal von einer kranken Psychopathin. In Rutherfords Anwesenheit war sie zu einem kleinen Mädchen geworden, das seinen Vater anhimmelte.

»Ruh dich aus. Ich kümmere mich um Katherine, und dann verarzten wir dich.«

Lisa nickte leicht. Schweiß stand ihr auf der Stirn, und ihr stetes leichtes Wimmern füllte die Stille. Eine Hand auf einen Gehstock gestützt und die andere fest um den Griff seiner Waffe gewickelt, wendete er sich Kate zu: »Endlich sehen wir uns persönlich. Entschuldige bitte, dass ich unseren Termin platzen ließ. Die Gesundheit …«, erklärte er und hustete.

»Schön, dass es Ihnen besser geht.«

»Danke. Tatsächlich bin ich seit einer Woche wieder auf den Beinen. Nun ja, mehr oder weniger«, erwiderte Rutherford und klopfte mit der rechten Hand gegen seinen Stock. Tausend Fragen jagten alle auf einmal durch Kates Kopf. »Wie sind Sie hierhergekommen?«, wollte sie zuerst wissen. Rutherford legte seinen Kopf schief und sah sie verwundert an. »Das wollen Sie wissen? Sie enttäuschen mich. Ich hatte mit einer spannenderen Konversation gerechnet.«

Kate unterdrückte ihre Wut. Sie hatte keine Ahnung, wie sie sich aus dieser Situation befreien konnte, aber sie wollte endlich Antworten. »Dann will ich Sie nicht langweilen. Sie haben Lisa also adoptiert. Das haben Sie nicht erwähnt.«

Ein Grinsen überzog Rutherfords Gesicht. »Ich habe sie aufgenommen. Ich war ihr ein Vater und habe ihr eine neue Identität gegeben, ihr quasi ein neues Leben geschenkt.«

»Und sie zu einer Mörderin gemacht«, warf Kate ein.

»Das verstehen Sie falsch, meine Liebe.«

Kate sah zu Lisa hinüber, die das Bewusstsein verloren hatte. Ihre Haut wurde zunehmend blasser. Doch noch viel mehr sorgte sie sich um Sophia. Sie musste sich dringend etwas einfallen lassen, stellte aber resigniert fest, dass es keinen Ausweg zu geben schien. Sie musste Rutherford aus der Reserve locken.

»Ich habe mich um euch alle gesorgt, Katherine. Auch um dich«, krächzte er, und seine Augen nahmen einen mitfühlenden Schimmer an. Kates Magen wurde flau bei dem Gedanken, dass er all die Jahre wie ein Schatten über ihrem Leben schwebte, und über dem der anderen.

»Galt Ihre Sorge in Connors Fall nicht eher sich selbst?«, fragte sie wütend. Rutherford sah zu Boden und zögerte, bevor er antwortete: »Bedauerlich. Connor war ein guter Junge. Die ganze Familie war der Beweis, dass es funktionieren konnte. Das weiß ich, und doch war mir der Schutz meiner Familie immer am wichtigsten.«

Nervös fuhr er sich durchs Haar und sah zu Lisa hinüber, die bereits dabei war, in eine andere Welt zu driften.

»Als ich Lisa bei mir aufgenommen hatte, war sie ein verstörtes Wesen, das jeglichen Halt in der Welt da draußen verloren hatte. Ich gab ihr ein Zuhause. Ich vermute, dass dir niemals jemand erzählt hat, dass ich dich auch adoptieren wollte, bevor deine Eltern auf der Bildfläche erschienen waren, aber die Church hat dem nicht zugestimmt. Angestellte brauchten keine Familien. Wir hatten ja die Kinder im Heim. Es hat lange gedauert, bis Lisa und ich zueinander fanden, aber am Ende hat sie das gemacht, wofür ich sie zu mir geholt habe. Sie hat dich wieder zu mir zurückgebracht. Niemals hatte ich mich so betrogen gefühlt wie an dem Tag, als du lächelnd meine Hand gedrückt hast, bevor du mit deiner neuen Familie davongezogen bist.«

»Aber ich war doch noch ein Kind! Wie konnten Sie mich all die Jahre dafür verantwortlich machen. Wenn Sie mich doch so aufrichtig geliebt haben, warum hat es Ihnen dann Kummer bereitet, mich in die liebevollen Arme meiner Eltern zu entlassen?«

»Irgendwann hat sich diese Trauer in meinem Herzen in Hass umgekehrt. Auf die Church, auf die Welt, auf dich. Lisa hat mir wieder neuen Mut und neue Lebensfreude gegeben, wenngleich sie dir nie das Wasser reichen konnte. Sie war immer schon überdurchschnittlich intelligent, und auch ihre Leistungen in der Schule waren herausragend, aber der Hass auf dich und das Gefühl des Verlassenseins haben ihre Sinne beeinträchtigt. Glaube mir, ich habe alles versucht, ihre dunklen Gedanken umzukehren.«

Wieder sah er zu Lisa, voller Mitgefühl, und Kate versetzte es einen Stich. Doch da war noch mehr, ein Gefühl, dass sie seit Toms Tod nur zu gut kannte: Schuld.

Rutherford ging zu Lisa hinüber und streichelte ihr das schweißverklebte Haar aus der Stirn.

Kate schloss die Augen. Konzentrier dich, sagte sie sich immer wieder in Gedanken.

»Dann helfen Sie uns, Sophia und mir. Tun Sie das Richtige.«

Erstaunt sah Rutherford Kate an. »Oh, so einfach ist das

nicht. Ich könnte nie etwas tun, das meiner Tochter schadet. Sie ist mein Leben. Das Gefängnis wäre ihr Tod.«

Kate hatte genug. Ihr Gehirn fing wieder an zu arbeiten. Sie fokussierte sich auf ihre Aufgabe. Sie würde um ihr Leben kämpfen. Sie würde für Connor und Linda und alle anderen kämpfen, die jetzt nicht mehr für sich selbst einstehen konnten.

»Ich würde nie zulassen, dass Lisa etwas zustößt. Sie war meine Freundin, als Kinder waren wir wie Schwestern. Ich habe gute Kontakte und ich weiß, Sie sehen die Heaven Church kritisch. Also kooperieren Sie, und es wird für Sie und Ihre Tochter eine Lösung geben.«

Kate konnte an Rutherfords Gesicht sehen, dass er über ihre Worte nachdachte. »Ich muss mich um Sophia kümmern. Sie liegt hilflos da unten. Lassen Sie mich ihr helfen.«

»Ja. Sophia. Tragisch, die Kleine war einfach am falschen Ort zur falschen Zeit«, flüsterte Rutherford in Gedanken. Kate wusste, sie war nah dran. »Sie waren und sind Lisa ein guter Vater, und in Ihren Händen wird sie gesund werden. Und Sie beide können irgendwo ganz neu anfangen.«

»Vater …«, murmelte Rutherford. »Seit ich euch Kinder kenne, wollte ich immer wie ein Vater für euch sein. Euch beschützen und zu guten Menschen der Gesellschaft machen.« Wieder strich er Lisa über den Kopf. Der Anblick der beiden ließ wieder Übelkeit in ihr hinaufsteigen. Mit einem Ruck drehte er seinen Kopf zu Kate und sah sie intensiv an. Er legte den Kopf schief, und Kate hielt den Atem an. Ihr Herz klopfte fest gegen ihre Brust.

»Du gehörst zu den Guten, meine Kleine. Gehörtest du schon immer.«

Langsam ging er auf sie zu, die Waffe auf ihren Kopf gerichtet. Das Atmen fiel ihm bei jeder Bewegung schwer.

Er war ihr so nah, dass sie ihn riechen konnte. Sie schloss die Augen. Dachte einen Moment an alle, die sie kannte und liebte. Ihre Eltern, Sophia, Tom, Linda und Connor, die viel zu früh gestorben waren. Ja, auch an den verrückten John … und an Scott. Es gab noch so viel, das gesagt werden musste. Sie spürte den kalten Stahl der Waffe an ihrer Schläfe, doch zu ihrer Überraschung schoss er nicht. Stattdessen hörte sie ein Klickgeräusch. Noch immer hielt sie die Augen geschlossen, doch sie konnte ihre Hände auf einmal frei bewegen und sah auf. Rutherford war schon wieder auf dem Weg zu Lisa.

»Geh jetzt und rette deine Freundin. Wir werden uns wiedersehen. Vielleicht ist uns ein anderes Leben bestimmt, in dem wir zusammen sein können.«

Sie beobachtete ihn eine Weile und überlegte, ob er ihr eine Falle stellte, doch die Zeit lief gegen sie, und so, wie sie ihn einschätzte, hatte er die Wahrheit gesagt. Er war ein alter, müder Mann, bereits vom Tod gezeichnet. Kate vertraute ihrem Instinkt, sprang auf und rannte so schnell sie konnte in den Keller zu Sophia. Rutherford war kaum in der Lage, ihr zu folgen, und der Blutlache nach zu urteilen, die sich vor Lisa ausgebreitet hatte, schien auch sie nicht mehr in der besten Verfassung zu sein.

Sophia hatte ebenfalls eine Menge Blut verloren. Ein süßlicher Geruch hatte sich über die kalte Luft des Kellers gelegt. Sie musste sie rausbringen, so schnell wie möglich. »Sophia, ich muss dich nach oben tragen. Hörst du mich?« Sophia antwortete nicht, doch ihr flacher Atem gab Kate das nötige Adrenalin, um all ihre Kräfte zu mobilisieren und sie nach oben zu tragen. Ein Stöhnen kam über Sophias Lippen, als Kate sie auf die Füße stellte und mit letzter Kraft zu den Treppen brachte. »Noch ein paar Stufen. Halte durch, gleich haben wir es geschafft«, presste sie hervor und sprach sich selbst mit ihren Worten Mut zu. Sophia war unterkühlt, und jede Bewegung ließ sie aufstöhnen. Kate konnte nur ahnen, welche Schmerzen sie durchlitt. Mit zitternden Beinen schaffte es Kate aus dem Keller in den Garten. Die Luft war kalt und der Himmel sternenklar. Kate sog den Sauerstoff in ihre Lungen. Auf der windgeschützten Seite des Hauses stand ein altes Sofa, auf das sie Sophia vorsichtig ablegte. Sie musste unbedingt nochmals ins Haus hinein, um nach einem Telefon und einem Verbandskasten zu suchen.

»Ich bin gleich wieder bei dir«, flüsterte sie ihr zu und ging durch den Keller zurück ins Haus. Mit klopfendem Herzen schlich sie langsam die Stufen nach oben. In der Küche suchte sie sich ein großes Messer. Im Arbeitszimmer hatte sie ein Telefon entdeckt, aber um dorthin zu gelangen, musste sie durch das Wohnzimmer, in dem sich Rutherford und Lisa aufhielten. Durch einen Spalt in der Tür konnte sie Rutherford beobachten, wie er auf der Kante des Sofas saß und Lisas Hand hielt. Dabei summte er ein Lied, das Kate seltsam bekannt vorkam. Um die beiden musste sie sich später kümmern. Lisa hatte mittlerweile einen unnatürlich grauen Hautton angenommen, und Rutherford war zu schwach, um irgendetwas ausrichten zu können. Kate lief am Wohnzimmer vorbei bis ans Flurende, wo sie das Badezimmer vermutete, und öffnete langsam die Tür, als würde dahinter die nächste Gefahr lauern. Dort fand sie endlich den Verbandskasten, den sie gesucht hatte. Schnell nahm sie in unter den Arm, ging zurück in die Küche und durchsuchte die Schubladen nach einem Handy, doch sie fand keines. Sophia lag immer noch auf dem Sofa und wimmerte still vor sich hin. Kate hatte aus dem Badezimmer mehrere Handtücher mitgenommen, um Sophia zuzudecken. Eingehüllt in ihre Tücher und notdürftig versorgt, driftete Sophia wieder in eine Bewusstlosigkeit ab. Ihr Puls war zwar schwach, aber regelmäßig. Kate dachte nicht weiter nach, sie funktionierte einfach.

»Ich verspreche dir, es wird dir bald besser gehen.«

Sie hoffte von ganzem Herzen, dass sie recht behalten würde.

Als sie das Haus erneut betrat, wusste sie, dass sie Hilfe holen musste, wenn sie Sophia retten wollte. Rutherford war nun über Lisa gebeugt, als würde er ihr etwas ins Ohr flüstern, das nur für ihre Ohren bestimmt war. So liebevoll diese intime Situation zwischen Vater und Tochter auch wirkte, so wenig täuschte sie über das hinweg, was beide waren.

»Sie braucht Hilfe. Genau wie Sophia. Ich werde jetzt Verstärkung anfordern. Sonst haben die beiden keine Chance, zu überleben!« Kate versuchte, so beiläufig wie möglich zu klingen, und Rutherford reagierte so, wie Kate es gehofft hatte.

»Sie war unvorsichtig. Ich habe ihr gesagt, dass sie dich nicht unterschätzen darf. Aber ich kann ja nicht immer da sein, um sie zu beschützen.«

Kate stockte der Atem, als sie sah, dass Rutherford seine Waffe auf Lisas Kopf gerichtet hatte.

»Setz dich, Katherine«, befahl er und drehte sich langsam zu ihr um, die Waffe weiterhin auf Lisa gerichtet. Kate atmete tief durch, schloss die Augen und folgte seiner Anweisung. Sie setzte sich in den Sessel, auf den er mit seiner Waffe deutete. Sie hatte in ihrer Sorge um Sophia völlig die Waffe vergessen.

»Es muss nicht so enden«, erklärte Kate.

»Ruhe!«

Rutherford war unberechenbar. Er löste den Sicherungshebel der Waffe und presste sie fester gegen Lisas Stirn, sodass sie leise zu wimmern begann. Dann drückte er den Abzug.

John fuhr aus der Stadt in Richtung Brightwood. Scott kannte die Gegend gut, da seine Ex-Frau von hier stammte. Sie waren oft über das Wochenende bei ihren Eltern gewesen, um der Stadt zu entfliehen. Immer noch spürte Scott einen Stich im Herzen, wenn er an Cara dachte. Er war damals wirklich überzeugt, dass sie zusammen alt werden würden, doch sie hatte ihre Meinung offenbar zu irgendeinem Zeitpunkt geändert. Als sie in Brightwood ankamen, bog John nach rechts in Richtung Brightwood Park ab. Er fuhr so schnell und hektisch, dass Scott Mühe hatte, an ihm dranzubleiben, ohne dass er ihn bemerkte.

Die Straße, auf der sie jetzt fuhren, war nicht beleuchtet. Scott fragte sich, wo um alles in der Welt John hinwollte, als sein Wagen plötzlich mitten auf der Straße stehen blieb und er mit voller Wucht auf die Bremse treten musste, um ihm nicht ins Auto zu fahren. Scott wurde gegen das Lenkrad geschleudert, weil er in der Eile vergessen hatte, sich anzuschnallen. In dem Moment, als sein Schädel gegen das Lenkrad knallte, sah er nur noch Sterne vor seinem inneren Auge. Er verfluchte John dafür, ihn in diese Pampa geführt zu haben, wo er Kate sicherlich nicht helfen konnte.

John schien sich nicht für Scott zu interessieren. Er hatte nur kurz ins Auto gesehen, ob er noch lebte, und war dann im Wald verschwunden. Scott strauchelte, als er versuchte, aus dem Auto auszusteigen. Sein Kopf dröhnte, aber mit jedem Atemzug schienen der Schmerz und der Schwindel ein wenig nachzulassen. Er hatte gesehen, dass John zwischen den Bäumen verschwunden war. Mit einem Griff an sein

Holster vergewisserte er sich, dass seine Waffe griffbereit war, während er sich daran machte, John zu folgen. Er zog eine Maglite aus der Manteltasche, um den Weg zu beleuchten. Der Kies knirschte unter seinen Füßen. Scott hatte keine Ahnung, wohin er ging oder was ihn am Ende des Weges erwartete. Wenigstens hatte er seine Position an die Kollegen in der Zentrale geschickt für den Fall, dass er nicht wieder auftauchte oder Hilfe brauchen sollte. Er konnte John nirgendwo entdecken, die Dunkelheit des Waldes schien ihn verschluckt zu haben. Vor ihm zeichnete sich auf einmal die schwache Silhouette eines Hauses im Mondlicht ab. Es war ein altes Haus mit Fensterläden und einem spitzen Dach. Die Eingangstür lag auf der anderen Seite. Scott konnte eine kleine Veranda ausmachen und vor sich eine Tür, die wohl in den Keller führte. Dort stand auch John. Vor sich konnte Scott die Silhouette einer Person erkennen, die auf einem alten Sofa lag. Da John ohnehin wusste, dass er ihm gefolgt war, schloss er auf und stellte sich neben ihn. Auf dem Sofa lag tatsächlich eine Frau, die übel zugerichtet war. Jemand hatte sie notdürftig verarztet und mit Handtüchern bedeckt.

»Hast du ihren Puls gefühlt?«

»Ja, sie lebt noch, aber nicht mehr lange, wenn wir keine Hilfe holen.«

Scott zögerte nicht länger und schickte seinem Kollegen eine Nachricht.

Er war stinksauer auf John, weil er ihn nicht eingeweiht hatte, aber jetzt überwog die Dankbarkeit, dass sie womöglich der richtigen Spur nachgegangen waren. John wartete nicht auf ihn, sondern schlich langsam um das Haus herum in Richtung Veranda. Als sie beide davorstanden, konnten sie eine Gestalt auf den Verandastufen sitzen sehen. Sie schien keine Notiz von ihnen zu nehmen.

»Kate!«

John hatte sie als Erster erkannt und rannte auf sie zu. Scott, der nicht fassen konnte, dass sie Kate gefunden hatten, sprang hinterher und die Stufen zu ihr hinauf. Dort saß sie. Blutverschmiert, gepeinigt, aber am Leben.

»Du bist in Sicherheit. Versprochen. Jetzt wird alles gut.«

John hatte Kate in den Arm genommen, als wären sie weitaus mehr als nur Partner.

»Es ist vorbei. Er hat sie umgebracht«, flüsterte Kate in die Stille des Waldes.

»Wer hat sie umgebracht?«, fragte John irritiert.

»Sophia, ihr müsst ihr helfen«, stammelte Kate, ohne seine Frage zu beantworten.

Kapitel 28

Der Rettungswagen brachte Kate ins Memorial Hospital, um ihre Unterkühlung und die Wunden an den Handgelenken zu behandeln, ein weiterer hatte kurz zuvor Sophia abgeholt und ebenfalls ins Hospital transportiert. Rutherford wurde von den FBI-Agenten abgeführt. Ein Leichenwagen brachte Lisa fort.

Obwohl Kate immer noch stark dehydriert war, durfte sie nach 24 Stunden endlich wieder nach Hause.

Frei zu sein fühlte sich so unbeschreiblich gut an, dass sie am liebsten laut geschrien hätte. Sie war wieder sie selbst. Sophia würde wieder vollkommen gesund werden und befand sich bereits in psychologischer Betreuung. Sie hoffte, dass sie ihr eines Tages verzeihen würde, denn sie gab sich die Schuld, sie in diese Situation gebracht zu haben. Das Gutachten, das über Rutherford erstellt wurde, bescheinigte ihm eine ausgesprochen psychopathische Persönlichkeit mit narzisstischen Zügen. Vermutlich hatte er gehofft, dass man ihn deshalb in eine psychiatrische Einrichtung verlegen würde. Der Richter hatte dies abgelehnt, doch Rutherford wollte in Berufung gehen. Der Ausgang blieb offen, denn sein Gesundheitszustand verschlechterte sich zusehends.

Kate war all dies egal. Lisa war tot, und Rutherford würde den Rest seines Lebens eingesperrt bleiben, so oder so.

Es gab allerdings noch eine Sache, die sie erledigen musste. Es war wichtig für sie und für ihren Frieden.

Der Tag von Lisas Beerdigung war verregnet und grau. Dicke Wolken hingen über Washington und schlossen jegliches Licht aus. Kate hatte das Gefühl, dass es ihre Pflicht war, der Beerdigung beizuwohnen. Sie schuldete dieser Frau überhaupt nichts. Und dennoch ließ sie der Gedanke nicht los, dass aus Lisa vielleicht ein anderer Mensch geworden wäre, wenn sie genauso liebevolle Eltern bekommen hätte wie sie selbst. Warum schien es, als sei der Weg für manche Menschen schon vorgezeichnet? Sicher, nicht jeder, der so gewalttätig und ungeliebt aufwuchs, wurde später ein Serienkiller, aber warum hatte Lisa das Schicksal so übel mitgespielt?

Kate erinnerte sich jetzt sehr genau an ihre Zeit im Heaven Sent und ihre Freundschaft mit Lisa – der süßen, unschuldigen Lisa. Sie hatten einander geliebt. Und tief in ihr war es, als wäre ihre eigene Schwester gestorben.

Kate war der einzige Gast auf Lisas Beerdigung. Scott hatte ihr angeboten, sie zu begleiten, aber sie wollte lieber allein Abschied nehmen. Lisa hatte ihr so viel Leid bereitet, trotzdem spürte Kate keinen Hass mehr, nur noch Trauer und tief empfundenes Mitgefühl. Letztlich war sie von jedem Menschen in ihrem Leben immer auf die eine oder andere Weise missbraucht worden. Ihre Seele war nicht mehr zu retten gewesen. Dennoch hoffte Kate, dass man ihr einen Platz bei den Engeln gewähren würde. Sie wischte sich eine Träne aus dem Augenwinkel und machte sich auf den Weg zu ihrem Wagen. Seit letzter Woche war sie wieder offiziell im Dienst des FBI tätig. Sie hatte noch ein paar Tage Auszeit, bevor sie wie früher wieder auf die Jagd gehen würde. Sie war süchtig nach dem Rausch, der sie überfiel, wenn sie einen Verbrecher hinter Gitter gebracht hatte. Ihr Chef klang nicht überrascht. Eher so, als wäre er von Anfang an davon überzeugt gewesen, dass sie wieder mitspielen würde.

Als Kate ihre Stelle bei John aufgab, wusste er, dass dies auch eine Entscheidung gegen ihn als Partner war. Er fragte nicht nach Scott, auch nicht nach einem Wiedersehen. Sie rechnete es ihm hoch an, dass er sie in den Arm nahm und anbot, jederzeit bei ihm und Wilson vorbeizuschauen. Ein Lächeln zog sich über Kates Gesicht, wenn sie an die beiden dachte, die zu ihrem Team geworden waren. Sie schätzte die Jungs und war froh darüber, sie nicht verloren zu haben.

Mit der Kaffeetasse stand sie in ihrem Arbeitszimmer. Überall waren die Fotos und Dokumente verteilt, die ihr Leben in den letzten Monaten vollkommen bestimmt hatten. Jetzt nahm sie alles von den Wänden und packte es in eine große Kiste. Mit jedem Bild, das verschwand, wurde ihr das Herz etwas leichter, und mit jedem neuen Blatt wusste sie, dass sie es geschafft hatte. Sie allein hatte wieder die Kontrolle gewonnen, und das war etwas, das ihr niemand jemals wieder nehmen konnte.

Als sie vor den leeren Wänden stand, überkam sie ein Gefühl, das sie ganz genau kannte. Sie war bereit, auf die Jagd zu gehen. Sie schaute auf die Uhr. Es war Zeit, sich mit Scott zu treffen. Bei dem Gedanken an ihr erstes richtiges Date fühlte sie sich leicht und beflügelt. Sie vereinbarten, neu anzufangen, um zwar mit diesem Date. Außerdem galt es, Scotts Beförderung zu feiern. Das Schicksal war ihr endlich gewogen, denn damit kam eine Position in seinem Team nicht mehr infrage. Sie hatten eine echte Chance. Kate nahm ihre Tasche und war schon halb aus der Türe raus, als das Telefon schellte.

»Kate Monroe! Hallo!«

»Hallo Kate, hier ist Mrs. Robinson.«

»Oh, Mrs. Robinson, kann ich etwas für Sie tun? Brauchen Sie noch Unterlagen, bevor ich …«

Ihre Vorgesetzte unterbrach sie. »Ich weiß, dass Sie erst nächste Woche wieder bei uns anfangen, aber wir brauchen Sie in der Zentrale. Sofort. Alles Weitere dann in meinem Büro. Wann können Sie hier sein?«

Augenblicklich schlug Kates Herz um einige Takte schneller. Sie hatte nicht damit gerechnet, sofort wieder gebraucht zu werden. Im Geiste ging sie die Fälle durch, von denen berichtet wurde. Sie verfolgte diese akribisch. Der Axtmörder, wie er von den Zeitungen genannt wurde, war immer noch auf freiem Fuß, oder vielleicht handelte es sich um …?

Sie schob ihre Gedanken beiseite und beeilte sich zu antworten. »Ich kann in einer Stunde bei Ihnen sein.«

»Das ist perfekt, bis gleich. Ach, und Agent …«

»Ja, Mrs. Robinson?«

»Willkommen zurück im Team!«

Kate spürte sofort das vertraute Kribbeln auf ihrer Haut, wie immer, wenn sie vor einem neuen Fall stand. Sie war heiß auf den Job.

Sie schrieb Scott eine Nachricht, dass sie ihr Date verschieben mussten, und machte sich auf den Weg ins Hauptquartier …

Epilog

Drei Monate später

Kate lugte um die Ecke der Lagerhalle, die es zu sichern galt. »Gesichert!«

»Agent Monroe, bewegen Sie sich zum Ende der Halle. Dort ist eine Tür, sie führt in einen Geräteraum. Laut unserer Quelle befindet sich dort die Bombe«, hörte sie die Anweisung des Einsatzleiters, Agent Rory, über einen kleinen Knopf im Ohr.

»Verstanden«, flüsterte Kate und analysierte die Umgebung. Mehrere Agents begleiteten sie auf diesem Einsatz. Mit einem Wink wies sie einen von ihnen an, dicht hinter ihr zu bleiben. Die anderen schlossen ohne ein Wort auf. »Ich gehe voraus. Geben Sie mir Deckung! Raoul muss hier irgendwo sein.«

Der Agent nickte kurz. Mit gezogener Waffe, halb geduckt, arbeitete sich Kate zum nächsten Ziel vor, einem Stützpfeiler aus Stahl. Schmal genug, um sie gerade so vor einem Schuss schützen zu können. Raoul musste wissen, dass sie kurz davor waren, ihn zu überwältigen. Auf dem Weg in die Halle konnte ihr Team alle Angreifer kaltstellen, die ihnen im Gebäude begegnet waren.

»Ich werde versuchen, mit ihm Kontakt aufzunehmen«, ließ sie Agent Rory wissen. Sie holte ein Walkie-Talkie aus der Hosentasche, das von einem der Überwältigten stammte.

»Negativ, Agent. Dadurch verpassen Sie das Überraschungsmoment. Das Leben Tausender Zivilisten steht auf dem Spiel.«

»Er weiß, dass wir kommen. Wäre er sich seiner Sache sicher, hätte er uns alle längst in die Luft gejagt«, erwiderte Kate. Sie hörte Rory tief durchatmen.

»Okay. Sie haben die Freigabe.«

»Hören Sie mich? Raoul, mein Name ist Agent Monroe. Ich bin hier, um mit Ihnen zu sprechen. Sie können einen anderen Weg wählen. Sie wissen, wir wollen nicht Sie. Kooperieren Sie mit uns und Sie haben die Chance auf einen Deal!«

Kate hielt die Luft an und wartete auf eine Antwort. Außer das Rauschen des Walkie-Talkies hörte sie nichts. Ein Blick in die Augen der Agents, die sie auf diesem Einsatz begleiteten, zeigte ihre Angriffsbereitschaft, und auch Kate war zu allem bereit.

»Ich bin kein Verräter. Hiermit fangen wir an und wir werden es vollenden.«

Kate antwortet nicht, schaltete sich aber sofort mit der Zentrale kurz. »Agent Rory, checken Sie bitte noch einmal alle Verbindungen zu Raoul. Er sagte, dies wäre der Anfang. Das sind koordinierte Anschläge. Es muss noch weitere Bomben geben.«

»Agent Timmens, ich will alle Verbindungen zu Raoul: Telefonkontakte, E-Mails, das Darknet. Wir müssen etwas übersehen haben«, wies Rory sofort an und richtete dann sein Wort an Kate. »Ich will ihn hier haben, zum Verhör. Holen Sie ihn sich. Wir wissen nicht, wie viel Zeit uns bleibt.«

»Ja, Sir!«, antwortet Kate und wägte ihre Chancen ab. Mit einer Handbewegung gab sie ihren Kollegen ein Zeichen zum Angriff. Kate sah nach rechts und links zu den anderen Agents, die ihre Bereitschaft mit einem Nicken bestätigten. Sie konnte spüren, wie das Adrenalin durch ihren Körper schoss. Jeder Muskel ihres Körpers war zum Zerreißen gespannt. Mit voller Kraft stieß sie die Tür zur Gerätekammer auf und blickte einen Moment später in dunkle Augen, die sie belustigt ansahen. Für eine Millisekunde sah sie sich im Raum nach der Bombe um. Keine Spur. Kate hielt ihre Waffe geradewegs auf den Mann gerichtet, dessen Plan es war, in kurzer Zeit dem Leben vieler tausend Menschen ein Ende zu machen.

»Es ist vorbei, Raoul. Wir wissen von den anderen Bomben.« Sie wusste nicht, ob ihr Bluff klappen würde, aber ein kurzes Aufflackern in seinen Augen signalisierte seine Unsicherheit.

An seinem Gesicht bemerkte sie, dass er überrascht war, doch ebenso sah sie keine Bereitschaft, aufzugeben. »Sie denken, Sie haben gewonnen? Selbst wenn dieser Plan scheitert. Wir werden uns neu formieren. Sie wissen gar nichts.« Langsam bewegte er eine Hand zu seiner Tasche.

»Hände weg! Heben Sie sie hoch, sodass ich sie sehen kann!« In seiner Hand hielt er einen Zünder, den er beinahe schon triumphierend in die Höhe hielt. Erst jetzt konnte sie den Sprengstoffgürtel um seine Brust sehen, der unter seiner Jacke zum Vorschein kam. Wenn sie jetzt nicht einschritt, wäre nicht nur ihr eigenes Leben zu Ende, sondern das vieler guter Agents – und das war etwas, das sie nicht zulassen konnte. »Legen Sie den Zünder vorsichtig auf den Boden!«

Er machte keine Anstalten, ließ Kate aber nicht aus den Augen.

»Ich warne sie noch einmal. Weg mit dem verdammten Zünder!«

In diesem Moment war Kate klar, dass er nicht nachgeben würde. Sie drückte auf den Abzug. Erstaunen lag in seinem Blick und Enttäuschung, während sein Körper auf dem Stuhl in sich zusammen sackte. Mit einem Sprung war Kate bei ihm und riss ihm den Zünder aus der Hand. Vorsichtig genug, um nicht versehentlich sein Werk zu vollenden. Mittlerweile begannen die anderen FBI-Agenten, die dicht hinter ihr gestanden hatten, den Raum abzusuchen. Kate durchsuchte Raouls Taschen und fand den Gegenstand, nach dem er gegriffen hatte. Es war ein Handy. Sie bog seine leblosen Finger auseinander und entsicherte die Sperrung. Und dann sah sie den Timer in roten Ziffern. Es gab eine zweite Bombe!

»Agent Rory, ich habe sein Telefon. Es gibt noch eine Sprengfalle, die an eine Zeitschaltung angeschlossen ist. Ich vermute, dass das Handy den Zünder auslöst. Wir haben drei Minuten und fünfzig Sekunden.« Noch während sie die Informationen durchgab, reagierte ihr Hirn blitzschnell. »Ich lege einen Störsender. Er wird die Verbindung zur Zündung lahmlegen.«

»Wo ist die Bombe?«

Während sie den Störsender aktivierte, sah sie sich den Raum aufmerksam an. Die Agents hatten bereits jeden Karton und alles Werkzeug zur Seite gelegt. Nichts. Sie konnte nicht weit sein. Rechts von ihr stand eine Leiter an der Wand, was sie dazu veranlasste, nach oben zu blicken.

»Wie lange wird das Räumkommando noch brauchen, Agent Rory?!«

»Vier Minuten. Haben Sie die Bombe? Monroe, beantworten Sie meine Frage.«

Agent Rory hörte nur ein Klappern. Es war die Leiter, die sie aufstellte. Sie stieg hinauf und stieß mit der Hand eine Luke, die sich in der Decke befand, zur Seite. Mit einer Taschenlampe durchleuchtete sie den Schacht, der rechts über der Decke abzweigte. Die Bombe. Irgendetwas sagte ihr, dass dies alles viel zu einfach über die Bühne lief.

»Ich habe sie. Noch zwei Minuten und fünfzehn Sekunden. Die Bombe hat einen eigenen Zünder«, gab sie durch.

»Verdammt! Das Bombenkommando wird es nicht rechtzeitig schaffen. Verschwinden Sie!«, wurde sie von Agent Rory angewiesen.«

»Sie wissen genau, das wird niemandem etwas bringen. Verbinden Sie mich mit jemanden, der mir Instruktionen zur Entschärfung geben kann.«

»Sind Sie wahnsinnig?«

»Ich habe keine Zeit, mit Ihnen zu diskutieren. Verbinden Sie mich endlich!«

Sie stieg zwei Stufen hinunter.

»Ihr verlasst alle sofort das Gebäude!«

Die Agents sahen sie mit entsetztem Blick an.

»Sofort!!«

»Agent Monroe«, hörte sie Agent Rory wieder.

»Ja Sir, haben Sie jemanden für mich?«

»Ich verbinde. Agent Monroe … viel Glück!«

Kate schluckte und fuhr sich durchs Haar.

»Agent Monroe, hier spricht Agent Queens. Sie müssen mir ganz genau erklären, was Sie sehen.«

»Die Kiste, in der sich die Bombe befindet, ist circa 20 cm mal 35 cm groß, sie entspricht in etwa einem Schuhkarton. Der Deckel der Kiste hat erhabene Ränder. Sie hat eine leichte Kuhle, in der eine unbekannte Flüssigkeit schwimmt.«

»Das wird ein Erschütterungsmelder sein. Sie müssen den Deckel ganz langsam abnehmen, die Flüssigkeit darf den Rand des Deckels nicht berühren.«

Kate atmete tief durch, umfasste mit beiden Händen den Deckel und hob ihn vorsichtig nach oben. Ihre Hände zitterten leicht.

»Haben Sie es?«

»Ja. Der Deckel ist entfernt. Noch 90 Sekunden.«

»Was sehen Sie?«

»Viele Kabel. Grüne, blaue, weiße und rote. Und eine Sprengkapsel.«

»Gut. Die Sprengkapsel müsste mit einer Stromquelle verbunden sein.«

»Müsste? Verdammt, geht das auch genauer? Agent Queens? Sind Sie noch da?« Die Verbindung war abgebrochen, und Kate wusste, dass ihr keine Zeit mehr blieb.

Sieben Sekunden. Kate atmete tief durch und durchtrennte dann das rote Kabel in der Hoffnung, dass sie ihrem Instinkt vertrauen konnte. Mit geschlossenen Augen wartete sie. Es passierte nichts. Sie lebte.

Als das Team zurück in die Zentrale kam, ernteten sie Applaus. Doch Kate war trotz des Erfolgs nicht zum Feiern zumute. Noch immer klebte Raouls Blut an ihrer Haut. Sie sehnte sich nach einer Dusche. Kate stand vor der Tür zur Umkleidekabine, als eine Stimme sie zurückrief: »Agent Monroe, kommen Sie bitte in mein Büro.«

Kates Herz klopfte höher. Sie hatten den Fall erledigt, und dennoch war es mal wieder sie, die ihren eigenen Weg beschritt. Schon in der Vergangenheit war sie dafür gerügt worden. Sie schloss die Tür und setzte sich, nachdem Mrs. Robinson ihr mit einem Nicken den Stuhl zugewiesen hatte.

»Gute Arbeit heute, Agent Monroe.« Mrs. Robinson verzog kaum eine Miene.

»Danke, Ma'am.« Kate dachte sich das *aber,* das unheilvoll im Raum schwang.

»Sie können sich vorstellen, dass ich über den Verlauf des Einsatzes nicht vollends zufrieden bin. Wir hätten Raoul lebend gebraucht.«

»Bei allem Respekt, das ist mir bewusst. Dennoch blieb mir in dieser Situation keine andere Wahl.«

Robinson sah sie einen Moment an, während Kate in Gedanken analysierte, ob es wirklich keine andere Wahl gegeben hatte.

»Nun gut. Sie haben Entscheidungen getroffen und einen kühlen Kopf bewahrt. Dies führte dazu, dass sie heute vielen Menschen das Leben gerettet haben. Auch wenn ich nicht der Meinung bin, dass das Ergebnis die Herangehensweise immer rechtfertig.«

Kate unterdrückte den Drang, ihr zu widersprechen. Schließlich war sie noch nicht lange zurück beim FBI und wollte ihren Job noch eine Weile behalten.

»Ich habe Sie für eine neue Stelle vorgesehen.«

»Was? Aber weshalb? Die Sache heute, ich … es gab keine andere Möglichkeit.«

Robinson legte den Kopf schief, und ihr autoritärer Blick brachte Kate zum Schweigen. »Sie werden ein eigenes Team bekommen. Sie sind eine Entscheiderin. Ein Alpha. Das ahnte ich bereits, und heute, bei diesem Einsatz, haben Sie meinen Eindruck bestätigt. Enttäuschen Sie mich nicht.«

Kate nahm jedes weitere Wort Robinsons nur noch am Rande wahr. Sie würde ein eigenes Team bekommen, Entscheidungen treffen. Sie hatte an diesem Tag mit vielem gerechnet, einen kurzen Moment sogar mit ihrem eigenen

Tod. Doch diese Chance war mehr, als sie sich in ihren Träumen erhofft hatte.

»Danke. Ich werde Sie nicht enttäuschen. Wann geht es los?«

Mrs. Robinson lächelte. »Schon morgen.«